Detlev Dirkers

GAME OVER

Detlev Dirkers

GAME OVER

Tod auf dem Ijsselmeer

Commissaris Jacob Peeters ermittelt in Amsterdam

Kriminalroman

smp

swb media publishing

Die Personen und Handlungen des Romans sind bis auf die wenigen Personen der Zeitgeschichte, die eher beiläufig Erwähnung finden, frei erfunden. Doch die Fantasie kann gar nicht schnell und groß genug sein, um nicht von der Realität des Alltäglichen überholt zu werden.

Detlev Dirkers 2015

Bibliografische Information der Deutschen Nationalbibliothek:
Die Deutsche Nationalbibliothek verzeichnet diese Publikation in der Deutschen Nationalbibliografie; detaillierte bibliografische Daten sind im Internet über http://dnb.d-nb.de abrufbar.

1. Auflage 2016
ISBN 978-3-945769-02-7

Lektorat: Dr. Heiger Ostertag, Stuttgart
Titelgestaltung: Sig Mayhew/www.mayhew-edition.de
Titelfoto: © Andreas Dengs_pixelio.de
Satz: swb media publishing
Druck, Verarbeitung: Rosch-Buch, Scheßlitz
Für den Druck des Buches wurde chlor- und säurefreies Papier verwendet.

www.swb-verlag.de

„Eine Hand für dich und eine Hand fürs Boot!“

Alte Seglerweisheit

Die Hauptpersonen

Kees Bakker
Setzt alles auf eine Karte und landet im Wasser.

Vincent Meijer
Sorgt sich um seine Familie und erlebt unangenehme Überraschungen.

Anton und Huber
Trinken Whisky und kommen nicht von der Stelle.

Han Molenaar
Muss alleine Essen gehen.

Ruud Visser
Ist ein Halunke mit wenig Skrupel.

Liang Zuko Wong
Agiert gern im Verborgenen und isst mit Vorliebe Dim Sum.

Die Prada Gang
Bewegt sich zwischen Spargelfeldern und Edelboutiquen.

Dianne II
Ein einsames Boot, das allein auf dem Ijsselmeer zurückbleibt.

Die Polizeiassistenten Mieke Dekker und Klaas van den Broek
Geben ihr Bestes und müssen noch dazulernen.

Commissaris Jacob Peeters
Wollte segeln und nicht Verbrecher jagen.

1

Kurz bevor er das gleißende Licht sah, das seinen schmerzenden Kopf umgab, wünschte sich Kees Bakker, er könnte noch einmal anfangen und ein ganz anderes Leben führen. Ein besonneneres Leben, das ihn nicht wie auf einer Achterbahn im Wechselbad von Zweifeln, Aufbruch und Enttäuschung allein ließ. Doch dazu war es zu spät. Ließen sich die Ereignisse noch einmal neu ordnen, und dieses Mal nur sachlich und ohne innere Zwänge, er würde es anders machen. Besonders der Grund, warum er hier an diesem Ort war oder besser, sein musste, schmerzte ihn und machte ihm die Jämmerlichkeit seines ganzen Lebens und besonders dieser Situation deutlicher als je zuvor. Doch es war wirklich zu spät. Kees Bakker spürte einen dumpfen Aufprall, der ihm all die entschlossenen Gedanken, die zu einer endgültigen Entscheidung hätten führen können, im Nu aus dem Kopf trieb. Es blieb nur noch Schmerz. Dumpfer, betäubender Schmerz. Und dieses helle Licht, das sich in seinen Kopf einbrannte wie ein Laserstrahl und sämtliche Farbspektren des Regenbogens in grellen, entsetzlich unruhigen Bewegungen durchlief. Er schmeckte Blut. Sein Blut. Dem Schmerz, der von seinem Kopf Besitz ergriff, folgte ein weiterer Stoß, der ihn in der Hüfte traf. Er konnte sich nicht mehr auf den Beinen halten und stürzte. Dabei spürte er, wie sich etwas Metallisches in seinen Körper bohren wollte. Noch bevor er diesen Schmerz, der ihn in die Knie zwang, genau lokalisieren konnte, wurde sein ganzer Körper von Wasser umhüllt. Er war ungewollt in die Schwerelosigkeit eingetaucht. Die Schwerelosigkeit des Wassers, die er, wie das Wasser selbst, immer so geliebt hatte. Weil es für ihn Freiheit und Kontinuität bedeutete. Die Freiheit, jederzeit aufzubrechen und die alten Orte zu verlassen, neue Ziele anzusteuern und alles auf Anfang zu setzen. Wie bei einem guten Spiel, bei dem man alles gewinnen konnte. Und alles verlieren. Doch jetzt wusste er, dass das Wasser nicht sein Freund war. Er war zu schwach, um zu tun, was er immer tat, wenn er im Wasser war. Er konnte nicht schwimmen, er war wie gelähmt von den Schmerzen. Alles was er konnte, war, die Luft anzuhalten und vielleicht einen klaren Gedanken zu fassen. Mit jeder Sekunde, die er länger die Luft anhielt, spürte er die Schmerzen in seinem ganzen Körper wachsen. Im Kopf, in der Hüfte, und vor allem in der Lunge, bis er reflexartig nach Luft schnappte.

Doch da war keine Luft.

Da war nur Wasser. Unendlich viel Wasser, das sich nun in seiner Lunge sammelte.

Das war der Moment, in dem Kees Bakker sein Bewusstsein verlor.

Und nur wenig später sein Leben.

Für ein Mayday war es zu spät.

2

Commissaris Jacob Peeters war nicht ganz bei der Sache, während er die Unterlagen auf seinem Schreibtisch betrachtete und sortierte. Der Begriff Sortieren war schon ein bisschen übertrieben für diese Tätigkeit. Es war mehr ein Umschichten von Akten und einzelnen Blättern, von einer Seite des Schreibtisches auf die andere Seite. Der Sinn seines Handelns war ihm selbst völlig unklar, aber auch egal. Er wollte eigentlich nur seinen Gedanken freien Lauf lassen, um Pläne für das kommende Frühjahr zu schmieden. Pläne, die Spannenderes versprachen, als seine Unterlagen, die er geistesabwesend bearbeitete.

Für ihn war jedes Frühjahr vor allem immer auch eine kommende Segel-Saison. Besonders jetzt, wo er nicht nur die Akten, sondern auch sein Leben, zumindest teilweise, neu ordnen musste. War man eigentlich gemeinsam tatsächlich weniger allein, als wenn man einfach nur alleine war? Also physisch allein? Er hatte jetzt Zeit genug, um darauf eine Antwort zu finden.

In den Niederlanden wurde mittlerweile fast jede zweite Ehe geschieden, hatte er gelesen. Der Bund fürs Leben schien eine Mogelpackung zu sein. Und ausgerechnet er musste dieser Statistik weitere Nahrung liefern. Auch, wenn es keine Scheidung war, war die räumliche Trennung für viele Paare doch meistens eine Vorstufe davon. Manou wollte so nicht mehr weitermachen. Sie hatte ihm ihre Entscheidung an einem Wochenende im vergangenen Februar klar gemacht. Etwa acht Wochen war das nun her. Sie wollte ausziehen aus der gemeinsamen Wohnung im Amsterdamer Nordwesten in der Tuinstraat. Hier im Jordaan ganz in der Nähe des Zentrums wohnten sie schon fast so lange, wie sie verheiratet waren. Es gab viele quälend lange Gespräche über den Sinn ihrer Beziehung, über Versäumnisse, die zugegebenermaßen zumeist auf seiner Seite zu verbuchen waren, und über Manous Forderung, dass auch eine Ehe keine statische Institution sei, sondern ein fragiles Gebilde, das mit Leben und Energie erfüllt werden müsse. Und um alles, was lebendig sei, müsse man sich nun mal kümmern. Dieses

Engagement, so ihre ebenso wütende wie ernüchternde Quintessenz, habe er in all der Zeit ihres Zusammenlebens sehr vermissen lassen. Manou wollte einen Schlussstrich ziehen. Jetzt, wo die Kinder langsam auf eigenen Beinen standen, wollte sie durchatmen können und diese festgefahrenen Strukturen aufbrechen. Eine Trennung, vielleicht nur auf Zeit, aber sie wollte, dass etwas passierte. Jacob Peeters musste die Schuld bei sich selbst suchen. Sein Job war ihm immer wichtig gewesen und die Familie stand nicht selten hinten an. Hätte er eher verstanden, was auf dem Spiel stand, wäre seine Beziehung zu Manou, der Frau, mit der er alt werden wollte, vielleicht nicht so ins Wanken geraten. Er hatte mit ihr seine Zukunft geplant. Vielleicht lag da schon der Kardinalsfehler und es waren nicht die Pläne für ihre oder ihrer beider Zukunft, sondern eben nur für seine eigene Zukunft. Hatte Manou da keine Rolle gespielt? Oder vielleicht nicht die Entscheidende? Es sah ganz danach aus.

„Du bist einfach nicht konfliktfähig, ziehst dich bei allem raus, was eine gemeinsame Entscheidung erfordert“, sagte sie oft, wenn er abends aus dem Präsidium nach Hause kam und nur seine Ruhe haben wollte. Ihre Kritik war gerechtfertigt, aber er wollte die Konsequenzen lange Zeit nicht wahr haben. Jacob Peeters hatte die Organisation der ganzen Familie seiner Frau überlassen, während er sich auf seine Ermittlungsarbeit und die besonderen Arbeitsbedingungen berief und damit eine wunderbare Ausrede für die eigene, fehlende Verantwortung fand. Aber sie akzeptierte das nicht mehr. Nicht auf Dauer und nicht nach mehr als zwanzig Jahren Ehe. Peeters musste diese Veränderung nach und nach begreifen. Er hatte ihr vorgeschlagen, sie solle in der Wohnung bleiben. Er könne stattdessen aufs Boot ziehen. Und er hoffte, damit eine vorübergehende Lösung gefunden zu haben, die ihnen genügend Zeit ließ, vielleicht einen Neustart zu wagen. Oder ihre Ehe endgültig zu beenden.

„Sag mal, Jacob, hast du in Sachen ‚Prada-Gang‘ mittlerweile irgendetwas Handfestes, das wir dem Hoofdcommissaris anbieten können?“, unterbrach ihn Dick Mouthaan in seiner etwas gedankenverlorenen Tätigkeit. „Der Alte steht unter Druck. Die Abgeordneten aus dem Rathaus und die Presse fragen ständig an."

„Warum fragt er mich nicht selbst?"

„Keine Ahnung, wahrscheinlich, weil er immer noch glaubt, ich bearbeite den Fall", antwortete Dick Mouthaan. „Am besten, du gehst zu ihm und machst ihm das noch mal klar, wer hier für welche Fälle zuständig ist."

„Später", hörte Jacob Peeters sich antworten. Für Dick Mouthaan war die Sache erst mal erledigt. Er hatte die Bitte weitergegeben, und jetzt sollte Jacob Peeters möglichst schnell Fakten schaffen.

Dick Mouthaan war genau wie Jacob Peeters Commissaris bei dem Polizeibezirk, der für die Stadt Amsterdam zuständig war. Im Gegensatz zu Jacob Peeters, der derzeit so etwas wie ein vorgezogenes Sommerloch bei den Ermittlungsfällen hatte, war das Team um Dick Mouthaan mit intensiven Ermittlungen im Rotlicht-Milieu beschäftigt, den Walletjes östlich vom Damrak, nicht weit von Chinatown. Die Prostituierten kamen aus aller Welt und das meistens nicht legal. Höchstens ein Drittel der Frauen, die dort arbeiteten, besaßen einen niederländischen Pass.

„Wird sich denn jetzt auf den Walletjes was ändern?", fragte Peeters Dick Mouthaan, der sich gerade einen viel zu starken Automatenkaffee aus der Kantine geholt und zu Peeters ins Büro gesetzt hatte. Beide kannten sich seit der Ausbildung und hegten so etwas wie eine kollegiale Freundschaft, die sich aber ausschließlich auf die Arbeitszeit beschränkte.

„Nein, ich glaube, das wird uns nur noch mehr Arbeit bringen", sagte Dick Mouthaan.

Peeters spielte mit seiner Frage auf den langjährigen Rechtsstreit der Stadtverwaltung an, die die Zahl der Fenster-Bordelle um fast vierzig Prozent senken wollte. Und vor kurzem vom niederländischen Staatsrat auch die Erlaubnis dazu bekommen hatte.

„Es wird auf den Walletjes selbst vielleicht übersichtlicher für uns. Vermutlich wird sich die Szene aber einfach in andere Stadtteile verschieben, und dann wird es erst recht unübersichtlich", meinte Dick Mouthaan etwas resigniert.

„Zumindest müssen die Frauen, die auf den Walletjes bleiben, dann ihre Preise nicht noch weiter senken", vermutete Peeters.

Die Finanzkrise hatte scheinbar über Umwege auch das Amsterdamer Rotlichtviertel erreicht. Der Minimumpreis von 50 Euro war in letzter Zeit auf 20 Euro gesunken. Oder die Frauen mussten sich gezwungenermaßen auf dubiose Sexualpraktiken einlassen, um genügend Geld zu verdienen, damit wenigstens die Tagesmiete von rund 150 Euro für ihr „Fenster" zusammen kam. Es war ein Teufelskreis.

„Im Rathaus glauben sie, sie könnten das Problem lösen, indem einfach der Rotlicht-Bezirk verkleinert und stattdessen Galerien und Modeläden angesiedelt werden. Das wird aber nicht klappen", sagte Dick Mouthaan. „Ganz sicher nicht."

„Wenn es das einzige Rezept ist, das die Politik gegen Kriminalität zu bieten hat, werden wir die Leidtragenden sein, die die Folgen ausbaden müssen", pflichtete Peeters bei.

„Werden wir wohl. Aber das ist im Moment eher eins meiner kleineren Probleme."

Dick Mouthaans Team beschäftigte sich aktuell mit skrupellosen Menschen, die auf „den Wallen" ihr Unwesen trieben und vor nichts zurückschreckten. Mehrere Drogentote im Viertel gingen bereits auf ihr Konto.

„Irgendwer verkauft dort todbringende Cocktails aus Heroin und unberechenbaren Chemiekeulen", sagte Dick Mouthaan nachdenklich. „Und wir haben so gut wie keine Anhaltspunkte, woher das Zeug kommt."

Dieser Fall nahm vorerst die gesamte Aufmerksamkeit Dick Mouthaans und seines Teams in Anspruch, so dass er bei einer der routinemäßigen Teambesprechungen am Wochenbeginn seine Ermittlungen in Sachen Prada-Gang an Jacob Peeters hatte abgeben können. Der war damit einverstanden gewesen. Er hatte im Moment auch nur Kleinkram zu erledigen. Hauseinbrüche zum Beispiel. Die standen nach wie vor weit oben auf der Liste der Kriminellen, die in Amsterdam ihren Geschäften nachgingen. Und die vielen Hauseinbrüche der letzten Tage erweckten den Eindruck, dass die Prada-Gang sich nicht nur auf Handtaschen spezialisiert hatte, sondern auch hinter einigen der Hauseinbrüche steckte. Da gehörten die Ermittlungen so oder so in eine Hand.

Peeters wollte die Anwesenheit Dick Mouthaans gleich für eine Besprechung mit seinem Team nutzen. Mieke Dekker und Klaas van den Broek, seine beiden Assistenten, waren gerade aus der Valeriusstraat zurückgekehrt, wo sie einen Wohnungseinbruch aufnehmen mussten.

„Die übliche Masche", sagte Mieke Dekker, nachdem sie für sich und Klaas van den Broek je einen Kaffee spendiert hatte. Seitdem sie die Kaffeepad-Maschine als Sonderangebot vor wenigen Wochen bei Albert Heijn ergattert und hier im Büro aufgestellt hatte, trank sie wieder Kaffee bei der Arbeit. Irgendwie hatte sie allerdings das Gefühl, dass sie seitdem häufiger Besuch von Kollegen bekam, die offensichtlich einen Kaffee schnorren wollten.

„Die alten Herrschaften waren völlig von der Rolle. Für die beiden ist eine Welt zusammengebrochen. Einbrecher in der eigenen Wohnung. Was für ein Horror", sagte Mieke Dekker.

„Ob sie das jemals verdauen werden, wage ich zu bezweifeln", mischte sich Klaas van den Broek ein, „zum Glück wohnen ihre Kinder samt Enkelkindern auch im Haus, so dass sie erst einmal etwas betreut sind. Aber sie haben jetzt Angst, große Angst, dass sich so etwas wiederholen könne."

„Die Einbrecher sind über den Balkon reingekommen. War scheinbar kein Problem. Es gibt kaum Spuren, und es waren offensichtlich Profis am Werk", fasste Mieke Dekker die Ergebnisse der Spurensicherung zusammen.

„Was haben sie mitgenommen?", wollte Jacob Peeters wissen.

„Alles, was man schnell zu Geld machen kann", erwiderte Klaas van den Broek, „Digitalkamera, Schmuck und einen nagelneuen Laptop, den sich der alte Herr erst letzte Woche gegönnt hatte. Für ihn ist jetzt erst einmal Schluss mit Surfen im Internet."

„Prada-Gang" war der Arbeitstitel für eine ganze Reihe von Anzeigen und Vorfällen, die sich in den Polizeistationen vor allem in der Innenstadt angehäuft hatten. Es ging also voraussichtlich nicht um einen Einzeltäter, sondern ziemlich sicher um eine ganze Gang. Und sie hatten es neben den Hauseinbrüchen auch auf Handtaschen abgesehen. Bevorzugt solche, die nach hochwertigem Inhalt aussahen, und das waren nicht selten Designer-Taschen, die neben dem Inhalt auch selbst verkauft werden konnten.

„Wird Amsterdam zur Räuberhöhle", titelte selbst der ansonsten eher seriöse Telegraaf, und andere Zeitungen zogen schnell nach. Das erhöhte den Druck auf die Ermittlungen. Schließlich konnte die Zunahme der Kriminalität eine der Haupteinnahmequellen der Stadt empfindlich stören. Neben den Häfen, einer Reihe florierender mittelgroßer Unternehmen und einigen internationalen Konzernzentralen lebte die Stadt zu einem nicht unerheblichen Teil von den Einnahmen der jährlich zigmillionen Touristen, die in die Stadt strömten. Ein Geldsegen.

Und jetzt, im April, ging die Saison gerade wieder richtig los. Auf die Touristen wollte man in der Stadtverwaltung ganz sicher nicht verzichten. Deshalb war Handeln angesagt. Und zwar bald.

„Leider können wir dem Hoofdcommissaris nur mitteilen, dass wir etliche Aussagen prüfen, aber eine heiße Spur gibt es einfach noch nicht. Außer der Sache mit der Jacke", sagte Jacob Peeters etwas trotzig. Er wollte sich nicht unter Druck setzen lassen. Das würde der „Alte", wie sie ihren Hoofdcommissaris Wouter Janssen gerne nannten, wohl oder übel schlucken müssen. „Nur damit Janssen sich vor die Presse stellen kann, um die Lorbeeren zu kassieren", schob Peeters noch nach.

Dabei wurde es allerdings wirklich Zeit, dass etwas passierte, das wusste er selbst. Die Stimmung in der Stadt war nicht die Beste. Der Ruf nach härteren Strafen und einem entschlosseneren Durchgreifen der Polizei war unüberhörbar. Nicht nur in der Stadt, sondern im ganzen Land. Und das auch nicht erst seit gestern. Die Menschen in den Niederlanden waren ungeduldiger und weniger tolerant geworden. Und viele waren unzufrieden und fanden sich in der Politik der Regierungsparteien nicht mehr vertreten. Eigentlich auch kein rein niederländisches Problem. Politikverdrossenheit gab es hier genau wie in Deutschland, Frankreich oder anderen europäischen Ländern. Dafür sorgten die Politiker schon selbst mit ihren egozentrischen Positionen.

Die einst als liberalstes Land Europas gehandelte Nation war nach wie vor ein wirtschaftlich erfolgreiches Land. Das hatte Kontinuität. Aber politisch gab es in den letzten Jahren einige Veränderungen, die Commissaris Jacob Peeters nicht unbedingt zu den positivsten Veränderungen einer Gesellschaft zählte. Eine echte Überraschung war es allerdings auch nicht. Es brodelte schon lange unter der liberalen Oberfläche des idyllischen Landes. Gerade er und seine Kollegen von der Polizei hatten dazu einiges zu erzählen.

Mittlerweile waren mehr als zehn Jahre vergangen, seitdem diese Unzufriedenheit das politische Den Haag so unverhofft durcheinander wirbelte und Menschen wie Pim Fortuyn und später Geert Wilders an die Oberfläche spülte. Und Mehrheiten aus der Bevölkerung erhielten, die bis dahin unvorstellbar waren. Es waren Proteststimmen, die das ermöglicht hatten. Die Niederländer waren kein Volk von Rassisten. Im Gegenteil. Sie hatten aber genug von einer Politik, die es zuließ, dass sich ungehindert Angst verbreiten konnte. Ob es der Mord an dem Amsterdamer Filmemacher Theo van Gogh oder ein anderes Ereignis war, das konnte Jacob Peeters auch nicht genau sagen. Aber spätestens seit diesem Zeitpunkt gab es eine offene Konfrontation in der Bevölkerung.

„Die Prada-Gang wird immer brutaler. Das wissen wir spätestens seit gestern", sagte Peeters. „Sie schrecken auch nicht mehr vor Gewalt zurück, um an ihre Beute zu gelangen."

„Hab′ ich was verpasst?“ fragte Mieke Dekker sichtlich erstaunt. Und das hatte sie tatsächlich, weil sie in den letzten zwei Tagen Urlaub hatte, um ihren Umzug von Utrecht nach Amsterdam zu organisieren. Dort hatte sie in den letzten fünf Jahren gewohnt und war täglich gependelt, um ihren Dienst in Amsterdam jeden Morgen pünktlich antreten zu können. Die Pendelei reichte ihr und ihre Stelle im Amsterdamer Kommissariat war mittlerweile auch nicht mehr befristet.

Mieke Dekker wollte nicht als Assistentin ihr Berufsleben bei der niederländischen Polizei fristen, sondern über kurz oder lang in den Rang eines Commissaris aufsteigen. Dafür musste sie erst noch beweisen, was in ihr steckte. Und deshalb war es ihr etwas peinlich, nicht auf dem Laufenden zu sein, was die Ermittlungen anging. Peeters brache sie auf den aktuellen Stand.

„Gestern Abend ist eine Frau bei einem Handtaschendiebstahl verletzt worden. Nicht gefährlich. Aber sie hatte ein paar Prellungen und Schürfwunden“, erklärte er.

„Was ist mit der Frau?“, wollte sie wissen.

„Sie wurde in ein Krankenhaus gebracht, konnte aber später wieder nach Hause gehen. Sie hatte einen mutigen Begleiter und das war ihr Glück. Sonst wäre vielleicht mehr passiert.“

Beim Handtaschenklau in der Kalverstraat gab es endlich einen Anhaltspunkt. Als man der Frau von dem vorbeifahrenden Motorroller aus die Handtasche entreißen wollte, hatten die Täter nicht mit Widerstand gerechnet. Die Frau war geistesgegenwärtig genug, um ihre Handtasche nicht sofort los zu lassen, und ihr Begleiter, den die Diebe wahrscheinlich nicht auf dem Plan hatten, reagierte ebenfalls spontan. Er riss dem Handtaschendieb, den er im letzten Moment noch an der Jacke erwischen konnte, vom Beifahrersitz des fahrenden Rollers. Der Täter konnte zwar mit der Beute verschwinden, hatte aber bei dem Gerangel seine Jacke verloren. Nun hatten sie also eine Jacke, die dem Täter gehörte, und da war noch etwas: Eine Postkarte steckte in der Jacke. In einer Sprache, die sie noch nicht eindeutig zuordnen konnten.

„Postkarten gehören in den Briefkasten“, sagte Mieke Dekker. „Zumindest wenn eine Briefmarke, eine Adresse und ein paar Grußzeilen darauf zu finden sind.“

„Da hat jemand Heimweh oder muss sich zuhause melden, damit die Familie keinen Verdacht schöpft oder sich Sorgen macht“, vermutete Klaas van den Broek.

Nur landete diese Postkarte nicht im Briefkasten und schon gar nicht in der Heimat des Absenders, sondern auf dem Amsterdamer Kriminalkommissariat bei Jacob Peeters auf dem Schreibtisch.

Jedenfalls konnten sie durch die Aufmerksamkeit des Mannes weitere Erkenntnisse sammeln, die den längst bestehenden Verdacht erhärteten, dass es sich um eine Gruppe von Kriminellen handelte, die strategisch vorging. Das passte nicht zur üblichen Beschaffungskriminalität von Drogenabhängigen aus der direkten Umgebung Amsterdams.

„Wir haben es offensichtlich mit einer mobilen Tätergruppe aus Südosteuropa zu tun, wie sie momentan in vielen großen Städten beobachtet werden.“

In Berlin, das wusste Peeters von den deutschen Kollegen, wurde nicht mal einer von zehn Wohnungseinbrüchen aufgeklärt. Dort wuchs den Ermittlergruppen die Arbeit längst über den Kopf. Seit 2005 hatte sich die Einbruchszahl in der deutschen Hauptstadt regelrecht verdoppelt. Ganz so übel dran waren sie in Amsterdam nicht. Aber das Problem wurde nicht kleiner. Auch, wenn die meisten Einbrüche von Landsleuten verübt wurden, hatte sich das Täterbild merklich verändert.

Sie wussten, dass die Mitglieder dieser Banden meist junge Männer zwischen 20 und vielleicht 35 Jahren waren. Sie waren schnell und wendig, wie es sich für einen erfolgreichen Einbrecher gehörte.

„Außerdem sind sie bestens organisiert“, schilderte Dick Mouthaan seine Eindrücke, die er bei den bisherigen Ermittlungen mit seinem Team gesammelt hatte. „Sie bevorzugen die Arbeitsteilung. Jeder ist nur für einen kleinen Schritt zuständig. Wenn ein neuer Trupp ins Land kommt, wird er von so genannten Residenten betreut, die die Verhältnisse vor Ort kennen und alle einweisen können. Die Trupps werden mit Fahrzeugen, Handys und allem Notwendigen für ihre Arbeit versorgt. Sie bekommen die Adressen der Wohnungen und Häuser mitgeteilt, die von anderen über längere Zeit ausgespäht werden. So brauchen sie nur noch einzubrechen und die Beute herauszuholen. Dann ist ihr Job erledigt. Der Verkauf des Diebesguts wird wieder von anderen Bandenmitgliedern übernommen. Ein Großteil der Gegenstände ist schon nach wenigen Stunden auf den Schwarzmarkt gelangt oder in speziellen Transporten nach Südosteuropa unterwegs", schloss Dick Mouthaan sein Briefing für das neue Ermittlerteam ab.

Mieke Dekker und Klaas van den Broek machten sich nach dem Gespräch mit Dick Mouthaan an ihre Arbeit, um die Zieladresse und vor allem den Adressaten der Postkarte ausfindig zu machen. Es war eine Adresse in einem kleinen Dorf nahe der bulgarischen Hauptstadt Sofia. Die Übersetzung hatten sie auch schon vorliegen.

Das versprach zumindest einen Teilerfolg.

3

Die Ermittlungen in der Prada-Sache kamen also voran, zumindest gab es einen ersten Ansatz. Seine Assistenten hatten den Ehrgeiz, mit diesem Fall Punkte auf ihrem jeweils eigenen „Erfolgs- und Karrierekonto“ zu sammeln. Nur zu! Das war Jacob Peeters recht so. Natürlich wollte er eine rasche Aufklärung erreichen, aber irgendetwas sträubte sich in ihm, selbst so großes Engagement in die Sache zu stecken. Er hatte das Gefühl, nur wieder ausbügeln zu müssen, was man hier in Amsterdam oder Den Haag, vielleicht auch in Brüssel in den EU-Büros, nicht auf die Reihe bekam. Die Probleme waren doch hausgemacht. Und würden sich so nicht lösen lassen.

Jacob Peeters hatte den ganzen Tag im Büro gesessen. Er war müde und sein Nacken schmerzte, weil er mit seiner Größe von fast 1,90 Meter immer die falschen Möbel hatte. Immer zu klein. Im Büro, zuhause und auf seinem Schiff. Die Welt hielt viele Stolpersteine für große Menschen bereit. Er wusste es nur zu gut.

Da kam es ihm gerade recht, dass sich sein alter Segelkamerad Han Molenaar am Telefon meldete und ihn für den Abend zu einem Restaurantbesuch in Monnikendam, etwas nördlich von Amsterdam, überreden wollte.

„Davon brauchst du mich nicht überzeugen. Das weißt du doch“, sagte Peeters. „Ich bin dabei, ich mache hier gegen halb sieben Schluss, dann können wir losfahren.“

„Gut, ich hole dich pünktlich vor dem Präsidium ab“, sagte Han Molenaar. „Wir sollten gegen kurz nach sieben im Café Lanskroon sein. Wir können mit dem Besitzer das Interview machen, bevor wir essen. Bis später.“

Jacob Peeters legte auf. Die Restauranttouren mit Han waren eine spaßige Sache. Han schrieb gerade für einen Amsterdamer Verlag ein Buch mit dem Titel „Köche und ihre Restaurants rund ums Ijsselmeer.“ Han war freier Journalist und Buchautor. So macht Recherche

Spaß, dachte Jacob Peeters. Bei den Abenden gab es nicht nur gutes Essen, sondern auch immer interessante Gespräche rund um die holländische Küche, die international allerdings eher unbekannt war. Damit tat man aber einigen Köchen durchaus Unrecht, wie Peeters fand. Außerdem konnte er bei der Gelegenheit mit Han Molenaar über ein verlängertes Segelwochenende nachdenken, denn er hatte noch ein paar Überstunden abzufeiern. Und das sollte er besser jetzt machen, wo nicht so viel los war im Präsidium.

Es war ein langer Winter gewesen mit viel Schnee, Eis und wenig Licht. Er hatte ganz deutlichen Nachholbedarf in Sachen Sonnenschein und frischem Wind bei milden Temperaturen auf dem Ijsselmeer. So sollte es sein in den nächsten Monaten. Es war zumindest seine Hoffnung.

Jacob Peeters liebte die Inseln an der nord- und westfriesischen Küste. Besonders Vlieland und Ameland hatten es ihm angetan. Auf Ameland hatte er schon ein paar Mal den Jachthafen angesteuert, wenn er mit seinem schwedischen, 35-Fuß großen Segelboot unterwegs war.

Seit Mieke ihre Kaffeepad-Maschine in der kleinen Teeküche neben dem Büro des Commissaris aufgestellt hatte, waren frische Tassen immer Mangelware.

„Irgendjemand muss mal wieder abwaschen“, rief Jacob Peeters in den Flur. Seine Hoffnung, dass Mieke oder Klaas darauf antworten würden, gab er schnell auf. „Na, dann bin ich das wohl“, sagte der Commissaris weniger laut als vorher und mehr zu sich selbst. „Aber nicht jetzt, das mache ich, bevor ich Feierabend habe“, fuhr er in weiterhin gemäßigtem Ton fort, denn es hörte ihm ja offensichtlich keiner zu.

„Das hört sich gut an.“ Miekes Stimme war nur leise zu hören, sie hatte seine Monologe mitverfolgt, fühlte sich jedoch nicht schon wieder an der Reihe. Sie sollten bei Gelegenheit einen Abwaschplan machen, so wie früher in der WG.

„Das werde ich mir merken", brummte Jacob Peeters leicht amüsiert darüber, dass er sich selbst damit ein Eigentor geschossen hatte. Hätte er nichts gesagt, würde sich vielleicht jemand anderes erbarmen.

Aber gut, er war auch wohl mal wieder dran. Miekes Büro, das sie sich mit Klaas van den Broek teilte, lag genau gegenüber der Teeküche. Also in bester Hörweite. Und die Geräusche, die von draußen in die zweite Etage des Amsterdamer Polizeipräsidiums vordrangen, waren allesamt eher ruhiger Natur. Deshalb hatte sie ihn wohl auch gut verstehen können.

Sie schauten von der Teeküche aus direkt nach hinten auf eine der zahllosen kleinen Grachten der Stadt. Dort fuhren nur wenige Autos. Und wenn, dann langsam, denn die enge Straße ließ höhere Geschwindigkeiten kaum zu.

Als er die Teeküche betrat, konnte er noch einen blassen Hauch von Miekes Parfüm wahrnehmen. Sie musste sich auch gerade einen Kaffee oder irgendetwas anderes geholt haben. Seit einiger Zeit trug sie einen frischen, sommerlich blumigen Duft. Mieke war mit ihren 35 Jahren nicht nur eine gute Kriminalassistentin, sondern auch ausgesprochen gutaussehend. Mit dieser Meinung war er nicht allein. Sie zog die Blicke der Kollegen auf sich, das wusste sie, und manchmal hatte Jacob das Gefühl, dass sie auch ganz bewusst damit arbeitete. Sie war nicht groß und eher zierlich. Aber ihre Körperhaltung verriet Entschlossenheit. Und ihre braunen Augen, die nicht ganz parallel zueinander standen, funkelten, wenn sie konzentriert im Gespräch mit anderen war. Das dunkle, kräftige Haar, das sie meistens schulterlang und offen trug, deutete ihre orientalische Abstammung an. Die Eltern ihrer Mutter waren schon in den sechziger Jahren als iranische Botschaftsangehörige in die Niederlande gekommen. Ihre Mutter hatte bald darauf einen Amsterdamer Bankangestellten geheiratet.

„Ich dachte, du willst abwaschen", erschreckte Mieke ihren Chef.

Sie war in die Teeküche zurückgekehrt, weil sie die Milch für ihren Kaffee vergessen hatte. Jacob hatte es aber nicht bemerkt. Er stand am Fenster und schaute auf die Gracht hinaus. Das Frühlingslicht im April meinte es gut mit der Stadt. Die Sonne neigte sich langsam gen Westen und sorgte für ein harmonisches Bild aus mildem Licht und klar strukturierten Schatten.

„Ich werde mal ein paar neue Kaffeetassen spendieren", sagte Peeters und kramte in dem Hängeschrank über der Spüle nach der letzten, noch sauberen Tasse.

„Ich fass es nicht", äußerte er erstaunt und zeigte ihr den Keramikbecher, der am oberen Rand schon einige kleine Macken hatte.

„Schau mal, was da drauf steht!"

„Rinus" entzifferte sie die schon etwas verblichenen Buchstaben, die in oranger Schrift in die Tasse eingraviert waren. „Wer ist Rinus?"

Den konnte sie auch nicht kennen.

„Die Tasse muss locker zwanzig Jahre alt sein", erklärte er. „Das ist die Tasse von Rinus de Gier. Ein alter Kollege, der mittlerweile längst pensioniert ist. Als ich hier bei der Amsterdamer Polizei anfing, gehörten er und Henk Grijpstra als Assistenten zu einem sehr erfolgreichen Ermittlerteam. Gemeinsam mit ihrem Commissaris ...", Peeters überlegte einen Moment. „Mir fällt schon sein Name nicht mehr ein, so lange ist das her. Jedenfalls habe ich in Fortbildungen einige der Ermittlungsakten gelesen. In den achtziger Jahren haben sie in Amsterdam ein paar spektakuläre Fälle auf recht unkonventionelle Weise gelöst. Aber ich habe schon lange keinen Kontakt mehr, schade eigentlich."

Mieke Dekker machte Anstalten, wieder in ihr Büro zurück zu gehen. „Ich werde weiter rumtelefonieren", sagte sie, „die bulgarische Botschaft hat mir schon zugesichert, bei den Prada-Ermittlungen kooperativ zu sein."

4

Jacob Peeters legte den Telefonhörer auf: „Mist", sagte er resigniert. „Das hatte ich mir anders vorgestellt."

Er rief Mieke und Klaas zu sich.

„Der Feierabend muss heute warten. Den Helder Rescue hat gerade angerufen. Sie haben in der Nähe von Durgerdam einen Toten im Wasser gefunden. Und ein verlassenes Segelboot dazu."

„Den Helder Rescue" war die nationale Seenotrettungsleitstelle und damit zuständig für das Ijsselmeer. Fünf Mitarbeiter saßen hier im Schichtdienst rund um die Uhr. Von hier aus wurden alle Rettungsaktionen koordiniert, damit aus den Orten rund ums Ijsselmeer die Polizei und die „Reddingsbrigaden" mit ihren Hightech-Schlauchbooten sofort ausrücken konnten, um möglichst bald an der Unglücksstelle zu sein.

„Klaas, ruf bitte die Fahrbereitschaft an und sag ihnen, wir sind in zehn Minuten unten", wies Peeters ihn in dem unmissverständlichem Ton an, den er immer dann anschlug, wenn er hochkonzentriert in Ermittlungen steckte. So weit war er eigentlich noch gar nicht. Aber es gab so eine Art Automatismus, dem man sich nach über zwanzig Jahren bei der Polizei nicht entziehen konnte. Und sie schafften es sogar noch etwas schneller als in zehn Minuten im Auto zu sitzen. Er, Mieke und Klass.

Sie würden versuchen, durch den Zeeburgertunnel zu fahren, um dann direkt von der A10 aus in Richtung Durgerdam abzubiegen. Und dann immer am Wasser entlang. Es war nicht zu verfehlen. Der gemeldete Fundort lag zwischen Durgerdam und Uitdam.

„Da gibt es nur eine einzige Straße direkt hinterm Deich", informierte Klaas, der am Steuer saß.

Dort würden sie auf die Kollegen stoßen, die gleich nach der Meldung zur Unglücksstelle gefahren waren.

Vermutlich eine Routine-Sache, dachte der Commissaris, und sie konnten schnell wieder nach Amsterdam zurückfahren.

„Ein verlassenes Segelboot, ein Toter im Wasser. Das hört sich nach Einhandsegler und missglücktem Überbordpinkel-Manöver an", kommentierte Jacob Peeters.

Der Weg hinter dem Deich zog sich in die Länge, und der kleine Toyota, den sie von der Fahrbereitschaft bekommen hatten, ächzte ein wenig unter den zahlreichen Schlaglöchern, die der strenge Winter auf der Straße hinterlassen hatte.

„Wir wissen bis jetzt nur, dass sie dort einen Toten gefunden haben, der offenbar Segler ist. Aber auch das ist bislang nicht bestätigt", sagte Peeters zu seinen beiden Assistenten. „Das hört sich zwar etwas skurril an, aber das ist tatsächlich eine der häufigsten Todesursachen beim Segeln. Die Kerle halten sich alle für unverwundbar und jeder glaubt, er kann selbst im Wellengang akrobatengleich über die Reling pinkeln, anstatt die Bordtoilette zu benutzen", erzählte Peeters weiter.

„Wenn man ins Wasser fällt, kann man doch um Hilfe rufen. Zumindest, wenn du nicht alleine bist", überlegte Mieke.

„Man kann doch so ein Boot anhalten oder wenden und denjenigen retten. Das kann doch nicht so schwer sein", fügte Peeters Assistentin ungläubig hinzu. „Gut, dass ich in diese Versuchung nicht kommen würde. Jedenfalls nicht bei klarem Verstand".

„Die Menschen überschätzen sich und oft ist auch Alkohol im Spiel", sagte Peeters. „So etwas kommt hauptsächlich abends vor, wenn es dunkel ist und die Crew gemütlich im Salon sitzt. Dann bleibt nur noch ein Steuermann an Deck, bis er wieder abgelöst wird."

„Wenn der Steuermann alleine draußen ist und niemanden unter Deck stören oder wecken will, nur weil er pinkeln muss, kommt es oft genug vor, dass er das Ruder sichert und damit auf Kurs bleibt. Dann kann er in Ruhe hinten über die Reling pinkeln. Keiner merkt 's", ergänzte er.

„Es merkt dann wahrscheinlich aber auch keiner unter Deck, wenn der Steuermann über Bord gegangen ist", vermutete Mieke.

„Genau. Wenn unten gefeiert oder zumindest geredet wird, kann man das leicht überhören. Und finde mal jemanden im Dunkeln wieder, wenn du gar nicht weißt, dass du ihn verloren hast."

„Aber hier ist es weder sehr tief noch ist es weit vom Ufer weg", mischte sich Klaas van den Broek ein.

Der Toyota wurde wieder langsamer, weil sich eine enge Kurve hinter dem Deich ankündigte, bei der man die entgegenkommenden Fahrzeuge vermutlich erst in dem Augenblick sah, in dem man sich schon fast begegnete. Außerdem waren da noch Schlaglöcher in Sichtweite. Es konnte nicht mehr weit sein. Sie hatten das Ortsschild von Durgerdam längst passiert. Die beiden Orte lagen höchstens fünf Kilometer auseinander.

„Wenn das Wasser dein Freund bleiben soll, musst du Respekt vor ihm haben", sinnierte Jacob Peeters.

„Zu Beginn der Saison ist das Wasser hier noch sehr kalt. Wir haben zwar mittlerweile ein paar nette Apriltage gehabt, aber die Wassertemperaturen sind nicht höher als 12 oder vielleicht 14 Grad", fuhr der Commissaris fort.

„Arschkalt, überflüssig, dann aufs Wasser zu gehen", entfuhr es Mieke, die vom Wassersport nur dann etwas hielt, wenn die Lufttemperatur die Dreißig-Grad-Marke mühelos übersprang und auch das Wasser deutlich über zwanzig Grad kam. Das hatte sie allerdings auf dem Ijsselmeer noch nicht oft erlebt. Entsprechend häufig war sie in ihrem Leben auf einem Segelboot gewesen. Und schon gar nicht auf einem Motorboot, das ihrer Meinung nach nur Krach machte und stank.

„Das Wasser mit den jetzt etwa zwölf Grad zieht die Wärme fünfundzwanzig Mal schneller aus dem Körper als es die Luft bei gleicher Temperatur tun würde", erklärte Peeters. „Da bleibt nicht viel Zeit für entspannte Rettungsaktionen. Außerdem kann der Sturz ins Wasser ganz schnell zu einer tödlichen Atemlähmung führen."

„Vor Schreck gestorben, sozusagen", sagte Klaas, der ein paar hundert Meter weiter vor sich schon den Wagen der Kollegen am Straßenrand sah.

Das Blaulicht drehte in dem engen Kunststoffgehäuse auf dem Autodach des Polizeiwagens aus dem nahen Monnikendam unerschrocken und auch ein bisschen hektisch seine Runden, als ob es einen möglichst schnellen Fluchtweg aus diesem Dilemma suchen würde. Ungewollt rahmte es die ganze geschäftige Szenerie an diesem idyllischen Fleckchen zwischen Wasserkante und Deichlandschaft in ein surreales Licht.

Es fing an zu dämmern.

Aber surreal war hier gar nichts. Das sahen sie sehr deutlich, nachdem sie aus dem Toyota ausstiegen und die zehn ungleichmäßigen Stufen der Steintreppe bis zur Deichspitze hochgingen.

Da lag er. Ein Mann um die fünfzig. Vielleicht etwas jünger. Das konnte Jacob Peeters noch nicht genau erkennen. Der Tote war aber in einem ähnlichen Alter wie er selbst.

Eine Hand für dich und eine Hand fürs Boot, fiel ihm in Gedanken die alte Seglerweisheit ein, die verhindern sollte, dass man ungewollt über Bord ging. Offensichtlich hatte dieser Mann nicht daran gedacht. Oder er hatte nicht mehr die Zeit dazu.

„Wir haben heute gegen 17.12 Uhr einen Anruf von Den Helder Rescue erhalten. Dort hatte sich eine belgische Segelyacht mit einem Mayday gemeldet", stellte sich Polizeiagent Verhoeven seinen Amsterdamer Kollegen vor. „Ich war als erster hier. Von unserer Station in Monnickendam aus ist die Unglücksstelle schnell zu erreichen."

„Monnickendam", sagte Peeters leise. Ihm war eingefallen, dass sein Kumpel Han Molenaar vor dem Präsidium auf ihn wartete. Er musste ihn gleich anrufen, um abzusagen.

„Hatte der Tote einen offenen Hosenschlitz?", unterbrach der Commissaris den Kollegen aus Monnickendam etwas unverhofft.

„Einen offenen Hosenschlitz?", fragte der Polizeiagent überrascht. „Wissen Sie schon mehr als wir hier?"

„Hatte er oder hatte er nicht?", insistierte der Commissaris.

„Nein, hatte er nicht", sagte der Kollege. „Da hab ich allerdings auch nicht gleich drauf geachtet. Wäre mir aber sicher aufgefallen."

Jacob Peeters ging auf die Wasserleiche zu, die mittlerweile auf einer Bahre lag und in einem ungemütlich und kalt aussehenden Plastiksack ihre vorerst letzte Ruhe gefunden hatte.

Er zog den Reißverschluss des Leichensacks soweit runter, bis er den Hosenlatz der Leiche sehen konnte. Da war nichts. Jedenfalls nichts, dass auf seine voreilige Theorie des Pinkel-Todes hindeutete.

Das konnte auch die Medizinerin bestätigen, die den Tod offiziell feststellte.

Der Commissaris kannte sie nicht.

„Sie sind noch nicht lange in der Gerichtsmedizin tätig, oder?“, fragte Jacob Peeters neugierig. „Wieso?“, frage sie leicht gereizt zurück. „Finden Sie, dass ich meine Arbeit stümperhaft mache? Was gefällt Ihnen nicht?“

Da war es. Das große Fettnäpfchen, in das er mit beiden Füßen voraus sicher und zielgerichtet hineingesprungen war. Dabei wollte er nur sein kollegiales Interesse kundtun.

Das Verhältnis zwischen Polizei und Gerichtsmedizin war nicht immer das Beste. Das kannte man klischeehaft schon aus unzähligen Krimis. Aber auch in der Amsterdamer Realität war es nicht anders und lag einfach in der Natur der Sache. Die Gerichtsmediziner hatten den hehren Anspruch, jede Erkenntnis hinreichend fachlich abgesichert zu haben und die Polizei wollte schnelle Ergebnisse oder zumindest verwertbare Hinweise. Da kam es zu Anfang nicht immer auf die letzte DNA-Bestätigung an, wenn einem die Verdächtigen durch diese oft langwierigen Untersuchungsprozesse einfach von der Fahne gingen. So etwas tat ermittlungstechnisch weh. Jedenfalls den Kollegen von der Polizei.

„Sorry“, entschuldigte sich Peeters, „das war die falsche Begrüßung. Ich fange noch mal von vorne an.“

Er stellte sich vor und erklärte seine Neugier, warum er gleich nach dem Hosenschlitz des Toten gesehen hatte. Aber auch Tineke Huisman, so hieß die Gerichtsmedizinerin, konnte seine Vermutung nicht bestätigen.

„Ich nehme Ihre Entschuldigung an", sagte die Ärztin mit einem Lächeln auf ihrem Gesicht, „ich bin tatsächlich erst seit sechs Wochen in der Amsterdamer Gerichtsmedizin tätig."

„Und wo waren Sie vorher?", fragte Peeters.

„In Vlissingen, aber wir können gerne bei einem Kaffee demnächst mal etwas ausführlicher plaudern", sagte sie, und blickte dabei nachdenklich auf den Toten. „Hier ist vielleicht im Moment nicht der richtige Zeitpunkt dazu."

„Könnten Sie, ohne Gewähr natürlich, schon etwas genauer sagen, was die Todesursache sein könnte?", erwiderte Peeters vorsichtig und im Konjunktiv, ohne auf die unverbindliche Einladung zum Kaffeeklatsch einzugehen.

„Ich weiß noch nicht, ob er ertrunken ist. Und wenn, dann hat ihm ein kräftiger Schlag mit einem dumpfen Gegenstand am Kopf vorher schon fast den Garaus gemacht."

„Könnte das der Baum gewesen sein?", wollte Peeters wissen. So hieß das Rohr, das quer am Mast befestigt war und an dem das Segel Halt fand.

„Denkbar. Die Blutspuren am Baum und am Segel deuten jedenfalls darauf hin. Aber es kommt genauso gut ein anderer Gegenstand dafür in Frage. Ein Brett oder irgendein Werkzeug. Davon gibt es auf Schiffen immer reichlich Auswahl", erläuterte sie. „Mehr dazu und auch deutlich genauere Informationen gibt es morgen nach der Obduktion. Ich melde mich bei Ihnen", schloss die Gerichtsmedizinerin und wandte sich von Peeters ab, um ihre Arbeit zu Ende zu bringen.

„Jacob", rief seine Assistentin Mieke Dekker, „die Leute von der belgischen Segelyacht warten noch immer im Einsatzwagen. Willst du mit ihnen reden?"

„Nein, im Moment nicht, ich will mich hier noch etwas umsehen. Schnapp dir Klaas und nehmt zusammen ihre Aussagen auf. Wir reden später darüber.

„Ach, Mieke, frag bitte den Kollegen aus Monnickendam, ob schon jemand die Familie oder die Ehefrau des Toten verständigt hat", schoss es ihm noch durch den Kopf, nachdem er die Personalien des Toten mitgeteilt bekam. Nicht ohne die Hoffnung, dass er nicht derjenige sein musste, der diese Nachricht zu überbringen hatte. Solche Botschaften überbrachte niemand gerne. Das war bei allen Routinearbeiten, die man als Polizist zu erledigen hatte, die Schlimmste. Und wohl auch deshalb, weil es nie Routine werden konnte, wenn man jemandem unmittelbar gegenüberstand und mit ansehen musste, wie sich dessen Leben von einer Sekunden auf die andere in ein Gefühlschaos verwandelte, das einem den Boden unter den Füßen wegzureißen drohte. Da kam man sich für jedes Mitleid, und war es noch so ehrlich gemeint, einfach wie ein Heuchler vor. Ein einsamer Heuchler, zumindest für den Augenblick der ersten Begegnung. Man kannte den oder die Tote nicht, und die Hinterbliebenen sahen einen als Überbringer der Botschaft auch immer gleich so an, als sei man irgendwie mitverantwortlich für das, was man an schlechten Nachrichten zu vermelden hatte.

„Ist okay, es sind schon Kollegen bei Mevrouw Bakker", sagte Mieke. „Das können wir uns ersparen."

„Gott sei Dank", entfuhr es dem Commissaris, der in Sachen emotionaler Anteilnahme nicht immer den passenden Auftritt hinbekam. Er war eben kein Blender, der zu jeder Situation das passende Gesicht machen konnte. Das unterschied ihn von manchen Kollegen, die sich sozusagen die Höhergruppierung in der Besoldungsgruppe smart erlächelt hatten. Sicheres Auftreten bei völliger Ahnungslosigkeit, dachte Jacob Peeters manchmal, wenn er einem dieser Kollegen auf den Fluren des Präsidiums begegnete.

Noch während der Commissaris, Mieke und Klaas auf dem Weg zur Unglücksstelle waren, hatten die Kollegen von der Wasserschutzpolizei das Boot betreten und dort Schiffspapiere, Versicherungspolicen und ein Logbuch gefunden, die allesamt auf den Namen Kees Bakker ausgestellt waren. Beim Toten fanden sie in seiner Gesäßtasche ein Portmonee mit einer individualisierten OV-Chipkaart. Darauf stand sein Name, dazu ein Bild, das noch nicht so alt sein konnte, denn die OV-Karten, die im Scheckkartenformat zur flächendeckenden Nutzung des niederländischen Nah- und Fernverkehrs ermächtigten, gab es in dieser Form erst seit ein paar Jahren. Die Identifizierung des Toten sollte also diesmal keine Probleme bereiten.

„Wie sieht das Boot von innen aus?“, fragte er den Polizeiagenten Voerhoeven aus Monnikendam. „Sie waren doch schon drauf, oder?“

„Ja, aber nur im Cockpit. Ich wollte nichts durcheinander bringen“, sagte der Polizeiagent, „man weiß ja nie“.

„Da waren auch noch die Kollegen von der Wasserschutzpolizei und die Taucher, die den Toten gefunden haben. Übrigens nicht weit entfernt von seinem Boot“, sagte der Polizist. „Die haben aber nur das Nötigste machen können. Für eine genaue Untersuchung müssen sie das Boot erst in den Hafen schleppen.“

„Auf den ersten Blick“, informierte Polizeiagent Voerhoeven, „ist der Wasserschutzpolizei aber nichts aufgefallen, was sie nicht schon mal bei einem tragischen Segelunfall dieser Art erlebt hätten.“

„Hat sich irgendetwas an dem Boot verändert, seitdem Sie hier sind?“, fragte Peeters. „Ich meine, hat es seine Position verändert, stand es anders im Wind als jetzt? Waren die Segel an genau der gleichen Stelle wie jetzt?“, wollte er wissen. Der Polizeiagent war mit diesen Fragen sichtlich überfordert.

„Ich glaube schon, dass sich nichts verändert hat“, antwortete er zögerlich.“ Aber das werden Sie im Bericht der Wasserschutzpolizei noch detailliert lesen können. Ich hab hier so viel mit Nebensächlichem zu tun“, fügte er etwas angestrengt hinzu. „Es wimmelt nur so von Fahrradtouristen, die mir den Deich eintrampeln. Die Leute glauben immer, sie können ihre gute Kinderstube vergessen, wenn sie unmittelbar Zeuge eines solchen Vorfalls werden. Die gaffen und nehmen keine Rücksicht auf Ermittlungsarbeiten, und ich muss sie unter Kontrolle halten, damit hier ordentlich gearbeitet werden kann.“

Peeters schwieg. Er stand am Ufer des Ijsselmeeres und versuchte sich einen Überblick über das Geschehene zu verschaffen. Das Boot wollte er jetzt nicht betreten. Das würde er morgen im Polizeihafen machen. Er hätte ansonsten mit dem Schlauchboot der Wasserschutzpolizei die etwa fünfzig Meter über flachen Grund fahren müssen, um dort hinzukommen.

Das Boot, eine kleine Segelyacht von etwa sieben Metern Länge, bewegte sich kaum. Das lag zum einen daran, dass der Wind, der noch am Morgen eher frisch geweht hatte, zurzeit fast gänzlich eingeschlafen war. Das war typisch fürs Ijsselmeer in den Abendstunden und bei einer solchen Wetterlage. Und zum anderen war die Ruheposition des Schiffes damit zu begründen, dass es schlicht und einfach festsaß. Es war vom Wind, der aus Nordost kam, an das südwestliche Ufer des Ijsselmeeres gespült worden. Es war dorthin gedriftet und hatte sich im sandigen Untergrund geradezu eingegraben. Die fortwährenden Wellenbewegungen brachten es in diese Position und sorgten dafür, dass es sich mit jeder Wellenbewegung etwas tiefer in den Sand eingrub. Natürlich nur der Kiel des Schiffes. Alles, was oberhalb der Wasseroberfläche zu sehen war, sah ganz normal aus. Fast ganz normal.

Ebenso, als sei Kees Bakker gerade dabei gewesen, die Segel zu bergen, weil er vielleicht unter Motor weiterfahren oder ankern wollte. Die Segel konnte man auf seinem Schiff vom Cockpit aus bergen. Die Fallen, so hießen die dafür notwendigen Leinen, waren bis ins Cockpit umgelenkt. Diese Arbeit konnte er gut alleine erledigen. Aber um die Segel sauber aufzutuchen und zu verzurren, hätte er an Deck klettern müssen. Und dieser Arbeitsgang war nicht zu Ende geführt worden. Dafür musste Kees Bakker das sichere Cockpit verlassen und auch für einen Moment das Ruder aus der Hand legen oder zumindest auf einen Autopiloten umschalten.

In diesem Moment muss es passiert sein. Im Segel war noch so viel Wind, dass der verbleibende Druck aufs Segeltuch und damit auch auf den Baum ausreichte, um ihn vom Schiff zu katapultieren, dachte Peeters. Voraussetzung für den wuchtigen Schlag wäre allerdings gewesen, dass sich das Schiff in dem Moment, als Kees Bakker das Ruder losließ, aus der für dieses Manöver optimalen Stellung genau gegen den Wind gedreht hätte. Es musste sich mit der Spitze in Richtung Wind gedreht haben und der Baum hatte angefangen, wild hin- und her zu schlagen. Diese Szene spielte er mehrmals in Gedanken durch, er war aber noch nicht ganz zufrieden mit dieser Erklärung. Anders war es, wenn sich das Boot mit dem Heck zum Wind drehte. Dann kam es zur unfreiwilligen Halse. Die kam immer überraschend und meistens mit einer unkontrollierbaren Wucht. Das reichte allemal für die Verletzung, die Kees Bakker an der rechten Schläfe hatte. Dafür sprachen auch die Blutspritzer am Baum, am Segel und an der Außenwand des Schiffes.

Und nun sah es ganz friedlich aus, das Boot von Kees Bakker. Als könnte es keiner Seele etwas antun. Nur durch den festsitzenden Kiel machte es ungewohnte Bewegungen auf dem Wasser. Nichts deutete auf ein Fremdverschulden hin.

Pinkelmanöver fällt aus, dachte Peeters, das können wir sicher ausschließen.

„Wissen wir eigentlich, ob Kees Bakker allein unterwegs war?", fragte der Commissaris den Kollegen aus Monnickendam.

„Es war niemand mehr auf dem Boot. Alles andere wäre ja sehr verwunderlich", meinte der Kollege. „Man springt nicht einfach so über Bord und verschwindet, wenn der Schiffsführer schon vor einem im Wasser gelandet ist."

„Wofür gibt es Funkgeräte", pflichtete Peeters bei.

„Dann hätte doch jeder normale Mensch die Küstenwache angefunkt. Und ein Rettungsmanöver gefahren, soweit man sich auskennt. Selbst wenn man mit dem Funkgerät nicht umgehen kann, hier gibt es überall besten Handyempfang. Da kann nicht viel passieren", meinte Polizeiagent Voerhoeven.

„Ja", sagte Peeters nachdenklich, „das glaube ich auch. Jeder normale Mensch würde wohl so reagieren. Und es hat sich auch niemand gemeldet, der sich an Bord befunden hat."

Typischer Fehler eines Einhandseglers, dachte Jacob Peeters.

Als Einhandsegler wurden Menschen bezeichnet, die allein, also mit einer Hand sozusagen, ihr Schiff führten, und das war im Gegensatz zum Auto nicht immer ganz einfach. Je größer das Schiff war und je stürmischer das Wetter sich gab, desto größer wurden die Gefahren für Mensch und Schiff. Für manche ein besonderer Kick.

Und die Verletzung, die möglicherweise zur Bewusstlosigkeit führte, kam seiner Ansicht nach von einem ebenso typischen Fehlverhalten, das man unter Seglern leider oft genug beobachten konnte. Sie hielten sich unbekümmert im Radius des Baumes auf. Und in diesem Bereich entwickelte das Metallrohr als Querkraft zum Mast bei entsprechendem Wind in ziemlich kurzer Zeit viel Kraft. Und die musste naturgemäß in Geschwindigkeit umgesetzt werden. Meistens ging es auch gut, und der Baum, also das Rohr quer zum Mast, an dem das Segel nach unten hin befestigt war, traf einen so, dass man mit dem Schrecken davon kam. Oder mit kleineren Blessuren, die nicht ernstlich behandelt werden mussten. Es war aber auch nicht ungewöhnlich, dass jemand so ungünstig zum Baum stand, dass er ihn bei einem überstürzten Manöver, wie etwa bei einer ungewollten Halse, unverhofft an den Kopf bekam. Dann sah es ganz schnell sehr viel ernster aus. Und genau das scheint hier passiert zu sein, dache der Commissaris.

Die Wasserschutzpolizei hatte das Boot mittlerweile transportfertig vertäut und zog es langsam in Richtung der Spitze der Landzunge vor Durgerdam. Da, wo der kleine Leuchtturm den Weg ums Eck in Richtung Amsterdam ankündigte.

5

„Was ist bei eurem Gespräch mit den Belgiern rausgekommen?“, fragte Jacob Peeters, als Mieke, Klaas und er wieder im Auto saßen und zurück in die Stadt fahren wollten. Klaas van den Broek drehte den Zündschlüssel des kleinen Toyota um und der Wagen startete augenblicklich. Die Schlaglöcher warteten schon auf ihn.

„So ein Mist, ich hab vergessen, Han anzurufen“, fluchte Peeters, ohne auf die Antwort wegen der Befragung der belgischen Segler zu warten.

„Sorry“, sagte er, „ich schicke ihm eben eine SMS.“ Er schaute auf die Uhr, es war bereits nach halb zehn Uhr abends. Han würde allein in Monnickendam sitzen und essen. Schade um den schönen Abend.

„Die Belgier“, sagte Mieke, „waren auf einem Segeltörn Richtung Durgerdam unterwegs. Sie waren morgens in Hoorn gestartet und etwa gegen 16.45h hatten sie das Boot von Kees Bakker querab zu ihrem Kurs gesehen. Erst dachten sie, das Boot läge außerhalb der Fahrrinne vor Anker.“

„Das ist in diesem Gebiet nicht ungewöhnlich“, kommentierte Jacob Peeters. „Deshalb hat wahrscheinlich vorher keiner etwas bemerkt.“

„Aber ihnen kamen die Bewegungen des Schiffes sonderbar vor. Schwimmende Boote würden sich anders bewegen. Sie hatten das Gefühl, dass das Boot auf Grund gelaufen sei“, setzte Mieke fort.

„Und es war ihnen aufgefallen, dass die Segel sehr unordentlich herunterhingen“, hat die Belgierin ausgesagt.

Die belgische Seglercrew bestand aus zwei Männern um die vierzig und einer Frau in ähnlichem Alter.

Sie seien dann mit dem Segelboot so dicht wie möglich heran gesegelt, beziehungsweise unter Motor an das Boot heran gefahren. Aber der Tiefenmesser ihrer eigenen Yacht hätte schon etwa dreißig Meter vorher Alarm geschlagen. Dichter konnten sie wegen des niedrigen Grundes nicht ans Boot, berichtete Mieke. „Einer der Segler hat durchs Fernglas gesehen, dass da was nicht in Ordnung war. ‚Ein Boot, das vor Anker liegt', sagte er, ‚bewegt sich nicht so unrund'. Und sie hätten kein Ankergeschirr am Bug des Schiffes gesehen."

Klaas van den Broek ergänzte, dass der Segler gesehen habe, dass das Boot offensichtlich in den sandigen Gründen östlich von Durgerdam feststeckt. Da, wo sich Segler normalerweise nicht aufhielten.

„Sie haben gemerkt, dass es sich um einen Seenotfall handeln könnte und versucht, über Kanal 16 per Funk die festgefahrene Segelyacht mit dem Namen ‚Dianne II' zu erreichen. Da hat aber niemand geantwortet, auch nach mehrmaligem Versuch nicht. Durch das Fernrohr konnten sie erkennen, dass das Segel und auch die Außenwand des Schiffes fleckig waren. Flecken, die aufgrund der dunklen Farbe und des Verlaufs durchaus Blutflecken sein konnten. Dann haben sie es mit der Angst zu tun bekommen und Den Helder Rescue gerufen."

„Eine gute Entscheidung", befand Klaas van den Broek. „Das hätte sonst noch locker die Nacht über dauern können, bevor irgendjemand was gemerkt hätte."

Jetzt im April waren trotz gutem Wetter nur wenig Segler auf dem Wasser. Und die Berufsschifffahrt interessierte sich meistens nicht für die Dinge, die außerhalb der Fahrrinnen passierten.

„Das war auch schon alles, was wir von den Belgiern erfahren konnten. Sie haben das Boot nicht betreten und sind in der Nähe geblieben, bis die Wasserschutzpolizei vor Ort war. Das muss so gegen 17.20 h gewesen sein", sagte Klaas van den Broek. „Wir haben ihre Adressen. Sie sind den Sommer über hier am Ijsselmeer erreichbar und haben seit Jahren einen festen Liegeplatz in Hoorn. Per Mobiltelefon können wir sie jederzeit erreichen", schloss er ihre gemeinsamen Befragungsergebnisse ab.

Sie fuhren den gleichen Weg hinterm Deich zurück, an Durgerdam vorbei Richtung Innenstadt. Wenn sie nicht dienstlich hier gewesen wären, hätte er ihnen einen seiner Lieblingshäfen gezeigt. Der kleine Hafen von Durgerdam. Der einzige Hafen am ganzen Ijsselmeer, wo man sich selbst mit einem Fährponton an einem Stahlseil per Hand kurbelnd über einen kleinen Kanal befördern musste, um zur Toilette oder in den Ort zu kommen. Der Ort bestand allerdings mehr oder weniger nur aus einer einzigen Straße und einer beeindruckenden Aussicht auf den östlichen Teil der Stadt, besonders am Abend, wenn die Lichter der Straßen und Häuser die Stadt in eine funkelnde Silhouette verwandelten. Aber sie waren dienstlich hier.

„Wie hat Mevrouw Bakker auf die Todesnachricht ihres Mannes reagiert?", wollte der Commissaris wissen."

„Das weiß ich nicht", sagte Klaas, „wir haben von den Kollegen nur gehört, dass man sie informiert habe und ihr psychologische Hilfe angeboten worden sei. Aber die wollte sie nicht. Also wird sie wohl einigermaßen gefasst reagiert haben."

„So gefasst, wie man in so einem Augenblick sein kann", sagte Mieke mit festem Blick auf die Straße.

„Meistens versucht man, solche Nachrichten doch erst einmal gar nicht an sich ran zu lassen. Nach dem Motto: Irgendwie kommt gleich jemand, der sagt, das ist ein Versehen. Alles ist in Ordnung. Aber wenn dann nach langem Hoffen und Warten keiner kommt, der Entwarnung gibt, breitet sich langsam, aber sicher ein immer stärker werdender Schmerz im eigenen Körper aus, bis man es kapiert hat."

„Sie war auf jeden Fall bereit, noch heute Abend in der Gerichtsmedizin die Identifizierung ihres Mannes vorzunehmen", ergänzte Klaas.

„Die neue Ärztin, die von eben am Deich, wird dabei sein und ich fahre auch hin", sagte Klaas van den Broek nicht sehr erfreut über den unangenehmen Termin, der ihm noch bevorstand.

„Wir haben vereinbart, dass wir sie morgen früh zuhause besuchen, um mit ihr zu sprechen", meinte Mieke.

„Dann wollen wir mal hoffen, dass aus der Gerichtsmedizin auch Entwarnung kommt und wir die Ermittlungen zügig wieder einstellen können. Alles deutet auf einen tragischen, aber leider nicht unüblichen Seglerunfall hin", fasste der Commissaris die bisherigen Erkenntnisse zusammen.

6

Für heute reichte es erst einmal. Es war bereits nach zehn Uhr abends, als er im Yachthafen ankam und endlich auf seinem Schiff war. Seit seinem Auszug aus der Amsterdamer Tuinstraat im Februar hatte er auf dem Boot geschlafen. Groß genug war es ja, zumindest für eine Person. Er war nicht der Einzige im Hafen, der statt festem Wohnsitz an Land ein Zuhause auf dem Wasser hatte. Das war in den Niederlanden nichts Besonderes. Vielleicht würde er hier auch den kommenden Sommer verbringen, falls er bis dahin noch immer seine Beziehung zu Manou nicht in Ordnung gebracht hatte.

Peeters wollte sich später per Skype bei Han Molenaar entschuldigen, wenn der wieder von seiner „Gourmet-Recherche" aus Monnickendam zurückgekehrt war. Schlafen konnte er so oder so noch nicht. Und er hatte Hunger. Nicht viel. Aber er würde sich noch einen Salat machen und ein Glas Wein trinken. In der Mittagspause hatte er zum Glück etwas eingekauft, das allerdings seitdem in seinem Auto lag. Radicchio, Tomaten, Rucola und eine Birne hatten durchgehalten und er schnitt sie in kleine Streifen, darüber als Dressing etwas Sesampaste, Limettensaft, Honig, Salz und Senf mit ein paar Tropfen Sesamöl, geriebenem Knoblauch und Parmesan. Das war schnell zubereitet und er hatte immer ein ordentliches Sortiment an Zutaten und Kräutern parat, um in der kleinen Kombüse seines Schiffes schnell etwas Leckeres zu zaubern. Meistens gelang ihm das auch. Nur frisches Baguette hatte er vergessen.

Schon war für ihn die Welt wieder in Ordnung. Auf dem Wasser war er zuhause. Das war schon immer so und das würde sich auch nicht ändern. Ein besonderer Zustand, den er kaum beschreiben konnte. Es war keine Flucht vor dem Alltag und der Realität. Er musste sich nicht verkriechen. Sicher, er hatte Probleme, was seine Ehe anging. Aber so etwas war doch nicht ungewöhnlich. Und hier auf dem Wasser brauchte er nicht viel, um glücklich zu sein. Das funktionierte im

Moment allerdings nur, wenn er Manou und seine kriselnde Beziehung ausblenden konnte, was ihm an diesem Abend bestens gelang. Denn es blieb nicht bei dem einen Glas Wein. Kurz nachdem er sich mit seinem Salat an den Salontisch gesetzt hatte - draußen war es noch zu kalt - spürte er, wie jemand sein Boot betrat. Die sieben Tonnen des Schiffes bewegten sich etwas verzögert und erzeugten eine leichte Schaukelbewegung.

„Hi, Jacob, bist du zuhause? Wir haben noch Licht gesehen", hörte er die Stimmen von Anton und Huber. Die beiden lebten seit mehr als fünf Jahren auf ihrem Schiff im Hafen. Zu jeder Jahreszeit. Eine robuste Dieselheizung für den Winter machte es möglich.

Sie waren ein verrücktes Paar. Und ein glückliches Paar obendrein. Denn hier hatten sie die Freiheit für ihre Beziehung gefunden, die sie vorher schmerzlich vermissten.

„Wenn man als Schwuler nicht unauffällig ist, legen dir die Leute gerne Steine in den Weg", hatte Anton einmal gesagt. Und unauffällig waren beide nicht. Eher exzentrisch, aber doch mit einer Prise Bodenständigkeit, die Seglern allgemein – ob zu Recht oder zu Unrecht – zugeschrieben wurde.

Jacob Peeters hätte sich fast verschluckt, als er antwortete: „Ich bin hier. Ihr könnt gerne reinkommen." Er hätte den letzten Satz gar nicht mehr zu Ende sprechen müssen. Der Reißverschluss der Kuchenbude, so nannte man die zeltartige Überdachung des Cockpits, hallte mit einem lauten Ratschen durch die ansonsten ruhige Abendstimmung im Hafen. Ein zweites Ratschen war zu hören. Der Seiteneinstieg öffnete sich und schon waren beide an Bord.

„Setzt euch zu mir", sagte Jacob. „Wo kommt ihr denn so spät her?"

„Wir waren in der Stadt und haben uns für den Sommer eingekleidet", sagte Huber. „Sehr elegant. Wenn du willst, machen wir dir eine kleine Modenschau."

„Das ist nicht nötig. Vielen Dank", sagte Jacob Peeters sichtlich amüsiert. Er mochte die beiden wirklich gerne. Sie waren anstrengend, aber überaus ehrlich und herzlich.

„Setzt euch und trinkt ein Glas Wein mit mir."

Sie zögerten nicht lange. Eigentlich gar nicht. Und schon hatten sie sich selbst ein Glas eingeschenkt. Dabei erzählten sie von ihren Erlebnissen in Amsterdamer Boutiquen und dem Essen im Eden Hotel direkt an der Amstel. Hier hatten sie sich angeregt mit Hotelgästen unterhalten und schon einen kleinen Aperitif zu sich genommen.

„Sei 's drum", sagte Huber, „schön, dass du jetzt im Hafen wohnst. Anton langweilt mich manchmal zu Tode. Er liest zu viele Krimis und will immer seine Ruhe haben. Wir sind wie ein altes Ehepaar. Furchtbar", sagte er in einem übertriebenen Tonfall.

„Dann komme ich demnächst zu dir. Vielleicht redest du ja mit mir".

Huber, der mit bürgerlichem Vornamen Waldemar hieß, kam aus Niederbayern und war Grafiker von Beruf. Etwas älter als vierzig Jahre, schätze Jacob ihn. Seinen Vornamen ignorierten alle, die ihn kannten. Er war nur unter „Huber" zu erreichen, alles andere hörte er gar nicht.

Huber war wie sein Partner Anton schmächtig, etwa 1,75 Meter groß und hatte dunkelbraune Haare. Seine ebenfalls braunen Augen waren mit positiver Energie aufgeladen, die schnell auf andere übersprang, wenn sie sich in seiner Nähe aufhielten. Er tat Jacob irgendwie gut. Das konnte man wirklich nicht häufig von seinen Mitmenschen sagen. Beide, Anton und Huber, waren auf dem Weg in die Karibik vor rund fünf Jahre hier in Holland fast sprichwörtlich gestrandet. Sie waren mit einem kleineren Schiff unterwegs. Den Rhein runter, durch die Kanäle und dann weiter ins Ijsselmeer. Dann versagte der Motor. Und sie blieben erst mal hier. Bis heute. Nur ein neues Schiff hatten sie inzwischen.

„Kommst du am Wochenende mit nach Enkhuizen?", fragte Anton den Commissaris. „Wir sind auf einer Megaparty eingeladen. Da fällt ein Mitbringsel nicht weiter auf."

„Das ist lieb von euch, aber ich glaube, ich brauche am Wochenende eher etwas Beschauliches. Vielleicht einen guten Kinofilm oder, sorry Huber, ein gutes Buch wäre auch nicht schlecht."

Huber tat ein wenig beleidigt.

Anton kam aus der Schweiz, genauer aus der Gegend um Zürich, und hatte das Glück, Erbe von insgesamt sechs Miethäusern in Zürich zu sein. Das verschaffte ihm eine gewisse finanzielle Unabhängigkeit und er konnte als Privatier seine Geschäfte vom Schiff aus per Telefon und Internet regeln. Er hatte in Zürich einen Hausverwalter eingestellt, der die vierundzwanzig Wohneinheiten managte. Er selbst flog von Schiphol aus höchstens alle drei Monate für ein paar Tage nach Zürich, um anstehende Entscheidungen zu treffen, für die man schon mal vor Ort sein musste. Aber Anton empfand das als einen zumutbaren Arbeitsaufwand, wie er immer betonte, um mit den Erträgen aus diesen Immobilien das Leben zu führen, um das ihn sicher einige beneideten. Deshalb war es für seinen Lebenspartner Huber auch nicht so wichtig, in seinem Beruf als Grafiker ausgelastet zu sein. Er hatte immer ein paar Aufträge, an denen er vom Schiff aus arbeitete. Aber meist waren es weniger kommerzielle Arbeiten als irgendwelche Gefallen, die er Freunden aus der Schwulenszene oder zahlreichen Non-Profit-Organisationen tat, für die er sich mit großem Engagement einsetzte.

Außerdem war an Anton, dem Schweizer, ein echter Royalist verloren gegangen. Wenn man das Schiff der beiden betrat, wehte einem ein Hauch der Oranje-Monarchie entgegen. Anton war geradezu ein Fan von Willem-Alexander und Maxima geworden, die nun seit ein paar Jahren das Königspaar der Niederlande waren. Wollte man sich auf dem Schiff von Anton und Huber einen Kaffee kochen, konnte man das nur, indem man das Kaffeepulver aus Blechdosen löffelte, die das Antlitz des Königspaares bei der Hochzeit 2002 zeigten. Willem-Alexander verblasste allerdings auf dieser Dose, weil er schon zu oft in der Sonne gestanden hatte. Aber das war kein Grund zur Beunruhigung. Es gab das Königspaar auch noch in unzähligen anderen Varianten und unter anderem auch in gerahmter Fassung im Salon der üppig ausgestatteten Segelyacht.

Die Sache mit der schicken Segelyacht hatte nur einen Haken. Beide waren keine Segler mit Weltumseglungsallüren. Sie liebten das Maritime. Und das Gespräch darüber. Seemannsgarn könnte man auch sagen. Da kam es nicht so genau darauf an, wie die restlichen Voraussetzungen für eine mögliche Weltumseglung waren. Die stand zwar angeblich auf dem Programm, war aber eigentlich nicht mehr wichtig. Sie waren scheinbar angekommen. Sonst hätten sie sich wahrscheinlich einen anderen Hafen gesucht oder ein anderes Boot.

Der Komfort an Bord, hatten beide immer betont, sei für sie das Wichtigste. Und das musste man ihnen wohl glauben. Denn sie besaßen eine 45er Hallberg-Rassy, die aufgrund ihrer Länge auch einen entsprechend hohen Mast von rund 18 Metern besaß. Ein K.O.-Kriterium für den Hafen, in dem sie ihren festen Liegeplatz hatten. Seit fünf Jahren. Alle Brücken in den Randmeeren hatten eine Höhe von 12,70 Meter. Allein, um an ihren Liegeplatz zu kommen, mussten sie von einer Werft in Muiden den Mast legen lassen, um ihn später, im neuen Heimathafen, wieder von einem Kran aufrichten zu lassen. So lag das Schiff nun seit rund fünf Jahren im Hafen mit einer Masthöhe, die niemals unter der Brücke ins offene Meer hindurch passen würde.

Das störte Anton und Huber aber gar nicht. Ihnen genügte es, von der großen Atlantiküberquerung zu philosophieren, zu träumen und sich im geschützten Hafen hinter den Brücken pudelwohl zu fühlen.

„Nachdem du so leckeren Salat gegessen hast, könnten wir einen Beerenburg vertragen. Wie sieht´s denn in deiner Hausbar aus?“, wollte Anton wissen.

„Für eine Runde wird´s wohl noch reichen“, sagte Jacob und holte den friesischen Kräuterschnaps aus dem Getränkefach.

Beerenburg mochte man oder man mochte ihn nicht. Dazwischen gab es nichts. Die einen sagten, er rieche nach Krankenhaus und die anderen fanden ihn so umwerfend, dass manch einer nach zu viel von dem Zeug im Krankenhaus besser aufgehoben gewesen wäre.

Mittlerweile war es weit nach Mitternacht und Jacob Peeters wusste genau, wann er die Notleine ziehen musste, um am nächsten Morgen bei einem wichtigen Gespräch einen ausgeschlafenen Eindruck zu machen. Der Moment war jetzt erreicht. Er musste schlafen.

Und bei Han Molenaar hatte er sich wieder nicht gemeldet.

7

Pünktlich um acht am nächsten Morgen stand Jacob Peeters vor dem Boot des tödlich verunglückten Kees Bakker im Hafen der Wasserschutzpolizei, wohin man es noch am Vorabend geschleppt hatte.

„Seien Sie bitte vorsichtig, die Spurensicherung ist noch nicht drauf gewesen", bat ihn der Kollege von der Wasserschutzpolizei, der Peeters zum Liegeplatz des Schiffes brachte. „Der Ermittlungsdienst ist ziemlich überlastet. Einbrüche, Aufbrüche und was weiß ich noch so alles. Die kommen nicht mehr nach."

„Ich geh nur kurz ins Cockpit und werfe einen Blick ins Innere", sagte Peeters. „Was meinen Sie denn, wann ich mit Ergebnissen von der Spurensicherung rechnen kann?"

„Die haben das Boot für heute Nachmittag eingeplant. Ich schätze aber, es wird eher morgen mit Ergebnissen zu rechnen sein."

„Okay, dann schau ich jetzt mal rein, danke", sagte Peeters und zog sich die dünnen Handschuhe an, die ihm der Kollege gegeben hatte. Alles sah normal aus. In der Koje, die aufgrund der Größe des Schiffes offen hin zum Salon war, lagen ein Schlafsack und ein Kopfkissen. Nicht sehr ordentlich. Kees Bakker hatte vielleicht die Nacht über hier verbracht. Zumindest war das möglich.

Dazu muss ich später Mevrouw Bakker ansprechen, dachte Peeters und notierte dies gedanklich auf einem virtuellen Zettel.

Auf dem Kartentisch lag ein Satz aktueller Karten vom Ijsselmeer, oben auf die Karte mit dem Ausschnitt vom Markermeer und den Vergrößerungen der Häfen in Volendam, Durgerdam, Uitdam, Monnickendam und auch Marken. Seine mögliche Route hatte sich wohl entlang des südwestlichen Ufers gezogen. Sein Heimathafen war Volendam. Das stand zumindest mit dem Schiffsnamen „Dianne II" in Serifenschrift auf dem Schiffsrumpf. Gleiche Schrifttype und Farbe, nur etwas kleiner: „Volendam".

„So wie bei jedem anderen Schiff auf dem Ijsselmeer", sagte der Commissaris leise zu sich selbst.

Der Salon sah aufgeräumt aus. Alles verstaut, was nicht ungewöhnlich war, wenn man segelte. Bei Wellengang durfte schließlich nichts herum fliegen. Trotz aller modernen Wettervorhersagen wussten Segler nie genau, was in den nächsten Stunden am Himmel passieren konnte. Das Ijsselmeer war nicht sonderlich groß, aber es war immer für Überraschungen gut, das kannte er aus eigener Erfahrung. Es war ein Stück ehemaliger Nordsee, die so genannten Zuiderzee. Man hatte sie dem Meer abgetrotzt.

In der Pantry, der kleinen Küchenzeile mit dem Gasherd, war nichts angerührt worden. Es standen ein paar Gewürze in dem Regal darüber, das war aber auch alles, was danach aussah, dass hier gelegentlich gekocht wurde. Scheinbar nutzte Kees Bakker sein Boot nur für Tagesausflüge. Oder zumindest überwiegend, sonst hätte auf dem Schiff kein Schlafsack gelegen. Es war nicht gemütlich und auch nicht sonderlich wohnlich. Jacob Peeters sah vom Eingang aus die dunklen Flecken auf den hellen Polstern. Das muss nichts heißen, dachte er, das kann Rotwein sein. Oder eine rote Soße, die hier mal gekocht wurde. Es sah auch nicht frisch aus. Die Kollegen von der Spurensicherung würden die Flecken genau unter die Lupe nehmen. Im Kühlschrank, der offen stand, befand sich kaum etwas. Er war bis auf ein paar Getränke leer. Es gab Grolsch in Dosen und kleine Halbliterflaschen Mineralwasser der Marke Spa.

Er spürte, wie in seiner Hosentasche das Handy vibrierte und dabei stumm blieb. Er hatte scheinbar die Lautlosfunktion eingeschaltet. Peeters nahm ab und hatte Tineke Huisman, die neue Gerichtsmedizinerin, am Telefon.

„Hoi, sagte sie, hier ist Tineke, haben Sie gleich Zeit? Ich habe die Obduktion von Kees Bakker abgeschlossen.

„Prima! Ich komme in einer halben Stunde zu Ihnen."

Jacob Peeters dachte einen Moment über die Einsatzplanung seiner Mitarbeiter nach. Den Besuch in der Gerichtsmedizin konnte er alleine machen. Mieke und Klaas sollten an den Prada-Ermittlungen weitermachen. Er würde zumindest Mieke später bei Mevrouw Bakker treffen, wenn sie mir ihr über den Unfall Ihres Mannes sprachen.

Der Commissaris sah sich noch einmal im Schiff von Kees Bakker um, bevor er ging. Das Einzige, das ihm auffiel, war der Mülleimer. Nicht, dass er überfüllt oder ekelig gewesen wäre, aber darin lagen zwei kleine Mineralwasserflaschen, die beide verschlossen waren. In beiden war noch ein Rest. In der einen Flasche wenig, in der anderen fast noch die Hälfte.

Warum, dachte Jacob Peeters, trinkt man nicht erst eine aus, bevor man die andere aufmacht? Vorausgesetzt, man ist allein auf dem Boot. Sollte es doch anders gewesen sein bei der Unglücksfahrt von Kees Bakker? Wie dem auch sei, es war etwas merkwürdig, aber nicht wirklich auffällig. Dafür konnte es viele Gründe geben. Die erste Flasche war abgestanden und man machte sich die zweite auf. Oder Kees Bakker nahm es nicht so genau mit dem Saubermachen und eine der Flaschen war noch vom vorletzten Törn im Mülleimer.

Es reichte ihm erst einmal. Er würde seine Beobachtungen zu einem abschließenden Bericht zusammenfassen und wenn die Kollegen vom Ermittlungsdienst nichts hatten, was einen Verdacht auf Vorsätzlichkeit ergab, konnte der Fall schnell abgeschlossen werden. Jacob Peeters machte sich auf den Weg in die Gerichtsmedizin. Tineke Huisman schien eine kooperative Person zu sein. Das versprach eine gute Zusammenarbeit. Sie hatte Kollegen, von denen man das nicht behaupten konnte.

8

Der Verkehr um diese Zeit war erträglich. Peeters erreichte das Gebäude der Amsterdamer Gerichtsmedizin schon rund zwanzig Minuten später, nachdem er aus dem Hafen der Wasserschutzpolizei weggefahren war. Er meldete sich an und es dauerte nicht lange, bis die Medizinerin im weißen Kittel im Empfangsbereich des gerichtsmedizinischen Institutes erschien.

„Hi Tineke", sagte er, „wollen wir es nicht gleich beim Vornamen belassen?" Sie schien sich nicht überrumpelt zu fühlen. Obwohl das eigentlich nicht seine Art war, gleich das „Du" anzubieten.

„Kein Problem, Jacob", sagte die Gerichtsmedizinerin und betonte dabei seinen Vornamen. Sie verließen mit dem Fahrstuhl den Empfangsbereich in Richtung Untergeschoss.

„Warum müssen Obduktionsräume immer im Keller sein?", fragte Peeters mit einem verschmitzten Lächeln.

„Als ob man euch nur zutraut, im Halbdunkeln belastbare Ergebnisse zu erzielen. Wenn der Job sich schon ausschließlich um den Tod dreht", sagte er, „wäre es doch schöner, die Sonne würde, na, sagen wir mal, im obersten Geschoss des Gebäudes in die Fenster lächeln und zumindest den Mitarbeitern der Gerichtsmedizin zeigen, da draußen geht das Leben weiter."

„Deine Vorstellung gefällt mir", sagte sie. „Aber dafür müssen wir wohl noch kämpfen. Da oben sitzt nämlich die Institutsleitung. Ich glaube nicht, dass die mit uns tauschen wollen."

Sie konnte sich ein Lächeln nicht verkneifen. Wahrscheinlich hatte sie sich gerade den Umzug vorgestellt: Die Institutsleitung mit den Aktenordnern in Umzugskartons verpackt nach unten und sie mit ihren Leichen in den gleichen Kartons wieder nach oben.

Sie waren angekommen.

Tineke öffnete die Tür zum Obduktionsraum III, der einen leicht unterkühlten Eindruck machte. Die Temperaturen waren aus gegebenem Anlass niedrig. Spätestens hier erreichte sie die Realität wieder. Sie konzentrierte sich auf die Leiche, die vor ihnen auf dem Tisch lag. Mit einem Laken bis zur Brust bedeckt.

„Meine Ergebnisse sind nicht spektakulär", sagte Tineke Huisman. „Aber das ist wahrscheinlich auch gut so. Was er in den letzten Minuten vor seinem Tod gemacht hat, können wir leider nicht exakt bestimmen.""Gibt es irgendwelche Anhaltspunkte für Fremdeinwirkungen?", wollte Peeters wissen.

„Nein, es gibt Verletzungen, aber die lassen sich erklären."

„Welche Verletzungen meinst du?"

„Die größte und offensichtlich entscheidende Verletzung ist hier an der rechten Schläfe zu sehen."

Sie zeigte Jacob Peeters die Verletzung, die ohne Zweifel durch Gewalteinwirkung entstanden war.

„Wie ich vermutete", sagte er. „Er hat bei einem unglücklichen Manöver den Baum an den Kopf bekommen und niemand war da, der ihn retten konnte."

„Ob jemand da war, weiß ich nicht", sagte Tineke. „Ich weiß aber, dass es sich hier um stumpfe Gewalt handelt und diese Verletzung lebensgefährlich war. Fürs Ertrinken brauchte es nicht mehr viel. Und für stumpfe Gewalt war in diesem Fall wohl der Wind zuständig. Den werdet ihr kaum dafür verantwortlich machen können. Es gibt keinerlei Spuren von äußerer Gewalteinwirkung, keine Kratzer, keine Hämatome, die auf einen Kampf hindeuten. Der arme Mann hier ist offensichtlich Opfer seines Sports geworden", sagte die Ärztin. „Für sein Alter war der Tote durchaus robust. Er ist weder adipös noch sonst körperlich beeinträchtigt gewesen. Ich vermute, dass er gut schwimmen konnte."

Inzwischen war auch Mieke Dekker eingetroffen.

„Gibt es hier etwas, was unsere Abteilung noch erforderlich macht?", fragte sie so forsch, als würde sie allein entscheiden, welche Reaktion auf die jeweils mögliche Antwort zu erfolgen hatte. Im Übrigen war sie erst für das Gespräch mit Mevrouw Bakker eingeplant.

„Offensichtlich nicht", sagte der Commissaris bedächtig, indem der Mieke insistierend in die Augen sah.

Was sollte das? Wollte sie zeigen, was für eine kompetente Ermittlerin sie war? Oder war sie einfach nur ein bisschen übers Ziel hinaus geschossen?

„Kees Bakker ist definitiv ertrunken", verkündete Tineke konzentriert, so als würden sie alle drei vor dem Mikrofon einer Pressekonferenz stehen und unangenehmen Fragen nicht ausweichen können.

„Die Leiche ist nicht im Wasser beseitigt worden, um einen möglichen Mord zu vertuschen, der irgendwo anders begangen wurde. Der Mann ist schlicht und einfach ertrunken."

„Ist das definitiv auszuschließen, dass er schon tot ins Wasser gefallen ist?", wollte Jacob Peeters wissen.

„Ja. Mit Sicherheit. Seine Lungen waren mit Wasser gefüllt. Er hat unter Wasser einen Todeskampf geführt, den er verloren hat."

„Gibt es weitere Verletzungen?", fragte Mieke.

„Die gibt es", sagte die Gerichtsmedizinerin.

„Oberhalb der Hüfte, rechts, gibt es ein kräftiges Hämatom und Schürfwunden."

„Und wie lassen die sich erklären?", fragte Mieke.

„Es scheint sehr plausibel zu sein", begann Tineke Huisman. „Kees Bakker stand nicht auf dem Cockpitboden seines Segelbootes, sondern erhöht auf den Sitzflächen im Cockpit."

„Wahrscheinlich um nach vorne einen guten Überblick zu behalten, wenn Manöver anstehen", kommentierte der Commissaris.

„Und dann?", fragte Mieke.

„Und dann", sagte Tineke, muss er aus welchem Grund auch immer eine Halse hingelegt haben, bei der ihn der Baum mit solcher Wucht erwischt hat, dass er dadurch nicht nur ins Wanken geriet, sondern gleich darauf vom Boot geschleudert wurde."

„Und die Schürfwunden an der Seite?", wollte Peeters wissen.

„Die hat er sich dadurch zugezogen, dass die Wucht des Aufpralls ihn von den Sitzflächen gestoßen hat", sagte Tineke. „Ihm ist buchstäblich der Boden unter den Füßen weggezogen worden. Der Aufprall traf ihn am Kopf. Die Beine wurden vom sicheren Stand auf den Sitzflächen des Cockpits gerissen und die Reling, die ansonsten das Herunterfallen vom Boot verhindern soll, hat seinen Sturz bremsen aber nicht verhindern können. Er ist einfach seitlich auf die Relingsstütze geknallt, die ihm das Hämatom in der Seite zugefügt hat."

„Daher die Schürfwunden?", fragte Mieke.

„Ja", sagte Tineke, „daher die Schürfwunden."

„Gut", meinte der Commissaris, „dann wollen wir deine Zeit nicht länger in Anspruch nehmen. Eine letzte Frage habe ich aber noch: Was lässt sich für ein ungefährer Todeszeitpunkt bestimmen?"

Er wusste nur zu gut, dass genaue Zeitangaben bei Wasserleichen nicht einfach waren. Deshalb hatte er gleich mit seiner Formulierung klar gemacht, dass er nicht erwartete, den Todeszeitpunkt auf die Minute genau zu erfahren.

„Das ist schwer zu sagen. Wasserleichen führen so ihr Eigenleben", sagte Tineke. „Gewissermaßen. „Die Verwesung hat jedenfalls noch nicht begonnen. Das geht bei einer Wasserleiche ansonsten meist sehr schnell. Selbst bei diesen Temperaturen", überlegte sie.

„Einen Tag? Mehr oder weniger?", fragte Mieke Dekker. „Das würde uns schon sehr helfen."

„Bei Obduktionen lässt sich manchmal nur anhand von Zähnen oder der DNA aus rechtsmedizinischer Sicht Klarheit verschaffen. Das Problem haben wir hier nicht. Seine Frau hat ihn identifiziert. Zur Bestimmung des Todeszeitpunktes: Die Taucher haben den Mann unter Wasser gefunden. Dort, wo sie ihn fanden, war es gerade mal siebzig Zentimeter tief. Trotzdem lag er unter Wasser."

„Unter Wasser, über Wasser, was heißt das?", drängelte Mieke. „Wann ist er gestorben?"

„Eine Leiche geht, nachdem sie auch wirklich eine Leiche geworden ist, erst einmal unter. Das kennen wir doch vom Schwimmen. Das ist wie beim Tauchen", sagte Tineke Huisman.

„Das ist fast das Gleiche. Wir könnten nicht tauchen, wenn der

Körper dazu nicht in der Lage wäre. Dass Leichen auftauchen, hat eher unappetitliche Gründe", dozierte die Medizinerin.

„Okay", sagte Mieke. „Was zum Beispiel könnte das sein?"

„Der Leichnam bleibt nur kurz an der Oberfläche, bis sich die Luft aus den Lungen gedrückt hat. Die Kleidung, die sich vollsaugt, erledigt meistens den Rest. Erst nach fünf bis sieben Tagen haben sich so viele Fäulnisgase gebildet, dass der Tote wie ein gasgefüllter Luftballon wieder an die Oberfläche zurückkehrt. Das ist der Moment für ein unausweichliches Wiedersehen", sagte Tineke.

„Ein Wiedersehen, auf das sich sicher nicht alle freuen", meinte Mieke.

„Aber so weit ist Kees Bakker in seiner Entwicklung als Wasserleiche noch lange nicht gewesen", schloss Tineke, „und das heißt, der Mann ist noch nicht lange tot."

„Ich weiß, dass ist sicher etwas spekulativ, aber können Sie den Todeszeitpunkt doch noch etwas präzisieren?", fragte Mieke freundlicher.

„Ja", sagte Tineke, „das geht präziser, aber es ist bei Ertrunkenen nicht ganz einfach. Üblicherweise", fuhr sie fort, „bleibt die Temperatur im Körper nach dem Tod noch ein paar Stunden auf gleichem Niveau. Das ist bei Ertrinkenden im kalten Wasser nicht der Fall. Hier sinkt die Temperatur deutlich schneller als bei Menschen, die in angenehm temperierten Räumen oder in der Sommerzeit draußen sterben. Wir haben es Mitte April. Und die Luft-Temperaturen sind ausgesprochen freundlich für die Jahreszeit. Das Wasser allerdings hat gerade mal 12-14 Grad. Der Anruf von den Kollegen aus Monnikendam kam etwa gegen 17.40 h Da war Kees Bakker schon zwei bis sechs Stunden tot. Weiter zurückliegend", meinte die Medizinerin, „kann ich mir den Todeszeitpunkt nicht vorstellen."

„Passt ja wohl", sagte Mieke, „auf dem Wasser war nicht viel los, aber irgendwer kriegt da immer etwas mit, wenn Dinge aus dem Ruder laufen. Sonst hätte sich bestimmt auch früher jemand gemeldet."

Sie dachte noch einen Moment über ihre Formulierung nach, ließ es aber dann dabei bewenden.

„Es gibt keine weiteren toxikologischen oder histologischen Befunde", sagte Tineke. „Das war es. Der Mann ist mausetot. Und er ist offensichtlich auch noch selbst schuld daran. Tragisch, aber nicht ungewöhnlich im niederländischen Seglerparadies."

„Das scheint alles ziemlich einleuchtend zu sein", sagte der Commissaris. „Gibt es denn irgendwelche Erkenntnisse darüber, ob er alleine gesegelt ist oder ob er mit mehreren unterwegs war?"

„Auf den ersten Blick, würde ich sagen, war er allein unterwegs", sagte Tineke. „Aber genaue Befunde werdet ihr von der Spurensicherung bekommen."

„Wenn die anständig arbeiten können", sagte Peeters.

„Die sind so überarbeitet, ich hoffe, sie nehmen auch wirklich alle Spuren unter die Lupe."

9

Jacob Peeters und Mieke Dekker hatten sich ins Auto gesetzt und waren in Richtung Bos en Lommer unterwegs, genauer gesagt, in die Hofwijckstraat.

Bos en Lommer war ein Bezirk, der im Stadtteil Amsterdam-West lag und nicht gerade zu den Ausflugszielen der Amsterdamer gehörte, sondern eher zu den Problemzonen. Hier wohnte Dianne Bakker, und bis vor kurzem auch noch ihr verstorbener Mann Kees Bakker.

„Hier lebt man nicht unbedingt, wenn man es sich auch woanders leisten kann", sagte Mieke etwas verhalten, während sie sich aus dem fahrenden Auto heraus die Straßen und Häuser dieses Bezirkes ansah.

„Meine Lieblingsecke ist das auch nicht", stimmte Jacob Peeters zu.

Über Mobiltelefon hatten sie Klaas van den Broek bereits mitgeteilt, dass er nicht dazukommen müsse. Er sollte die Zeit lieber im Präsidium nutzen, um die Untersuchungen im Fall Prada-Gang weiter voran zu treiben.

Sie hielten in der Hofwijckstraat. Das sechsstöckige Gebäude hatte schon viel erlebt. Einen Anstrich und einige grundlegende Reparaturen würde es gut vertragen können.

Dianne Bakker wartete schon auf die beiden Kriminalbeamten. Sie hatten sich um zehn für den Besuch verabredet und nun war es schon fast halb elf Uhr morgens. Auf dem vergilbten Schild war der Name Bakker nur noch schemenhaft zu lesen. Jacob Peeters drückte den Klingelknopf, und der Summer an der Eingangstür reagierte fast augenblicklich. Die Tür öffnete sich. Bakker wohnte in der dritten Etage, doch der Aufzug war defekt.

„Das fängt ja gut an", murmelte Mieke.

„Ein bisschen Bewegung kann uns sicher nicht schaden, meine Liebe. Mir zumindest."

Obwohl er kaum ein Gramm zu viel wog und das mit fast fünfzig Jahren, hatte Peeters immer das Gefühl, sein Gewicht nicht unter Kontrolle zu haben. So stiegen sie die Treppe hinauf in das dritte Stockwerk. Die Wohnungstür war bereits geöffnet.

Dianne Bakker stand auf dem Flur und nahm die beiden Polizisten in Empfang. Peeters stellte sich und seine Kollegin vor, nicht ohne Mevrouw Bakker seine Anteilnahme auszusprechen.

„Es tut mir leid, was Sie im Moment durchmachen müssen", sagte der Commissaris. „Wir müssen aber ein paar Fragen stellen. Wir halten uns kurz und lassen Sie bald wieder in Ruhe."

„Danke", hörte er Dianne Bakker sagen. Nicht sehr laut, aber auch nicht sehr emotionsgeladen. Sie musste Anfang bis Mitte vierzig sein. Schlank, zierlich und nicht unattraktiv.

Dianne Bakker führte sie ins Wohnzimmer, ein karg eingerichteter Raum. Sie setzte sich in einen Sessel direkt am Fenster, Mieke und der Commissaris nahmen gegenüber auf einem sehr niedrigen Sofa Platz. Für Jacob Peeters und seine fast 190 Zentimeter Körpergröße eher suboptimal. Er saß dort, als würde er gleich wie ein Taschenmesser eingeklappt, wenn er nicht auf sich Acht gab.

„Mevrouw Bakker, ist Ihr Mann oft allein gesegelt?", begann Jacob Peeters das Gespräch.

„Nein", sagte sie. Es blieb einen Moment still im Raum. Sie überlegte. „Nein", wiederholte sie noch einmal. „Das kam manchmal vor. Aber meistens nahm er jemanden mit. Damit es nicht so stressig wurde, vor allem, wenn das Wetter nicht mitmachte."

„Wissen Sie denn, ob gestern jemand mit Ihrem Mann gemeinsam segeln war?", übernahm Mieke das Gespräch.

Dianne Bakker drehte sich zu Mieke hin, als ob sie die Kriminalassistentin erst jetzt wahrgenommen hatte.

„Nein", sagte sie entschieden, „das weiß ich nicht."

„Mit wem ging er denn für gewöhnlich segeln?", wollte Mieke wissen.

„Ganz unterschiedlich. Manchmal nimmt er Kollegen mit, manchmal seinen Freund Maarten."

„Gut", sagte Mieke, „sicherheitshalber werden wir Maarten", sie stockte ein Moment, „wie heißt der Freund Ihres Mannes mit Nachnamen?"

„Maarten Evers", sagte sie, „aus Volendam. Da hat Kees auch sein Boot liegen."

„Hatte", korrigierte sie sich leise selbst und sah dabei aus dem Fenster.

„Im neuen Yachthafen?", fragte Jacob eher beiläufig. Aber er erhielt keine Antwort.

Sie wirkte etwas geistesabwesend, vielleicht hatte sie ihn gar nicht gehört. Er wiederholte seine Frage deshalb auch nicht.

Während Mieke die letzten Fragen stellte, nutzte Peeters die Gelegenheit, sich vom Sofa aus im Wohnzimmer etwas umzuschauen. Da standen nur wenige Möbelstücke. Es machte einen eher aufgeräumten Eindruck. Eigentlich gar nicht so ungemütlich, dachte er. Die wenigen Dinge, die das Wohnzimmer durchaus wohnlich machten, waren mit liebevoller Hand ausgesucht. Wie bei vielen Niederländern überwog das Prinzip der Symmetrie in den Fenstern. Es standen in einem Fenster zwei blaue, identische Blumenvasen und im anderen Fenster des gleichen Raumes standen zwei kleine männliche Holzskulpturen. Sie sahen aus wie Zwillinge und schauten gemeinsam hinaus auf die Hofwijckstraat.

Vielleicht hätte sich Mevrouw Bakker einen schöneren Ausblick für sich und die beiden Skulpturen gewünscht, ging es ihm durch den Kopf.

„Mevrouw Bakker", sagte er, „hat Ihr Mann nicht gesagt, dass er gestern Nachmittag segeln wollte?"

„Nein, das wusste ich nicht. Er geht zwar manchmal dienstags segeln und nimmt dann nachmittags frei. Aber dass er gestern auf dem Wasser war, habe ich nicht gewusst."

„Haben Sie morgens nicht über Ihre Tagesplanungen gesprochen? Ein Segeltörn nimmt ja immer auch ein paar Stunden Zeit in Anspruch", wollte er wissen.

Sie zögerte ein wenig, bevor sie antwortete. Ihre Stimme war dabei nicht ganz so kräftig wie vor wenigen Minuten noch. „Ich habe meinen Mann morgens gar nicht gesprochen", sagte sie. Zögernd fügte sie hinzu: „Und gesehen auch nicht. Wir haben getrennte Schlafzimmer. Ich bin schon früh aufgestanden und zur Arbeit gefahren. Er fängt meistens erst gegen neun an zu arbeiten. Dann bin ich längst weg."

„Wann haben Sie ihn denn das letzte Mal gesehen?" Nun übernahm Mieke wieder die Moderation.

„Ich glaube am Montagabend." Sie zögerte einen Moment. „Nein, es war doch Sonntag. Glaube ich."

„Mevrouw Bakker, es ist alles ein bisschen viel, das verstehen wir gut. Bitte überlegen Sie noch mal genau, wann Sie Ihren Mann das letzte Mal gesehen haben", versuchte Mieke Ruhe ins Gespräch zu bringen und Verständnis aufzubauen.

„Es muss vorgestern, also Montag, gewesen sein", sagte sie jetzt sichtlich konzentrierter. Aber sie hatte etwas Ängstliches in ihrem Blick, das Jacob Peeters noch nicht einordnen könnte. War es die Angst um den Verlust des Mannes oder wollte sie einen guten Eindruck machen? Und wenn ja, warum?

„Kees und ich haben anstrengende Berufe", sagte sie. „Da kann es schon mal passieren, dass man sich kaum sieht, obwohl man unter dem gleichen Dach wohnt."

„Was machte Ihr Mann beruflich?", wollte Peeters wissen.

„Kees hat für eine Amsterdamer Firma gearbeitet, die sich mit Elektromobilität beschäftigt. Sie sind sehr erfolgreich und auf dem Weg, zu einer richtig großen Firma zu werden."

„Und Sie", fragte Mieke, „bei welchem Unternehmen arbeiten Sie?"

„Ich bin bei einem städtischen Unternehmen tätig. Ich arbeite für die „Amsterdam Touristik". Eine Gesellschaft, die sich um die Abwicklung von Gruppenreisen kümmert."

„Das ist sicherlich anstrengend. Wie genau kann ich mir Ihren Job dort vorstellen?"

„Ich organisiere touristische Programme und sorge dafür, dass die Gäste ordentlich versorgt werden: Restaurants, Museen, Grachtenfahrten oder spezielle Führungen zu Themen wie Wirtschaftsstandort, Kultureinrichtungen, Führungen für Fans der Königsfamilie und etliche andere Themen."

Für einen Moment wirkte sie so, als sei sie gerade für eine solche Führung gebucht worden. Kompetent, engagiert und etwas emotionslos. Aber das war zu verstehen.

„Mevrouw Bakker, entschuldigen Sie, dass ich noch einmal darauf zurückkomme. Ihr Mann war segeln. An einem Dienstagnachmittag. Mit einem Job, der sich nicht nach Langeweile anhört. Hatte er Urlaub oder feierte er Überstunden ab?", wollte Peeters wissen.

„Von Urlaub weiß ich nichts", sagte sie. „Er muss das spontan entschieden haben. Vielleicht ergab es sich gerade, dass sein Freund Maarten Zeit hatte oder irgendjemand anderes. Ich weiß es nicht. Urlaub hatte er jedenfalls nicht", sagte sie entschlossen.

„Gut", sagte der Commissaris. „Wir werden Sie jetzt in Ruhe lassen. Die Leiche Ihres Mannes wird in zwei oder drei Tagen freigegeben. Sie können für die Beerdigung alles in die Wege leiten. Eine letzte Frage habe ich allerdings noch", schob Peeters nach. „Konnte Ihr Mann schwimmen?"

Dianne Bakker sah etwas überrascht aus. Mit dieser Frage hatte sie scheinbar nicht gerechnet.

„Ja", sagte sie etwa zögerlich. „Das konnte er. Er war sicher kein Topschwimmer. Aber das Wasser war sein Metier. Da fühlte er sich sicher. Warum fragen Sie das?", setzte Mevrouw Bakker interessiert nach. „Sie sagten doch, er sei unglücklich vom Baum am Kopf getroffen worden. Stimmt das nicht?"

„Doch", versuchte sie der Commissaris zu beruhigen, „danach sieht alles aus. Unsere Fragen sind reine Routine. Bitte entschuldigen Sie unseren Besuch. Aber wir sind dazu verpflichtet und müssen jeden Todesfall untersuchen."

„Natürlich", sagte sie. „Sie machen Ihre Arbeit wie jeder andere auch."

„Wo können wir Sie erreichen, Mevrouw Bakker", fragte Peeters, „falls wir doch noch Fragen an Sie haben?"

Das schien ihr nicht sonderlich zu passen. Sie sperrte sich etwas, bevor sie Adresse und Telefonnummer ihres Arbeitsgebers preisgab.

Jacob Peeters und Mieke Dekker verließen das Haus, wie sie es betreten hatten und setzten sich wortlos in den Polizeiwagen, mit dem sie gekommen waren. Sie fuhren los und schwiegen, bis Mieke ein paar Straßen weiter ihren Vorgesetzten fragend ansah. „Was meinst du", sagte sie, „gibt es hier einen Grund, weiter zu ermitteln?"

„Ich weiß es nicht", antwortete Peeters unentschlossen. „Ein Unfall. Was sonst. Oder?"

„Das frage ich dich."

10

Jacob Peeters saß an seinem Schreibtisch im Amsterdamer Kriminalpräsidium und fütterte seinen Computer mit allen Informationen, die ihm zu der tragischen Unglücksgeschichte von Kees Bakker vorlagen. Das war nicht viel für einen Abschlussbericht. Auch wenn Mevrouw Bakker nicht gerade den kooperativsten und als Ehefrau liebevollsten Eindruck gemacht hatte, gab es nichts, was nicht passte.

Er stand auf und schaute zum Fenster hinaus.

Auf die kleine Gracht hinter seinem Büro.

Auch heute schien die Aprilsonne wie in den vergangenen Tagen mit einer Selbstverständlichkeit, die man zu dieser Zeit noch längst nicht erwarten konnte. Das musste an dem Hochdruckkeil liegen, der seit fast einer Woche milde Luft von Süden heranbrachte und einen Vorgeschmack darauf lieferte, was der kommende Sommer vielleicht zu bieten hatte.

Jacob Peeters mochte diesen Blick aus dem Fenster. Das gab ihm die nötige Ruhe zum Nachdenken. Es störte ihn auch nicht, dass im Hintergrund sein Büroradio leise vor sich hin dudelte und ihn mit Charts aus internationalen Ligen rauf und runter versorgte.

Nach einem Titel von *James Blunt* hörte er *Blof*. Wie immer konnte man stündlich damit rechnen, einen Titel dieser niederländischen Erfolgsband aus dem Süden des Landes zu hören.

Blof hatte einen gewissen Kultstatus. Und ein bisschen, so empfand es Jacob Peeters, der sich auch in der deutschen Musiklandschaft etwas auskannte, war es die niederländische Antwort auf *Herbert Grönemeyer* und die Kölner Rockband *BAP* zusammen. Viele Songs waren recht melancholisch und man hörte eine gehörige Portion Weltschmerz aus der Musik.

Warum *Blof* fast stündlich zu hören war, vor allem mit Titeln, die teilweise schon zehn Jahre alt waren, das war ihm nicht ganz klar. Vielleicht war es eine Rundfunkbestimmung, nach der pro Stunde eine bestimmte Anzahl von Minuten in landessprachlichen Texten gespielt werden musste. Bei den vielen schrillen EU-Verordnungen wusste man das ja nie. Vielleicht hatte die Band aber wirklich so viele Fans, dass es der Grund dafür war, warum man sie ständig hören konnte. Die Texte jedenfalls waren einprägsam und er mochte sie. Zumindest die meisten.

Im Gegensatz zu seiner Frau Manou. Die bekam eine Krise, wenn sie *Blof* hörte und nicht schnell genug umschalten konnte.

„Manou", brummte er leise vor sich. Da waren sie wieder. Seine Probleme, die er gerne verdrängte, wo immer es ging. Er wollte spätestens am Wochenende zu ihr fahren, um ein paar Dinge zu klären. Wie es weitergehen sollte. Wie sie ihr gemeinsames Leben organisierten sollten, zumindest den Teil, den man wohlwollend noch als gemeinsam bezeichnen konnte.

Er wusste auch, dass seine Eltern voraussichtlich Ende der nächsten Woche zu Besuch kommen wollten. Sollten sie ihnen von der räumlichen Trennung erzählen oder das Ganze eher als sportlichen Sommersitz verkaufen? Er wusste, dass er mit ihr sprechen musste. Außerdem hatte er den Kindern noch immer nicht klar gesagt, dass er vorerst auf dem Boot wohnte.

Sein Sohn Constantijn und seine Tochter Laura hatten damit begonnen, sich im Leben einzurichten. Beide studierten mittlerweile und machten einen hoffnungsvollen Eindruck auf erfolgreiche Lebensentwürfe. Er unterstützte sie, wo immer es ging. Aber ihre Wege begannen sich in unterschiedliche Richtungen zu entwickeln. Sie waren selbstständig geworden.

Er stand noch immer am Fenster seines Büros und summte den Text mit, den er schon so oft gehört hatte und den er fast auswendig kannte.

Er is niets, waar ik op wacht
Morgen blijft het nacht
Ik overdacht mijn zorgen en de wereld
En alle keren, dat ik wakker lag
Ik besloot

Wat een mooie dag
Wat een mooie dag voor de dood.

Es gibt nichts, worauf ich warte
Morgen bleibt es Nacht
Ich dachte an meine Sorgen und an die Welt
Und jedes Mal, wenn ich wach lag
Beschloss ich
Was für ein schöner Tag
Was für ein schöner Tag für den Tod.

Das war die traurige Botschaft dieses Liedes. Jacob Peeters konnte sich damit nicht anfreunden. Das war ihm eindeutig zu melancholisch und eignete sich allenfalls, um sich in Selbstmitleid einzulullen. Das war nicht sein Programm für die Zukunft. Er war zwar in letzter Zeit oft etwas unkonzentriert, weil er mit sich selbst beschäftigt war. Aber jetzt, hier am Fenster des Polizeikommissariats, schärfte sich seine Konzentration zunehmend. Obwohl er die Zeilen von *Blof* mitsummte. Es ging um etwas ganz anderes, das ihn jetzt beschäftigte.

Jacob Peeters setze sich wieder an seinen Schreibtisch und wählte die Nummer von Den Helder Rescue.

„Hallo, hier ist Jacob Peeters von der Amsterdamer Mordkommission „Ich habe noch eine wichtige Frage bezüglich Ihres Einsatzes am Dienstag vor Durgerdam. Der Ertrunkene mit dem Segelboot."

„Ja", sagte die Stimme am anderen Ende, „ich weiß. Ich leite Sie weiter an den Kollegen, der die Einsatzleitung hatte."

„Danke." Er wartete, bis der angekündigte Kollege sich am Telefon meldete.

„Jacob Peeters, hallo", sagte er noch mal. „Als Sie am Dienstag zu dem Einsatz gerufen wurden, wie waren zu dem Zeitpunkt beziehungsweise in den Stunden vorher, die Windverhältnisse in dem betroffenen Gebiet?"

„Es war mild und wir hatten vielleicht ein bis zwei Beaufort Windstärken. Mit abnehmender Tendenz."

„Können Sie das genauer herauskriegen?“, fragte er.

„Kein Problem, aber ich muss die Wetterberichte noch mal auswerten. Die sind sehr kleinteilig, wenn man einzelne Gebiete auf dem Ijsselmeer genauer betrachten will. Hier in Den Helder jedenfalls war ungewöhnlich wenig Wind für die Jahreszeit.“

„Gut, rufen Sie mich gleich zurück, wenn Sie das gecheckt haben?“

Der Mann am anderen Ende bestätigte und beide legten auf.

„Wat een mooie dag voor de dood. Was für ein schöner Tag für den Tod“, wiederholte er *Blofs* Songtext leise.

„Es war ein viel zu schöner Tag für den Tod“, sagte er entschlossen. „Jedenfalls für einen Segelunfall ohne Wind“.

Jacob Peeters nutzte die Zeit, während er auf den Rückruf wartete, um auf einschlägigen Internet-Plattformen nach Wettermeldungen vom letzten Dienstag zu recherchieren. Auch auf seinem Smartphone sah er nach. Da hatte er eine App von Windfinder installiert, die für ziemlich präzise Vorhersagen für kleinteilige Gebiete bekannt war. Da es sich bei den meisten Diensten um Vorhersage-Angebote handelte, war eine Rückschau des Wetters kaum möglich. Das würde er anders überprüfen lassen.

Das Telefon klingelte. Es war Den Helder Rescue.

„Am Dienstag hatten wir morgens in dem Gebiet vor Durgerdam, Uitdam und auch in der Gegend von Volendam höchstens zwei Windstärken. Am Nachmittag schien die Sonne und die Luft hatte milde 18 Grad. Der Wind war ab etwa 14.00h fast ganz eingeschlafen.“

Jacob Peeters hörte zu. „Das hört sich sehr ruhig an. Eigentlich kein Segelwetter, oder?“

„Na ja, man ist ja froh, wenn man aufs Wasser kann. Ob unter Segeln oder mit dem Motor ist dann auch nicht so wichtig“, sagte der Mann. „Endlich frische Luft und Sonne.“

„Aus welcher Richtung kam denn der wenige Wind?“, wollte Peeters wissen.

„Vorherrschende Richtung war in diesem Gebiet Ostnordost. Aber der drehte sich ständig. Zeitweise kam er auch aus dem Süden."

„Danke für Ihre Hilfe", bedankte sich der Commissaris und legte auf.

Nacheinander rief er die Hafenmeister der nahegelegenen Häfen in Durgerdam, Uitdam und Marken an. Auch den Hafenmeister von Volendam befragte er telefonisch. Der hatte beobachtet, dass sogar die Segelschule den praktischen Unterricht eingestellt hatte, weil es fast windstill gewesen war. Auch der Besitzer der Segelschule, den Jacob Peeters anschließend anrief, konnte das bestätigen.

„Am Dienstag habe wir schon gegen 15 Uhr die Boote wieder reingeholt. Wenn kein Wind da ist, machen wir eben theoretischen Unterricht", sagte er. . Dafür sei an diesem Tag der Verleih von Motorbooten bestens gelaufen. Ein paar Asiaten hätten sich das Ijsselmeer ansehen wollen.

Volendam stand in vielen internationalen Reiseführern als typisch holländisches Dorf und wurde seit Jahren fast täglich mit Scharen von Touristen per Bus angefahren. In letzter Zeit waren immer mehr Asiaten dabei, die sich in holländischer Tracht für ein Erinnerungsfoto in einem der vielen Volendamer Fotostudios am Hafen fotografieren ließen und anschließend wieder mit ihrem Reisebus verschwanden. Die meisten jedenfalls. Für den Tourismus in Volendam nicht mehr wegzudenken. Der Ort lebte davon. Auch alle anderen Hafenmeister, die Jacob Peeters anrief, bestätigten die offizielle Aussage von Den Helder Rescue zu den lokalen Windverhältnissen.

Nun rief er die Gerichtsmedizinerin Tineke Huisman an.

„Sag mal, Tineke, die Verletzung am Kopf. Kommt die mit Sicherheit von einem ungewollten Zusammenstoß mit dem Baum? Verursacht durch ein unglückliches Segelmanöver?"

„Würde ich sagen, ja. Es ist sein Blut am Baum. Es sind Hautspuren auf dem Metall. Was gibt es für Zweifel?", fragte sie.

„Am Dienstag gab es zur Unglückszeit so gut wie keinen Wind in dem betroffenen Gebiet. Wetter für eine Kaffeefahrt unter Motor. Aber nicht zum Segeln."

„Unter diesen Umständen“, sagte Tineke nachdenklich, „ist der Stoß vielleicht etwas heftig ausgefallen.“

„Ja, genau. Das sehe ich auch so“, sagte Jacob und verabschiedete sich.

Er rief die Spurensicherung an. Die Ergebnisse ihrer Routineuntersuchung lagen noch nicht vor. Sie würden noch etwa zwei Stunden brauchen, bevor er den Bericht bekäme. Jacob Peeters bat die Kollegen, besonders gründlich zu sein.

11

„Was für ein riesengroßer Scheißdreck!", fluchte Ruud Visser, als er vom Tod Kees Bakkers hörte. Und wiederholte dies noch ein paar Mal, nicht weniger lautstark. Er brachte sich dabei immer mehr in Rage.

Dieser Mann, Ruud Visser, galt in Amsterdam nicht gerade als Sympathieträger. Schlechte Kindheit, chancen- und ausweglos sozialisiert in einem Milieu, das kaum andere Wege zuließ. Bei diesem Mann waren das keine Klischees. Jedenfalls hatte er selbst wenig gegen dieses Image unternommen. Sein Ziel war Gewinnmaximierung um fast jeden Preis. Das unterschied ihn nicht grundlegend von so manchem Geschäftsmann in dunklem Anzug mit angeblich guten Absichten und Manieren. Doch die Anzugträger waren meistens leiser und weniger präsent. Graue Mäuse im Hintergrund sozusagen. Das war nicht der Lebensentwurf von Ruud Visser. Der mochte es durchaus etwas aggressiver und lauter. Schließlich hatte er nichts zu verbergen. Zumindest nicht nach seinem Rechtsverständnis. Er besaß vier Spielcasinos in und um Amsterdam und sah sich selbst als eine Art mitleidiger Dienstleister an, der denjenigen eine letzte Chance gab, die glaubten, in seinen Spielcasinos endlich die Lösung ihrer Probleme zu finden.

Ein letztes Mal, und diesmal ist es wirklich so weit, so oder ähnlich hatte er schon unzählige der Spielsüchtigen gehört und kennengelernt. Die, nachdem sie Haus und Hof verspielt hatten, zu ihm kamen, um noch einen letzten Kredit für das ultimativ letzte Spiel zu erbetteln, bevor sie sich freiwillig einer Therapie unterzogen. Oder den Ermittlungsbehörden. Denn nicht wenige gingen zu weit, um an das nötige Spielgeld zu gelangen. Kredite zu überhöhten Zinsen. Das war ebenfalls eine Spezialität von Ruud Visser.

Er gab gerne, denn bis auf ganz wenige Ausnahmen bekam er es zurück. Nicht immer gleich und ohne Widerstand. Und es dauerte oft lange. Das war halt sein Job. Dafür bekam er eine Rendite, die der reguläre Geld- und Aktienmarkt nicht bieten konnte. Und er hatte seine Leute, die das Inkasso übernahmen.

Auch Kees Bakker hatte sich bei ihm Geld geliehen. Denn er spielte für sein Leben gern. Bis er starb.

Ruud Visser hatte erst am Montag seine Jungs, wie er sein Angst einflößendes Inkasso-Team zärtlich nannte, auf Kees Bakker angesetzt. Schließlich bekam er noch genau 57.000 Euro von Kees zurück. Spielschulden sind doch Ehrenschulden. Und das sollten sie ihm klarmachen. Da war scheinbar etwas schiefgelaufen.

„So ein Mist", fluchte er weiter. „Wo soll ich denn jetzt die Kohle herkriegen?"

„Dann ist die Alte eben dran", murmelte er vor sich hin. „Aber die Sache muss sich erst wieder etwas beruhigen."

12

Die Spurensicherung hatte ihre Untersuchungen beendet und der Bericht lag Jacob Peeters seit wenigen Minuten vor. Er wollte ihn aber nicht kommentarlos lesen, sondern auch Nachfragen stellen. Deshalb überflog er den Bericht nur oberflächlich und wählte gleich die Telefonnummer der Kollegen in der Spurensicherung.

„Also, was habt ihr gefunden?", wollte er wissen. „Wir reden jetzt nicht mehr über einen Unfallort, sondern über einen Tatort."

„Für einen Tatort hätte ich mir noch ein paar klarere Spuren gewünscht", antwortete der Kollege. „Aber das, was wir haben, ist auch nicht wenig."

„Ich bin ganz Ohr", sagte der Commissaris. „Erzählen Sie!"

„Kees Bakker ist aller Wahrscheinlichkeit nach nicht allein auf seinem Boot gewesen. Es gibt Fußabdrücke von mindestens drei Personen. Also außer denen des Kollegen aus Volendam und außer Ihren eigenen."

Drei Personen, überlegte Jacob, wo sind die geblieben?

„Die Fußabdrücke zeigen ein anderes Bild als die Fingerabdrücke."

„Was heißt das konkret?", wollte Peeters wissen.

„Es hat in der Nacht von Montag auf Dienstag ordentlich geregnet. Das hatte zur Folge, dass wenigstens alle alten Spuren draußen auf dem Schiff stark verwischt waren. In unserem Fall aber gar nicht so schlecht. Denn die Abdrücke, die wir gefunden haben, sind frisch und nach dem Regen gekommen."

„Also am Dienstag. Am Todestag, oder?", fragte der Commissaris.

„Ja, das sieht ganz so aus. Und während sich zwei Personen auf dem Boot reichlich in verschiedenen Richtungen bewegt haben, hat sich eine dritte Person, ohne viele Bewegungen zu machen, lediglich im Cockpit des Segelschiffes aufgehalten."

„Warum?"

„Keine Ahnung", sagte der Kollege, „wir sind die Spurensicherung, nicht die Abteilung Wahrsagen", spöttelte er.

„Kann es sein, dass jemand versucht hat, Zugang zum Boot zu bekommen und, nachdem er im Cockpit bemerkt hat, dass das Boot abgeschlossen war, hat er sich wieder auf den Rückweg gemacht?"

„Das kann sein. Warum auch immer!"

„Warum auch immer? Gute Frage. Die kann ich auch noch nicht beantworten. Aber drei Personen mit frischen Spuren heißt auf jeden Fall, Kees Bakker war nicht allein auf seinem letzten Törn", fasste Peeters zusammen.

Tröstlich war das allerdings auch nicht. Jedenfalls nicht für Kees Bakker.

„Was ist mit der möglichen Todesursache am Kopf durch einen Zusammenstoß mit dem Baum und seinem Fall über die Reling?"

„Das scheint ziemlich gesichert zu sein", sagte der Kollege. Ob absichtlich durch einen Dritten verursacht oder durch den Wind: Kees Bakker hat den Baum an den Kopf bekommen und ist von der Wucht ins Wasser geflogen. Beim Sturz ist er auf die Reling gefallen, daher das relativ große Hämatom in der rechten Seite. Auch die umgebogene Relingsstütze deutet darauf hin", sagte der Kollege. „Sie ist genau dort eingeknickt, wo auch etwas höher der Baum mit Blutflecken von Kees Bakker übersät ist. Das Spurenbild macht durchaus Sinn und ist logisch nachvollziehbar."

„Was gibt es noch?"

„Draußen war es das fast. Jede Menge Fingerabdrücke, die meisten von Kees Bakker selbst. Nein, stimmt nicht, draußen war doch noch was. Und das ist auch durchaus beachtenswert."

Jacob Peeters lauschte angespannt.

„Mijnheer Peeters?", sagte der Kollege von der Spurensicherung, „sind Sie noch da?"

„Ja, natürlich, ich warte. Also, was ist denn nun beachtenswert?", wollte er ungeduldig wissen.

„Es gibt zwar drei Fußspur-Paare. Aber von den frischen Spuren haben nur zwei Personen auch für entsprechend viele Fingerabdrücke gesorgt. Einer davon ist Kees Bakker selbst. Person „drei" hinterlässt nicht nur wenig Fußabdrücke, sondern auch wenig Fingerabdrücke an Bord."

Er kam noch einmal auf die Fußspuren zu sprechen: „Kees Bakker hatte übrigens Schuhgröße 43. Wie fast jeder zweite niederländische Mann."

„Gut, und was ist jetzt besonders an dieser Erkenntnis?", wollte der Commissaris wissen.

„Daran? Eigentlich nichts", sagte sein telefonisches Gegenüber.

„Die Fußabdrücke der Person, die vermutlich nur oben auf dem Boot war, weisen ebenfalls auf einen Menschen mit einer für Männer durchschnittlichen Schuhgröße von 42 bis 44 hin. Die dritte Person, die an Bord auch unter Deck war, hat allerdings kleinere Füße. Die Größe schätzen wir auf 37- 39."

„Also ein Jugendlicher?", fragte Peeters.

„Oder eine erwachsene Frau"

„Ja, das könnte sein. Aber das ist alles nur Vermutung. Es gibt ja auch Männer mit kleineren Füßen."

„Soweit zu den Fußabdrücken. Interessant sind aber auch die Konstellationen der Fingerabdrücke."

„Wieso?", fragte Peeters immer ungeduldiger.

„Kees Bakkers Fingerabdrücke fanden wir fast überall auf dem Schiff. Nichts Besonderes eigentlich für den Bootsführer oder Eigentümer. Der muss ja überall mal zulangen. „Auch am Baum, der ihn scheinbar das Leben gekostet hat, waren seine Fingerabdrücke", sagte der Kollege. „Wir hatten sie aber am äußeren Ende des Baumes, also da, wo der Baum am Mast befestigt ist, erwartet. Da jedenfalls muss man anfassen, wenn man die Segel setzt, fiert oder ein Reff bei zu starkem Wind einbindet."

„Gut, das weiß ich alles, wie das funktioniert", sagte der Commissaris. „Was ist daran ungewöhnlich?"

„Da vorne am Mast war von seinen Fingerabdrücken nichts zu finden, was halbwegs frisch aussah. Stattdessen gibt es dort zwei vollflächige Handabdrücke, die definitiv nicht von Kees Bakker sind. Es sind kleinere Handflächen als die von Kees Bakker."

„Das heißt", meinte Peeters, „die Person, der diese Fingerabdrücke zuzuordnen sind, hat oben auf dem Deck des Bootes gesessen und wann auch immer, kräftig mit beiden Händen Druck auf den Baum ausgeübt und Kees Bakker damit wohlmöglich erwischt?"

„Das wäre denkbar."

„Moment, lassen Sie uns das mal gemeinsam durchgehen", sagte Peeters. „Da gibt es Kees Bakker, wahrscheinlich im Cockpit stehend. Beschäftigt mit bevorstehenden Manövern oder auch nur mehr oder weniger entspannt, wie gesagt, stehend auf der Cockpitbank. Es gibt keinen Wind. Vielleicht läuft der Motor. Er ist im Gespräch mit jemandem, der auf dem Deck sitzt oder steht. Und Kees Bakker steht an einer Stelle, wo er ohne weiteres von dem umschlagenden Baum erwischt werden konnte."

„Ja, möglich", sagte der Kollege.

„Eine der begleitenden Personen könnte also die Gelegenheit genutzt haben, Kees Bakker im richtigen Moment mit einem Schlag, verursacht durch das kräftige und plötzliche Rumreißen des Baumes, völlig zu überraschen. Bakker ist dann ins Taumeln geraten, auf die Relingsstütze gefallen, woher die Verletzungen in der Seite offensichtlich stammen, um dann den letzten Gang ins frühlingshaft kalte Wasser des Ijsselmeeres anzutreten."

„Ja", sagte der Kollege, „genau so könnte es sein. Allerdings ist das reine Spekulation. Dafür belastbare Beweise zu kriegen", meinte er, „ist wahrscheinlich anstrengender als die Nadel im Heuhaufen zu suchen."

„Stimmt", pflichtete Peeters ihm bei, „aber wozu sind wir Polizisten, wenn wir nicht den Ehrgeiz hätten, Licht hinter diese seltsamen Vorgänge zu bringen."

„Ich mein ja nur", sagte der Kollege der Spurensicherung, „das wird sicher nicht leicht werden."

„Okay, weiter jetzt. Sie haben doch noch mehr, oder?"

„Wir haben auch innen gründlich nachgeschaut. Hier findet man hauptsächlich die Fußspuren von Kees Bakker und einer weiteren Person, die scheinbar zu den kleineren Fußspuren von draußen gehört. Einen Hinweis auf die dritte Person gibt es drinnen nicht. Drinnen gibt es dafür eine Menge Fingerabdrücke. Die von Kees Bakker haben wir ausgewertet. Aber auch hier bleibt ein rätselhafter Besucher oder Mitsegler übrig, von dem wir nicht viel wissen. Zumindest einer, der auch unter Deck war. Der dritte oben hat sich offensichtlich sehr ruhig verhalten."

„Was war im Mülleimer?", frage Peeters, „ich hab da Wasserflaschen gesehen."

„Ja, zwei Stück. Zugeschraubt. In beiden noch was drin. Nicht viel. Die Auswertung der DNA-Spuren läuft noch. Sonst nichts Ungewöhnliches. Ach ja, der rote Fleck auf dem Sofa hat mit Blut nichts zu tun. Das sind Speisereste. Vielleicht hat da jemand gekleckert."

„Was ist mit der Kleidung des Toten? Gab es da Anzeichen eines Kampfes?", wollte Peeters noch wissen.

„Soweit wir das bei Kleidungsstücken nachvollziehen können, die einige Stunden im Wasser gelegen haben und zumindest marginal über Grund geschleift wurden, ist da nichts zu erkennen."

„Keinerlei Anzeichen, die man verwerten kann?"

„Nein, an der Kleidung nichts, was auf Gewalt hindeutet. Er hatte sein Portmonee in der Innentasche seiner Jacke. Ausweise, Karten ... es sieht alles vollständig aus. Es waren knapp achtzig Euro Bargeld in der Börse. Und einen Kaffee muss er sich wohl vorher auch noch geleistet haben. Es gibt eine Quittung aus einem Volendamer Café über zwei Tassen Kaffee und einem Glas Mineralwasser."

„Und wann war das? Wann war er in dem Café?"

„Der aufgedruckten Uhrzeit nach um 13:54 Uhr. Es steht auch die Bedienernummer drauf. Ich lasse Ihnen den Bon gleich rüberbringen."

„Gut", sagte Peeters, „das ist sehr gut. Vielleicht war er mit seinem Mörder Kaffee trinken. Das würde auch bedeuten, dass sie sich gekannt haben."

„Davon würde ich sowieso erst einmal ausgehen", sagte der Kollege, „wer nimmt schon völlig fremde Menschen mit auf einen Segeltörn, selbst wenn es nur ein kurzer Ausflug werden soll."

„Ja, das habe ich mir auch schon gedacht", sagte Peeters.

Der Commissaris bedanke sich für die schnelle und gute Arbeit. Ein bisschen Freundlichkeit kam immer gut an.

13

Jacob Peeters rief aus seinem Büro heraus über den Flur nach Klaas und Mieke. Klaas meldete sich aus seinem Büro, fast ebenso lautstark: „Mieke ist noch in der bulgarischen Botschaft. Die ist aber gleich zurück."

„Okay", sagte Peeters in leiserem Ton, denn er stand mittlerweile in der Bürotür von Klaas und Mieke. „Wir müssen uns zusammensetzen und einen Plan machen, wie es weitergeht."

„Jetzt sofort?"

„Ja. Wenn Mieke gleich kommt, können wir sie schnell auf den aktuellen Stand bringen. Oder warte mal", sagte er nachdenklich, „strategisch ist es wahrscheinlich besser, wenn ich jetzt erst einmal den Hoofdcommissaris in die Ermittlungen einweihe."

„Ich hab ihn vor zehn Minuten auf dem Flur gesehen", informierte ihn Klaas. „Der müsste in seinem Büro sein."

„Gut, dann gehe ich zu ihm hin und wir treffen uns in etwa einer halben Stunde in meinem Büro."

„Viel Erfolg", sagte Klaas van den Broek mit einem vieldeutigen Lächeln.

Jacob Peeters verstand das ohne weitere Erklärung.

Der Chef der Amsterdamer Kriminalpolizei, Hoofdcommissaris Wouter Janssen, war auch nicht leicht im Umgang. Er kannte in seiner Argumentation meistens nur wenig sprachliche Nuancen. Für ihn gab es Schwarz oder Weiß und es war presseverwertbar oder nicht. Die beiden arbeiteten schon seit mehr als zehn Jahren zusammen. Wouter Janssen wusste, was er an Jacob Peeters hatte und dass er ihn nicht einfach so abspeisen konnte. Und Jacob Peeters wusste, dass Wouter Janssen das wusste.

„Wouter, hast du einen Moment Zeit für mich?", sagte Peeters, während er gleichzeitig an den Türrahmen der offen stehenden Tür klopfte und eigentlich schon im Raum war, ohne auf die Antwort zu warten.

„Ja, komm rein", sagte Wouter Janssen, „wir müssen über Prada reden. „Der Bürgermeister will eine Pressekonferenz dazu machen. Das passt mir gar nicht. Bei den dünnen Ermittlungsergebnissen."

„Wir sind dran", beruhigte Jacob Peeters den Polizeichef. „Aber wir haben ein neues Problem, besser einen neuen Fall."

Jacob Peeters brachte ihn auf den bisher aktuellen Stand zum Fall Kees Bakker und machte ihm auch deutlich, dass das eine sehr kleinteilige Ermittlung werden könne und dass er dazu Zeit und Unterstützung brauche.

„Ich hoffe, du hast dich da nicht in irgendetwas verrannt", sagte Wouter Janssen. „Wir haben genug zu tun mit unseren aktuellen Fällen. Es wäre empfehlenswert, wenn du für den vermuteten Mord an Kees Bakker auch bald einen eindeutigen Beweis liefern kannst. Denn den Bürgermeister interessiert im Moment mehr die nötige Sicherheit der Touristen in der Stadt. Und wir sind hier derzeit wirklich nicht gut besetzt im Kommissariat."

„Wouter", sagte der Commissaris ruhig, „das ist mir klar. Wir werden die Prada-Sache weiter auf Priorität 1 halten. ‚1b'", korrigierte er sich. „Aber ein Mord ist ein Mord. Auch wenn es noch keine belastbaren Beweise gibt. Alles deutet darauf hin. Und das meinen auch die Spurensicherung und die Gerichtsmedizin. Ist übrigens eine sehr patente Frau, die neue Kollegin dort."

„Okay", sagte Wouters, „wenn du das für richtig hältst und glaubst, dass da was dran ist, dann geh der Sache nach. Aber vergiss die Prada-Gangster nicht. Wir stehen mächtig unter Druck."

„Klar", sagte Peeters, überrascht über die unkomplizierte Einsicht des Polizeichefs. Wurde er etwa langsam altersmilde?

Er ging zurück zu seinem Team. Mieke war mittlerweile eingetroffen und die beiden warteten schon in seinem Büro.

„Wie war's in der bulgarischen Botschaft?"

„Die Leute sind sehr kooperativ", meinte sie, „aber es muss sich jetzt erst herausstellen, was uns das bringt."

„Was ist mit der Adresse auf der Postkarte?"

„Die können sie nicht zuordnen. Das ist die Adresse eines angesehenen Hotels in der Gegend um Sofia. Wer im Hotel die Karte kriegen sollte, ist unklar. Angeblich unbekannt. Aber ich bleibe dran."

„Okay, wir sprechen später über die Prada-Truppe. Wir haben jetzt einen neuen Fall zu lösen. Und uns läuft die Zeit weg."

Jacob Peeters war nervös. Er wusste genau, dass es auf schnelle Reaktionen ankam. Wenn es wirklich ein Mord war, und alles deutete darauf hin, dann musste gehandelt werden.

„Wir gehen jetzt alles durch, was wir haben und entscheiden dann, was als Nächstes zu tun ist. „Die Spuren auf dem Schiff haben deutlich gezeigt, dass es sich hier nicht um einen Unfall handelt", erklärte er. „Auch, wenn es etwas verworren scheint. Mein Gefühl spricht da eine klare Sprache."

Und er hoffte, dass ihn sein Gefühl auch diesmal nicht trügen würde.

„Wir müssen davon ausgehen, dass Kees Bakker nicht allein auf seinem Boot war, sondern mit einem oder zwei Begleitern, beziehungsweise Begleiterinnen", verbesserte er sich. „Es gibt Anhaltspunkte dafür, dass auch eine Frau an Bord war."

„Wenn auch etwas dürftig", warf Klaas van den Broek ein, „nur weil die Größe der Fuß- und Handabdrücke in einem Fall etwas kleiner ausfallen. Vielleicht war er mit seinen Kindern segeln."

„Kees Bakker hatte keine Kinder", unterbrach ihn Mieke, die sich mit den Familienverhältnissen bereits vertraut gemacht hatte.

„Wir müssen jetzt planen, wer welche Gespräche führt und wie wir die Ermittlungen am besten koordinieren können", sagte der Commissaris. Wir haben die Zustimmung vom Alten und das schneller als gedacht. „Aber wir müssen uns auch um unsere anderen Ermittlungen kümmern. „Im Moment", das sagte er etwas leiser, als ob der Hoofdcommissaris in der Nähe wäre, „konzentrieren wir uns ganz klar auf Kees Bakker. Jetzt ist die Sache noch frisch."

„Sollen Mieke und ich noch mal zu Mevrouw Bakker fahren?", wollte Klaas wissen.

„Vielleicht. Einer muss da hin, aber lass uns erst mal sammeln, was zu tun ist, bevor wir in Aktionismus verfallen."

„Gut, bleiben wir bei Mevrouw Bakker. Wir müssen ihr vorsichtig klar machen, dass ihr Mann höchstwahrscheinlich nicht durch einen Unfall ums Leben gekommen ist."

„Das kann ich machen", sagte Mieke, „mich kennt sie schon von unserem Besuch."

„Dann ist das schon mal klar. Mieke fährt zu Mevrouw Bakker und versucht, ein wenig mehr über ihre Beziehung und das Umfeld rauszukriegen."

„Was ist mit der Quittung aus dem Café in Volendam?", wollte Klaas wissen. „Soll ich hinfahren?"

„Nein", sagte Peeters, „das mache ich später. Du organisierst eine lückenlose Befragung aller möglichen Zeugen entlang des Küstenstreifens zwischen Volendam und Durgerdam. Vor allem in der Nähe des Fundortes. Du kannst dafür auf die Unterstützung der örtlichen Polizeistationen zurückgreifen. Und mach denen Beine. Die sollen aus ihren verschlafenen Stationsträumen aufwachen. Das hier ist ein Ernstfall."

„Wen sollen wir denn befragen?", wollte Klaas wissen.

„Alle, die etwas gesehen haben können. Alle, denen etwas aufgefallen ist in Zusammenhang mit Kees Bakker und seinem Boot. Ich habe Ausdrucke von seinem Portrait und auch ein Bild von der „Dianne II", also seinem Boot. Immerhin kein Serienbau und mit dem blauen Rumpf und weißer Aufschrift könnte sie auch dem einen oder anderem aufgefallen sein. Einzelheiten dazu stehen auf der Kopie, die ich euch gegeben habe."

„Ruf alle Polizeistationen von Durgerdam bis hoch nach Hoorn an. Sie sollen in Pensionen und Hotels nachfragen, ob Fahrradtouristen die Strecke am Dienstag gefahren sind und ob sie was beobachtet haben."

Klaas van den Broek notierte fleißig mit. Damit hatte er erst mal reichlich zu tun. Sein Volleyballtraining heute Abend würde wohl ausfallen müssen. Aber diesen Gedanken behielt er lieber für sich.

„Dann müssen wir mit seinem Arbeitgeber sprechen, seinen Kollegen, Freunden, Nachbarn, das Übliche. Wir müssen alles über Kees Bakker in Erfahrung bringen, was wir kriegen können. Aber das wird sich sicher hinziehen bis morgen“, sagte der Commissaris und schaute dabei auf die Uhr. Der Tag war schon längst nicht mehr ganz frisch. Es war fast vier Uhr nachmittags.

Die Aufgaben waren verteilt. Es sollte am Abend, um circa 21 Uhr, noch eine letzte Besprechung in seinem Büro geben.

Gut, dachte Klaas, man muss ja auch keinen Mannschaftssport ausüben, wenn man bei der Polizei arbeitet. Vielleicht wäre das Fitnessstudio besser gewesen. Aber auch diesen Gedanken behielt er für sich.

Der Commissaris machte sich auf den Weg nach Volendam. Der derzeit wichtigsten Spur im Café wollte er lieber selbst nachgehen, bevor jemand irgendetwas übersah. Seine einzige Sorge war, dass er selbst etwas übersehen hatte, so lange die Spuren noch frisch waren. Das würde ihn beschäftigen, bis sie den Täter gefunden hatten. Eine Ermittlung ließ sich nicht erledigen wie ein Verwaltungsjob im Straßenverkehrsamt. „Um 17.30 Uhr ist Schluss. Sorry, dann müssen Sie morgen früh wieder kommen. Schönen Abend noch“, solche Formulierungen gab es während einer Ermittlung nicht. Ein Commissaris bei der Amsterdamer Mordkommission konnte nur vollen Einsatz zeigen oder gar keinen. Ganoven kannten schließlich auch keine Teilzeitarbeit. Das hatte er Manou oft genug versucht klarzumachen, wenn es um ihre Beziehung und seine Verantwortung ging. Aber das gelang nur mit wechselndem Erfolg. In den letzten Jahren immer seltener.

Nach vierzig Minuten Fahrzeit hatte er Volendam erreicht. Er parkte seinen Dienstwagen direkt vor der Segelmacherei. Von da aus konnte er seine Befragungen gut erledigen. Früher gab es hier jemanden, der ihm immer freundlich einen Parkplatz zugewiesen hatte. Aber den suchte er vergebens.

Er ging direkt auf das Café zu, in dem Kees Bakker laut Bon den wahrscheinlich letzten Kaffee seines Lebens getrunken hatte. Oder das Mineralwasser, das ebenfalls auf dem Bon verbucht stand. Das Café „De Uitkijk“ an der Uferpromenade lag genau gegenüber vom Hafen. Hier reihte sich ein Café an das nächste. Viele der Cafés waren einem Hotel angegliedert. Dazwischen immer wieder Touristenläden mit kleinen und großen Holzschuhen, den legendären „Klompen“, wie sie auf Niederländisch heißen und den Fotostudios für das Erinnerungsfoto. Es gab genügend Käufer für diese Souvenirangebote. Ein ganzer Bus voll Asiaten hatte gerade seine Türen geöffnet und alle strömten heraus. Viel Spaß, dachte Jacob Peeters, als ihm die Menge entgegenkam.

„Entschuldigung“, sagte der Commissaris zu dem Mann an der Rezeption, „kennen Sie diesen Mann hier? Er hielt ihm das Bild von Kees Bakker hin, das er für sich und seine Assistenten hatte ausdrucken lassen. „Er hat gestern hier bei Ihnen im Café mit ein oder zwei anderen Personen zusammen gesessen.“

Er zeigte dem Mann den Bon, auf dem die Getränke vermerkt waren und auch die Bedienernummer aufgedruckt stand.

„Das war Leentje, die hatte gestern Mittag an dem Tisch Service“, sagte der Mann. „Hat heute frei.“

„Waren Sie denn gestern Mittag hier?“

„Ja, das war ich. Aber ich steh an der Rezeption und kümmere mich vornehmlich um unsere Hotelgäste. Was im Café passiert, kriege ich nicht mit“, sagte er entschlossen und wollte sich wieder seiner Schreibarbeit am Computer widmen.

„Hey, Moment mal“, sagte Peeters. „Das ist wichtig. Ich bin nicht zum Spaß hier. Wie kann ich Ihre Kollegin Leentje erreichen?“

„Leentje müsste heute im Supermarkt an der Kasse sitzen“, sagte der Rezeptionist. „Heute ist doch Mittwoch, oder?“

Der Commissaris nickte. „Welcher Supermarkt?“

„Hier vorne links gleich rein und dann nach ungefähr 300 Metern wieder links. Das ist so ein Einkaufscenter mit mehreren Läden drin.“

„Wieso sitzt die an der Kasse im Supermarkt?“, wollte er wissen. „Kann man von dem, was man bei Ihnen verdient, nicht leben?“

„Mir müssen Sie das nicht sagen. Das ist nicht mein Hotel. Wir gehören zu einer Kette mit Häusern in ganz Holland. So ist das nun mal. Mit ihrem Halbtagsjob bei uns reicht es scheinbar nicht. Kann man ja verstehen.“

Der Commissaris musterte den Mann an der Rezeption voller Misstrauen. „Schauen Sie sich bitte das Bild noch mal an und überlegen Sie, ob Sie sich nicht doch an den Mann und seine Begleiter erinnern können.“

Jacob Peeters holte eine Visitenkarte raus und legte sie auf den Tresen.

„Wenn Ihnen dazu etwas einfällt. Melden Sie sich bei mir, haben Sie das verstanden?“

„Ja, ja, schon gut, mache ich“, erwiderte der Mann.

Das habe ich gerne, dachte der Commissaris. Nichts gesehen, nichts gehört, das geht immer ganz schnell, grummelte er. Solche Leute mochte er nicht besonders. Er ging den beschriebenen Weg entlang und landete an einem Kreisverkehr. Das musste es sein. Supermarkt, Apotheke und noch ein Blumenladen. Er betrat den Markt. . Auf seinem Weg zu den Kassen fiel ihm ein, dass er gleich für später einkaufen konnte. Anstelle des direkten Wegs zu den Kassen nahm er, wie jeder andere Supermarktkunde auch, den Weg durch den gesamten Laden. Er entschied sich für frische Nudeln und ein kleines Stück Trüffel-Käse. Es sollte später schnell gehen. Den Käse würde er einfach über die Nudeln reiben, ein wenig von dem neuen griechischen Olivenöl darüber, und schon waren im Salon seines Schiffes die „mediterranen Wochen“ gestartet. Die Rezeptidee hatte er von Han Molenaar. Gut, dass ihm Han einfiel, er würde ihn später vom Boot aus anrufen. An der Kasse war reichlich Betrieb. Feierabendverkehr würde man auf der Straße dazu sagen.

Er frage sich bei den Kassiererinnen durch und kam schließlich an die Kasse von Leentje. Mehr wusste er auch nicht von ihr, nicht mal den Nachnamen.

Sie fühlte sich sichtlich überfordert, als er sich, während er die Nudeln aufs Band legte, als Polizeikommissar vorstellte und auch noch nach ihrem gestrigen Dienst fragte.

„Sorry", sagte sie, „ich hab in zehn Minuten Pause. Dann kann ich mit Ihnen reden. Sie sehen selbst, was hier los ist."

„Gut, ich warte draußen auf Sie."

Für einen Kaffee am Hafen reichten zehn Minuten nicht aus. Da blieb ihm nichts anderes übrig, als tatsächlich auf der Straße vor dem Supermarkt zu warten, bis Leentje - als erstes würde er sie nach ihrem Nachnamen fragen - ihre wahrscheinlich wohl verdiente Pause antrat.

Er wollte später noch in den Hafen, wo Kees Bakker sein Boot liegen gehabt hatte und, wenn möglich, auch noch unangemeldet bei Maarten Evers klingeln. Das war der Freund, den Kees Bakker scheinbar häufiger beim Segeln mitgenommen hatte. Zumindest war das von Dianne Bakker bei ihrem Besuch in der Hofwijckstraat am Vormittag gesagt worden.

„Zeigen Sie mir doch das Bild noch mal", bat Leentje Sie war etwa dreißig Jahre alt, hatte blondes, schulterlanges Haar, das hinten zu einem Pferdeschwanz zusammengebunden war und war mehr als einen Kopf kleiner als Jacob Peeters.

Leentja zog eine Schachtel Zigaretten aus der Tasche ihres Supermarktkittels, nahm eine heraus und hielt ihm die Schachtel hin.

„Nein danke", lehnte Jacob ab, „das habe ich seit ein paar Jahren hinter mir."

„Sie Glückspilz", sagte die Frau, „ich habe es auch schon mehrmals versucht. Bislang aber ohne Erfolg."

Immerhin hätte sie jetzt die Chance auf einen Anfang gehabt, denn sie hatte ihr Feuerzeug im Laden vergessen. Ein nervöser Blick in die Runde, doch da stand niemand, den man hätte um Feuer bitten können.

„Na", sagte sie, „dann eben nicht."

Sie schaute jetzt konzentriert auf das Bild und überlegte.

„Das ist Kees Bakker", sagte der Commissaris. „Er ist gestern auf dem Ijsselmeer Opfer eines bösen Unfalls geworden." Er überlegte einen Moment: „Und wir glauben, das es eben kein Unfall war. Deshalb ist es für uns wichtig, zu erfahren, mit wem Kees Bakker hier im Hafen und genau bei Ihnen im Café gesessen hat. Sie haben dort zu zweit oder vielleicht auch zu dritt gesessen. Können Sie sich erinnern?"

Ihre Augen hielt sie noch immer auf das Bild von Kees Bakker geheftet.

„Nein", antwortete sie. „Ich kann nicht sagen, dass ich den Mann nicht gesehen habe. Das Gegenteil allerdings auch nicht."

„Könnten Sie mal ein bisschen konkreter werden", bat Peeters die Frau.

„Ich bin dreimal in der Woche im Café, an den restlichen Tagen sitze ich im Supermarkt an der Kasse. Zwei Halbtagsjobs eben."

„Und?"

„Was glauben Sie, wie viele Leute ich täglich sehe? Gestern hatten wir im Café die Hütte voll. Durchgehend. Allein bei uns im Café sind drei Touri-Busse abgestiegen", erklärte sie. „Wie im Bienenstock ging es zu, zumindest hatte ich das Gefühl, bei dem Andrang. Das Wetter war gut und die Leute schwirrten hin und her..."

„Denken Sie noch mal drüber nach: Sie hatten zwei Kaffee und ein Wasser auf Ihrem Tablett. Wem haben Sie das gebracht? Um kurz vor 14.00 Uhr?"

Sie fummelte nervös an ihrer Zigarette rum, die sie noch immer in der Hand hielt.

„Kurz vor zwei", sagte sie und ließ die Worte langsam über ihre Lippen laufen. „Da waren die meisten Gäste mit dem Essen fertig. Da habe ich viele Kaffees an die Tische gebracht. Es tut mir leid, ich kann mich nicht erinnern. Und im Moment auch nicht konzentrieren. Ich muss jetzt wieder rein. Da drinnen ist auch die Hölle los."

„Ja", sagte er, „ich hab´s gesehen. Ich lasse Ihnen ein Bild und meine Karte hier. Bitte denken Sie heute Abend noch mal nach. Vielleicht fällt Ihnen was ein, wenn Sie etwas mehr Ruhe haben."

„Mehr Ruhe?", entgegnete sie. „Ich muss gleich meine kleine Tochter von den Schwiegereltern abholen. Dann geht es zu Hause weiter."

„Gut", sagte Peeters sichtlich unzufrieden. „Trotzdem vielen Dank, Frau", er zögerte, „Entschuldigung, wie heißen Sie mit Nachnamen?"

„Kramer, Leentje Kramer", sagte sie, so als würde sich James Bond vorstellen: Bond, James Bond. Gerührt und nicht geschüttelt. Ob Leentje wohl auch Martini als Aperitif trank? Wahrscheinlich nicht.

Jacob Peeters hatte noch ein paar Besuche auf seiner Volendamer Liste. Er würde zunächst zum Hafenmeister gehen. Der musste Kees Bakker wahrscheinlich kennen. Auf dem Weg dorthin ging er durch die Julianalaan. Peeters schaute auf seine Notizen. Hier wohnte Maarten Evers. Er suchte das Haus und klingelte.

Eine Frau um die fünfzig öffnete. „Sind Sie die Frau von Maarten Evers?", wollte er wissen.

„Ich hab gelernt, das man erst mal ‚Guten Tag' sagt und seinen Namen nennt, wenn man irgendwo klingelt", erwiderte die Frau, nicht aggressiv, aber in einem deutlichen Tonfall.

„Entschuldigung, ich war in Gedanken", sagte Peeters und stellte sich vor.

„Ist Ihr Mann denn zu Hause? Ich würde ihm gerne ein paar Fragen zu Kees Bakker stellen."

„Wieso zu Kees Bakker? Hat er etwas angestellt?" Scheinbar hatte sich die Nachricht noch nicht so weit rumgesprochen.

„Wie kommen Sie gleich darauf, dass er etwas angestellt haben soll?", fragte der Commissaris nach.

„Das ist mir nur so rausgerutscht", sagte sie etwas verlegen, so als würde sie ihre vorschnelle Kommentierung ärgern.

„Kees Bakker ist gestern beim Segeln ums Leben gekommen."

Das saß. Die Frau wurde sichtlich blass.

„Oh, Gott, wie gut, das Maarten nicht mit draußen war."

„Und genau darüber würde ich gerne mit Ihrem Mann sprechen."

„Ja, natürlich", sagte sie kleinlaut. „Maarten ist aber nicht da. Er wollte noch in den Baumarkt und anschließend soll er im Supermarkt einkaufen. Ich hab ihm eine Liste mitgegeben. In einer Stunde wird er wohl wieder hier sein."

„Gut, dann komme ich später noch mal wieder."

Jacob Peeters verabschiedete sich und ging die Julianalaan ein Stück weiter, um dann nach links Richtung Hafengelände abzubiegen. Als er in die Prins Bernhardlaan einbog, sah er, wie Mevrouw Evers fast versteinert noch immer auf der Treppe vor dem Haus stand und ihm hinterher sah.

Der Hafenmeister war noch da. Der Besuch schien erfolgreich zu werden. Zumindest hatte er ihn gleich im schwimmenden Hafenbüro gefunden und er erkannte Kees Bakker sofort auf dem Bild.

„Ja, den Mann kenne ich. Ich hab ihn gestern noch im Hafen gesehen."

Der Hafenmeister war sichtlich betroffen von der Nachricht über den Tod seines Kunden.

„Gestern", überlegte er, „war es doch fast windstill. Wie kann man denn da beim Segeln ums Leben kommen?", grübelte er.

„Das möchten wir auch gerne wissen. Deshalb bin ich hier."

Der Hafenmeister sah ihn an. „Hatten Sie nicht schon heute Mittag angerufen und nach dem Wetterbedingungen von gestern gefragt?"

„Ja, das war ich. Sicher können Sie sich daran erinnern, ob Kees Bakker alleine hier war."

„Ich glaube, da war jemand bei ihm", sagte der Hafenmeister. „So gut kannte ich Mijnheer Bakker auch nicht. Man grüßt sich eben und hilft, wenn es Fragen oder Probleme gibt. Wissen Sie, unser Hafen ist noch nicht alt. Es sind viele neue Liegeplatzinhaber dazugekommen in den letzten zwei Jahren. Dazu gehört auch der Mann." Er zeigte auf das Bild, das noch immer auf dem Tresen im Hafenbüro lag. „Ich hätte jetzt nicht mal seinen Namen gewusst, aber Maarten Evers hier aus dem Ort, der segelt schon mal mit ihm. Segelte, Entschuldigung", korrigierte er sich. „Und den Maarten kenne ich ganz gut. Wir sind zusammen zur Schule gegangen. So groß ist der Ort ja nicht."

„Und gestern? Wer segelte da mit ihm?"

Der Hafenmeister sah auf die Boote, die vor ihm lagen, und überlegte. „Ich glaube, der ist nicht allein rausgefahren. Ich hab das Boot gesehen, als es aus dem Hafen fuhr. Genau in dem Moment legte ein Segelboot am Anlegesteg an und fragte über Funk nach einem freien Liegeplatz für einen Tag. Den Anlegesteg können wir immer über Video beobachten, damit wir sehen, was das für ein Schiff ist, das da rein kommt. Dann können wir von hier aus besser beurteilen, welche Liegeplatzbox wir anbieten können."

„Video?", entfuhr es Jacob Peeters. „Dann haben Sie das aufgenommen?"

„Nein, aufgenommen ist das nicht. Das ist nicht richtig Video, sondern so ein System, das man an Haustüren hat oder bei Rückfahrkameras von großen Autos. Wir sehen, was da los ist, aber aufgenommen wird das nicht."

Das wäre ja auch zu schön gewesen, dachte Jacob Peeters. Aber es sollte nicht sein.

„Was haben Sie denn gesehen, was Sie leider nicht aufgenommen haben?", fragte der Commissaris etwas deprimiert.

„Der Mann, also Mijnheer Bakker, ist irgendwann gegen Mittag, vielleicht halb zwei oder so, rausgefahren. Und zwar unter Motor, aber das ist Vorschrift, dass man in den Hafen oder raus nicht unter Segeln, sondern unter Motor einläuft. Nur, bei dem wenigen Wind wird er auch wohl weiterhin unter Motor gefahren sein."

„Wie viele Personen saßen auf dem Boot?"

„Ich habe, glaube ich, außer dem Bakker eine Person gesehen. Aber nur von hinten. Die saß im Cockpit." Er überlegte wieder.

„Ja, da war jemand mit dunklen Haaren. Oder einer dunklen Mütze auf dem Kopf. Viel mehr kann ich nicht sagen."

„Was haben Sie noch gesehen? War er groß oder klein? Wie war er angezogen? Ein Mann oder eine Frau? War es vielleicht ein Kind?"

„Ein Kind?“, wunderte sich der Hafenmeister. „Nein, das glaube ich nicht. Die Person saß im Cockpit, und Mijnheer Bakker stand an der Ruderpinne und steuerte raus. Ob das ein Mann oder eine Frau war, was er oder sie anhatte, kann ich nicht sagen. Auf jeden Fall war´s kein Riese, aber ein Kind sicher auch nicht. Sonst ist mir wirklich nichts aufgefallen. Tut mir leid, ich musste mich dann ja auch um die reinkommende Seglercrew kümmern, die einen Liegeplatz brauchten. Da hab ich mich schnell wieder auf den Computerbildschirm konzentriert, um im Belegungsplan nach einer freien Box zu suchen.“

„Und Sie sind sicher, dass es nur eine Person war?“

„Naja, ich hab einen gesehen. Ob da noch jemand unter Deck war, das weiß ich natürlich auch nicht. Ist nicht ganz ungewöhnlich, das gerade beim Rausfahren noch jemand unten ist und Gläser, Flaschen und alles sichert, was rumfliegen könnte.“

Jacob Peeters hätte gern etwas präzisere Auskünfte gehabt. Aber er konnte es dem Hafenmeister nicht verdenken. Ohne Grund muss man sich auch nicht alles merken, was um einen herum passiert. Da war es eher selten, dass bei Ermittlungen gleich glasklare Zeugenaussagen zusammen kamen.

Er bedankte sich und machte auf dem Weg zurück zu Maarten Evers einen Schlenker an der Promenade vorbei. Die Stunde war noch nicht ganz rum, er könnte noch schnell einen Espresso trinken, bevor er wieder bei den Evers klingelte.

Er ging in das Café „De Uitkijk“, wo gestern noch Kees Bakker und womöglich auch sein Mörder gesessen hatten und bestellte einen doppelten Espresso. Es würde noch lange nicht Feierabend sein. Schließlich war noch eine Schlussbesprechung angesagt. Sein Magen knurrte allerdings schon jetzt. Ob er noch schnell etwas essen sollte?

14

Mieke Dekker saß im Auto vor der Hausnummer 122c in der Hofwijckstraat. Sie wartete auf Mevrouw Bakker. Ein paar Mal hatte Mieke geklingelt, aber niemand öffnete. Eine halbe Stunde wollte sie noch warten. Danach würde sie zurück ins Präsidium fahren. Aber dann bog langsam ein dunkelblauer Volkswagen Passat in die Hofwijckstraat ein und fand einen Parkplatz fast gegenüber von Miekes Dienstwagen. War sie das?, fragte Mieke sich. Die Frau sah aus wie Dianne Bakker. Die Polizeiassistentin wollte schon aussteigen, um sie am Wagen gleich abzufangen, aber die Person, die sie für Dianne Bakker hielt, machte gar keine Anstalten, das Auto zu verlassen. Auch jemand Zweites saß im Wagen. Leider konnte Mieke die Personen nicht genau erkennen. Eigentlich konnte sie im Moment gar nichts sehen, denn ein kleiner Transporter hatte sich neben den Wagen auf einen freien Platz gestellt und versperrte die Sicht auf das Fahrzeug. Fast fünf Minuten hatte es gedauert, bis tatsächlich Dianne Bakker aus dem Auto stieg. Fast im gleichen Moment setzte sich auch der Transporter wieder in Bewegung. Miekes Beobachtungen fielen deshalb etwas spärlich aus. Sie sah die Bakker, wollte sie aber jetzt nicht mehr direkt auf der Straße abfangen und versuchte gleichzeitig rauszukriegen, wer noch im Auto saß und Dianne Bakker vor ihrer Tür abgesetzt hatte.

Der dunkelblaue Passat fuhr rückwärts aus der Parklücke und war schnell in Richtung Westen im fließenden Verkehr verschwunden. Es war ein Mann, so viel hatte sie gesehen. Vielleicht ein Kollege. Jemand, der ihr während dieser Tage half, nötige Entscheidungen zu treffen oder vielleicht einfach nur zum Zuhören da war. Der Mann war offensichtlich etwas jünger als Mevrouw Bakker. Das hatte Mieke in der Kürze erkennen können. Glaubte sie jedenfalls. Sie warf die Tür ihres Dienstwagens hinter sich zu, ging zur Haustür und klingelte. Der Summer reagierte und Mieke stieg die Treppe nach oben. Dianne Bakker stand noch im Mantel in der Tür. Sie war gerade erst hereingekommen und fühlte sich von dem Besuch sichtlich überrascht.

„Sie, ach, mit Ihnen hätte ich jetzt gar nicht gerechnet", sagte sie, als würde sie ihre Gedanken erst einmal sammeln müssen. „Ich war gerade draußen", fuhr sie fort, und es klang ein bisschen nach einer Rechtfertigung. „Ich musste etwas Luft schnappen. Mir fällt die Decke auf den Kopf." Dabei zog sie ihren Mantel aus, hängte ihn flüchtig an der Garderobe auf und vermied es, Mieke anzuschauen, während sie sprach.

„Das kann ich gut verstehen. Ein Spaziergang an der frischen Luft hilft, die Gedanken etwas zu ordnen", erwiderte Mieke.

Dianne Bakker sagte darauf nichts.

So, so, dachte Mieke. Spazieren war sie also. Sah aber eindeutig anders aus. Mieke sprach Dianne Bakker aber nicht darauf an, dass sie das Auto gesehen hatte, in dem Dianne Bakker gekommen war. Offenbar war es der Witwe Bakker ganz recht, das die Polizei nichts von ihrem Begleiter im Auto wusste. Vielleicht war es ihr einfach auch nur peinlich, das konnte Mieke nicht beurteilen. Sie kannte die Frau ja kaum und wollte ihre Beobachtungen erst einmal für sich behalten. Wer weiß, vielleicht lässt sich das bei Gelegenheit als Überraschungsmoment einsetzen, dachte sie.

Mieke folgte Mevrouw Bakker ins Wohnzimmer und setzte sich wieder auf den gleichen Platz, auf dem sie schon am Morgen gesessen hatte.

„Mevrouw Bakker", sagte Mieke, „ich will gar nicht lange um den heißen Brei reden. Die vorläufigen Obduktionsergebnisse und die Begleitumstände des Todes Ihres Mannes schließen, um es vorsichtig zu sagen, einen natürlichen Tod beziehungsweise einen Unfall mittlerweile nahezu aus."

Mieke konnte mit ansehen, wie die Gesichtsfarbe von Dianne Bakker in wenigen Sekunden von „lebendig" auf „nahezu Mumie" wechselte. Sie war emotional ergriffen. Sie schnappte nach Luft, fing sich wieder und wurde äußerlich etwas ruhiger. Zumindest machte es den Anschein.

„Wie kommen Sie darauf?", frage sie mit zittriger Stimme.

„Wir haben uns sehr über die Todesursache gewundert", sagte Mieke. „Es war schönstes Frühlingswetter auf dem Ijsselmeer und es herrschten ungewöhnlich milde Winde, die man als Winde schon kaum mehr bezeichnen kann. Zumindest haben das die Segler gesagt, die wir befragt haben."

„Heißt das, mein Mann ist ermordet worden?", fragte sie vorsichtig.

„Es deutet alles darauf hin, Mevrouw Bakker. Es tut mir leid, aber wir können Ihnen leider keine beruhigendere Nachricht mitteilen. Wenn überhaupt etwas in einer solchen Situation beruhigend sein kann", fügte sie teilnahmsvoll hinzu. „Bitte haben Sie deshalb Verständnis, dass wir Ihnen noch einige Fragen über Ihren Mann stellen müssen."

„Bitte", sagte Dianne Bakker, „das ist schon in Ordnung. Ich werde Ihnen alle Fragen beantworten, die Sie stellen. Wenn es tatsächlich so ist, dass mein Mann ermordet wurde", sie mühte sich sichtlich, diese Worte flüssig auszusprechen. Es fiel ihr schwer.

„Wenn es so ist", sagte Dianne Bakker, „muss ich dann auch um mein Leben fürchten?"

Mieke war einigermaßen überrascht. Das war das Erste, was ihr dazu einfiel?

„Nein, das glaube ich nicht", sagte sie, „es sei denn, Sie nennen mir nachvollziehbare Gründe, die darauf schließen könnten." Aber das konnte Dianne Bakker nicht. Oder wollte es nicht. Sie schwieg stattdessen und überlegte.

„Mevrouw Bakker, Sie hatten heute Morgen etwas Schwierigkeiten, zeitlich genau zu bestimmen, wann Sie Ihren Mann zuletzt gesehen haben."

Mieke hatte sich dummerweise wenig Gedanken gemacht, wie sie dieses Gespräch führen sollte. Schließlich ermittelte sie jetzt in einer Mordangelegenheit und jede falsche Ansprache konnte die Ermittlungen nachhaltig verzögern. Oder gar in die Irre führen. Das wollte sie unbedingt verhindern.

Mieke entschied sich aus Zeitgründen für eine direkte Konfrontation.

„Mevrouw Bakker, Sie wissen nicht, ob Ihr Mann während der Woche segeln ging oder ob er bei der Arbeit war. Entschuldigen Sie die Offenheit, aber interessierte es Sie überhaupt, wo ihr Mann sich aufhielt? Wie war Ihre Beziehung?"

Das war nicht sonderlich feinfühlig, aber es brachte die Sache auf den Punkt.

Dianne Bakker überlegte einen Moment, bevor sie etwas sagte.

„Mein Mann und ich hatten eine schwere Zeit. Nicht immer. Aber seit vielen Jahren. Er ist, er war ein erfolgreicher Projektentwickler in der Akkumulatoren-Forschung. Sein Know-how ist bei den Firmen seiner Branche durchaus bekannt und auch anerkannt. Er hatte Erfolg und dafür hat er hart gearbeitet. Bevor er bei seiner jetzigen Firma in leitende Positionen kam, hat er einige Stationen ausprobiert. Sein Engagement hatte sich gelohnt, es waren durchaus auch andere Firmen an ihm interessiert."

„Was hat Ihr Mann studiert?", wollte Mieke wissen.

„Er hat Chemie studiert und war in der Lage, aus diesem Grundlagenwissen neue Ideen zu entwickeln und sie in Marktreife zu bringen. Visionär war er immer schon. Schon, als wir uns kennenlernten. Er schaffte es, die Menschen von seinen Ideen zu überzeugen. Und die hatte er. Bis zum Schluss."

„Und warum musste er dann Ihrer Ansicht nach sterben?", fragte Mieke.

„Das weiß ich nicht. Ich weiß nicht, ob sein Tod etwas mit seinem Job zu tun hat." Sie stockte. „Ich kann auch nicht mehr", platzte es aus ihr heraus, „ich möchte, dass ich endlich wieder ein normales Leben führen kann". Sie brach in Tränen aus.

„Was war an Ihrem Leben denn nicht normal?", wollte Mieke wissen.

„Vieles", sagte sie nachdenklich und mit weinenden Augen, ohne dabei konkreter zu werden.

„Das können Sie nicht verstehen", fuhr Dianne Bakker fort. „Glaube ich jedenfalls."

Sie sah Mieke direkt an.

„Sie haben das nicht erlebt. Ich konnte ihn nicht einfach verlassen. Man fängt nicht etwas Neues an, trauert dem alten Leben drei

Tage hinterher und schon gilt nur noch, was nach vorne weist. Das wäre manchmal schön, aber das klappt nur selten. Das Leben hält für jede Zeit spezielle Herausforderungen bereit. Und Anker, an denen man sich festhalten kann. Ob das nun gut ist oder nicht. Nicht alles lässt sich rational erklären."

„War Kees für Sie ein solcher Anker?", frage Mieke behutsam, um die gerade einsetzende Redseligkeit der Frau nicht zu unterbrechen.

„Ja, das war er", seufzte sie, „das war er lange Zeit. Auch wenn wir schon seit langem das gegenseitige Vertrauen, das uns einmal verband, verloren hatten. Ich zumindest."

„Wann haben Sie das Vertrauen zu Kees Bakker verloren?", fragte Mieke, die froh war, dass sich das Gespräch so positiv entwickelte. Die Offenheit lag sicher nicht zuletzt daran, dass sie hier alleine aufgetaucht war. Gerichtsverwertbar war deshalb auch leider nichts. Aber es war in diesem Stadium der Ermittlungen auch noch nicht so wichtig. Sie wollte Dianne Bakker weiter reden lassen, so lange es ging.

„Das war, als ich vor gut zwölf Jahren feststellte, dass unser gemeinsames Konto, auf dem wir Ersparnisse für die Altersvorsorge sammelten, fast leergefegt war. Plötzlich von fast 180.000 Euro auf einen kleinen Rest. Ich war geschockt und dachte zunächst an einen einfachen Buchungsfehler der Bank, der sicher schnell zu korrigieren sei. Die Realität stellte sich leider als viel komplizierter heraus."

„Ist das Geld nicht wieder aufgetaucht?"

„Nein", lächelte Dianne Bakker, „leider nicht. Mein Mann hat es verspielt. Einfach verspielt. Unvorstellbar war das für mich. Es hat Jahre gedauert, bis ich begriffen habe, welcher Druck für ihn dahinter stand. Dass es ein Zwang war und er es nicht nur aus Spaß machte."

„Ihr Mann war also spielsüchtig?"

„Ja, das war sein Problem. Nicht mehr und nicht weniger."

Mehr muss ja auch nicht sein, dachte Mieke. Die Sucht reicht, um sich das Leben zu versauen. Aber ihre Aufgabe war es nicht, die psychologische Betreuung von Mevrouw Bakker zu übernehmen, sondern objektive Ermittlungen zu führen.

„Es ist zwölf Jahre her, sagen Sie. Was ist in der Zwischenzeit passiert?"

„Kees hat immer wieder versucht, davon loszukommen. Dabei hat er sich und leider auch mich hoch verschuldet. Wir mussten unser Haus verkaufen. Als Ehefrau hing ich bei seinen Zahlungsverpflichtungen automatisch mit drin. Wir haben fast alles verloren und sind hierher gezogen."

Sie sah sich langsam in ihrem eigenen Wohnzimmer um, als könnte sie es nicht glauben, hier zu wohnen.

„Sie sehen es ja selbst", sagte sie resigniert, „was aus uns geworden ist. Hier bin ich gelandet. Und sitze jetzt allein da mit seinen Schulden."

„Ich hatte gehofft, dass er endgültig davon loskommt", erzählte sie nun ungefragt weiter. Es war ihr scheinbar ein Bedürfnis, darüber zu reden. „Er hat fast drei Jahre lang eine Therapie gemacht und die auch erfolgreich beendet. Das war vor sechs Jahren."

„War er seitdem von dem Zwang, spielen zu müssen, geheilt?", wollte Mieke Dekker wissen.

„Ja, das glaubte ich. Anfangs war ich sehr skeptisch. Ich habe ihn beobachtet auf Schritt und Tritt. Ich habe das Konto verwaltet und die Rückzahlung der Spielschulden überwacht. Es reichte zwar nicht, unser Haus im Jordaan zu halten, aber wir hatten wieder eine Perspektive. Wir haben an unsere Zukunft geglaubt, daran, dass wir es gemeinsam schaffen würden. Seit dieser Zeit war ich für Kees der Anker."

Sie schwieg einen Augenblick. „Ich habe zumindest geglaubt, dass wir es schaffen", fügte sie dann hinzu.

„Eine Perspektive, die sich als trügerisch herausstellte?", fragte Mieke.

„Ja. Es ging ein paar Jahre gut. Dann vor zwei Jahren kam erneut ein Rückfall. Und wieder war er ein anderer Mensch, der keinen Rat oder Hilfe annehmen wollte. Er war wie besessen von der Idee, alles Geld, das er verspielt hatte, wieder reinzukriegen. Er wollte es für mich tun. Zur Wiedergutmachung, die ich gar nicht wollte."

„Aber es hat offensichtlich nicht geklappt“, ergänzte Mieke.

„Natürlich nicht.“ Mevrouw Bakker stand am Fenster und sah nun auf die Straße, während sie redete.

„Er hat verloren und sich Geld zum Spielen geliehen. Die Abwärtsspirale drehte sich weiter. Und diesmal immer schneller.“

„Warum haben Sie sich selbst so gequält“, fragte Mieke, „hätten Sie sich nicht besser von ihm trennen sollen, um sich selbst zu schützen?“

„Ich habe oft darüber nachgedacht. Einmal habe ich ihm das gesagt.“

„Und wie hat er reagiert?“

„Er drohte damit, sich das Leben zu nehmen. Es klang, als sei es mehr als eine Drohung. Von da an hatte ich nicht mehr den Mut, ihn zu verlassen.“

15

Jacob Peeters stand wieder vor der Haustür der Evers in der Julianalaan. Diesmal brauchte er gar nicht zu klingeln. Maarten Evers öffnete die Tür, noch bevor der Commissaris die letzte Stufe der Haustreppe betreten hatte. Mevrouw Evers stand auch schon bereit.

„Bitte kommen Sie herein", sagte Maarten Evers. „Meine Frau hat mir schon alles erzählt. Also, alles, was sie von Ihnen gehört hat", korrigierte er sich. „Das ist ja furchtbar mit Kees. Können Sie uns erzählen, was passiert ist? Kann ich Ihnen irgendwie helfen?"

„Das wäre schön", sagte der Commissaris. „Können wir uns einen Moment hinsetzen?"

Mevrouw Evers machte eine Geste, die ihn ins Wohnzimmer führte. Er ging hinein und dachte an sein Boot. Nicht, dass er es hier ähnlich gemütlich gefunden hätte. Nein, im Gegenteil. Hier im Wohnzimmer schien eine Art maritime Glückseligkeit zu herrschen. An den Wänden hingen Bilder aus historischer Seefahrertradition und die Sofakissen waren in maritimem Blau-Weiß genäht. Auf Fernseher, Schränken und Regalen standen kleine Miniaturmodelle typischer Ijsselmeer-Schiffe. Die Botterschiffe, so eine Art schnelle Heringsflotte vergangener Tage, sahen gar nicht so schlecht aus als Miniaturmodell. Aber alles war eine Spur überzogen, zu gewollt und wenig lebendig. Das musste die Handschrift von Mevrouw Evers sein. Es sah alles sehr selbst gehäkelt aus. An sein Schiff dachte Jacob Peeters, weil er froh war, am Abend in den hellen und luftigen Salon zurückkehren zu dürfen. Zudem roch es hier nach schwerem Bratenfett. In der Küche war Mevrouw Evers scheinbar dabei, das Abendessen vorzubereiten. Ein Horrormahl, dachte er sich. Er setzte sich auf das blau-weiße Sofa und fühlte sich unwohl.

„Sie waren gute Freunde, Sie und Kees Bakker?", fragte Jacob Peeters.

„Wir kannten uns schon seit mehr als zehn Jahren, Kees und ich", antwortete Maarten Evers. „Wir haben Ende der neunziger Jahre gemeinsam in einem Unternehmen in Alkmaar gearbeitet. Kees und ich sind beide in der Chemiebranche tätig." Er machte eine kurze Redepause. „Aber Kees war immer der Cleverere von uns beiden", sagte er. „Der wusste, wie man Ideen in Umsätze verwandeln konnte. Und meistens auch in Gewinne. Aber es waren nie seine Gewinne, er arbeitete wie ich im Auftrag eines Unternehmens. Das ärgerte ihn schon immer, er wollte sein eigenes Unternehmen aufmachen. Hat es aber nie geschafft."

„Was haben Sie denn beruflich genau gemacht?"

„Wir waren in der Forschung aktiv. Energieeffizienz, erneuerbare Energien, Reduktion von Co2-Ausstoß – wir haben in vielen Bereichen geforscht. Aber während ich das als Job angesehen habe, war Kees immer von einer großen Unruhe befallen. Er wollte selbstständig sein und seine Ideen in bare Münze umsetzen."

„Dann wäre sein Leben wohl anders verlaufen", mischte sich Mevrouw Evers ein.

„Wie meinen Sie das?", wollte Peeters wissen.

„Ach, das kann Ihnen mein Mann besser erklären", sagte sie und wandte sich dem Gespräch wieder ab.

„Warum hat er es nicht geschafft, sein eigenes Unternehmen aufzumachen?"

„Ich glaube, er hatte Angst."

„Wovor?", wollte der Commissaris wissen.

„Wenn Sie mich so fragen, vor sich selbst, glaube ich", sagte Evers.

„Wie meinen Sie das? Er hatte vor sich selbst Angst?"

„Na ja, ich weiß nicht, mit wem Sie schon gesprochen haben. Aber Kees hatte ein großes Problem seit vielen Jahren. Eigentlich fast die ganze Zeit, in der ich ihn kannte. Er konnte nicht mit Geld umgehen und verspielte alles, sobald er etwas Bares in den Fingern hielt. Nicht durchgehend, aber immer wieder hatte er solche Phasen."

„Woher wissen Sie das? Hat er Ihnen das gesagt? Haben Sie das beobachtet?"

„Wir waren befreundet, trotz alledem", sagte Maarten Evers. „Da merkt man solche Entwicklungen und Persönlichkeitsveränderungen natürlich. Dafür kannten wir uns gut genug."

Er sah seine Frau an und es schien, als würde ihm der Tod von Kees Bakker persönlich nahe gehen.

„Es ist schon komisch, in der Vergangenheit über Kees zu sprechen. Wir haben oder hatten in den letzten Jahren kein sehr inniges Verhältnis, aber alle paar Wochen haben wir schon voneinander gehört. Kees und ich."

„Wann haben Sie denn den letzten Kontakt zu Kees gehabt?"

„Das muss schon zwei Wochen her sein."

„Was war der Grund? Hatte er sich gemeldet oder waren Sie es?"

„Nein, Kees hat angerufen. Es ging ihm nicht gut."

„Was wollte er?"

„Er wollte mit mir segeln. Das zumindest hatte er vorgeschlagen. Wir sind seit unserer gemeinsamen Arbeit in Alkmaar regelmäßig zusammen segeln gewesen. Wir sind ein eingespieltes Team. Das entspannt die Sache ungemein, wenn jeder weiß, was seine Aufgaben sind und wo er anpacken muss."

„Aber Sie sind nicht mit Kees Bakker vorgestern draußen gewesen, oder?"

„Nein, ich komme mir jetzt auch etwas schlecht dabei vor. Vielleicht hätte ich zusagen sollen. Aber er hatte wieder dieses Flackern in den Augen. Ich konnte es selbst am Telefon merken, ohne ihn zu sehen."

„Was war das für ein Flackern? Hatte das mit dem zu tun, was Sie vorhin ansprachen? Seine Spielsucht?"

„Man konnte mit ihm kaum ein vernünftiges Wort reden, wenn er die Kontrolle über sich verloren hatte, wenn er nur noch ans Spielen dache. Er wollte angeblich segeln, um Abstand zu bekommen, aber es wäre sicher sehr anstrengend gewesen. Denn meistens redete er sich monologartig in Rage und war überzeugt davon, diesmal, und diesmal ganz bestimmt, den ganz großen Gewinn einzufahren. Dann würde alles gut sein und er würde das Spielen einstellen. Er sei es auch seiner Frau schuldig. Die hätte schließlich schon einiges durchmachen müssen. Es klang fast, als würde er es nur für sie tun. Ich war dabei nur Komparse. Ich sollte das abnicken, ihn bestätigen und wenn es ganz schlimm kam, sollte ich ihm auch noch Geld leihen. Als er anrief, spürte ich seine Unruhe schon am Hörer. Da habe ich bei seinem Anruf und der Frage nach einem gemeinsamen Segeltörn einen beruflichen Termin vorgeschoben und mich nicht auf eine Verabredung eingelassen. Vielleicht hätte ich das tun sollen", sagte Maarten Evers. „Vielleicht würde er dann noch leben."

„Haben Sie ihm jemals Geld für das Spielen geliehen?", wollte der Commissaris wissen.

„Ja, mehrmals. Meistens habe ich es auch nach ein paar Wochen zurückbekommen. Aber es gibt immer noch einen Deckel von etwa 2.500 Euro, die er mir schuldet. Das wird wohl mein Beitrag an dieser traurigen Geschichte bleiben."

„Haben Sie auch mit Mevrouw Bakker darüber gesprochen?", wollte der Commissaris wissen.

„Ja, aber es war eine merkwürdige Begegnung. Vor etwa drei Jahren machte Kees eine Therapie, um vom Spielen wegzukommen. Es gab dabei einige Konfrontationsgespräche, zu denen Freunde eingeladen wurden, um ihre Ansicht der Dinge mit ins Gespräch zu bringen. Kees hatte mich als Kontakt zu diesen Gesprächen angegeben. Ich dachte, ihm damit helfen zu können. Dabei habe ich seine Frau kennengelernt. Dianne hat auch an den Gesprächen teilgenommen. Nicht gerade eine unbelastete Situation, um eine Freundschaft zu schließen. Mein Verhältnis zu Dianne Bakker blieb deshalb auch bis heute eher oberflächlich", sagte Maarten Evers.

„Mijnheer Evers", sagte der Commissaris etwas förmlich, „haben Sie eine Ahnung, wer Kees Bakker umgebracht haben könnte?

„Nein", sagte Maarten Evers. „Aber Leute mit Gründen dafür wird es wahrscheinlich einige geben. Bei seinem Lebensstil. Aber wer, das kann ich Ihnen beim besten Willen nicht sagen."

Der Commissaris befürchtete auch, dass es da einige Kandidaten geben könnte, die für einen Mord infrage kämen. Das versprach viel Arbeit. Er verabschiedete sich von den Evers und verließ das Haus.

Er ging zu seinem Auto bei der Segelmacherei. Als er dort vor fast zwei Stunden angekommen war und parkte, hatte er das geschäftige Treiben der Angestellten durch die Fenster gesehen. Ein faszinierendes Handwerk. Der Umgang mit den verschiedenen Materialien, aus denen Segel heute gemacht wurden. Gepaart mit dem Know-how und der Erfahrung von Jahrzehnten, wie sich diese Materialien bei verschiedenen Windstärken verhielten, welche Veränderungen sich ergaben, wenn man das eingenähte Profil, die leichten Rundungen der Segel, veränderte. Alles wirkte sich direkt und unmittelbar auf die Segeleigenschaften eines Bootes aus. Er schaute erneut durch die Fenster und sah jetzt gar nichts mehr. Die Fenster waren verdunkelt. Feierabend.

Er machte sich auf, um zumindest mit seinen Assistenten noch ein Abschlussgespräch im Präsidium führen zu können. Für den Rückweg nach Amsterdam würde er noch einmal eine knappe Stunde brauchen.

Auch wenn bei einer Ermittlung jede Minute zählte, besonders in der frühen Phase der Erkundungen, entschied sich Jacob Peeters in der leichten Dämmerung des Aprilabends für den etwas längeren Weg hinter dem Deich entlang. Es würde ihn vielleicht zwanzig Minuten kosten, aber die Ruhe auf dieser Strecke bis Durgerdam konnte er gut gebrauchen, um seine Gedanken zu sammeln. Immer wenn er hier entlang fuhr, war er fasziniert von der Vielfalt dieses Landstriches. Kaum hatte man die pulsierende Stadt verlassen, fand man sich zwischen typisch holländischen Häusern und aufgeräumten Bauernhöfen mit Viehwirtschaft wieder. Ein Kontrast, der größer kaum sein konnte. Verließ man die Stadt in südwestlicher Richtung, war es anders. Da ließ man die Häuserschluchten der Büroviertel deutlich später hinter sich, fuhr unendlich lange am Flughafen Schiphol vorbei und wenn man in Richtung Leiden und Den Haag unterwegs war, war es immer noch lebhaft genug. Hier, im Norden der Stadt, hinter dem Deich des Ijsselmeeres, war Ruhe. Frühlingshafte Ruhe, die er genießen wollte, bevor er wieder in den Amsterdamer Trubel eintauchte. Es war ein schöner sonniger Tag gewesen, auch wenn er davon nicht viel mitbekommen hatte. Die warme Jahreszeit wollte diese Landschaft mit aller Kraft zurückerobern. Jetzt war es hier besonders schön, wo die Sonne ihre letzten Strahlen über die sich abwechselnden Wiesen- und Wasserlandschaften auf der Westseite des Deiches verteilte und der Nebel, der sich durch die Kühle des Bodens und die schon von der Sonne angewärmte Luft entwickelte, langsam über den Wiesen aufstieg.

Fast wie eine eigene Wolkenformation, die zum Greifen nahe war. Hinzu kam das tatsächliche Wolkenbild am Himmel, das dieser Landschaft einen eigenen Charakter verlieh. Am liebsten hätte er angehalten, um das Gefühl der Verbundenheit mit diesen Bildern dauerhaft einzuatmen. Doch er fuhr weiter und wusste, dass jede Begegnung nur flüchtig sein konnte. Für den Moment bestimmt und nicht für die Ewigkeit.

Das sieht aus wie auf den Bildern alter holländischer Meister, dachte Jacob Peeters. Es erinnerte ihn an einen Museumsbesuch im letzten Winter im Amsterdamer Rijksmuseum und an ein Bild von Jacob van Ruisdael. Einem Namensverwandten sozusagen. Der hatte im 17. Jahrhundert in Hollands „Goldenem Zeitalter" die Landschaftsmalerei salonfähig gemacht.

Als er durch das winzig kleine Dorf Uitdam fuhr, zu dem nur eine Handvoll Häuser und eine Kirche gehörten, bemerkte er zwei Jungs, vielleicht zehn Jahre alt, mit Angeln und Eimern am Wasser stehen. Sie waren konzentriert mit ihrer Aufgabe beschäftigt und machten den Eindruck, schon in so jungen Jahren fest in dieser Landschaft verwurzelt zu sein. Es musste schön sein, so aufzuwachsen. Als er selbst in dem Alter gewesen war, war er gerade mit seiner Familie von Hamburg nach Amsterdam umgezogen. Die Kindheitsjahre in Hamburg hatte er in guter Erinnerung. Sein Vater war Chef der Hamburger Niederlassung einer internationalen Anwalts- und Steuerberatungsgesellschaft mit Büros auf allen Kontinenten. Er war erfolgreich. Und sie lebten zu dritt in einer schönen Altbauwohnung an der Rothenbaumchaussee in Havestehude. Von dort waren es nur zehn Minuten zu Fuß bis zur Außenalster und den Booten. Ruder- und auch ein paar Segelboote lagen dort. Wenn er sonntags mit den Eltern durch den nahen Park ging, verhandelte er mit ihnen über die Anschaffung eines eigenen Bootes. Er stieß dabei immer auf taube Ohren, denn sowohl sein Vater als auch seine Mutter hatten keine besondere Beziehung zum Wasser. Sie hatten lieber festen Boden untern den Füßen. Zumindest eine Gemeinsamkeit, von denen es in den Jahren nach dem Umzug nach Amsterdam nicht mehr so viele gab.

Jacob Peeters Handy klingelte. Es war Klaas van den Broek, der wissen wollte, wann sie sich im Präsidium treffen wollten.

„Ich brauche noch etwa zwanzig Minuten“, sagte der Commissaris, „dann bin ich im Büro.“

„Gut“, meinte sein Assistent, „Mieke und ich gehen noch schnell etwas essen.“

„Macht das“, erwiderte er. Was das wohl für ein ungesundes Zeug sein würde, das die beiden da in knapp zwanzig Minuten verdrücken wollten. Er überlegte kurz, ob er eine Bestellung aufgeben sollte, entschied sich aber dafür, den Hunger in Vorfreude auf die Pasta mit Trüffelkäse zu wandeln, die er sich später noch zubereiten wollte.

Die Fahrt hinter dem Deich entlang hatte ihm zwar keine neuen Erkenntnisse für die Ermittlungen gebracht, aber er hatte etwas abschalten können, während er seinen Gedanken freien Lauf ließ. Den Rest der Strecke legte er ohne Störungen und Staus zurück. Sogar noch ein paar Minuten schneller, als sein Navigationssystem ihm die errechnete Ankunftszeit angezeigt hatte.

Er bog ein in die kleine Straße hinter dem Präsidium und fuhr auf den Parkplatz für die Dienstfahrzeuge.

16

Mieke und Klaas hatten bereits im Büro vom Commissaris Platz genommen und warteten auf ihn. Es roch nach Patat mit Pindasaus.

„Wünsche guten Appetit gehabt zu haben“, sagte der Commissaris, während er sein Büro betrat und den Mantel über den Garderobenständer hängte.

„Ich komme gleich zu euch, ich hole mir nur einen Kaffee“, hörte man ihn über den Flur rufen, und kurze Zeit später saß er an seinem Schreibtisch. Der Kaffee dampfte.

„Auf geht´s“, sagte Jacob Peeters. „Lasst es uns nicht zu lang machen. Es geht morgen früh weiter. Also, wir lassen den Tag Revue passieren. Klaas, was hat deine Telefonrecherche ergeben?“

„Einiges an neuen Informationen, aber sie sind teilweise etwas konfus. Ich habe zuerst sämtliche Polizeistationen an der Strecke zwischen Durgerdam und Horn angerufen. Ich habe die Kollegen gebeten, in Hotels und Pensionen nachzufragen, ob Fahrradtouristen am Dienstagnachmittag die Strecke entlang des Deiches gefahren sind und ob sie vielleicht das Boot von Kees Bakker, und noch besser, ihn selbst mit möglichen Gästen darauf, gesehen haben.“

„Gibt es Ergebnisse?“ Klaas beeilte sich nicht unbedingt, seine Informationen zügig mitzuteilen. Er genoss es scheinbar, alle ein wenig auf die Folter zu spannen. Wahrscheinlich eine kleine Rache dafür, dass er den ganzen Tag im Büro bleiben müsste und nicht raus konnte, um vor Ort zu recherchieren.

„Das dauert natürlich, könnt ihr euch vorstellen. Das sind nicht wenig Hotels und die Kollegen müssen auch noch die Zeit dazu haben.“

„Ja, haben sie nun oder haben sie nichts rausgekriegt?“, warf Mieke ungeduldig ein.

„Ja, sie haben“, verkündete Klaas fast triumphierend. In Edam haben die Kollegen eine Gruppe von fahrradfahrenden Rentnern aus Nordbrabant befragt und die erinnerten sich an das blaue Boot mit weißer Aufschrift „Dianne II.“

„Warum konnten sie sich ausgerechnet an dieses Boot erinnern?", wollte Jacob Peeters wissen.

„Sie waren gestern bei strahlendem Sonnenschein auf dem Rad unterwegs den Deich entlang. Ihr Ziel war Marken. Dort hatten sie ein Hotel gebucht. Sie wollten nicht so lange Tagesetappen machen und sich lieber etwas Zeit für die Strecke nehmen. Unterhalb von Uitdam machten sie ein Picknick und sahen ein Segelboot im Wasser, das der Farbe und der Aufschrift nach die Dianne II gewesen sein kann. So weit nichts Besonderes, außer, dass das Boot scheinbar führerlos vor sich hin trieb. Aber es gab ja bekanntlich keinen Wind. Da kann das schon mal vorkommen, dass der Schiffsführer unter Deck ist und das Boot so vor sich hin dümpelt. Auffällig war für die Radlertruppe, und deshalb konnten sie sich wohl auch daran erinnern, dass ein Motorboot anrauschte, dicht an das Segelboot heranfuhr, kurz daran festmachte und ein Mensch vom Segelboot aus auf das Motorboot umstieg."

„Das ist ungewöhnlich", sagte Peeters. „Zumindest, wenn es sich nicht um einen Notfall handelt."

„Eben", ergänzte Klaas, „und den gab es offensichtlich nicht. Zumindest nicht nach Auskunft dieser Radfahrer. Die dachten, da lässt jemand sein Schiff einfach auf dem Wasser zurück und hatten schon darüber nachgedacht, den Vorfall der Polizei zu melden."

„Na, immerhin wissen wir es jetzt. Gute Arbeit, Klaas, das könnte eine echte Spur sein."

„Adressen und Aussagen sind notiert, wir können sie jederzeit noch mal befragen", erwiderte der Assistent mit einem Lächeln.

„Gut. Mieke, was hast du rausbekommen bei Mevrouw Bakker?"

„Moment", insistierte Klaas van den Broek, „habe ich gesagt, dass ich schon am Ende bin mit meinen Ergebnissen?"

„Oh, sorry, das ist heute wohl dein Tag, was?", sagte Mieke, die gerade zum Rapport ansetzen wollte.

„Scheint so. Also, da ist noch etwas, was ich rausgefunden habe. Ich habe die Kollegen in Volendam gebeten, im Hafen noch mal mit den Dauerliegeplatzinhabern am Steg von Kees Bakker und an den Nachbarstegen zu sprechen. Aber die Ergebnisse waren etwas konfus.

Denn es gibt durchaus Leute, die ihn gesehen haben. Aber alle haben etwas anderes gesehen. Was nun passt, weiß ich nicht."

„Wann hast du denn die Volendamer Kollegen in den Hafen geschickt?", wollte der Commissaris wissen. „Da war ich doch auch."

„Das war mein erster Anruf. Das muss also deutlich vor deiner Ankunft gewesen sein. Wieso fragst du das?"

„Na ja, weil ich natürlich auch dort am Steg war und niemand gesehen habe. Es war niemand am Steg von Kees Bakkers Boot und auch nicht in der Nähe."

„Dann haben die Kollegen sich wohl die richtige Zeit ausgesucht. Wahrscheinlich war es Zufall, dass gerade mehrere Segler an den Stegen waren."

„Und was haben sie gesehen?"

„Auf einem Boot vier oder fünf Liegeplätze gegenüber der Dianne II wohnt ein deutsches Ehepaar. Die Frau konnte sich daran erinnern, Kees Bakker gestern Nachmittag gesehen zu haben."

„Alleine?"

„Nein, bei ihm war ein Chinese, zumindest ein Mann mit asiatischer Herkunft."

„Hat sie Kees Bakker und seine Begleitung hinaus segeln sehen?"

„Hat sie nicht. Sie war gerade auf dem Weg in den Supermarkt, als ihr die beiden auf dem Steg entgegenkamen. Kees Bakker hätte nur flüchtig gegrüßt. Er habe schon mal entspannter ausgesehen. So weit ihre Aussage."

„Wow, nicht schlecht", kommentierte Mieke aus dem Hintergrund. Sie kam gerade mit einer frischen Tasse Kaffee rein.

„Aber das ist noch nicht alles", sagte Klaas. „Da gibt es noch einen Zeugen."

„Und wen?"

„Ein Mitarbeiter des Segelmachers war den ganzen Vormittag auf einem Boot am gegenüberliegenden Steg. Er nahm dort Maße für eine neue Cockpit-Persenning. Dabei beobachtete er, dass sich jemand eine ganze Weile auf dem Boot aufhielt und etwas unschlüssig wirkte. Es habe ausgesehen, als ob er auf jemanden warten würde.

Als er zurück zur Segelmacherei ging, saß der Typ immer noch dort. Mehr konnte er nicht sagen. Es handelte sich jedenfalls um einen Europäer, wahrscheinlich ein Niederländer."

„Das sind ja gleich mehrere Volltreffer. Herzlichen Glückwunsch."

„Gebe ich weiter an die Volendamer Kollegen", grinste Klaas van den Broek.

„Wie hast du das rausgekriegt?"

„Na ja, das ist wohl dem wachen Auge des Kollegen zu verdanken, der genau wusste, dass der Segelmacher fast immer im Hafen etwas zu tun hat und deshalb dort oft Leute sind, die auf den Booten arbeiten."

„Wir brauchen beide Zeugenaussagen noch einmal genauer und dann sollen sie zum Zeichner, ein Phantombild erstellen."

„Okay", sagte Klaas, „das übernehme ich. War schließlich mein Volltreffer."

„War's das oder zauberst du noch mehr Kaninchen aus dem Hut?", fragte Mieke.

„Nein", sagte Klaas amüsiert, „mit Kaninchen ist jetzt Schluss, wir arbeiten doch im Team und jetzt will ich mal hören, was ihr so zu bieten habt."

Erfolg macht mutig, dachte sich der Commissaris. Aber was soll's. Nur weiter so. Ein kleiner Ermittlungspitch konnte nicht schaden. Jetzt war Mieke an der Reihe, und sie erzählte von ihrer Begegnung mit Mevrouw Bakker und dem Unbekannten im Auto. Und natürlich von der Neuigkeit, dass Dianne Bakkers Mann seit langem spielsüchtig gewesen war und es deshalb so manche Krise in der Beziehung zwischen Kees und Dianne Bakker gegeben hatte.

Der Commissaris ergänzte seine Erkenntnisse, die er von den Evers in Volendam in Sachen Spielsucht hatte und konnte ansonsten nur mit Restaurant- und Supermarktbediensteten dienen, die keine konkreten Beobachtungen gemacht hatten. Aber die Information des Hafenmeisters, dass Kees Bakker nicht alleine rausgefahren war, schien sich durch Klaas van den Broeks Recherchen zu bestätigen. Das passte zusammen. Sie waren ein nicht unerhebliches Stück weitergekommen. Ein guter Erfolg für einen Tag Ermittlungen.

„Wir wissen zumindest vom Opfer, dass es spielsüchtig war und dass es wahrscheinlich einige Leute gibt, die einen Grund hatten, mit Kees Bakker etwas rabiater umzugehen."

„Aber rechtfertigt das einen Mord?", warf Mieke ein.

„Es gibt Leute, die töten für ein paar Euro. Und hier war bestimmt mehr Geld im Spiel", sagte der Commissaris und dachte an die Spielcasinos. „Wir müssen unbedingt das Milieu unter die Lupe nehmen, in dem sich Kees Bakker herumgetrieben hat. Das muss ganz nach oben auf unsere Agenda für morgen. Was wissen wir noch vom Opfer?", sinnierte der Commissaris weiter.

„Scheinbar beruflich kein Langweiler. Entwickler in einem erfolgreichen Unternehmen. Ein spannender Themenbereich jedenfalls, in dem er tätig war: Elektromobilität. Hört sich gut an", meinte Klaas. „Lässt sich sicher gutes Geld mit verdienen."

„Das hat er ja wohl nicht getan. Sonst würde seine Frau nicht in einer so erbärmlichen Wohnung hausen und Schulden abzahlen", meine Mieke.

„Falsch oder zumindest nicht ganz zu Ende gedacht", merkte Peeters an. „Schließlich kann er gutes Geld verdient haben, das zu Hause nie angekommen ist. Vielleicht hat er es vorher in die Spielcasinos gebracht. Zum Spielen oder um Schulden zu bezahlen."

„Lasst uns mal langsam zum Abschluss für heute kommen", schlug Peeters vor.

„Ja, das wäre mir auch ganz recht", kam es etwas undeutlich von Klaas. Der war gerade dabei, sich ein Sandwich auszupacken, das er von seinem kulinarischen Ausflug mit Mieke mitgebracht hatte.

„Guten Appetit", sagte Mieke, und schaute etwas neidisch auf die lieblose Stulle. Die Portion Patat mit Pindasaus hatte wohl für die beiden Ermittler nicht gereicht.

„Der Täter könnte aus dem Spielermilieu stammen", spekulierte Mieke Dekkers. „Entweder hat er dem Toten etwas geliehen und wollte es zurück haben. Oder sie sind wegen irgendetwas anderem aneinander geraten und Kees Bakker hat den Kürzeren gezogen."

„Warum sollten sie aneinander geraten sein?“, wollte Klaas van den Broek wissen.

„Keine Ahnung“, sagte Mieke nach leichtem Zögern. „Ich versuche mir nur, einen Reim aus den Informationen zu machen, die wir bislang haben.“

„Der Täter war auf dem Boot“, fing Klaas an. „Wir sollten vielleicht mal überlegen, warum er da war. Warum hat er sich das Boot als Tatort ausgesucht? Das ist doch nicht wirklich schlau. Fliehen zum Beispiel ist mit leichten Hindernissen verbunden, wenn du nicht gerade über besondere Kräfte verfügst.“

„Das Wunder vom Ijsselmeer“, stellte sich Mieke die Schlagzeile vor. „Täter verschwand übers Wasser.“

„Aber wir wissen, dass eine der beiden Person, die außer Kees Bakker wahrscheinlich an Bord waren, in ein Motorboot umgestiegen ist. Das ist doch schon fast eine spektakuläre Flucht“, sagte Klaas.

„Wir suchen einen asiatisch aussehenden Menschen von nicht allzu großer Gestalt und wir suchen einen Europäer mit der Durchschnittsgröße eines erwachsenen niederländischen Mannes“, fasste Peeters zusammen.

„Und die klassischen Motive wie Beziehungskrise können wir wohl erst einmal ausschließen“, ergänzte Klaas. „Es sieht jedenfalls nicht danach aus, als wollte Mevrouw Bakker etwas vertuschen.“

„Darauf weisen auch keine Spuren hin. Die DNA der Spuren, die auf dem Schiff gefunden wurden, stammen jedenfalls nicht von einer Frau, so viel ist schon mal klar.“

„Also ist sie erst mal raus“, resümierte der Commissaris.

„Das macht die Sache nicht einfacher. Solange wir die Beziehung zwischen Täter und Opfer nicht kennen, tappen wir im Dunkeln. Aber die können wir vermutlich aus dem Suchtverhalten des Toten erklären. Da gab es wohl Beziehungen genug, die selbst Kees Bakker nicht gefallen haben“, ergänzte Mieke.

„Wir haben noch keine Erklärung, warum der Täter sich das Boot für seinen Mord ausgesucht hat. Das ist doch mit einem gewissen Risiko behaftet. Der Fluchtweg ist erst mal versperrt und man kann von anderen Seglern gesehen werden."

„... und auch von Fahrradfahrern auf dem Deich", ergänzte Klaas, offensichtlich stolz auf seine Ermittlungen.

„Umso gefährlicher. Warum nicht still und heimlich an einem nicht einsehbaren Ort? Abends in der Tiefgarage oder so? Oder vor einer dreckigen Spielhalle in einer der dunklen Straßen unserer Stadt."

Dunkle Straßen, da fiel dem Commissaris die Prada-Gang schlagartig wieder ein, um die sie sich auch noch zu kümmern hatten.

„Ich glaube, wir machen Schluss für heute. Wir sehen uns morgen früh gegen acht hier wieder zu einem kurzen Meeting. Dann besprechen wir die anstehenden Aufgaben."

Jacob Peeters war an diesem Abend spät im Hafen auf seinem Boot angekommen und konnte seine Freude auf die Pasta mit Trüffelkäse nur noch verhalten genießen. Er hatte zwar noch immer Hunger, aber es war schon spät und so machte er sich eine schnelle Portion gegen den Hunger, aber nicht zum Genießen. Er trank noch ein Glas eines granatroten Navarra-Weines, ein Crianza, weich und sehr fruchtig. Kirsche, Pflaume, Vanille. Das zumindest glaubte er zu schmecken. Oder besser, er versuchte, es herauszuschmecken, denn diese Ankündigung hatte er schon auf der Banderole des Weines gelesen.

Na ja, dachte sich Jacob Peeters, ein unendliches Gefasel von Geschmacksnoten und Charakterzügen. Eigentlich hatte der Wein gar keine Charakterzüge, jedenfalls nichts, was er nicht schon bei anderen Weinen geschmeckt hätte. Ein ordentlicher Wein, dachte er, aber auch nicht mehr. Das war gut so, denn sonst hätte er sich vielleicht nicht so schnell von der Flasche verabschieden können. Er ging ins Bett und konnte nicht schlafen.

Was hatte er vergessen? Was hatten sie vergessen? Egal, er trug die Verantwortung für den Fall. Da war es unwichtig, ob er oder seine Kollegen etwas übersehen hatten.

Draußen war es stürmisch. Die Wanten des Schiffes gaben dem Druck des Windes klappernd und scheppernd nach. Nicht nur auf seinem Boot. Fast wie ein Hafenkonzert, zu dem jedes Boot beitrug. Aber für ihn waren das Klänge von Freiheit und Unbeschwertheit und trotz des kräftigen Windes auch ein Gefühl der Sicherheit. Ein Gefühl, dass er nicht mit vielen Menschen teilen konnte. An diesem Ort zu sein, der eigentlich mehr zum Ablegen aufforderte als zum Bleiben, war für ihn ein großes Geschenk.

Seine Gedanken verwischten sich, als die Müdigkeit über ihn kam. Das Meer spielte eine Rolle in seinen Träumen, die sofort einsetzten, als er endlich eingeschlafen war. Das Meer, aber auch ein Mann, ein Asiate, den er auf dem Steg vor seinem Boot traf, und der nach dem Weg zum Liegeplatz von Kees Bakker fragte. Was machte dieser Mann vor seinem Boot? Warum fragte er nach dem Liegeplatz von Kees Bakker? Er wollte ihn danach fragen, aber der Mann war verschwunden. Einfach weg. Ausgelöscht wie ein ehemals brennendes Feuer.

Der Commissaris war wieder wach und bekam schlechte Laune. Der Sturm draußen begann ihn zu nerven. Es war doch in den letzten Tagen so wunderbar ruhig gewesen. Warum gerade jetzt? Blöde Frage. Das wusste er auch. Aber zwischen Schlaf und Wachsein, zwischen Himmel und Erde, spielten sich oft merkwürdige bis selten dämliche Dinge ab. Ebenso dämlich war allerdings, dass ein Bootsnachbar vergessen hatte, das Fall des Großsegels zu befestigen. Es machte völlig unnötigen Krach und das in einer Lautstärke und einem Rhythmus, der dem Bedürfnis nach Einschlafen konträr entgegen stand. Eine schlaflose Nacht stand bevor. Und zu allem Übel fiel ihm auch noch ein, dass er schon wieder vergessen hatte, Han Molenaar anzurufen. Schließlich hatte Han ihm dreimal auf die Mailbox gesprochen und um einen Rückruf gebeten. Beim dritten Mal allerdings hatte er hörbar lächelnd gesagt, dass er ohne weitere Rückmeldungen die Freundschaft vorübergehend beenden wolle und sich einen anderen Gourmet als Begleiter für seine Touren suchen werde. Diese Nachricht quittierte der Commissaris ebenfalls mit einem Lächeln. Er würde ihn morgen anrufen. Bestimmt. Über diesen festen Vorsatz nachdenkend, schlief er wieder ein. Es war spät geworden.

17

Leicht zerknirscht, aber voll konzentriert und ebenso diszipliniert saß Jacob Peeters schon um halb acht Uhr morgens in seinem Büro bei der Amsterdamer Polizei und ging noch einmal die Aktenlage durch, bevor seine Mitarbeiter eintrafen. Warum stirbt jemand, der offensichtlich Spielschulden hat, bei bestem Wetter auf einem Segelboot, ohne Wind, aber getarnt als Segelunfall?, fragte sich der Commissaris. Wer Schulden hat, muss zahlen. Und wenn man nicht zahlt, wird in einschlägigen Kreisen gehandelt, nicht immer zum Vorteil des Zahlungspflichtigen. Nicht, dass er das gutheißen wollte, aber es erschien ihm logisch und damit nachvollziehbar. Wer geht schon gemütlich segeln, um Geld einzutreiben? Das kann man doch woanders effektiver organisieren.

Mieke und Klaas waren mittlerweile eingetroffen und hatten sich mit Kaffee bewaffnet auf dieselben Stühle gesetzt, von denen sie noch vor weniger als zehn Stunden erschöpft aufgestanden waren.

„Mieke", sagte der Commissaris, „du machst dir einen Überblick über die Spielhöllen in und um Amsterdam, in denen Kees Bakker sich aufgehalten haben könnte. Wir werden die anschließend gemeinsam abklappern."

„Klaas, du sammelst alles an Informationen über die Lebensverhältnisse von Kees Bakker und seiner Frau. Melderegister, Banken, Vereine, alles, was du kriegst."

Klaas van den Broek schaute etwas missmutig. „Habe ich irgendetwas getan, dass ich hier scheinbar Hausarrest bekomme?", wollte er wissen.

„Nein, stell dich nicht so an. Du bist ein Top-Ermittler. Du kannst super recherchieren. Ich will alles wissen über die Konten von Kees und Dianne Bakker und alles, was du über seine Spielsucht und Schulden rauskriegst."

„Schön, ich werde mein Bestes geben", sagte Klaas van den Broek, der auch gerne mit rausgefahren wäre. Aber die Einschätzungen des

Commissaris waren schon realistisch. Seine Stärke lag in der Recherche, der Ermittlung im Hintergrund. Dort, wo es im Detail schnell zu Ungereimtheiten kam, wenn man den Überblick verlor. Und er war gut darin, den Überblick zu behalten und das Material zu strukturieren.

„Was haben wir noch für Aufgaben?", fragte der Commissaris in die Runde.

„Wir müssen die Zeugen für die Phantomzeichnung kommen lassen", sagte Mieke, „das organisiere ich, wenn 's recht ist."

Dem Commissaris war es recht.

Ein Asiat und ein hochgewachsener Europäer, das war es, wonach sie suchten. Erst einmal jedenfalls.

„Und dann dürfen wir nicht vergessen, dass der vermeintliche Mörder sich mit einem Motorboot hat abholen lassen. Wir müssen rausfinden, wer das war und woher das Boot kam."

„Das mache ich", sagte Klaas und verschwand wieder in seinem Büro.

„Gut, dann fahre ich zu Kees Bakkers Arbeitgeber raus", erklärte Jacob Peeters.

Klaas van den Broek rief zuerst die Hausbank von Kees Bakker und seiner Frau Dianne an. Die Kontodaten hatte er schon beim Arbeitgeber des Toten erfragt. Danach kontaktierte er systematisch alle Banken in der Stadt, um nach möglichen Konten und Geschäftsbeziehungen Bakkers zu fragen. Bei der Hausbank erreichte er, dass ihm die Daten aller seiner Konten zugemailt wurden. Dann konnte er sich die Kontobewegungen in aller Ruhe und ausführlich anschauen. Er war allerdings verwundert darüber, dass er das ohne schriftlichen Antrag oder persönliches Gespräch einfach so hinbekommen hatte. Er hatte angeboten, dass die Bankangestellte, mit der er telefonierte, zur Sicherheit bei der Polizei zurückrief und sich zu ihm verbinden lassen sollte. Das war eine relativ einfache Methode, die Rechtmäßigkeit seines Anrufes und seiner Bitte zu überprüfen. Aber die Bankerin wollte nur seine E-Mail-Adresse, und wenig später hatte er eine Datei im Anhang der eingegangenen E-Mail mit den Kontobewegungen der letzten sechs Monate auf dem Gehaltskonto von Kees Bakker. Ob das datenschutzrechtlich sauber war, wagte er zu bezweifeln, aber das sollte im Moment nicht sein Problem sein. Im Gegenteil, es beschleunigte seine Ermittlungen.

Ein Teil des Gehaltes von Kees Bakker wurde monatlich gepfändet und direkt an die Gläubiger überwiesen. Darunter waren eine weitere Amsterdamer Bank und ein privater Kreditvermittler namens "Blitzkredit". Ein Kredithai also. Von seriösen Banken hatte Kees Bakker wahrscheinlich nicht mehr viel zu erwarten, außer ihrer Hartnäckigkeit der Geldrückforderungen mittels Gehaltspfändung. Das konnte eigentlich nur bedeuten, dass Klaas van den Broek sich jetzt intensiver um die privaten Geldverleiher der Stadt kümmern müsste. Ein vorsorglicher Anruf bei den anderen Amsterdamer Banken erbrachte auch keine weiteren Erkenntnisse. Man kannte ihn dort nicht. Im Internet fand er schnell raus, wen man in Amsterdam anrufen musste, wenn man Geldsorgen hatte. Das war eine florierende Branche. Google spuckte jede Menge Seiten und Anzeigen zum Thema aus. Da hatte er sich ordentlich was vorgenommen. Er wählte die erste Telefonnummer von rund zwanzig privaten Geldverleihern, die ihm als die größten ihrer Zunft vorkamen. Es brauchte nicht lange, und am anderen Ende nahm eine Frau mit freundlicher Telefonstimme ab „Wie kann ich Ihnen helfen?", fragte sie den Kriminalassistenten Klaas van den Broek.

18

Dianne Bakker hatte sich für die nächsten Tage frei genommen. Sie war müde und angeschlagen. Sie wollte zur Ruhe kommen, so weit das in dieser Situation eben ging. Ihre Gefühle fuhren Achterbahn. Der Mann, mit dem sie viele Jahre ihres Lebens verbrachte, war tot. Mit ihm hatte sie gefühlt eine Ewigkeit mitgelitten, nachdem sie gelernt hatte, seine Krankheit zu akzeptieren.

Zu Beginn ihrer Beziehung waren sie unbekümmert in die Zukunft gestartet. Seine Fähigkeiten, analytisch und überzeugend auf andere zu wirken, hatten ihn von Anfang an zu einem interessanten Menschen gemacht. Bis dann Jahre später die dunklen Seiten ihres Mannes ans Tageslicht gelangten. Die Spielsucht und später dann die Versprechungen, damit aufzuhören. Eine Zeit lang gab es ein fast normales Leben, aber immer war die Angst im Hintergrund, ob er es schaffen würde, davon loszukommen. Mit dieser Spielsucht veränderte sich schleichend auch der Charakter ihres Mannes. Aus dem verständnisvollen Partner wurde immer häufiger ein Mensch, der ihr fremd war. Jähzornig und eifersüchtig, obwohl er dafür lange Zeit keinen Grund hatte. Sie stand zu ihm. Bis zu dem Tag vor gut einem halben Jahr, als sie Simon Gerritsen auf einer Tourismus-Messe in Amsterdam kennenlernte. Seitdem war ihr Leben verändert. Es war wieder reicher geworden. Sie liebte diesen Mann und war sich sicher, dass er ihre Gefühle erwiderte. Bei ihm hatte sie die Gewissheit, wieder jemandem bedingungslos trauen zu können. Das war eine wunderbare Erfahrung, die sie nicht mehr missen wollte.

Dianne Bakker hatte an diesem Morgen noch nicht gefrühstückt. Ihr Appetit litt unter den Ereignissen der letzten Tage und Wochen. Sie entschied sich anstelle eines Frühstücks zunächst für ein entspannendes, heißes Kräuterbad, das sie sich in die Badewanne einließ. Das konnte sie gut gebrauchen. Sie zog ihren Bademantel aus und steckte vorsichtig den linken Fuß in die Wanne, um die Temperatur zu testen, dann legte sie sich langsam in das wohlig warme Wasser, das sie wie eine schützende Hülle umgab.

Jetzt sollte alles gut werden. Ein neues Leben, das sie mit Simon beginnen konnte, wartete auf sie. Das war ihr Lichtblick während dieser trüben Ereignisse. Dianne Bakker wollte mit Simon zusammenziehen, ihn jeden Tag sehen und berühren.

Leider hatte Kees diesen Wunsch vor etwa zwei Wochen auch bemerkt. Er war ihr heimlich zu einem angeblichen Abendtermin im Tourismusbüro, in dem sie arbeitete, gefolgt und musste mit ansehen, wie sie Simon dort vor der Tür in den Arm nahm und ihn küsste. Simon und Dianne waren dann in ein Restaurant gegangen. Nicht weit entfernt. Und plötzlich stand Kees vor ihrem Tisch. Er hatte seine Frau vor all den Gästen im Restaurant angeschrien. Fast wäre er auf Simon losgegangen, wenn der Kellner ihn nicht mit deutlicher Ansage nach draußen begleitet hätte. Dann war er verschwunden. Und sie war in dieser Nacht zum ersten Mal mit zu Simon gegangen, um bis zum nächsten Morgen zu bleiben. Und die Angst vor der nächsten Begegnung mit Kees begleitete sie dabei.

Aber irgendwie war sie an diesem Abend auch erleichtert, denn jetzt musste etwas passieren. Sie musste ihm ihre Entscheidung klar machen, dass es aus war, endgültig und dass sie die Kraft für diese Beziehung nicht mehr aufbringen konnte.

Dianne Bakker ließ noch etwas warmes Wasser nachlaufen, um die Wärme ihres Kräuterbades intensiver zu spüren. Das tat gut.

Kees hatte ihr in den Tagen danach eine Szene nach der nächsten gemacht und ihr wieder einmal angekündigt, dass er sich umbringen wolle. Aber vorher wollte er die Lebensversicherung kündigen und das bislang eingezahlte Geld verspielen.

Das allerdings war nicht in ihrem Sinne gewesen. Sie hatte von dieser Versicherung auch erst vor knapp einem Jahr erfahren. Er zahlte schon seit zwei Jahren in die Lebensversicherung ein. Jeden Monat 480 Euro. Eine Risikolebensversicherung mit einer Summe von 500.000 Euro. Sie hatte ihn nicht dazu gedrängt, diese Versicherung abzuschließen. Es war seine Entscheidung und er hatte es für sie getan. Als Entschädigung für all das Leid, das er ihr in den letzten Jahren angetan hatte.

Damit konnte sie jetzt tatsächlich ein Leben beginnen, das endlich auch ein gutes Leben werden sollte. Mit Simon an ihrer Seite, auch wenn sie sich dabei etwas schlecht vorkam. Ein bisschen wie eine Verräterin. Aber das war sie nicht. Und mit der Perspektive dieser Versicherung konnte sie die Schulden tilgen, an denen sie noch gesamtschuldnerisch beteiligt war, weil sie gutgläubig für Kees gebürgt hatte. Bei der Bank und vor allem bei diesem Kredithai. Das war einer der größten Fehler ihres Lebens gewesen. Überraschungen würde es keine geben. Kees hatte die Versicherung nicht gekündigt und auch keinen anderen Begünstigten eingesetzt. Das hatte sie gleich heute Morgen als erstes bei der Versicherungsgesellschaft telefonisch angefragt. Einziges Ausschlusskriterium war Selbstmord, und danach sah es ja wirklich nicht aus.

Während sie ihre Beine mit Wasser abbrauste und kreisförmig mit dem Strahl des Duschkopfes massierte, öffnete sich die Etagentür zu ihrer Wohnung in der Hofwijckstraat. Sie hörte die Tür ins Schloss fallen und war vor Schreck wie gelähmt. Wie ein Hase auf der nächtlichen Landstraße, der gebannt in den Lichtkegel des Fahrzeuges schaut, das mit hoher Geschwindigkeit auf ihn zu rast und dabei unumstößliche Tatsachen schafft, wenn ihm nicht bald etwas einfällt. Sie überlegte panisch und versuchte sich zu beruhigen, um einen klaren Gedanken zu fassen, eine Strategie zu entwickeln. Sie sah sich um. Sie musste hier raus. Aus der Wanne. Möglichst schnell. Möglichst lautlos. Da waren neue Geräusche, die sie hörte. Jemand ging durch den Flur. Die Badezimmertür war nicht abgeschlossen. Wozu auch. Sie war doch allein, dachte sie. Die Schritte kamen ganz dicht an die Tür heran. Sie war mittlerweile vorsichtig aus der Badewanne ausgestiegen und hatte sich einen Slip und ein T-Shirt angezogen. Einfach so, ohne sich abzutrocknen. Sie wollte nicht nackt sein. Das Badewasser tropfte ihr vom Kopf langsam am ganzen Körper hinunter. Die Wärme des Wassers hatte sich in eisige Kälte gewandelt. Und die Entspannung wechselte pfeilschnell in eine kaum erträgliche

Anspannung und Konzentration. Panik machte sich breit. Ihr war klar, dass dieser Besucher hinter der Tür kein Freund war. Niemand hatte Schlüssel außer Kees. Und der war tot. Simon hatte keine und würde auch nie so reinkommen. Die Schritte entfernten sich von der Badezimmertür Richtung Küche. Das konnte sie hören, weil der Linoleumboden, der in der Küche verlegt war, ein schnell zu identifizierendes Geräusch von sich gab, ein leises Quietschen, wenn man mit Straßenschuhen darauf umherging. Wer war das und was wollte der hier? Einbrecher? Warum war er nicht zu ihr ins Bad gekommen? Warum hatte er nicht einmal versucht, die Türklinke herunterzudrücken? Was sollte sie nun tun? Sie suchte nach einer Waffe, nach einem Gegenstand, den sie zur Verteidigung nutzen könnte, um ihr Leben, das sie gerade neu mit Simon beginnen wollte, zu retten. Falls diese Person da draußen es sich anders überlegte und doch noch ins Badezimmer eindrang. Die Tür abzuschließen war nicht möglich, es gab keinen Schlüssel. Zumindest steckte keiner, der lag in einem Schlüsselkasten im Flur. Bei den Sicherungen für die Elektrizität. Klasse. Sie griff nach einer Dose Haarspray, einer Aluminiumdose, die ihr als die stabilste Waffe im ganzen Raum erschien und stelle sich neben die Tür. Wenn sie nicht um ihr Leben bangen müsste, hätte sie über dieses Bild gelacht. Tropfnass im Badezimmer mit Haarspray bewaffnet, im Kampf gegen das Böse. Sie konnte kaum klar denken, so sehr stand sie unter Druck und der lähmenden Angst vor einer Begegnung mit dem unheilvollen Besucher. Fast hätte sie vor Anspannung gekichert. Wieder hörte sie Geräusche. Als ob jemand etwas weggeworfen hätte, ein leicht klirrendes Geräusch, das sie nicht einordnen konnte. Und dann fiel die Etagentür ein zweites Mal ins Schloss. Was war das? War da noch jemand gekommen oder hatte der Einbrecher die Wohnung wieder verlassen? Ein Hauch von Erleichterung überkam sie. Aber sie musste konzentriert bleiben. Vielleicht war er oder waren sie noch da und warteten bloß auf ihr Erscheinen im Flur. Was würden sie mit ihr anstellen? Sie hatte kaum etwas an. Was würde geschehen?

Die Angst begleitete sie in gleicher Intensität eine scheinbar unendliche Zeit. Sie stand bewegungslos hinter der Badezimmertür. Es waren sicher zehn Minuten vergangen und sie hatte nichts mehr gehört. Sie könnte versuchen, aus dem Bad sofort über den Wohnungsflur hinaus ins Treppenhaus zu rennen, um dort Hilfe zu rufen.

Vorsichtig öffnete sie die Badezimmertür. Warum sie diese Entscheidung traf, war ihr nicht klar. Sie hätte ja auch dort bleiben können. Vielleicht wäre das die sicherere Wahl gewesen. Sie schlich langsam durch den Flur, ihre Füße hinterließen feuchte Abdrücke auf dem Bodenbelag. An der Küchentür angekommen, schaute sie vorsichtig in den Raum. Die Haarspraydose fest umklammert und bereit, damit zuzuschlagen. Was auch immer das bringen würde. Da war niemand. Auch im Wohnzimmer, das sie mit gleicher Vorsicht durchsuchte, fand sich niemand. Erleichterung. Sie ging ins Schlafzimmer. Ebenfalls Fehlanzeige. Nachdem sie sicher war, allein in der Wohnung zu sein, schloss sie erst einmal die Etagentür von innen ab und ließ den Schlüssel stecken. So würde sie es zumindest mitbekommen, falls jemand zurückkäme. Sie ging ins Badezimmer, zog sich schnell etwas über und lief zurück die Küche. Sie schaute aus dem Fenster hinaus auf die Straße. Es war niemand zu sehen, der ihr verdächtig erschien. Ein paar Menschen gingen die Straße auf und ab. Im Gespräch oder mit Einkaufstaschen. In der ganzen Wohnung fand sich nichts Ungewöhnliches. Es war nichts gestohlen worden, soweit sie das auf die Schnelle sehen konnte. Was sollte man hier auch stehlen? Sie waren aufgrund der Pfändungen schon seit langem nur noch mit dem Nötigsten ausgerüstet. Es waren keine Schubladen oder Schränke geöffnet und nichts schien angerührt worden zu sein.

Dianne Bakker war ratlos und völlig verunsichert. Ihre Nerven hatten in letzter Zeit ziemlich gelitten. Hatte sie sich das alles nur eingebildet? War ihre Fantasie mit ihr durchgegangen? Sie war sich plötzlich nicht mehr sicher, ob das wirklich alles gerade stattgefunden hatte, was sie glaubte, erlebt zu haben. Sie brach in Tränen aus und wünschte sich, das alles hier endlich hinter sich zu haben. Dianne rief Simon an und erzählte ihm alles. Er saß noch in einem Meeting, wollte aber gleich danach zu ihr fahren. Spätestens in einer halben Stunde, versprach er, und länger dauerte es auch wirklich nicht. Sie sah ihn schon vom Fenster aus mit dem Wagen einparken. Sie schloss die Wohnungstür auf und fiel ihm in die Arme, sobald er die dritte Etage erreicht hatte.

Sie setzten sich in die Küche und er machte ihr einen Tee, von dem sie einen kräftigen Schluck nahm.

„Jetzt erzähl mir erst genau, was passiert ist“, wollte er sie beruhigen. „Dann überlegen wir, ob wir die Polizei anrufen. Auf jeden Fall kommst du heute Abend mit zu mir. Niemand zwingt dich mehr, in dieser Wohnung zu leben, Dianne. Wir werden jetzt zusammenziehen und alles wird gut.“

Sie sah ihn an, als könne sie es noch nicht glauben.

„Warum liegen im Brotschrank drei violette Jetons aus dem Casino?“, fragte Simon nachdenklich. „Sind die von Kees?“

„Im Brotschrank? Jetons? Nein, da habe ich gestern Abend mein letztes Brot rausgenommen. Da können höchstens ein paar Krümel drin sein.“

Er zeigte ihr die runden Chips, deren Wert in Spielcasinos nach Farben berechnet wurde. Violette Jetons waren 500 Euro wert.

„Nein“, sagte sie, „die kenne ich nicht.“ Sie überlegte einen Moment und wurde plötzlich leiser. „Dann war doch jemand hier.“

Ihre Gesichtszüge wurden wieder angespannter, und Simon sah, wie sich Angst in ihrem Körper ausbreitete.

„Warum bricht hier jemand in die Wohnung ein und verteilt Casino-Jetons? Und das, obwohl du hier warst. Das ist doch dreist. Ich befürchte, dein Mann hat dir ein weiteres Schuldenproblem hinterlassen.“

Das Telefon klingelte. Sie erschrak, fing sich aber wieder und ging zur Ladestation des schnurlosen Telefons.

„Dianne Bakker“, sagte sie, noch in Gedanken vertieft über die Herkunft dieser Jetons und über den Sinn.

„Haben Sie heute schon Hunger gehabt?“, fragte auf der anderen Seite jemand in den Hörer, ohne seinen Namen zu nennen. „Wenn nicht, würde ich Ihnen mal empfehlen, in Ihrem antiquierten Brotschrank nachzuschauen“, lachte der Mann in den Hörer.

„Wer sind Sie? Was wollen Sie?“, rief sie aufgeregt in die Muschel des Telefons.

„Sagen wir mal so. Jetons sind in Spielcasinos rechtlich so etwas wie Schuldscheine. Ausgegeben vom Casino an den Gast. Und Schuldscheine habe ich hier in meinem Laden reichlich rumliegen. Allerdings genau andersrum. Da ist der Gast, dem wir Geld geliehen haben, derjenige, der einen Schuldschein unterschreibt. Und Ihr Mann war hier gerne Gast." Seine Stimme veränderte sich und wurde bestimmter: „Um es auf den Punkt zu bringen, Ihr Mann schuldet mir noch genau 57.000 Euro. So richtig viel Glück hat er in letzter Zeit leider nicht gehabt. Da kommt was zusammen."

„Mein Mann ist tot."

„Eben, deshalb melden wir uns ja auch bei Ihnen. In einer Ehe geht man doch gemeinsam durch dick und dünn, oder?"

„Ich habe keine Schuldscheine unterschrieben. Für die Schulden meines Mannes bin ich nicht verantwortlich, das können Sie nicht von mir verlangen", sagte sie mit zittriger Stimme.

„Na ja, Sie haben doch gerade Besuch gekriegt. Vielleicht kann der Herr Ihnen etwas aushelfen."

Sie stand abrupt auf und schaute aus dem Fenster. „Woher wissen Sie das?", sagte sie überrascht. „Wo sind Sie?"

Auch Simon, der das Gespräch über Lautsprecher mithören konnte, ging ans Fenster, um zu sehen, wer sich dort unten bewegte. Aber es war niemand zu sehen.

„Ich werde Sie anzeigen. Ich rufe die Polizei an", brüllte sie in den Hörer.

Der Mann am anderen Ende reagierte ganz gefasst. „Können Sie gerne machen. Von uns werden Sie in Ihrer Wohnung keine Spuren finden. Wir waren nicht da." Aber es könnte sein, dass wir Sie demnächst mal besuchen kommen. Übrigens: Weiß die Polizei denn schon von der hübschen Stange Geld, die Sie bald kassieren werden? Der gute Kees, Gott hab ihn selig, hat doch immer schön für eine Lebensversicherung eingezahlt. Na, erinnern Sie sich? Da bleibt doch bestimmt auch für mich was übrig. Oder soll ich die Polizei mal auf eine neue Fährte setzen?", lachte er und legte auf.

Ruud Visser wusste natürlich, dass er nur mit den Säbeln rasseln konnte. Er hatte keine rechtliche Handhabe gegen diese Frau. Nicht so wie sein Kompagnon, der Geschäftsführer von Blitzkredit. Da zumindest gab es rechtliche Möglichkeiten, ausstehende Schulden einzutreiben. Zumindest daran verdiente er noch ein bisschen mit, denn schließlich gehörte ihm der Laden zur Hälfte. Aber die Sache mit Kees Bakker wurmte ihn schon sehr. Er würde jetzt wahrscheinlich viel Geld verlieren. Normalerweise brachte der Bakker das immer einigermaßen schnell bei. Aber das war Vergangenheit. Der brachte gar nichts mehr. Schade eigentlich, aber ihm würde man da nichts in die Schuhe schieben können.

Er wollte Dianne Bakker einfach noch ein wenig weichklopfen. Drohen hilft immer, dachte er. Allerdings fehlte ihm noch die richtige Idee, womit er überhaupt drohen sollte. Er wusste zu wenig von ihr. Die Sache mit der Lebensversicherung war schon nicht schlecht. Das könnte ihr Unannehmlichkeiten bereiten, wenn das bekannt würde. Vielleicht springt doch noch etwas an Rückzahlungen raus, ging es in seinem Kopf umher.

Schließlich war es Kees Bakker, der immer wieder mit Barem auftauchte, um zu spielen oder um seine Schulden zu bezahlen. Im letzten halben Jahr ziemlich regelmäßig und insgesamt war er ein guter Kunde. Woher er das hatte, wusste auch Ruud Visser nicht. Aber das interessierte ihn nicht, solange alles lief. Nur jetzt blieb er auf der Schlussrechnung hängen und diese Entwicklung gefiel ihm nicht sonderlich. Die Frau war ihn jedenfalls noch nicht los. Das war er seiner Ehre schuldig. Wenn man schon den Ruf eines stadtbekannten Ganoven hat, dann soll man den auch pflegen, dachte er leicht amüsiert.

19

Mieke Dekker hatte gleich mehrere Ziele für den Vormittag. Mit den Kollegen, die sich im Kriminalkommissariat mit der Spielhallen-Szene beschäftigen, telefonierte sie lange und erhielt einige Adressen und Namen von Spielhallen und deren Betreibern, die für Glücksspiel mit hohen Einsätzen bekannt waren. Sie hatte drei Adressen in südlichen Stadtgebieten und wollte anschließend noch ein paar einschlägige Casinos im Rotlichtbezirk „De Wallen" abklappern.

Eigentlich sollte sie auf ihren Chef warten. Er wollte mit ihr gemeinsam die Spielhallenbetreiber besuchen, wenn er von Kees Bakkers Arbeitgeber zurück war. Aber sie beschloss, das überhört zu haben, schließlich wollte sie von den Herren nur wissen, ob sie vielleicht jemanden kannten, der Kees Bakker umgebracht hatte oder ob dieser vielleicht von ihnen selbst ermordet worden war. Na ja, gut, dass würde sie natürlich nicht fragen. Aber ihrer Meinung nach war der Täter durchaus in der Spielhallen-Szene zu vermuten. Das lag nahe. Nachdem, was sie bereits von Dianne Bakker und von Kees Bakkers Segelkamerad Maarten Evers wussten, schien Kees Bakker Probleme gehabt zu haben, die durchaus tödlich hatten enden können.

Wenn sie gleich bei den Gesprächen etwas Brauchbares herausbekam, wäre das auch nicht schlecht für ihr berufliches Fortkommen. Der Commissaris, dachte sie, wird sicher nicht sauer sein, wenn ich ein paar Alleingänge mache. Das beschleunigt die Ermittlungen. Dass Jacob Peeters sie vielleicht ein bisschen mehr als nur sympathisch fand, hatte sie längst bemerkt. Er schaute sie manchmal schon ein wenig so an, als ob er was von ihr wollte. Mein Gott, diese Kerle, sind die denn alle nur hormongesteuert? Sie lachte bei diesem Gedanken, während sie auf den Südring einbog, und sich langsam ihrem ersten Ziel näherte. Aber dass der Commissaris sich für sie interessierte, schmeichelte ihr schon, obwohl sie natürlich in erster Linie ihre beruflichen Qualitäten in den Vordergrund gestellt wissen wollte. So oder so, der Commissaris war schon ein interessanter Mann. Beruflich war er für sie ein echtes Vorbild. Jacob Peeters hatte in seiner Laufbahn schon so manchen Fall gelöst, bei dem er sich gegen den Rat seiner Vorgesetzten durchgesetzt und weiter auf seine Intuition und seine Erfahrungen gesetzt hatte. Er behielt oft recht, und das wusste man im Amsterdamer Polizeipräsidium. Mit dem Polizeichef Wouter Janssen legte man sich nicht ohne triftige Gründe an. Und Jacob Peeters konnte sich so etwas erlauben. Das beeindruckte die junge Kriminalassistentin. Und als Mann war er sicher auch nicht unattraktiv. Aber verheiratet und für sie mit 35 Jahren auch schon ein bisschen alt. Sie genoss es trotzdem, von ihm etwas hofiert zu werden.

Mieke Dekker erreichte mit ihrem zivilen Dienstwagen ein Industriegebiet am Rande der Autobahn 10. Zwischen den Firmengebäuden einer Autowerkstatt und eines metallverarbeitenden Betriebes fuhr sie auf den Parkplatz des „Royal Casino". Sie stieg aus und trat gleich in eine Pfütze. Der Parkplatz war nicht gepflastert. „Na, egal", sagte sie leise, „keine nassen Füße, nur ein paar dreckige Schuhe." Sie ging hinein und musste sich erst einmal an diese Mischung aus abgedunkeltem Raumlicht und den vielen nervös blinkenden Automatenlampen gewöhnen. Lichtverläufe von hell nach dunkel und quer durch das gesamte Farbspektrum leuchteten rechts und links auf ihrem Weg in den Hauptraum der Spielhalle.

Hier saßen an verschiedenen Spielgeräten Menschen ganz unterschiedlichen Alters. Alle waren hochkonzentriert und starrten gebannt auf die funkelnden Anzeigen der Geräte, vor denen sie saßen. Richtig gesund ist das auf Dauer bestimmt nicht, dachte sie. Bevor sie die Rezeption dieses Ladens erreichte, nutzte sie die Gelegenheit, einen Einblick über die Spiele und vor allem über die Spieler, die sie hier sah, zu bekommen. Aber sie fiel schon auf. Wer sich nicht bald irgendwo vor einem Automaten niederließ und selbst in sein Spiel vertieft war, der schien hier nicht gerne gesehen zu sein. Das merkte sie schnell an den feindseligen Blicken, die ihrer Neugier begegneten. Und zwar nicht nur von einem oder zwei Spielern, sondern gleich von einer ganzen Reihe von Leuten, die trotz höchster Konzentration scheinbar genau registrierten, wenn sich jemand auf unerwünschte Weise für sie interessierte. Sie ging an die Rezeption, um nicht noch mehr aufzufallen.

„Mein Name ist Mieke Dekker, Kriminalkommissariat Amsterdam. Ich möchte bitte den Leiter des Casinos sprechen."

„Kriminalpolizei?", fragte die Mitarbeiterin überrascht. „Worum geht es denn?"

„Das würde ich gern mit Ihrem Chef besprechen."

„Mijnheer De Vries ist zur Bank gefahren. Der wird in spätestens einer halben Stunde wieder hier sein. Wollen Sie warten?"

„Gerne. Ich sehe mich einfach ein wenig um. Scheint ja interessant zu sein bei Ihnen. Um diese Uhrzeit schon so viele Gäste finde ich erstaunlich. Es ist noch nicht mal Mittag."

„Das ist normal. Die meisten Gäste sind Stammkunden und kommen so oft sie können", sagte die junge Mitarbeiterin, die auf Mieke einen ausgesprochen netten Eindruck machte.

„Oder meinen Sie vielleicht, so oft, wie sich die Leute das leisten können, wenn sie irgendwo das Geld dafür zusammen bekommen haben?"

„Das kann ich nicht beurteilen, woher das Geld zum Spielen kommt", sagte die Frau an der Rezeption. Sie merkte, dass sie aufpassen musste, was sie sagte. Sie sprach mit einer Polizistin.

„Wie behandeln Sie denn das Thema Spielsucht hier? Spielt das eine Rolle und schicken Sie die Menschen wieder weg, wenn Sie mitkriegen, dass die nicht mehr ohne Spielen können?"

„Oje", sagte die Frau, „das sind Fragen, die Sie besser dem Besitzer der Spielhalle stellen. „Entschuldigen Sie, aber ich bin lediglich eine studentische Aushilfe und verdiene mir hier für mein Psychologiestudium an der Amsterdamer Uni den Lebensunterhalt. Zumindest einen Teil."

Na klasse, dachte sich Mieke, da bin ich ja an die Richtige geraten.

„Dann können Sie hier wunderbare Sozialstudien betreiben."

„Wie man 's nimmt. Mir ist auch nicht immer ganz wohl bei dem, was man hier so mitkriegt."

„Ach nein? Was kriegt man denn hier so mit?"

„Ich glaube, ich sage jetzt besser nichts mehr. Sonst bin ich meinen Job gleich los", antwortete sie etwas ängstlich.

„Es bleibt unter uns", sagte Mieke und beugte sich dabei fast konspirativ zu der jungen Frau über die Empfangstheke.

„Na ja", meinte sie zögernd, „ich finde das auch nicht gut, wie hier den Leuten das Geld aus der Tasche gezogen wird. Aber es ist alles legal", setzte sie schnell nach. „Das sagt jedenfalls der Chef. Trotzdem wird kräftig Schicksal gespielt. Und manchen Leuten würde es wohl besser bekommen, wenn sie nicht mehr reinkämen. Allein aus Selbstschutz."

„Gibt es denn kein Hausverbot für solche Kandidaten?", wollte Mieke wissen.

„Eigentlich erst, wenn sie wirklich kein Geld mehr in die Spielhalle bringen, sondern nur noch nerven und sich Geld leihen wollen, das sie wahrscheinlich niemals zurückzahlen können."

„Kommt das oft vor?"

„Oft? Was ist oft? Das kommt schon mal vor. Richtig beurteilen kann ich es nicht. Ich habe nur Nachmittagsdienste bis abends 19.00 Uhr. Was danach passiert, bekomme ich gar nicht mit."

„Danke für Ihre Offenheit", sagte Mieke, um die junge Frau wieder zu beruhigen. „Ich werde Ihre Informationen vertraulich behandeln, darauf können Sie sich verlassen."

Die junge Frau an der Rezeption schien erleichtert.

„Eine Frage habe ich noch", sagte Mieke Dekker, und hielt ihr das Bild von Kees Bakker hin. „Kennen Sie den?"

Die Frau überlegte nicht lange. „Ja, den habe ich letzte oder vorletzte Woche hier gesehen. Sehr unsympathisch. Der war total aufgewühlt und machte einen kirren Eindruck. Er wollte unbedingt den Chef sprechen und fragte, wann heute Abend das Black Jack-Spiel losginge."

„Und was sagten Sie ihm?"

„Dass ich es nicht wüsste. Hier ist ein Spielautomatencenter. Von Black Jack oder anderen Spielen weiß ich nichts. Er ist dann völlig aufgewühlt wieder gegangen und ich habe den Mann nie wieder gesehen. Was ist mit ihm?"

„Er ist tot."

„Sie sind von der Kriminalpolizei", sagte sie nachdenklich. „Ist er ermordet worden?"

„Kann man so sagen."

„Ach, und Sie meinen, unser Chef …?"

Sie fing an zu kombinieren. Man sah, wie es in ihrem Kopf arbeitete.

„Nein", sagte sie dann, „das kann ich mir nicht vorstellen. Das ist zwar ein echter Macho, aber damit hat er bestimmt nichts zu tun."

„Das habe ich auch nicht behauptet. Ich möchte Ihrem Chef zu diesem Mann nur ein paar Fragen stellen. Dass er bei Ihnen Gast war, haben Sie ja bereits bestätigt. Allerdings kann ich diese Aussage nicht vertraulich behandeln. Denn das ist ein wichtiger Bestandteil unserer Ermittlungen."

„So ist es auch gewesen", bestätigte die Studentin. „Vielleicht hätte ich doch besser einen Hiwi-Job an der Uni annehmen sollen."

„Psychologiestudenten müssten doch scharf auf Praxiserfahrungen sein?", spöttelte Kriminalassistentin Mieke Dekker.

„Ja schon, aber aus einer objektiv distanzierteren Sicht heraus", lächelte die junge Frau etwas gequält.

„Na, Sie brauchen sich keine Gedanken zu machen. Sie haben doch nichts zu verbergen."

Während Mieke Dekker das sagte, kam vom Eingang des Gebäudes der Spielhallenbesitzer auf die Frauen an der Rezeption zu.

„Alles klar?", fragte er seine Mitarbeiterin, ohne Mieke Dekker eines Blickes zu würdigen.

Die stand neben dem Mann, der mit rund 1,85 Metern größer war als sie und wenig entspannt aussah. Er trug einen Anzug und glich damit Tausenden von Bankangestellten in der Innenstadt, die rein äußerlich alle nach besten Absichten aussahen. Nur sein etwas schmieriges Haar, das für einen Mann um die vierzig schon reichlich grau war, sehnte sich offensichtlich nach einem Friseurtermin mit wohlriechender Haarwäsche und einem adretten Kurzhaarschnitt. Dass Männer ab vierzig aufwärts immer glaubten, sie könnten verlorene Jugendtage mit überlangen und zumeist ungepflegten Haaren wettmachen, das wollte Mieke nicht einleuchten.

„Wenn ich mal kurz stören darf", sagte Mieke, „ich würde Ihnen gerne ein paar Fragen stellen."

„Haben Sie einen Termin?", fragte der Mann auf eine ziemlich arrogante Art. Er hatte scheinbar schon von weitem gerochen, dass Mieke ihm in die Quere kommen würde.

„Nein", sagte Mieke mit einem Lächeln in den Augen. „Brauche ich einen?"

„Hier kann ja nicht jeder auflaufen, wann er will."

Seine studentische Aushilfe versuchte, ihn mit verschiedenen Blickformationen darauf aufmerksam zu machen, dass er sich besser etwas freundlicher verhalten sollte, um nicht gleich vollends unter Verdacht zu geraten.

Mieke Dekker stellte sich vor, zückte ihren Dienstausweis und bat um ein kurzes Gespräch in seinem Büro. Wenn es ihm zurzeit nicht passe, sei das auch kein Problem, dann lade sie ihn offiziell zum Gespräch ins Präsidium ein. Der Mann hatte schnell eine Entscheidung getroffen.

„Nehmen Sie Platz", sagte der Spielhallenbetreiber De Vries zu Mieke und zeigte auf einen unbequemen Stuhl. Sein Anzugoutfit passte in keiner Weise zu der Einrichtung seines Büros, das genauso gut auch das Werksbüro einer Spedition sein könnte. Die Möbel waren gebraucht und hatten ihre besten Tage längst hinter sich. Die Bilder an der Wand hingen schief. Das konnte Mieke gar nicht leiden. Es irritierte ihren ästhetischen Sinn. Fast hätte sie was gesagt. Aber deswegen war sie ja nicht hier. Am meisten störte sie allerdings der doofe Hund, der in seinem Büro auf einer vollgehaarten Decke rumlag und dem Gesichtsausdruck nach jeden Moment auf Beutezug gehen könnte. Wenn man bei diesem Hund Blutdruck messen würde, wäre er sicher ein Kandidat für einen modernen Betablocker, dachte sie. Leider machten ihr solche Biowaffen Angst, ansonsten hätte sie selbst über ihre Gedanken geschmunzelt. Das schien ihr aber derzeit nicht ratsam zu sein.

„Mijnheer de Vries, ich will es kurz machen", sagte Mieke Dekker und hielt ihm das Foto von Kees Bakker hin.

„Dass Sie ihn kennen und dass er hier verkehrt, wissen wir."

„Moment", sagte die Vries, „woher wollen Sie das wissen? Ich kenne diesen Mann nicht."

„Mijnheer de Vries, hören Sie auf mit diesem Katz-und-Maus-Spiel. Wir haben Zeugenaussagen, die erstens Kees Bakker hier schon häufiger gesehen haben und zweitens Aussagen, die von munteren Black Jack- und Baccara-Abenden bei Ihnen berichten."

„Das wüsste ich aber, junge Frau. Was Sie da erzählen, ist doch Quatsch. Hier gibt es Automatenspiele, aber keine vollgequalmten Hinterzimmer mit Menschen, die Haus und Hof verspielen. Sie können gerne einen Rundgang machen. Mit mir."

Er blufft, dachte Mieke. Wie soll es auch anders sein bei einem Zocker. Auf einen Rundgang wollte sie sich nicht einlassen, da würde sie nicht sehen, was sie nicht sehen sollte. Sie wollte versuchen, den Typen einzuschüchtern. Es war aber noch nicht ersichtlich, ob diese Strategie aufging.

„Das möchte ich Ihnen nicht zumuten", sagte sie, „ich will Ihre Zeit nicht noch länger in Anspruch nehmen. Sie sind sicher ein vielbeschäftigter Mann. Ich habe auch nur noch wenig Zeit."

„Dann sind wir uns ja einig. Was kann ich dann außerdem für Sie tun?", sagte er in dem Glauben, seine Besucherin nun doch schneller als gedacht wieder los zu werden.

„Wenig Zeit", fuhr Mieke überraschend fort, „habe ich, weil ich in einem Mordfall ermittle. Wenn Sie meine Fragen beantworten und mir keine Lügen auftischen, bin ich schnell wieder draußen und fange auch nicht an, mich für Ihr offensichtlich erfolgreiches Geschäft zu interessieren. Da Sie an einer Kooperation nicht interessiert sind, werde ich einigen meiner Kollegen, die sich für illegales Glücksspiel beruflich sehr interessieren, den Rat geben, in Ihrem Hause ganz verschärft mal nach dem Rechten zu sehen."

Der Mann sah sie an und schwieg. Mieke nutzte das und setzte gleich nach.

„Sie wissen doch, Mijnheer de Vries, finden kann man immer was und irgendwie stört das doch den Geschäftsbetrieb, wenn hier lauter Polizisten rumlaufen."

Sie stand auf und wollte zur Tür gehen. Sie ließ ihm Zeit für eine Reaktion. Allerdings musste er bald aus der Reserve kommen, denn sonst würde ihre Strategie nicht aufgehen und sie hätte einfach gehen müssen, ohne irgendwas zu erreichen.

„Okay, setzen Sie sich wieder hin."

Bingo. Eins zu null für mich, dachte sie, ohne sich aber nur das Geringste an Triumpfgefühlen anmerken zu lassen. Das hatte sie unter anderem auch beim Commissaris gelernt oder zumindest schon einige Male still mit angehört und angesehen. Es war keine strategische Superleistung oder eine neue Befragungsmethode. Sie hatte nichts anderes gemacht als ihr Gegenüber auch. Sie hatte gepokert, geblufft und gewonnen. Es kommt nur darauf an, wie selbstbewusst man seine Karten zinkt. Und der Einsatz war diesem Mann mit Hund scheinbar zu hoch. Eine weitere Bestätigung dafür, dass die Verdächtigungen in Sachen Glücksspiel und Hinterzimmer wahrscheinlich stimmten.

„Was wollen Sie von mir wissen? Ja, ich habe den Mann auf dem Bild schon ein paar Mal gesehen. Das ist ein Spieljunkie. Der braucht Hilfe."

„Hätte Hilfe gebraucht", verbesserte er sich.

„Wann haben Sie ihn das letzte Mal gesehen?"

„Ich glaube, das war am letzten Wochenende. Abends. Da war er hier. Hat eine Weile an den Geräten gespielt und fing dann an, Ärger zu machen. Wir haben ihn vor die Tür gesetzt und seitdem habe ich ihn nicht mehr gesehen."

„Bekamen Sie noch Geld von Kees Bakker?"

„Nein", sagte de Vries, „hier hatte der keine Schulden. Darauf haben wir schon geachtet."

„Haben Sie eine Ahnung, wer Kees Bakker so wenig mochte, dass er ihn getötet haben könnte?"

„Nee, junge Frau, da kann ich Ihnen wirklich nicht weiterhelfen. Das ist doch Ihr Job, oder? Hier ist jedenfalls Endstation für Sie. Von hier können Sie umkehren, zurück in Ihr Präsidium gehen und brauchen auch nicht wieder zu kommen. Schönen Gruß an Ihre Kollegen. Wir betreiben hier Spielautomaten, alles fein säuberlich, verstehen Sie? Sonst nichts. Vor allem bringen wir unsere Gäste nicht um, wenn sie uns nicht mehr gefallen."

„Wo waren Sie denn am letzten Dienstag, so zwischen 12 Uhr mittags und 17 Uhr?"

„Oh, mir wird auch noch die Ehre eines Verdächtigen zuteil", erwiderte der Spielhallenbetreiber süffisant auf Miekes Frage. „Dann brauche ich wohl ein Alibi."

„Das haben Sie richtig schnell erfasst."

„Können Sie gerne haben. Letzten Dienstag habe ich hier mit einem Architekten und meinem Steuerberater gesessen und Baupläne besprochen. Wir werden nämlich den Trakt im hinteren Bereich erweitern, um dort neue Spielgeräte aufzustellen."

„Schön", sagte Mieke, „dann mailen Sie mir doch bitte die Kontaktdaten der Personen, mit denen Sie den Nachmittag verbracht haben. Wir werden das mit Sicherheit überprüfen."

„Nur zu", lächelte er. „Das können Sie sich aber sparen."

Mieke stand zum zweiten Mal auf. Der Hund auch. Er roch unangenehm und knurrte unfreundlich. Sie wusste nicht, was sie schlimmer finden sollte. Sie verließ sein Büro und ging an der Rezeption vorbei Richtung Ausgang. Die Studentin schaute sie etwas ängstlich an.

„Keine Sorge", sagte Mieke leise im Vorbeigehen, „ich habe nicht von Ihnen gesprochen. Aber die Idee mit dem Hiwi-Job an der Uni ist vielleicht gar nicht so schlecht."

„Danke", hörte sie eine dünne Stimme hinter sich. „Ich glaube auch."

20

Jacob Peeters hatte sich mittlerweile bis zur Piet Heinkade 147 durchgearbeitet. Er war mit seinem eigenen Wagen gefahren, einem etwas überdimensionierten Ford Ranger. Ein Pickup mit Allradantrieb und einer offenen Ladefläche, auf der er gelegentlich Materialien für Bootsreparaturen transportierte. Zumindest glaubte er das beim Kauf des Wagens. Tatsächlich aber hatte er bislang nur durchschnittlich große Einkaufstaschen und Getränkekisten auf der Ladefläche transportiert, die im Übrigen auch schon nass geworden waren. Egal, er mochte Geländewagen, und da er sich damit hauptsächlich in der näheren Umgebung bewegte, war auch nicht besonders viel Dieselkraftstoff notwendig, um den Wagen am Laufen zu halten. Er fand gleich einen Parkplatz, der groß genug war für die fast fünfeinhalb Meter Blech direkt vor der Haustür. Einen Dienstausweis hinter die Frontscheibe zu legen hatte wenig Sinn. Darauf achteten die Parkplatzkontrolleure nicht. Und es gab immer nur Ärger, wenn man sich damit hinterher bei der zuständigen Behörde meldete, um die in den Niederlanden durchaus saftigen Strafen nicht zahlen zu wollen. Also fütterte er den Parkautomaten mit zwei Euro. Das war der Höchstbetrag, denn er einwerfen konnte und es reichte für eine Stunde. Er schaute auf die Uhr und ging auf das Bürogebäude zu.

„LionA“ stand auf der Klingel. Eine Hightech-Schmiede für Energieeffizienz und wie Dianne Bakker zu Mieke gesagt hatte, ein erfolgversprechendes Unternehmen. Hier hatte Kees Bakker bis vor wenigen Tagen gearbeitet. Das Gebäude lag in unmittelbarer Nähe zur Centraal Station, dem Amsterdamer Hauptbahnhof. Ein zehnstöckiges, modernes Klinkergebäude mit reichlich hellgrauen, quadratischen Kunststofffenstern, die dicht an dicht die Fassade zierten und eine angenehme Büroatmosphäre vermuten ließen. Schon im Erdgeschoß wirkte das Gebäude lichtdurchflutet. Eine nette Büroadresse, dachte der Commissaris. Auf der einen Seite des Gebäudes blickte man auf die zahlreichen Sprinter- und Fernverkehrszüge, die

die Stadt im Minutentakt erreichten und von dort wieder abfuhren. Etwas weiter davor lag die Dijksgracht und auf der Rückseite des Gebäudes schaute man über die Veemkade auf den Ijhaven.

Jacob Peeters hatte die Treppe bis in den zweiten Stock genommen und auf den Fahrstuhl verzichtet. Bewegung war gut, er hockte sowieso zu viel im Büro am Schreibtisch. Ein Trugschluss, wenn man sich die Arbeit eines Ermittlers vorstellte. Alle sahen ihn gedanklich immerzu in Bewegung, auf Verbrecherjagd und von Tatort zu Tatort hetzen. Zu viel Fernsehen, sagte er dann immer. Seine Realität und die vieler anderer Ermittler war eindeutig eine andere. Da tat Treppensteigen ganz gut, um in Form zu bleiben.

Der Geschäftsführer von LionA wartete bereits auf Jacob Peeters, der sich telefonisch angekündigt hatte.

„Hallo Mijnheer Peeters, ich bin Willem van Basten. Wir hatten miteinander telefoniert."

„Danke, dass Sie so schnell Zeit gefunden haben, mit mir zu sprechen", sagte der Commissaris, „es sieht so aus, als wären Sie ziemlich beschäftigt."

Jacob Peeters schaute sich um, während er sprach und sah viele, zumeist jüngere Männer und Frauen am Empfangsbereich vorbei gehen. Teilweise miteinander in Gesprächen, manche schienen gedankenverloren. Willem van Basten bemerkte Peeters Blicke und lächelte.

„Oh, ja, stimmt, es sieht geschäftig aus. Sind wir auch. Das kann man bedenkenlos sagen. Die Leute, die Sie da sehen, sind allerdings auf dem Weg in die Mittagspause."

Willem van Basten bat Peeters, ihn in sein Büro zu begleiten. Dort könnten sie ungestört reden.

Jacob Peeters folgte van Basten durch ein Großraumbüro, in dem er gut und gerne vierzig bis fünfzig Schreibtische vermutete. Nicht alle waren besetzt, aber trotz Mittagspause arbeiteten noch viele Angestellte an ihren Rechnern, gaben Daten ein und starrten auf irgendwelche Zeichnungen, Modelle oder Berechnungen, soweit Jacob Peeters das in der Kürze sehen konnte. Produziert wurde scheinbar nichts. Also nichts, was man anpacken konnte. Außer vielleicht dem bedruckten Papier, auf dem die Ideen und Berechnungen standen, die er auf den Monitoren flüchtig sah.

Die einzelnen Arbeitsbereiche waren optisch durch Trennwände und Pflanzen unterbrochen. Modern vielleicht, aber schön fand Peeters das nicht. So wollte er nicht arbeiten. Er bevorzugte die Intimität seines kleinen Büros in der Innenstadt, in dem er noch ungestört nachdenken konnte.

Sie betraten einen mindestens 30 Quadratmeter großen Raum, an dessen Ende ein alter Schreibtisch aus Holz stand. Die Sonne könnte durch die Fensterquadrate, von denen es in diesem Raum gleich drei gab, kräftig scheinen. Aber an diesem Morgen hatte sie es sich anders überlegt.

Willem van Basten gab ihm ein Zeichen, sich einen Platz an dem riesigen Konferenztisch aus Edelstahl und Glas auszusuchen, an dem sicher zwölf Personen Platz fanden. Peeters erinnerte sich daran, wie er während seiner Ausbildung einmal in das Zimmer des Polizeichefs gerufen, oder besser zitiert wurde. In dessen Büro stand ein ähnlich großer Konferenztisch. Jacob Peeters hatte zweimal hintereinander eine wichtige Prüfung verhauen und war durch einen Strafrechtskurs gefallen. Sein damaliger Polizeichef machte ihm eindringlich klar, dass er sich umgehend verbessern müsse, um sich nicht den Weg in die Laufbahn eines Commissaris zu versperren. Das hatte gewirkt. Vielleicht weniger die Ansprache des Polizeichefs als vielmehr der große Raum, den er ängstlich betrat. Denn er wusste, dass ihn dort nicht Kaffee und Apfelgebäck erwarten würde. Seitdem fand er den Eintritt in solche Räume immer etwas bedrückend, aber auch zielführend. Schließlich hatte man ihm damals genau im richtigen Moment Beine gemacht. Sonst würde er heute nicht am Konferenztisch von Willem van Basten sitzen.

„Mijnheer van Basten“, begann der Commissaris, „ich bin kein Wissenschaftler und kein Techniker. Aber ich weiß, dass Energieeffizienz eines der großen Schlagwörter unserer Gesellschaft ist und vermute mal, dass Sie hier einen spannenden Job machen. Ich wäre Ihnen dankbar, wenn Sie mich in wenigen Sätzen mit dem vertraut machen, was Ihr Unternehmen entwickelt und produziert.“

Willem van Basten überlegte einen Moment, um den richtigen Einstieg in sein Thema zu finden. Das war eindeutig sein Thema. Dafür brannte er, und, um es mit dem Unternehmenszweck von LionA zu vergleichen, dafür lud er seine Batterien immer wieder mit neuer Energie. Ein Mann um die vierzig, durchtrainiert und hochgewachsen. Das einzige, was er an sich zu beklagen hätte, war vielleicht das besonders lichte Haupthaar, von dem es auf seinem Kopf nicht mal mehr eine Spur gab. Er hatte eine Glatze und die stand ihm sogar.

Willem van Basten hatte seinen Einstieg ins Gespräch gefunden. „Wir haben das Glück, in einer spannenden Zeit zu leben, die sich mit wichtigen Zukunftsfragen beschäftigen muss, um den Wohlstand und vor allem die Mobilität, die wir seit über hundert Jahren kennen, auch in der Zukunft genießen zu können. Unser Unternehmen ist aus einer studentischen Initiative entstanden. Wir waren zunächst drei Gründer, zwei sind im Laufe der noch recht kurzen Unternehmensgeschichte von nicht mal zehn Jahren andere Wege gegangen und haben sich aus dem Unternehmen verabschiedet. Ich bin als einziger Gründer noch dabei, und mir gehören heute 51 Prozent von LionA. Trotz der Erfolge war es nicht möglich, aus eigenen Mitteln ein Forschungs- und Entwicklungsunternehmen dieser Art mit mittlerweile fast zweihundert Mitarbeitern in der kurzen Zeit aufzubauen und zu finanzieren. Ich habe fast die Hälfte des heutigen Unternehmens an eine Investorengruppe verkauft, die internationale Beteiligungen vor allem an Unternehmen aus dem Energiesektor hält. Die Investorengruppe ist eine niederländisch-britische Kapitalgesellschaft. Auf diesem Weg habe ich frisches Kapital in LionA pumpen können." Er zögerte einen Moment. „Ein Weg, den man heute gehen muss, um international erfolgreich zu sein", setzte er fast entschuldigend fort.

„Wofür steht LionA? Das ist doch sicher eine Abkürzung, oder?"

LionA ist ein zusammengesetzter Name aus den Begriffen „Lithium-Ionen-Akkumulatoren" und der Buchstabe A steht dabei je nach dem, wer fragt, für Akkumulatoren oder für Amsterdam", sagte Willem van Basten mit schmunzelndem Blick. „Für Besucher aus der Region legen wir immer gerne die Bedeutung auf die Verbundenheit mit der Stadt Amsterdam. Dafür haben wir auch das Stadtwappen in unserem Logo. Für internationale Fachbesucher bleiben wir bei den Akkumulatoren, denn um die geht es ja hauptsächlich in unserem Unternehmen."

„Welche Bedeutung hat LionA für den niederländischen, europäischen oder sogar für den Weltmarkt?", wollte der Commissaris wissen.

„Bevor ich Ihnen diese Frage beantworte, lassen Sie mich bitte eines vorweg schicken: Wir bei LionA sind alle sehr betroffen vom Tod unseres Kollegen und Mitarbeiters Kees Bakker. Kees war ein beliebter Kollege und ein wichtiger Werttreiber unserer Erfolgsgeschichte. Besonders für mich ist der Tod von Kees ein echter Verlust. Wir haben eng und vertrauensvoll zusammengearbeitet."

Es entstand eine kurze Pause, bevor er weitersprach.

„Ich will versuchen, unsere Position am Markt zu schildern."

Hoffentlich bin ich auch ein wichtiger Werttreiber, zum Beispiel bei der Lösung dieses Mordfalles, dachte der Commissaris, bevor Willem van Basten zum Gratislehrgang „Batterietechnologie" ausholte. Aber das hatte Peeters ja so gewollt.

„Wir beschäftigen uns mit innovativen Ideen und neuen Wegen zur Speicherung elektrischer Energie. Da spielt die Lithium-Ionen-Batterietechnologie eine entscheidende Rolle. Um es kurz zu sagen, wir arbeiten daran, dass Batterien zukünftig leichter, leistungsstärker und günstiger sind. Das ist ein erbarmungsloser Wettlauf mit der Zeit und ziemlich vielen Wettbewerbern weltweit, die sich genau wie wir Marktanteile, Patente und einen möglichst großen Vorsprung im technologischen Entwicklungs-Knowhow sichern wollen."

„Wie groß ist denn Ihr Vorsprung?", wollte der Commissaris wissen. „Spielen Sie mit in der ersten Liga oder sitzen Sie auf der Ersatzbank?"

„Ein guter Vergleich", Mijnheer Peeters, „von der Ersatzbank sind wir wieder runter. Und mit ‚wir'" meine ich alle Unternehmen und Forschungsinstitute in Europa, die sich seit ein paar Jahren wieder intensiv damit beschäftigen."

„Wieso erst seit ein paar Jahren?", fragte der Commissaris. „Dass die fossilen Rohstoffe über kurz oder lang ein Ende finden, ist doch selbst den Schülern in den ersten Klassen schon klar."

„Da haben Sie recht. Es lag vor allem an der mangelnden Bereitschaft der Politik, in dieses Thema Fördermittel zu stecken und Anreize zu bieten. Die Automobilindustrie als so genannte Schlüsselindustrie hat dem Thema jahrzehntelang keine Beachtung geschenkt. Batteriebetriebene Fahrzeuge sind für die Hersteller exklusiver und PS-starker Automobile eine Umkehrung ihrer gesamten Produktphilosophie. Schauen Sie zu unseren deutschen Nachbarn hinüber. Nirgendwo sieht man das besser als in den Chefetagen von Wolfsburg bis nach Sindelfingen, Zuffenhausen oder München. Können Sie sich einen 911er Porsche mit Batterieantrieb vorstellen? Wer sollte den kaufen? Klingt doch wie eine Kastration an der offenen Karosserie. Dann können Sie ja gleich Gardinen in den Porsche hängen. Das zumindest war immer ein gewichtiges Argument der europäischen Auto-Lobby, um sich mit der Weiterentwicklung der Batterietechnologie nur stiefmütterlich abzugeben."

„Und was hat jetzt zum Umdenken geführt?"

„Wie immer die Aussicht auf Gewinne und in diesem Fall auch die begründete Angst vor Verlusten. In Europa ist die Akku-Forschung in den letzten 25 Jahren auf Sparflamme gestellt worden. Man hat den Markt einfach nach Asien abgegeben. Japan und Südkorea gehören heute zu den führenden Hersteller-Nationen in der Akku-Industrie. Die anderen schauen in die Röhre. Europa und auch so große Nationen wie China sind da nicht an der Spitze vertreten. Und spätestens seit der rapiden Entwicklung der Mobiltelefone wurden leistungsstarke Akkus gebraucht. Daran führte kein Weg vorbei. Da konnte man ja schließlich keinen Dieselmotor einbauen. Deshalb ging die Entwicklung in diesem Bereich viel zügiger voran als im Automobilbereich. Der ist jetzt erst richtig wach geworden", sagte van Basten. „Bekommen die Vorstände der Automobilkonzerne nicht horrende Gehaltszahlungen und Boni, um gerade diese Weitsicht für ihr Unternehmen und ihre Branche zu entwickeln und zur rechten Zeit die richtige Weichenstellung zu treffen?", warf Peeters ein.

„Alles Wichtigtuer", wiegelte van Basten ab. „Wenn die großen Konzerne nicht mutig vorpreschen, wagt sich niemand an ein heißes Eisen ran. Man könnte sich blamieren, man könnte zu viel Geld bei der Entwicklung verbrennen und da reicht es erst mal, in Sachen Elektromobilität ein paar Studien auf den Automobilmessen in Frankfurt, Genf und Detroit zu präsentieren, um dann den Ball weiter flach zu halten."

„Welche Rolle spielte Kees Bakker in Ihrem Unternehmen?"

„Kees war ein genialer Projekt-Entwickler und für unser Unternehmen eine der tragenden Säulen. Er war mit seinem Team dabei, völlig neue Batteriekomponenten zu entwickeln. Nanostrukturierte Kathoden, Anoden und Polymerelektrolyte, die in bislang unbekannter Zusammensetzung zu deutlich sichereren Batteriezellen beitragen sollen, die obendrein schneller und leistungsfähiger werden als heutige Batteriezellen. Es sind Bausteine, an denen wir arbeiten. Gemeinsam mit Kooperationspartnern sammeln wir unser Wissen aus der Festkörper- und Elektrochemie und natürlich der Materialforschung. Und Kees war verdammt gut darin, diese Entwicklungen kreativ mit zu steuern. Wie wir diesen Verlust ersetzen, wissen wir noch nicht. Und wir haben wenig Zeit und viel zu tun. Elektroautos werden frühestens in der übernächsten Entwicklungsgeneration so weit sein, dass sie den Verbrennungsmotoren ernsthaft Konkurrenz machen können."

„Und was ist mit Wasserstoff-Brennstoffzellen? Ist das keine Alternative?" Peeters erinnerte sich an einen Artikel, den er in der Wochenendausgabe des Volkskrant gelesen hatte.

„Ja, das ist gewissermaßen eine Wettbewerbsentwicklung, die da im Gange ist. Aber wenn es uns gelingt, die Akkutechnik jetzt zügig voranzubringen, werden die Autobatterien eine höhere Energiedichte und insgesamt eine bessere Energieeffizienz haben als die Wasserstoffzelle. Die brauchen wir dann nicht mehr."

„Dass Kees Bakker große private Probleme mit einer latenten und manchmal wohl auch sehr akuten Spielsucht hatte, ist das im Unternehmen bekannt?“

„Ja, das ist bekannt. Zumindest denen, die mit Kees Bakker vertrauter waren. Aber es gab keine nennenswerten Probleme deshalb. Keine Situation, in der die Spielsucht seine Arbeit in der Projektgruppe gefährdet hätte. Er teilte sich die Projektleitung außerdem mit dem Kollegen Vincent Meijer, der jetzt die Gesamtverantwortung alleine übernimmt.

„War Kees Bakker kein Risiko für Sie? Er konnte doch jederzeit ausfallen, wenn er die Nächte durchzockte.“

„Deshalb hat das Projekt auch eine Doppelspitze bekommen. Kees war zunächst nicht sonderlich glücklich darüber, aber es gab keine großen Diskussionen.“

„Wie sind Sie damit umgegangen, wenn er statt zum Dienst in die Spielhöllen ging?“

„Wie gesagt, das ist nur ein paar Mal vorgekommen. Andere melden sich auch schon mal krank, obwohl sie sicher weiterarbeiten könnten. Wir haben dem nicht so viel Wert beigemessen. Aber wir wussten auch, dass in Kees eine Zeitbombe tickte. Wir haben ihm angeboten, eine Therapie zu finanzieren. Und er hat auch teilweise darauf zurückgegriffen.“

„Wann war das und mit welchem Erfolg?“

„Es ist schon ein paar Jahre her. Und es lief eine ganze Weile gut. Er war sehr entspannt und konzentriert. Aber mir wurde schon vor Monaten klar, dass es wohl bald wieder so weit sein würde, dass er Hilfe brauchte. Wenn er sie denn annehmen wollte. Und das war eher nicht der Fall. Er sagte: Ihr braucht euch um mich nicht zu kümmern. Ich mache meinen Job. Und sicher besser als so mancher hier im Unternehmen. Damit hatte er allerdings recht. Ich wollte ihm entgegenkommen, so weit es nur ging. Einen kreativen Techniker wie ihn findet man nicht einfach auf dem Arbeitsmarkt.“

„Können Sie sich vorstellen, dass die Gründe für den Mord an Kees Bakker hier bei LionA zu finden sind?“

Willem van Basten sah ihn erstaunt an. Mit dieser Frage hatte er nicht gerechnet. „Hier? Nein, da bin ich ganz sicher. Was sollten das für Gründe sein?"

„Hatte er Kollegen, die ihm seinen beruflichen Erfolg neideten? Vielleicht auch Kollegen, die das Unternehmen schon verlassen haben. Denken Sie bitte einmal darüber nach. Sie müssen jetzt keine Antworten parat haben. Sie können mich jederzeit anrufen", sagte der Commissaris, und gab ihm seine Karte.

„Das will ich gerne tun, aber ich glaube jetzt schon zu wissen, dass diese Spur für Sie ins Nichts führt."

„Was ist mit dem neuen Projektleiter? Wie war sein Name noch?"

„Vincent Meijer, Sie können gerne mit ihm sprechen. Ich bringe Sie gleich in sein Büro, wenn Sie wollen."

„Ja, das wäre schön. Und ich würde auch gerne noch einen Blick in das Büro von Kees Bakker werfen und mich dort ein wenig umsehen. Oder haben Sie schon etwas verändert?"

„Nein, in dem Büro war außer seiner Assistentin seit dem wohl noch niemand."

„Mijnheer van Basten, eine letzte Frage habe ich noch, zumindest im Moment. Es ist durchaus wahrscheinlich, dass ich Ihnen noch mal ein paar Fragen stellen muss im Laufe der Ermittlungen. Ich werde es kurz machen, um Sie nicht über Gebühr zu strapazieren."

„Das ist schon in Ordnung. Wenn's der Sache dient."

Irgendwie fand Peeters Willem van Basten mittlerweile etwas zugänglicher und netter als zu Beginn des Gespräches. Seine Anteilnahme schien echt zu sein. Neben persönlicher Betroffenheit spielte aber sicher auch eine Rolle, dass ihm einfach eine Führungskraft abhanden gekommen war. Die musste er nun ersetzen. Oder auch nicht. Vincent Meijer würde die Leitung alleine übernehmen, wie er gehört hatte.

„Bei dem Gang durch die Büros habe ich nichts gesehen, was nach Produktion aussieht. Sind Sie nur in Forschung und Entwicklung tätig, oder kann man bei Ihnen auch richtige Batterien sehen?"

Er würde sich zu gern als Testperson für Hightech-Akkus anbieten. Denn Batterien waren auch auf Schiffen ein wichtiges Thema.

Ein kostspieliges in den meisten Fällen außerdem. Allein auf seinem Schiff waren drei Batterien verbaut. Für den Motor, die allgemeine Versorgung des Schiffes und ein besonderer Kraftprotz für das Bugstrahlruder. Allein diese Batterie musste letztes Jahr ersetzt werden und kostete locker 450 Euro.

„Ein paar Batterien und diverse Komponenten finden Sie auch hier auf den Schreibtischen. Aber das ist eher verschwindend. Wir haben ein Versuchszentrum und auch eine Produktionsabteilung am östlichen Stadtrand in einem Industriegebiet in der Nähe von Weesp. Da können Sie gerne hinfahren. Ich würde Ihnen einen Ansprechpartner nennen, der Ihnen dort noch mal zeigt, was wir machen."

„Jetzt noch nicht. Aber ich komme vielleicht drauf zurück."

Sie verließen das Büro, das ihn noch immer an das Büro seines alten Hoofdcommissaris erinnerte und gingen zurück in Richtung Empfang. Kurz davor öffnete Willem van Basten eine Bürotür und stellte dem Commissaris Vincent Meijer, den Co-Projektleiter, vor. Ebenso schnell wie van Basten die Tür zum Büro geöffnet hatte, war er nach einer kurzen Einführung auch schon wieder verschwunden, und der Commissaris hatte an dem deutlich kleineren Besprechungstisch von Vincent Meijer Platz genommen.

„Entschuldigung", sagte Peeters und stand gleich wieder auf. „Da muss ich kurz rangehen. Das Telefon läutet."

Er verließ Vincent Meijers Büro und ging auf den Flur.

„Eingebrochen, ohne etwas mitzunehmen?"

„Besser noch: Sie haben etwas dagelassen. Drei violette Casino-Jetons im Brotschrank."

Kriminalassistent Klaas van den Broek erklärte dem Commissaris, was er gerade am Telefon von Dianne Bakker gehört hatte."

„Habt ihr schon was unternommen?", wollte Peeters wissen.

„Nein, sie hat ja gerade erst angerufen. Es ist aber wohl schon vor knapp einer Stunde passiert."

„Na, super. Pass auf, Klaas. Ruf Mieke an und fahrt zusammen zu Mevrouw Bakker oder trefft euch da, wenn das einfacher zu organisieren ist. Sprecht mit ihr und ruf sie jetzt gleich noch mal an. Sie soll möglichst wenig anfassen. Vielleicht gibt es verwertbare Spuren."

„Hab ich ihr schon gesagt."

„Gut, hast du auch schon die Spurensicherung angefordert?"

„Nein, dazu wollte ich deine Meinung hören, wie gesagt, sie hat vor fünf Minuten angerufen. Also schicke ich die Spurensicherung gleich los."

„Etwas viel Aufwand für einen Einbruch ohne Diebstahl", sagte der Commissaris, „aber in diesem Fall dürfte ein Zusammenhang zu Kees Bakker wohl nicht ganz unwahrscheinlich sein. Vielleicht eine Spur zu seinem Mörder."

„Ich fahre jetzt los und rufe Mieke von unterwegs an. Wir melden uns bei dir, sobald wir mit Dianne Bakker gesprochen haben", erwiderte sein Assistent Klaas van den Broek.

Jacob Peeters ging zurück ins Büro von Vincent Meijer, dem Co-Projekt-Leiter von Kees Bakkers Forschungsgruppe.

„Entschuldigung, aber das war wichtig. Mijnheer Meijer, unter anderen Umständen müsste man Ihnen jetzt wohl gratulieren."

„Wozu?"

„Zur alleinigen Verantwortungsübernahme der Projektgruppe. Aber das wäre wohl nicht angebracht, oder?"

„Das würde ich allerdings auch sagen", erwiderte Vincent Meijer. Kees Bakker war ein sehr intelligenter Kollege mit viel Erfahrung und guten Ideen. Sein Tod hat uns schockiert."

„Zwei hoch qualifizierte Wissenschaftler oder Projektentwickler, ich weiß nicht, wie Sie sich selbst betiteln. Jedenfalls frage ich mich, ist das nicht anstrengend, gemeinsam eine Gruppe zu leiten? Steht man sich da nicht ständig gegenseitig im Weg?"

„Nein."

Vincent Meijer wirkte etwas beleidigt. Aber Jacob Peeters Absicht war es, ihn zu provozieren. Ein bisschen jedenfalls.

„Wie nein? Sie waren sich immer einig bei allen Entscheidungen? Die kann man alleine doch bestimmt besser und schneller treffen", sagte der Commissaris. „Ich könnte mir jedenfalls nicht vorstellen, in einer Mordkommission mit anderen gemeinsam die Entscheidungen treffen zu müssen. Da würde so einiges schief gehen."

„Ja, kann sein."

Vincent Meijer mochte scheinbar kurze Antworten. Er schaute Peeters skeptisch an und schwieg einen Moment.

„Natürlich waren wir uns nicht immer einig, wie es in Forschungsfragen weitergehen sollte", fügte Vincent Meijer plötzlich hinzu.

„Er wird sicher sauer gewesen sein, dass man Sie an seine Seite gesetzt hat. Jeder hier wusste doch wahrscheinlich warum", bohrte Peeters weiter.

„Sauer ist nicht das richtige Wort. Kees war anfangs eher beleidigt oder enttäuscht, dass man ihm nicht mehr das volle Vertrauen aussprach. Er hat sich mir gegenüber auch oft genug abfällig verhalten oder zumindest Sticheleien in den Raum geworfen."

„Haben Sie sich das gefallen lassen?"

„Kees war ein Choleriker. Ich wollte es hier nicht auf offene Konfrontationen ankommen lassen."

„Und wie haben Sie Ihre Probleme gelöst? Oder gab es bis zum Schluss diese Konflikte?"

„Nein, schon lange nicht mehr. Das war nur in der ersten Zeit unserer Zusammenarbeit. Wir haben schnell ein gemeinsames Gespräch mit Willem van Basten geführt und die unterschiedlichen Interessen und Positionen klargestellt."

„Was für Positionen?", wollte Peeters wissen.

„Na ja, van Basten hat Kees schon deutlich klar gemacht, dass er trotz seiner ausgezeichneten Fähigkeiten in dieser Branche nicht einfach und überall einen Job bekommen würde. Seine Spielervergangenheit und die Exzesse, die er gelegentlich noch immer für sich in Anspruch nahm, würde man nicht überall tolerieren."

„Und damit haben Sie ihn auf Spur gebracht, um das mal so zu nennen?"

„Das wäre wohl etwas übertrieben. Wir haben ein Stillhalteabkommen geschlossen, sozusagen."

„Und wie sah das aus?"

„Kees sollte sich in Entscheidungsfragen mit mir abstimmen und keine Alleingänge machen. Dafür hatte er hier alle Freiheiten und wurde in Ruhe gelassen, auch, wenn er mal anstatt seines Büros die Spielhölle vorzog."

„Und das hat geklappt?"

„Meistens."

„Und wenn nicht?"

„Gab es Diskussionen. Manchmal lautstark."

„Sind Sie hier eigentlich in so einer Art geschlossener Forschergesellschaft oder gibt es regelmäßigen Austausch und Kontakt mit anderen?"

„Wir sitzen hier nicht im Elfenbeinturm der Wissenschaft, wenn Sie das meinen. Wir, das heißt, Kees und ich, sind regelmäßig zu Kongressen, Messen und Fachtagungen gereist. Das Thema, an dem wir arbeiten, ist seit einiger Zeit wieder ein echter Renner, um das mal so salopp zu formulieren", sagte Vincent Meijer.

„Da draußen sitzen Weltkonzerne wie Chrysler, Toyota, Volkswagen oder PSA. Und die warten darauf, dass Sie Ergebnisse liefern, die dort in bare Münze umgesetzt werden können. Stimmt das so?", fragte der Commissaris.

„Nicht ganz. Die arbeiten natürlich selbst daran, Lösungen zu finden, um die Energieprobleme der Zukunft zu lösen. Und übrigens: Die Automobilindustrie ist ein Teil des Marktes, den wir bedienen können. Aber nur ein Teil. Überlegen Sie mal, Wind- und Solarenergie sind in den letzten Jahren immer weiter perfektioniert worden. Off-Shore-Anlagen vor der Nordseeküste oder in anderen Küstengebieten der Weltmeere machen das Problem deutlich. Die Energie wird dort gewonnen, wo sie gar nicht gebraucht wird. Es fehlt an Trassen für die Weiterleitung der elektrischen Energie und es fehlt vor allem an Möglichkeiten, die Energie zwischen zu speichern. Strom kann rund um die Uhr erzeugt werden, wenn die Bedingungen stimmen, aber es gibt nicht rund um die Uhr den gleichen Bedarf. Die Menschen gehen nachts schlafen und wenn große Unternehmen nicht in drei Schichten arbeiten, ist es da nachts meistens auch ziemlich dunkel. Aber am nächsten Morgen oder am Tag nach einem kräftigen Kälteeinbruch, da wird die Energie gebraucht. Das ist bei allen Ressourcen so, auf die wir zurückgreifen und die wir verteilen müssen. Wenn bei einem James Bond-Film im privaten Fernsehkanal am Samstagabend eine Werbepause eingeschoben wird, ist das eine riesige Herausforderung für die Wasserver- und entsorger. Die haben dann für fünf Minuten Hochkonjunktur und müssen aufpassen, dass ihr Netz stabil bleibt, nur weil alle gleichzeitig in der Fernsehpause zur Toilette laufen. An richtig heißen Tagen passiert übrigens das Gleiche. Es geht immer darum, einen Ausgleich zu schaffen, um die Kontinuität zu garantieren. Und in unserem Fall ist es das Bereitstellen von ausgereifter Akku-Technologie, die den Menschen durchgängig die benötigte Energie zur Verfügung stellt. Um auf Ihre Frage zurückzukommen, die warten nicht nur auf unsere Antworten, die fragen auch nach."

„Wie meinen Sie das?"

„Na ja, das ist ein Wettlauf. Wer dabei gewinnt, macht gute Geschäfte. Wir hier liefern nur einen Teil des Puzzles, aber gelegentlich kommt schon mal ein Jobangebot aus der Großindustrie, das verlockend klingt."

„Und warum sind Sie oder Kees Bakker darauf noch nicht eingegangen?"

„Kees hatte das mal in Betracht gezogen. Aber er hat dann doch nicht zugeschlagen. Es wäre ein Job in der Schweiz gewesen. Ich glaube, er hat sich nicht getraut, sein privates Umfeld zu verlassen. Seine Frau wäre sicher nicht mitgekommen. Und die gab ihm scheinbar noch einen Rest von Halt in seiner Welt, die aus Gewinnen und Verlieren bestand. Bei ihr schien er noch immer auf der Gewinnerseite zu sein. Das wollte er wohl nicht aufgeben."

„Und Sie? Haben Sie auch solche Angebote bekommen?"

„Ja, habe ich. Aber keine, die ich attraktiv genug gefunden hätte, um darauf einzugehen. Richtig interessant werden wir für internationale Industrieunternehmen erst, wenn wir unsere Arbeit hier in funktionierende Akku-Technologie umgesetzt haben. Und wir sind dicht dran, Ergebnisse zu liefern, mit denen die Großindustrie kräftig Punkte sammeln könnte."

„Mijnheer Meijer, wann haben Sie Kees Bakker das letzte Mal am Arbeitsplatz gesehen und wie war er drauf?"

„Kees war wie immer. Es gab keine besonderen Vorkommnisse am Dienstag. Er war schon seit Wochen sehr unruhig und gereizt. Das war immer ein Zeichen, dass er sich wieder an Spieltischen herumtrieb. Na ja, doch, da war noch was. Er hatte sich schon kurz vor Mittag krank gemeldet. Er hatte in der Personalabteilung angerufen und die haben dann mir Bescheid gesagt. Da ich aber bis kurz vorher mit ihm gesprochen hatte, war mir klar, dass die Krankmeldung wohl nichts mit Erkältung oder Migräne zu tun hatte. Das hatte er zumindest der Kollegin am Telefon erzählt. Ich habe mir meinen Teil gedacht und nichts weiter gesagt. Sie wissen schon, die Sache mit dem Stillschweigeabkommen."

„Sie sagten es. Aber ist das nicht ungerecht, Sie machen den gleichen Job wie Kees Bakker, bekommen das gleiche Geld und er kann machen, was er will, während Sie hier die Stellung halten müssen?"

„Ich habe meine beruflichen Ziele und die sind völlig unabhängig von Kees Bakker. Damals wie heute."

„Wissen Sie, ob er dann gleich nach Hause gegangen ist?"

„Nein, das weiß ich nicht, aber ich würde eine Wette abschließen, dass er nicht nach Hause gegangen ist."

„Sondern?"

„Das weiß ich auch nicht, aber er hatte so seine Lieblingsplätze, an denen er sich zum Spielen aufhielt. Das war ja kein Geheimnis. Er hat schon gelegentlich darüber geredet und philosophiert, wie man beim Spiel in kürzester Zeit an das ganz große Geld kommen könnte."

„Warum hat er Ihnen das erzählt?"

„Ich weiß es nicht. Er war fasziniert vom Glücksspiel und hat es in machen Momenten gleichzeitig verteufelt. Er wusste ja genau, was er tat. Und was er seiner Frau damit antat. Vielleicht hat er es mir auch erzählt, um das Tabuthema einfach gelegentlich aus der Schmuddelecke rauszuholen. So hatte er vielleicht das Gefühl, noch in der Gesellschaft zu stehen und nicht am Rande."

„Haben Sie auch schon mal gespielt?"

„Nein, Gott bewahre. Das ist nicht mein Ding", sagte Vincent Meijer. „Aber einmal hat Kees Bakker versucht, mich anzupumpen, indem er sich bemühte, mir die Spielrunde, zu der er am Abend gehen wollte, schmackhaft zu machen. Ich fühle mich in meinem Leben wohl, so wie es ist. Ich habe eine Frau und einen zwölfjährigen Sohn. Das Verhältnis zu meiner Familie würde ich sicher nicht aufs Spiel setzen. Ich finde Glücksspiele und alle anderen Arten von Spielen übrigens todlangweilig. Mein Gefährdungspotential in diese Richtung geht gegen null. Gott sein Dank."

„Haben Sie ihm was geliehen?"

„Nein, damit fängt dann alles an. Ich leihe ihm einmal was und hab ihn dann ständig an der Backe. Das wollte ich nicht und habe auch klar gesagt, dass er von mir keinen Cent zu erwarten hat. Auch nicht im Ausnahmefall, wie er das bezeichnet hatte."

„Sie haben vorhin von Lieblingsplätzen erzählt, die Kees Bakker zum Spielen aufgesucht hat. Welche waren das?"

„Er redete manchmal vom Royal Casino, wo man gut Black Jack spielen könne oder von ein paar anderen Spielhöllen, bei denen anscheinend im Hinterzimmer richtig die Post abgeht."

„Hat er noch mehr Namen genannt?"

„Ja, mit Sicherheit, aber es hat mich nicht interessiert. Und deshalb habe ich es mir auch nicht gemerkt."

„Mijnheer Meijer, es ist nicht unwichtig für uns, rauszubekommen, wo Kees Bakker sein Geld verzockt hat. Wenn Ihnen noch ein Name oder eine Adresse einfällt, rufen Sie mich bitte an."

„Moment, einen Namen hat er häufiger genannt. Ich wusste nicht, dass ich da jemals nach gefragt würde, sonst hätte ich mir das besser gemerkt."

„Welche Namen haben Sie denn gehört?"

„Er redete des Öfteren vom Casino am Zeedijk. Das muss in der Innenstadt sein. Der Besitzer dieses Ladens musste ihm wohl schon häufiger Kredit gegeben haben. Von dem redete er manchmal."

„Können Sie sich an seinen Namen erinnern?"

„Nein, ich weiß nicht. Es war mir auch ehrlich gesagt völlig egal, was Kees da erlebte. Das war für mich eine fremde Welt, die ich auch nicht betreten wollte. Nicht mal in Gedanken.

„Na gut, falls Ihnen doch noch was dazu einfällt, melden Sie sich bitte bei mir."

„Ruud."

„Wie? Ruud? Was meinen Sie?"

„Na, ja, der Typ aus dem Casino am Zeedijk heißt Ruud ... irgendwas, wenn mich nicht alles täuscht. Der Nachname fällt mir bestimmt auch noch ein."

„Das ist gut, rufen Sie mich an, wenn es Ihnen einfällt, aber mit dem Vornamen und dem Casinonamen sollten wir schon weiterkommen. Danke erst mal, Mijnheer Meijer."

„Gerne", sagte Vincent Meijer etwas geistesabwesend. Er hatte sich gedanklich scheinbar schon wieder seiner Arbeit zugewandt.

„Ich möchte jetzt noch Kees Bakkers Arbeitszimmer sehen. Ist das möglich?"

„Ja klar, das ist gleich hier nebenan. Sie können sich gerne umsehen. Es sind auch noch alle seine persönlichen Sachen drin. Wir müssen sie an Mevrouw Bakker zurückgeben. Aber es traut sich im Moment noch niemand, die Sachen aus dem Raum zu entfernen."

„Ist auch gut so", sagte der Commissaris. „Zumindest im Moment. Dazu werden Sie noch genügend Zeit haben."

Er wartete, bis Vincent Meijer den Raum wieder verlassen hatte und setze sich an den Schreibtisch von Kees Bakker.

Das Büro war durchgestylt, wie alles in der Hightech-Bude, dachte Peeters. „Steril, hipp, unpersönlich", murmelte er vor sich hin. Aber wenigstens war es kein Großraumbüro und man konnte die Tür zumachen. Und aus dem Fenster schauen ging auch. Sogar aufs Wasser. Auf dem Schreibtisch standen ein paar gewöhnliche Utensilien wie Brieföffner, Locher, Hefter, Klebestreifenabroller, alles schön einheitlich aus glänzendem Metall. Er schien nicht sehr ordentlich zu sein. Vor Peeters stapelten sich ein paar unterschiedlich hohe Berge bedruckter Papiere, teilweise lose, teilweise in Klarsichthüllen, und auch zwei, drei Ordner lagen an einer Ecke des Schreibtisches. Einen Bilderrahmen sah Peeters, der sich zur Hälfte hinter den Aktenordnern versteckt hatte. Es war ein Portrait seiner Frau. Sicher schon ein paar Jahre alt. Hübsch, dachte der Commissaris.

Die Wände waren kahl. Es gab ein Befestigungssystem für Bilder an den Wänden, aber Kees Bakker machte sich scheinbar nichts aus Dekoration. Der Commissaris blätterte in ein paar von den vielen Papieren auf dem Schreibtisch. Er konnte mit den Aufzeichnungen nichts anfangen. Es schien sich ausschließlich um fachliche Dokumente zu handeln. Er wusste nicht, wonach er da suchen sollte und entschied sich stattdessen dafür, das Innenleben der Schreibtischschubladen zu untersuchen. Auch hier gab es viel Papier in Hängeregistern und eine Menge Zeugs, das man in Schreibtischen findet. In einer Hängeregistratur, eingeklemmt zwischen zwei dickeren Registern, fand er Bareinzahlungsbelege auf das Konto einer Versicherung. Kees Bakker hatte scheinbar seit gut zwei Jahren monatlich einen Betrag von 480 Euro an diese Versicherung gezahlt. „Warum hat er das nicht einfach von seinem Konto überwiesen?", fragte sich Commissaris und verließ, nachdem er sich noch einmal gründlich umsah, das nüchterne Büro.

Peeters wählte die Mobilnummer von Mieke. „Hallo Mieke. Wo seid ihr jetzt?"

„Wir? Ich bin allein und bin auf dem Weg zu Dianne Bakker. Klaas hat mich angerufen. Wir treffen uns gleich dort."

„Gut, ich wollte dir nur sagen, dass ich ein paar Adressen von Spielhöllen habe, in denen Kees Bakker verkehrt hat."

„Ach, woher hast du die denn jetzt?"

„Ein Kollege von Kees Bakker. Er konnte ein paar Aussagen zu Kees machen."

„Da bin ich ja mal gespannt. Ich habe meine Adressen von den Kollegen aus der Arbeitsgruppe Organisierte Kriminalität. Lass mal hören, wen du da so hast", sagte Mieke. „Ich komme gerade von einem Spielhallenbesitzer, der in seinem Berufsleben sicher keine Plakette für rechtskonformes Verhalten bekommen wird. De Vries heißt der Mann, und ihm gehört das Royal Casino. Spielhalle mit Hinterzimmer inklusive. Man kennt Kees Bakker dort ganz gut. Aber angeblich hat er keine Schulden und man hat ihn das letzte Mal vor gut einer Woche gesehen. Ich habe zumindest für die Todeszeit Angaben zum Alibi von de Vries angefordert, die ich überprüfen werde", sagte Mieke Dekker.

„Ausgezeichnet, den Vogel hab ich auch auf meiner Liste. Und dann gibt es da noch einen Ruud, dessen Nachnamen wir noch nicht kennen. Der hat mit Kees Bakker ebenfalls zu tun. Ist in der Innenstadt, Casino am Zeedijk."

„Na dann haben die Kollegen vom Organisierten Verbrechen ihre Kunden gut im Blick. Den habe ich nämlich auch genannt bekommen als Top-Adresse für gezinkte Karten, sozusagen. Ruud Visser heißt der Mann. Ich hab noch ein paar mehr auf der Liste, aber dann sind wir bei denen schon mal richtig", freute sich Mieke.

„Gut. Hör zu. Ihr fahrt, wie geplant, zu Mevrouw Bakker. Wenn du da fertig bist, melde dich bei mir. Dann treffen wir uns am Zeedijk. Weißt du, wo das ist?"

„Walletjes oder Chinatown. Jedenfalls mittendrin. Klar weiß ich, wo das ist. Wir können nachher mal Dick Mouthaan fragen, ob er den Laden kennt. Schließlich ermittelt der doch wegen der Drogentoten im Viertel", sagte Mieke.

„Das machen wir später, wenn wir im Präsidium sind", erwiderte Peeters und legte auf.

Er ging zu seinem Wagen. Das Wetter hatte sich glücklicherweise etwas stabilisiert. Es war nicht mehr so regnerisch. Die Wolken zogen stattdessen mit gemäßigter Geschwindigkeit stoisch ihre Bahnen und versuchten mit aller Kraft zu verhindern, dass die wenigen vorhandenen Sonnenstrahlen den Weg in die Stadt fanden. Seine Parkzeit war noch nicht abgelaufen. Es blieben ihm fünfzehn Minuten und er sah sie schon kommen. Zwei gelangweilte und gnadenlose Parkautomatenwärter, deren größte Freude es zu sein schien, auf Beutezug zu gehen. Er ließ es sich nicht nehmen, die beiden blau uniformierten Männer erst einmal den Parkschein am Pickup kontrollieren zu lassen, bevor er zu seinem Wagen ging.

„Sorry", sagte der Commissaris, „leider nicht gewonnen."

Die Männer schauten ihn missmutig an und zogen weiter. Immerhin gab es in der Stadt rund 80.000 Parkplätze. Da würden sie schon noch jemanden finden, dem sie Strafzettel an die Windschutzscheibe stecken, Radklemmen anlegen oder den sie abschleppen konnten. Ihr Tag war noch voller Hoffnung.

21

Mieke Dekker und ihr Assistentenkollege Klaas van den Broek kamen fast zeitgleich in der Hofwijckstraat 122c im Bezirk Bos en Lommer an. Klaas hatte sich von einem Streifenwagen absetzen lassen. Sie klingelten und gingen zielstrebig die Treppe bis in den dritten Stock hinauf. Auf den kaputten Aufzug brauchten sie nicht zu warten. Der würde nicht kommen. Mieke Dekker ging voraus, sie kannte sich bereits aus. Auf Höhe des zweiten Stocks kam ihnen ein Mann entgegen, der sie freundlich grüßte. Mieke und Klaas grüßten zurück. Beide achteten beim Treppenaufstieg eher auf ihre Füße und nahmen daher den plötzlichen Gegenverkehr erst in letzter Sekunde wahr. Klaas schaute lediglich kurz auf und folgte dann weiter Mieke, in der Hoffnung, bald alle Stufen bezwungen zu haben. Der vermeintliche Einbruch war mittlerweile schon mehr als eine Stunde her. Der Mann wirkte freundlich, war gut angezogen, sogar ein bisschen zu chic für diese Gegend und dazu schlank und großgewachsen.

„Ein funktionierender Fahrstuhl hat doch auch was“, keuchte Klaas, als sie die Wohnungstür von Dianne Bakker erreicht hatten. „Warte noch einen Moment“, sagte er zu Mieke, „ich muss noch mal durchatmen, bevor wir da reingehen.“

„Ich fass es nicht. Ich denke, du bist Polizist?“

„Schon, aber ich verfolge Verbrecher lieber in der Ebene. Da bin ich schneller und ausdauernder. Außerdem sieht man sein Ziel besser. Egal, kannst klingeln. Ich bin wieder dabei.“

Dianne Bakker machte auf und bat die beiden Polizisten herein, wobei sie Klaas etwas skeptisch musterte.

„Das ist mein Kollege Klaas van den Broek“, löste Mieke die fragenden Blicke von Dianne Bakker auf. „Wir untersuchen gemeinsam den Tod Ihres Mannes.“

„Guten Tag, Mevrouw Bakker, ich möchte Sie gleich schon mal vorwarnen. In etwa zehn Minuten kommen unsere Kollegen vom Ermittlungsdienst und werden versuchen, Spuren des Einbrechers zu sichern“, sagte Klaas.

„Ja, Sie haben es schon angekündigt. Dann sind Sie derjenige, mit dem ich eben telefoniert habe?“

„Das bin ich. Schildern Sie uns doch bitte noch einmal, was genau passiert ist, wo Sie waren und wo sich vermutlich der Einbrecher aufgehalten hat.“

„Wenn das so einfach wäre. Er war auf dem Flur Richtung Bad und ganz sicher in der Küche. Da, schauen Sie in den Brotkorb. Wir haben alles so gelassen.“

„Wir?“, fragten Mieke und Klaas fast wie aus einem Munde.

„Ich, natürlich. Entschuldigung, ich spüre immer noch meinen Mann in der Nähe und rede von ‚wir‘, obwohl ich allein bin. Ich brauche frische Luft.“

„Die können Sie gleich haben. Wir brauchen nicht lange“, sagte Klaas. „Die Kollegen von der Spurensicherung werden allerdings etwas länger bleiben. Aber danach können Sie vor die Tür gehen“.

„Überlegen Sie noch mal in Ruhe, was hat der Mann am Telefon gesagt, nachdem Sie wieder allein in der Wohnung waren?“, fragte Mieke Dekker die Witwe von Kees Bakker.

22

Der Commissaris hatte währenddessen einen neuen Parkplatz in der Innenstadt gesucht. Von da aus konnte er später, wenn Mieke und Klaas bei Mevrouw Bakker fertig waren, schnell in Richtung Walletjes und Chinatown gehen, zum Casino am Zeedijk. Ruud Visser war ihre nächste Station. Aber bis dahin wollte er sich die Zeit für einen Kaffee nehmen. Sein Ziel war die Villa Zeezicht, ein kleines Café mit Blick auf die Singel, den ältesten Grachtengürtel der Stadt und die Torensluis-Brücke. An schönen Tagen konnte man an den Tischen auf der Brücke über der Gracht sitzen. Aber heute herrschte leider kein Sommerwetter. Er suchte sich drinnen einen kleinen, freien Tisch und bestellte Kaffee mit Appeltaart. Durch das Fenster beobachtete er die vorbeigehenden Passanten. Ab und an fuhr ein Auto vor der Häuserzeile am Singel entlang. Genau so war er auch am vergangenen Freitag mit dem Wagen vor diesem Café entlang gefahren. Und hatte Manou hier sitzen sehen. Ganz kurz nur. Dann war er schon an dem Café vorbei. Sie hatte nicht allein gesessen, sondern mit einem ihrer beiden Chefs. Er sah sie lachen. Und für einen Moment fühlte es sich in seiner Brust so an, als hätte ihm jemand mit voller Wucht auf den Solarplexus geschlagen. Als würde der Blutdruck mit einem Mal abfallen und die Bilder um ihn herum zu verschwimmen beginnen. Jacob Peeters hatte spontan auf die Bremse getreten, seine Fahrt verlangsamt, aber gleich danach wieder seine normale Fahrgeschwindigkeit aufgenommen. Warum sollte sie da auch nicht sitzen. Schließlich hatten sie sich eine gegenseitige Auszeit verordnet. Und Jacob Peeters wusste gut, dass das mit ziemlicher Sicherheit nur ein kollegiales Gespräch zwischen Manou und ihrem Chef war.

Dieser sehr kurze und flüchtige Moment der überraschenden Begegnung brannte sich dennoch in seiner Brust ein. Nicht als Schmerz, eher wie ein unangenehmes Druckgefühl, das sich erst nach Minuten wieder löste. Es war ihm offensichtlich nicht egal, seine Frau mit anderen Männern zu sehen. Zumindest die Vorstellung, dass sich Manou für andere Männer interessierte und mit ihnen ausging, fand er nicht sehr reizvoll.

Aber damit musste er rechnen. Eine zeitliche Beziehungspause barg immer die Gefahr, dass unverhofft andere Menschen ins Leben stolperten und die Karten neu verteilt wurden. Nicht selten dann endgültig. Und Manou mit ihrem braunen langen Haar und den blauen Augen war eine attraktive und selbstbewusste Frau. Das merkten auch andere Männer. Sie war beruflich unabhängig und arbeitete seit fünfzehn Jahren als technische Zeichnerin im „Architectenbureau HofkerBeek". Nur am Anfang, als die Kinder klein gewesen waren, hatte sie ihre Arbeitszeit ein paar Jahre lang reduziert. Erst waren es nur noch ein paar Stunden wöchentlich, die sie ihrem Arbeitgeber zur Verfügung stand, und später wurde es von Jahr zu Jahr wieder mehr. Sie hatte einen anspruchsvollen Job, der ihr Spaß machte. „HofkerBeek" war ein angesagtes Architekturbüro in der Stadt, das in den letzten Jahren mit außergewöhnlichen Wohnbauprojekten auf sich aufmerksam machte. Diese Bekanntheit hatte dazu geführt, dass sie das neue Museumsgebäude im Hafen entwerfen konnten.

Und nun hatte er sie mit Beert Hofker in der Villa Zeezicht gesehen. Nichts Besonderes, wenn er ehrlich war. Aber es begannen in ihm Zweifel zu wachsen. Hatte Manou sich schon mit der vorübergehenden Trennung, die er selbst provoziert hatte, abgefunden und womöglich für sich selbst Konsequenzen gezogen, die sie ihm noch nicht mitgeteilt hatte? Er würde morgen Abend versuchen, dezent herauszubekommen, ob es bei diesem Treffen um mehr als nur den Job gegangen war.

Jacob Peeters entdeckte plötzlich ganz neue Seiten an sich. Zumindest Gefühle, die er zuvor nie bemühen musste. Er spürte Eifersucht. Morgen Abend, am Freitag, war er mit Manou zum Essen in Muiden an der Schleuse im Restaurant „De Doelen" verabredet. Er hatte schon gesagt, dass er mitten in Ermittlungen steckte und er es nicht hundertprozentig versprechen könne, pünktlich um 19 Uhr da zu sein. Aber diesmal musste es klappen. Es war sein fester Vorsatz. Er wollte mit Manou auch klären, wie und wo sie den neunundsiebzigsten Geburtstag seines Vaters feiern wollten. Oder mussten, wäre vielleicht die bessere Formulierung. Sein Vater hatte sich aus Hamburg angekündigt und wollte mit ihnen allen seinen Geburtstag feiern. Mit Jacob, Manou, den Kinder und seiner Mutter Margaretha.

Eigentlich war es keine Frage, ob alle damit einverstanden waren, für seinen Vater gab es nur die Frage nach dem Termin und dem Ort. Seine Eltern, die mittlerweile seit fast zwanzig Jahren voneinander getrennt lebten, hatten sich nie scheiden lassen. Und nun stieg er ausgerechnet in Beziehungsfragen in die Fußstapfen seines Vaters. Fußabdrücke, die ihm immer zu groß waren, in die er nie rein wollte. Sein Vater, der große Manager. Er musste lächeln, als ihm das klar wurde. Na, jedenfalls musste geklärt werden, ob sie seinen Eltern weiterhin eine heile Familie vorspielen sollten oder ob sie ihnen reinen Wein einschenkten. Wobei weder Manou noch er genau wussten, wie es weiterging. Die Eskalation schien vorprogrammiert.

Die Appeltaart war längst vom Teller verschwunden als sein Telefon klingelte und Mieke sich meldete.

„Dann kommst du jetzt in die Villa Zeezicht am Singel. Ich warte auf dich. Klaas soll dich hier absetzen, wir gehen dann von hier aus zu dem Casinotypen, den du noch auf der Liste hast", sagte der Commissaris. Und damit war noch Zeit genug für einen zweiten Kaffee, den er gleich bestellte.

Als Mieke Dekker von Klaas van den Broek vor der Villa Zeezicht abgesetzt wurde, wartete Jacob Peeters bereits auf die beiden Polizisten.

„Wir sehen uns gleich im Präsidium. Hast du schon mit den Banken von Kees Bakker gesprochen?", fragte der Commissaris Klaas van den Broek.

„Einiges hab ich rausbekommen. Ich werde gleich weiter telefonieren. Auch wegen der Telefonauswertung bei dem Einbruch bei Dianne Bakker. Vielleicht weiß ich später mehr", sagte er und verabschiedete sich.

„Willst du noch einen Kaffee trinken? Habt ihr überhaupt schon eine Pause gemacht heute?", wandte sich Jacob Peeters seiner Assistentin zu.

„Nein, ich jedenfalls noch nicht. Aber einen Kaffee brauche ich jetzt auch nicht. Lass uns lieber mit dem Casinobetreiber weitermachen."

Jacob Peeters war das recht.

Sie gingen durch die teilweise engen Straßen quer durch den Grachtengürtel, bis sie auf der gegenüberliegenden Seite in Chinatown angekommen waren. Sie betraten das Casino am Zeedijk und erkundigten sich nach dem Chef des Ladens, Ruud Visser. Der war da, hatte aber offensichtlich kein Interesse an Besuchern.

„Entschuldigen Sie", sagte die junge Frau an der Kasse, „Mijnheer Visser hat zurzeit Besuch und kann Sie nicht empfangen."

Oh Gott, dachte Mieke, schon wieder so eine arme Studentin? Das scheint irgendein Prinzip zu haben.

Peeters legte seinen Ausweis auf den Tresen. „Wir warten fünf Minuten, dann hat er Zeit für uns, sagen Sie ihm das".

„Ja, natürlich", sagte die junge Frau eingeschüchtert. Und schon nach weniger als einer Minute kam sie zurück.

„Es tut mir leid, er sagt, das geht heute nicht. Sie sollen morgen wiederkommen."

„Danke", sagte Commissaris Jacob Peeters und ging in dem Bewusstsein, sich nicht ganz im Rahmen der gesetzlichen Vorgaben zu bewegen und darüber hinaus auch in der Vermutung, sich gegen die Etikette der Amsterdamer Polizei zu verhalten, direkt an der Empfangsdame vorbei in Richtung des Raumes, aus dem die junge Frau gerade kam. Seiner Assistentin hatte er mit einer kurzen Kopfbewegung den Weg gezeigt und gleichzeitig wortlos die Aufforderung ausgesprochen, ihm zu folgen.

Peeters verzichtete auf weitere Höflichkeiten und knallte gegen die Tür, öffnete sie ohne zu klopfen oder auf ein Zeichen zu warten und ließ sie mit ordentlichem Tempo gegen die Wand donnern. Ruud Visser schien für einen Moment sichtlich erschrocken zu sein. Aber das änderte sich schnell wieder. Er war ein Profi.

„Was fällt Ihnen denn ein? Haben Sie keine Manieren? Ich werde mich bei ihrem Chef beschweren!", polterte er los.

Jacob Peeters ging direkt auf seinen Schreibtisch zu und setzte sich unaufgefordert auf einen freien Stuhl vor den Tisch, der offensichtlich aus einem alten Roulettetisch umgebaut worden war.

„Wie originell", sagte Peeters.

Mieke war ihm gefolgt und setzte sich direkt hinter ihm auf einen Sessel, sozusagen in der zweiten Reihe des dämmrigen Raumes, um die Situation besser unter Kontrolle zu haben.

„Entschuldigen Sie unsere etwas grobmotorische Begrüßung", sagte Peeters mit einem süffisanten Lächeln auf den Lippen. „Ich dachte, Ihre Empfangsdame hätte gesagt, Sie haben Zeit für uns. Dann muss ich das wohl falsch verstanden haben", sage er mit dem gleichen Lächeln und mit der Gewissheit, mit dieser Lüge der jungen Frau vorne nicht gerade eine Karrierechance eröffnet zu haben.

„Sehr witzig", sagte Ruud Visser. „Wirklich sehr witzig." Dabei stand er von seinem Schreibtischstuhl auf und ging auf den Commissaris und anschließend auf Mieke zu, als wollte er die beiden etwas näher unter die Lupe nehmen. Er sah jedenfalls nicht aus, als sei er eingeschüchtert. Ruud Visser musterte die beiden Polizisten noch ein paar Sekunden und gab dann den beiden Männern, die ebenfalls im Raum saßen und die ganze Zeit über wie zwei Schoßhündchen auf Habachtstellung lauerten, ein Zeichen, dass sie den Raum zu verlasen hatten. Klar, unmissverständlich und wenig höflich.

„Wenn Sie sich wieder beruhigt haben", sagte Peeters, „würde ich mich freuen, wenn Sie sich hinsetzen und wir reden ein wenig miteinander."

„Worüber sollten wir reden?" wollte Ruud Visser wissen.

Er setzte sich an seinen Schreibtisch. Die beiden Männer, mit denen Ruud Visser scheinbar vorher im Gespräch gewesen war, verließen stillschweigend den Raum.

„Wir klären das gleich noch", rief ihnen Ruud Visser hinterher. Die beiden Männer drehten sich um und nickten gehorsam. Einer von ihnen, das konnte Mieke trotz schlechter Beleuchtung gut sehen, war eindeutig asiatischer Herkunft. Der andere Mann schien Mitteleuropäer zu sein.

„Mijnheer Visser, Sie kennen Kees Bakker und wir wissen, dass er schon oft bei Ihnen gespielt hat", sagte Peeters bestimmt.

„Wen kenne ich?"

„Kees Bakker. Tot seit letztem Dienstag", sagte der Commissaris, „und wir vermuten, dass er bei Ihnen vorher ordentlich gezockt hat."

„Und wenn schon. Was hab' ich damit zu tun?"

„Das ist genau die Frage, die wir Ihnen stellen wollten. Schön, dass Sie so kooperativ sind, Mijnheer Visser, das macht die Sache viel leichter und angenehmer", sagte Peeters noch immer provozierend.

„Was wollen Sie von mir? Kommen Sie zur Sache", gab der Spielhallenbetreiber zurück. „Ich glaube nicht, dass Sie berechtigt sind, mich gegen meinen Willen zu befragen und ebenso gegen meinen Willen in mein Büro einzudringen."

Da hatte er leider recht.

„Wann haben Sie Kees Bakker das letzte Mal gesehen?", mischte sich Mieke aus der zweiten Reihe ein.

„Ach, die kann ja sprechen. Wie niedlich", witzelte der Spielhallenbetreiber.

„Die kann noch mehr", sagte Mieke. „Ihnen zum Beispiel ordentlich Ärger machen. Wir haben nämlich Grund zur Annahme, dass Sie es mit der Kundenpflege gar nicht so ernst nehmen. Und Kees Bakker war doch Ihr Kunde. Und nun ist er tot. War er etwa kein guter Kunde mehr?"

„Reden Sie doch nicht so einen Mist. Wollen Sie mir was anhängen? Dann müssen Sie schon etwas früher aufstehen."

„Kennen Sie Kees Bakker nun oder bestreiten Sie das?"

„Natürlich kenne ich Kees. Der war auch noch letzte Woche hier, ich glaub, sogar noch am Montag. Aber der sah ziemlich lebendig aus, als er ging. Und so will ich ihn auch in Erinnerung behalten."

„Wie rührend", sagte der Commissaris. „Wo waren Sie denn am Dienstag zwischen Mittag und ca. 17 Uhr?"

„Weiß ich nicht. Ich glaube hier."

„Kann das jemand bestätigen?"

„Ja, logisch. Hier arbeiten doch genug Menschen, oder? Da können Sie gleich mal vorne fragen gehen. Das würde mich freuen. Dann kann ich endlich weiterarbeiten", sagte Visser genervt.

„Schuldete Ihnen Kees Bakker nicht noch Geld?"

„Das weiß ich nicht, wir haben viele Kunden, die schon mal auf Kredit spielen. Ich bin nicht der Buchhalter oder sehe ich so aus?"

„Gut, dann lassen Sie das mal Ihren Buchhalter raussuchen. Sonst kommen wir mit ein paar Kollegen zurück und schauen uns in Ihrer Buchhaltung um, wenn Ihnen das lieber ist", sagte Peeters und fügte hinzu: „Ich möchte bis heute Abend von Ihnen wissen, ob Kees Bakker Schulden hatte und in welcher Höhe. Wie viel Geld hat er in den letzten sechs Monaten bei Ihnen umgesetzt? Wer hat ihn am Montag gesehen und wer kann bestätigen, dass Sie am letzten Dienstag hier waren? Können Sie sich so viele Fragen auf einmal merken?"

„Hört sich nach einer Drohung an", sagte Ruud Visser. Was für ein Spielchen wird das?"

„Ekeliger Typ, widerlich", entfuhr es Mieke, nachdem sie das Casino verlassen hatten. „Was glaubst du, hat der etwas mit dem Mord zu tun?"

„Es könnte eine Spur sein", sagte Peeters.

„Hast du dir die beiden Typen genau angesehen, die bei ihm saßen? Den Asiaten zum Beispiel?", wollte Mieke wissen.

„Ja, schon, aber Asiaten gibt es in dieser Stadt allein schon aus historischen Gründen reichlich und die meisten sind friedliche Mitbürger. Nur weil jemand asiatisch aussieht, können wir ihn nicht gleich verdächtigen", sagte der Commissaris.

„Aber im Zusammenhang mit dem Mord und dem Wenigen, was wir wissen, müssen wir solchen vagen Zusammenhängen wohl nachgehen. Immerhin hat der Typ da drinnen möglicherweise einen Grund, Kees Bakker zu bedrohen", meinte Mieke.

„Allerdings nur, wenn er derjenige ist, der sich bei Mevrouw Bakker wegen der 57.000 Euro Schulden gemeldet hat", erwiderte der Commissaris.

„Ja, stimmt, warum hast du das vorhin nicht gefragt?", wollte sie wissen.

„Ich wollte ihm die Chance geben, das selbst zu sagen, falls er derjenige ist. Er soll sich erst mal noch sicher fühlen und nicht wissen, was wir wissen. Wann bekommt Klaas die Verbindungsdaten von Mevrouw Bakkers Telefongesellschaft?"

„Er wird wohl Bescheid wissen, wenn wir im Präsidium sind. Wo steht dein Auto?"

„Magst du Spaziergänge?"

„Wie meist du das? Gehen wir zu Fuß zum Präsidium?"

„Nein, alles gut. Ich habe in der Nähe geparkt."

23

„Wozu brauchst du in einer Stadt wie Amsterdam mit schmalen Gassen und vollgestopften Straßen einen Pickup mit solchen Abmessungen und einer Ladefläche, auf der man zelten könnte?"

Miekes Kommentar erinnerte ihn an Manous Gesicht, als er das erste Mal mit dem Wagen in der Tuinstraat auftauchte. Warum mussten Frauen immer so ungemein rational reagieren, wenn es um Männerspielzeuge ging? Schließlich fragten Männer doch auch nicht bei jedem Paar neuer Schuhe, ob es dafür überhaupt noch einen Platz im Schrank gab oder ob die bei den Nachbarn untergebracht werden sollten.

„Oh, sorry, habe ich da einen wunden Punkt getroffen?", fragte Mieke, als sie bemerkte, dass Peeters von ihrem Kommentar zum Auto nicht sonderlich beeindruckt war. Er hatte auf ihre Beobachtungen nicht geantwortet, sondern leicht genervt nach vorne geschaut, so als habe er ihren Kommentar nicht gehört.

„Nein, schon gut. Meine Frau mag das Auto auch nicht", sagte er. „Ich habe den Wagen gekauft, weil ich damit einige Dinge fürs Schiff besser transportieren kann."

Sie fuhren los und steckten schon nach wenigen hundert Metern in einem zähen Stau. Die Straße war völlig verstopft und man konnte überhaupt nicht erkennen, welchen Grund es dafür gab. Wahrscheinlich ein Unfall, aber es blieb ihnen nichts anderes übrig, als zunächst im Stop-and-Go-Tempo dem Straßenverlauf zu folgen.

„Wohnst du jetzt eigentlich auf deinem Schiff?", wollte sie wissen.

„Ich bin in der Tuinstraat ausgezogen. Vorerst jedenfalls. Und es bietet sich doch an, den Sommer über auf dem Schiff zu wohnen."

Er hoffte, das unausgesprochene Thema Ehekrise nicht weiter vertiefen zu müssen. Mieke war nicht die Person, mit der er darüber reden wollte.

„Wenn man das Geschaukel mag", sagte sie.

„Das ist wunderbar. Du wirst in den Schlaf geschaukelt, wie du es seit deiner Kindheit nicht mehr erlebt hast."

„Es ist die Frage, ob ich das wiedererleben will“, sage Mieke. „Was fixt die Menschen denn so an, wenn sie dem Wasser verfallen sind? Ich bin froh, wenn ich festen Boden unter den Füßen habe.“

„Da entgeht dir was. Wir sind doch ein Seefahrervolk mit großer Tradition und viel Wissen rund ums Wasser“, scherzte der Commissaris.

„Schön, das muss an mir vorbei gegangen sein“, sagte sie. „Ich liebe Bewegung, ich mag Sport und ich bin gerne an der frischen Luft. Aber warum sollte ich dafür aufs Wasser gehen?“

„Vielleicht hat das was mit Freiheit zu tun. Auch, wenn man nicht ablegt, die Möglichkeit zu haben, nur die Leinen loszuwerfen und schon kann´s losgehen.“

„Das kann ich auch mit der Tram Richtung Schiphol und dann ab in den nächsten Flieger. Dann komme ich deutlich schneller an“, erwiderte Mieke.

„Das ist nicht das Ziel des Segelns.“

„Was?“

„Na, das mit dem schneller ankommen. Segeln heißt doch, die Zeit entschleunigen und in der Gegenwart ankommen.“

„Nein, ehrlich, Jacob, das ist doch Seemannsromantik, was du da erzählst. Die Leute investieren reichlich Geld und Energie in ein Hobby, um bei Regen, Kälte und zu viel Wind auf engstem Raum von einem Hafen zum nächsten Hafen zu schippern. Was soll da so spannend sein, außer dass man sich der Gefahr körperlicher Blessuren aussetzt? Ganz abgesehen von meiner Neigung, das Essen, das es an Bord gibt, gleich wieder an die Fische zu verfüttern. In der Berufsseefahrt gibt es dafür wahrscheinlich Gefahrenzulagen. Ich würde an Bord einfach nur als Witzfigur dienen.“

„Niemand zwingt dich, auf ein Schiff zu gehen. Obwohl ich schon darüber nachgedacht habe, dich zum Essen aufs Schiff einzuladen.“

„Das ist nett von dir. Im Hafen sollte das wohl auch kein Problem sein. Solange ich nicht in den Mast klettern muss“, lächelte sie.

„Keine Angst. Zum Essen ist das nicht erforderlich.“

Sie steckten immer noch in dem zähflüssigen Verkehr, der mittlerweile aber etwas schneller voran ging.

„Worum geht es beim Segeln eigentlich? Das Ziel ist doch immer ein Hafen oder so etwas. Ist es jetzt das Ziel, dort auf dem kürzesten Weg hinzukommen oder ist der Weg das Ziel? Irgendwie werde ich das Gefühl nicht los, Segler sind auch immer auf der Flucht."

Jacob Peeters lachte.

„So falsch liegst du wahrscheinlich gar nicht mit deiner Einschätzung. Den Reiz macht bestimmt auch die Tatsache aus, dass man sich auf nur wenige Dinge konzentrieren muss. Die Wellen und Bewegungen des Bootes sind wichtig und werden von Stunde zu Stunde immer mehr zu einem Teil deiner eigenen Bewegungen. Du konzentrierst dich auf einen Kompasskurs und hältst das Steuer in der Hand. Hochkonzentriert und eingetaucht in die Welt, die dich so plötzlich von deinem Alltag trennt. Von den Problemen an Land und der Zeit, die an Land viel schneller verrinnt als an Bord. Man hat keine Zeit, über Endlichkeit und Vergänglichkeit nachzudenken. Die Existenz beschränkt sich auf die Gegenwart. Bis der nächste Hafen erreicht ist. So einfach ist das."

„Hört sich irgendwie nach Therapie für Manager an, die die Bodenhaftung verloren haben."

„Was meinst du, warum auf dem Ijsselmeer die ganzen Traditionssegler mit Schulklassen und Firmenbesatzungen unterwegs sind? Der soziale Status an Land gilt plötzlich nicht mehr auf dem Wasser. Da kommt es auf andere Fähigkeiten an. Auf See gibt es wunderbare Dramen zwischen Eheleuten und Freunden. Hier zeigt sich, was wirklich Bestand hat. Das kannst du mir glauben, so ein Segeltörn hat schon langjährige Ehen innerhalb von Stunden an den Rand der Existenz gebracht, weil sie auf dem Wasser keine Fluchtwege für ihre Beziehung haben und weil sie sich allem stellen müssen. Für manche eine echte Überforderung. Aber ehrlich. Keine Lügen. Man kann nichts auf den anderen abschieben, weil jeder verantwortlich ist. Entweder du erfüllst deine Pflicht oder du tust es nicht. Dann gibt es auch kein Versteckspiel."

„Na ja, so richtig überzeugt mich das noch nicht", sagte Mieke Dekker.

„Einen Computer kann man mit einem Kaltstart wieder auf die richtige Spur bringen“, fuhr Peeters fort. „Bei den Seglern ist es die Begegnung mit Natur und Wassergewalten. Für viele Probleme finden sich plötzlich wieder ganz einfache Lösungen, wenn man merkt, dass nicht alles so bedeutend ist, wie man bislang angenommen hatte.“

„Scheiße!“, rief Peeters und trat mit voller Wucht auf die Bremse. Er war im Stop-and-Go-Verkehr dem vorausfahrenden Auto ganz leicht auf die Stoßstange gefahren. Und dabei waren es höchstens noch fünfhundert Meter bis zum Präsidium. Sie hätten besser zu Fuß gehen können. So ein Mist. Zum Glück war weder bei ihm noch bei dem Vordermann ein Kratzer zu sehen. Die Sache wurde gütlich mit einem freundlichen Gespräch beendet.

„Glück gehabt“, sagte Mieke, als sie endlich auf dem Parkplatz des Präsidiums angekommen waren.

24

Liang Zuko Wong schaute aus dem Fenster seines Amsterdamer Boardinghouses in der Nähe des Flughafens. Hier wohnte er seit über sechs Monaten in einem Einzimmerappartement. Gleich nebenan lebte ein weiterer Kollege seiner Firma. Liang Zuko Wong war sparsam eingerichtet. Genau genommen hatte er gar keine persönlichen Sachen in dem möblierten Raum. Es gab nicht mal ein paar Blumen in der Vase. Sein Kühlschrank war auch nicht besonders voll. Etwas Baozi, süße Teigtäschchen mit Ei gefüllt und auch ein paar von der deftigeren Variante mit Krabben und Rindfleisch und natürlich kantonesische Nudeln fanden in seinem Kühlschrank Platz und brauchten sich die leeren Fächer mit nichts anderem als einem Tetrapack Vanille Vla zu teilen. Vla gefiel ihm wirklich gut an Holland. Ansonsten war er nicht anspruchsvoll, hier in der Ferne. Schon gar nicht, was das Essen betraf. Er ging tagsüber in eines der zahlreichen Schnellimbiss-Lokale. Es reichte ihm und war seiner Meinung nach gar nicht schlecht, vor allem in Chinatown, immerhin die älteste Niederlassung seines Volkes in Europa, wenn man das so sagen konnte. Und die Lebensmittel in seinem Kühlschrank erinnerten ihn an die Zeremonien des kantonesischen Morgentees, den er gerne mit seiner Familie einnahm. Nach europäischen Vorstellungen wäre es wohl so eine Art Brunch. Aber bei ihm zuhause war es weit mehr. Yum Cha, so hieß die morgendliche Mahlzeit, die immer dann zum Fest wurde, wenn Vater, Mutter, die Großeltern oder er Geburtstag hatten. Am Tag, als er sein Gao Kao erhielt, was man in Holland Eindexamen nannte, hatte seine Mutter schon um fünf Uhr morgens damit begonnen, die kleinen Dim Sum mit den so unterschiedlichen Füllungen herzustellen. Er hatte ihr dabei früher gerne zugeschaut, wie sie mit unglaublicher Fingerfertigkeit den glibberigen Teig vom Tuch löste und dann mit gegrilltem Schweinefleisch und Koriander, Erdnüssen, Schnittlauch und weiteren Gewürzen füllte. Im Norden Chinas sagte man etwas gehässig, die Kantonesen würden alles essen, was laufen könne oder vier Beine habe, außer Tischen vielleicht. Das stimmte ganz und gar nicht. Dim Sum hieß „das Herz berühren", und so hatte er die Familienfeste mit dampfenden Bambuskörben, in den die Köstlichkeiten weiter garten, in seiner Erinnerung vor sich. Einmal hatte er es selbst versucht und war schon an der Herstellung des Rührteiges kläglich gescheitert und seine Mutter musste seine Hände von der klebrigen Masse befreien. Es kam auf Geschick und das richtige Timing im Umgang mit den Zutaten an.

Geschick und das richtige Timing hatten ihn fasziniert und er hatte es bis zum gegenwärtigen Zeitpunkt verinnerlicht. Es war auch das Geheimnis seiner heutigen Tätigkeit. Nur: Wenn er heute mit seinen Fähigkeiten das Herz anderer Menschen berührte, konnte es schon mal passieren, dass es aufhörte, zu schlagen.

Liang Zuko Wong neigte nicht dazu, sentimental zu werden. Das passte nicht zu seinem Job. Aber wenn es um die Erinnerung an die gemeinsamen Familienfeste ging, ließ er sich manchmal etwas mitreißen. Obschon es auch unangenehme Erinnerungen gab. Als kleiner Junge hatte er sich einmal auf einen Stuhl gestellt, um bei der Zubereitung von Dim Sum besser zuschauen zu können, wenn die Köstlichkeiten in das heiße Fett gegeben wurden. Dabei beugte er sich zu weit vor, verlor das Gleichgewicht und riss beim Fallen den Topf mit dem heißen Fett von der Kochstelle. Glücklicherweise war ein Großteil des heißen Fettes so verschüttet, dass er es nicht abbekam. Aber ein Teil der brodelnden Flüssigkeit hatte ihn am Hals erwischt. Seitdem zierte eine Brandnarbe seinen Hals an der rechten Seite. Nicht groß, aber immerhin noch heute sichtbar. Aber das war lange her und trübte seine Erinnerungen an die Kindheit kaum. Ein paar freundliche Gedanken als kulinarische Brücke zur Heimat konnten sein Dasein im kalten Holland gelegentlich erträglicher machen. Denn er lebte hier auf Abruf, seine Mission war fast beendet. Dann würde er wieder zurück in seine Heimat reisen. Zwar nicht nach Guangzhou, wo er geboren und aufgewachsen war, sondern nach Peking, wo seine Firma ihren Hauptsitz hatte. Aber nach ein paar Wochen würde er sicher mal wieder die Gelegenheit bekommen, seine Familie in

Guangzhou zu besuchen. Er war stolz darauf, aus dieser Region zu stammen. Denn immerhin war hier Sun Yat-Sen geboren, der Gründer der Republik und damit auch ihr erster Präsident. Wer etwas darüber wissen wollte, war in Guangzhou genau richtig. Auch darauf war er stolz. Immerhin stand Sun Yat-Sen im Zusammenhang mit dem Ende der zweitausendjährigen Herrschaft der Kaiserdynastien in China. Beeindruckend, empfand Liang Zuko Wong, den immer etwas Gänsehaut überkam, wenn er an die großen Jahre seines Landes dachte. Eine traditionelle chinesische Stickerei von seiner Mutter und ein Windspiel erinnerten ihn in dieser nasskalten niederländischen Umgebung an sein geliebtes China. Und vor allem an seine kantonesische Herkunft, auch wenn Kantonesisch vielen im Westen nur als chinesischer Dialekt bekannt war. Dank des Perlflusses, der große Teile des chinesischen Südens wie Lebensadern durchzog, hatte Kantonesisch einen hohen Stellenwert. Nicht nur für ihn. Es war die Sprache des Handels. Aber Mandarin sprach er natürlich fast genauso gut. Denn China war mehr als der Süden, den er am besten kannte. Es war ein wunderbares Land mit unendlichen Gegensätzen. Es war sein Land, und zwar ohne Einschränkungen.

Um diesem Land zu dienen, hatte er viel auf sich genommen. Ein anspruchsvolles Chemie-Studium an der Pekinger und später mit Förderung der Partei an der Londoner Universität. Und mehrere mühsame Sprachkurse der niederländischen Sprache, was ihm persönlich als die größere Herausforderung in Erinnerung geblieben war. Aber er war ein gelehriger Schüler und hatte seine Lektionen gebüffelt, bis sie saßen. Immer und immer wieder. Er sprach nahezu perfekt Niederländisch und konnte sich in diesem Land völlig unauffällig bewegen. Er hatte viele nette Menschen kennen gelernt. Nette Menschen und auch unangenehme Zeitgenossen. Fast wie zuhause. Aber eben nur fast. Sein wirkliches Zuhause, seine Heimat, die lag einige tausend Kilometer entfernt.

Seine Mission in Europa war es, den schlauesten Köpfen der niederländischen Industrie die Geheimnisse ihres Erfolges zu entlocken. Dafür war er ausgebildet. Wie ein guter Kampfhund, der keine Fragen stellte. Warum sollte er auch Fragen stellen. Diejenigen, die ihn hierhinschickten, hatten sich etwas dabei gedacht. So war er es gewohnt.

Liang Zuko Wong war 42 Jahre alt und hatte in seiner Laufbahn schon einiges erlebt. Er war Mitarbeiter einer unscheinbaren, aber spezialisierten Firma, die im Auftrag des zehnten Büros des Ministeriums für Staatssicherheit der Volksrepublik China Wirtschaftsinformationen im Ausland sammelte. Er arbeitete einem der größten Auslandsnachrichtendienste der Welt zu und das war eine große Ehre für ihn. Das Wort „Auslandsspionage", das er in diesem Zusammenhang immer wieder hörte, empfand er als ein unschönes Wort. Er verhalf den Unternehmen in seiner Heimat einfach nur zu Wettbewerbsvorteilen, indem er dringend benötigte Informationen beschaffte. Nicht immer unkompliziert, aber es gab Schlimmeres. Die Menschen blieben gutgläubig und ließen sich von ihm leicht überzeugen. Mit Zeit und Geduld. Und er hatte von beidem zumindest in den vergangenen Monaten genug.

Allerdings geriet seine Branche seit einiger Zeit ungewollt ins Rampenlicht, was nicht gut fürs Geschäft war. Das wusste jeder, der für einen Nachrichtendienst tätig war. Man war verschwiegen. Aber in letzter Zeit war von dieser Tugend nicht viel übrig geblieben. Die Wikileaks-Enthüllungen und andere löchrige Stellen bereiteten in der Branche viel Ärger. Einerseits fand Liang Zuko Wong diese Entwicklung für seine eigenen Tätigkeiten vorteilhaft, denn alle konzentrierten sich auf die Aktionen des amerikanischen Geheimdienstes NSA. Da konnte man mit den eigenen Aktivitäten in Deckung bleiben, was die Kollegen aus Russland und anderen Staaten ja auch taten. Niemand redete über sie. Die öffentliche Diskussion wirbelte aber andererseits unnötig Staub auf und die Menschen begannen, sich dafür zu interessieren, was mit ihren persönlichen Daten geschah. Dadurch wurden sie für das Thema Datensicherheit sensibilisiert und fingen an, nicht nur privat, sondern auch in ihren Unternehmen immer verrücktere Sachen zu machen. Es hatte schon fast paranoide Züge und ein bisschen lächerlich fand er es auch, wenn sich internationale Manager eines Unternehmens zu Sales- oder Strategiekonferenzen trafen und alle vorher ihr Handy in eine Keksdose legen mussten. Es war simpel und leider sehr effektiv, fand Liang Zuko Wong. Denn der „Faradaysche Käfig" als Keksdose funktionierte tatsächlich. Elektromagnetische Wellen mussten draußen bleiben. Und damit auch er. Der unerlaubte Zugriff auf fremde Daten war früher schon mal einfacher gewesen. Bislang glaubten immer alle, wenn die Mobiltelefone abgeschaltet waren, herrschte Ruhe. Für ihn und seine Kollegen eine wunderbare Ausgangssituation. Die Manager, die sie beobachteten, legten ihre Männerspielzeuge auf den Tisch und mit Hilfe von kleinen Funkstationen, die schnell angebracht waren, war man als außenstehender Beobachter wieder voll dabei. Mit bestem Empfang. Man konnte die Verbindung aktivieren, egal, ob das Handy nun eingeschaltet war oder nicht, und das eingebaute Mikrofon war schnell zur Wanze umfunktioniert. Es lag auf dem Tisch. Da waren nicht mal dämpfende Geräusche aus der Anzugjacke zu beklagen. Doch diese Sorglosigkeit, die vielen Menschen inne wohnte, wich leider einer immer größeren Skepsis, die allerorts zu spüren war. Bei einigen internationalen Firmen hatten sie angefangen, Manager bei Auslandsreisen mit Einweghandys auszustatten. Die Mitarbeiter mussten ihre eigenen Geräte zuhause lassen und die Einwegdinger wurden nach der Reise entsorgt. Statt regem E-Mail-Verkehr tauschten auch einige Unternehmen mittlerweile besonders wichtige Dokumente nur noch auf Papier miteinander aus. Kaum noch Chancen, gezielte Hacker-Software als harmlose Apps zu installieren. Das machte die Sache für Liang Zuko Wong nicht leichter. Am liebsten hätte er den Menschen gesagt, dass sie sich nicht sorgen sollten. Denn schließlich würden sie die gleichen Entwicklungen bald auch nutzen können. Dann aber eben als Produkte chinesischer Firmen, was er viel vertrauenswürdiger fand. Es war außerdem ein Akt der Friedenssicherung. „Frieden sichern durch Stärke" war die Losung des Volkskongresses. Und dazu zählte neben der militärischen Stärke vor allem auch die wirtschaftliche Kraft seines Landes.

Nun fingen weltweit die Unternehmen zu seinem Leidwesen allerdings an, eigene Spionageabwehr-Mitarbeiter zu beschäftigen. Fast wie im Krieg, dachte er. Was die Hacker aber machten, war viel genialer als das überflüssige Blutvergießen eines konventionellen Krieges. Er und die unzähligen, gesichts- und namenlosen Datendiebe hatten ihr Handwerk gut erlernt. Ihr Ziel waren die wertvollen Kommunikationsdaten der Forschungs- und Entwicklungsabteilungen und die Waffen der Hackerwaren unsichtbar. Sie ließen sich kaum mit technischen Mitteln orten und schon gar nicht unschädlich machen. Wenn jemand enttarnt wurde, war nach kurzer Zeit Ersatz da, um die Aufgabe zu beenden.

Die Geschädigten dieses Krieges waren die Wirtschaftsunternehmen. Und niemand würde jemals genau feststellen können, wer für die entstandenen Schäden in den betroffenen Firmen die Verantwortung trug. Die realen Opfer dieses Wirtschaftskrieges waren die Mitarbeiter der Unternehmen. Die Unternehmensleitungen bemühten lediglich ihre Anwälte und Insolvenzverwalter, um Entlassungen oder Firmenschließungen bekannt zu geben. Was sollten sie auch tun, wenn ihre Produkt-Entwicklungen, in die sie Zeit und viel Geld gesteckt hatten, nun aus unerfindlichen Gründen schneller und mit einer viel größeren Macht aus Fernost auf den Markt gebracht wurden. Das Wirtschaftsleben war ein hartes Geschäft, fand Liang Zuko Wong. Im Kampf gegen den Wettbewerb war es doch viel besser, mit Waffen zu siegen, die nicht wie früher großen Aufwand, Geld und Menschenleben erforderten. Der Erfolg ließ sich stattdessen mit geschicktem und verdecktem Ausspähen von wichtigen Informationen lautlos und schmerzfrei erzielen. Zielgenau dort, wo die Informationen gebraucht wurden. Kaum Kollateralschäden, kaum Spuren, die auf die Tätigkeit seiner Branche hinwiesen.

Liang Zuko Wong fühlte sich genervt. Denn die einfachen Tricks funktionierten bei den großen Konzernen immer seltener. Nach und nach wurden auch die kleinen Hightech-Schmieden, die Hidden Champions, wie sie sich stolz nannten, immer misstrauischer und entwickelten eigene Sicherheitssysteme. Ihm gefiel das nicht.

Es musste wieder anders werden. Er hoffte, dass sich die Sache mit der amerikanischen NSA in Europa bald wieder beruhigen würde. Schließlich waren die Menschen vergesslich und alles, was unschön war, wurde erfahrungsgemäß in der Erinnerung schneller entsorgt als andere Themen. Darauf setzte er. Alles war in Unruhe, nichts im Fluss. Ying und Yang waren nicht mehr im Gleichgewicht. Deshalb konnte er es im Moment auch gar nicht gebrauchen, dass einer seiner besten Informanten ausgefallen war. Kees Bakker war seit Monaten genau der richtige Mann für einen seiner derzeitigen Aufträge. Die Betonung lag leider auf „war". Dabei brauchte er ganz dringend einen neuen Kontakt zu Mitarbeitern der Firma LionA. Deren Firewall und Verschlüsselungspraktiken waren immer wieder eine Hürde auf seinem Weg ins Datennetz der Firmenzentrale. Ins Innerste drang er bei LionA nicht vor.

Manchmal ging es ganz einfach. Erst vor zwei Wochen hatte Liang Zuko Wong ein Unternehmen der Medizinbranche ausgespäht. Da lief noch alles wie geplant. Es dauerte nur wenige Stunden, bis er sich von seinem eigenen Rechner aus als Außendienstmitarbeiter des Pharmakonzerns ausgeben konnte. Sofort hatte er alle Zugangsrechte eines Außendienstlers und die Firewall war überwunden. Die restlichen virtuellen Steine räumt man dann schnell und problemlos aus dem Weg. Ein Grundproblem der Spionageabwehr in Unternehmen war die Gutgläubigkeit und die Gleichgültigkeit gegenüber unsichtbaren Eindringlingen. Was man nicht sieht, gibt es nicht, dachten scheinbar die Sicherheitsbeauftragten vieler Unternehmen.

Für Liang Zuko Wong gleichzeitig die beste Chance. Firmennetze lassen sich nur sehr schwer sicher machen. Die Schwachstelle ist und bleibt der Mensch und es wird auch in Zukunft so bleiben. Liang Zuko Wong war mit diesem Gedanken an sich zufrieden. Aber der gewünschte Erfolg erforderte einen immer höheren Einsatz. Alleine vom Hotelzimmer aus ließe sich die Datenrecherche zukünftig wohl nicht mehr erledigen. Ganze Söldnerheere waren mittlerweile im Netz unterwegs, um abzugreifen, was zu bekommen war. Dadurch entstanden nur zusätzlich unnötige Unruhe und Skepsis.

Entspannter würden die Arbeitsbedingungen zukünftig nicht mehr, dachte Liang Zuko Wong. Jedenfalls nicht, wenn das Misstrauen weiter so wachsen würde. Dann müsste man wie früher wieder Maulwürfe einschleusen und zu härteren Bandagen greifen. Erpressungen, Drohungen, Entführungen und Einschüchterungen reichten bei den meisten Mitmenschen auch weiterhin aus. Alles allerdings mit deutlich höherem Aufwand verbunden. Aber immerhin gehörten diese Instrumente ebenfalls zu seiner Ausbildung und er würde nicht davor zurückschrecken, sie zu nutzen.

Bei Kees Bakker hatte er Glück gehabt. Er war der Prototyp des labilen Opfers, er erfüllte sozusagen das Beuteschema der Wirtschaftsspione mit Bestnoten. Als Liang Zuko Wong seinen Auftrag erhielt, hatte er bereits erste Vorabinformationen der Pekinger Kollegen aus der Ermittlungsgruppe „Wirtschaftskontakte Westeuropa" bekommen und ausgewertet. Sie hatten die Daten sämtlicher Mitarbeiter von LionA ermittelt. Dazu hatten die Kollegen aus Peking Informationen einiger chinesischer Mitarbeiter der Abteilung 10, die hier in Amsterdam ein unbescholtenes Leben in ganz unterschiedlichen Berufen führten, zur Basisauswertung angefordert. Neben ihren bürgerlichen Berufen wurden diese Menschen kurzfristig und bei Bedarf für das Einholen von Erstinformationen eingesetzt. Dabei ging es in erster Linie nicht darum, direkt an Entscheider und besonders wichtige Leute zu kommen. Es reichte zunächst ein Überblick, wer im Unternehmen labil genug sein könnte, um ihn oder sie für die Zwecke von Liang Zuko Wong zu instrumentalisieren. Namen genügten, den Rest der Vorrecherche erledigten die Mitarbeiter in Peking, später übernahm Liang dann vor Ort in Amsterdam selbst die Koordination aller weiteren Aktionen.

„Social Engineering" nannte man das in seiner Branche, eine herrliche Arbeitserleichterung. Vorlieben, Freunde, Kontakte, Interessen und auch mögliche Hinweise auf Kennwörter für Firmennetzwerke, Mail-Accounts und weitere Datenspeicher ließen sich daraus oft unkompliziert und dank heutiger Rechnerleistung schnell ermitteln. Da reichten schon die Profile von Facebook, Xing oder anderer Portale. Schwieriger wurde es, einen finanziellen Überblick der beobachteten Personen zu erhalten. Wenn man die Kennwörter fürs Online-Banking noch nicht ermittelt hatte, half meistens die kurzfristige Unterstützung aus der Pekinger Zentrale seiner Firma. Dort konnte man auf die benötigte Rechnerleistung und das ausgebildete Personal zurückgreifen.

Verschlüsselungsalgorithmen von Bankdaten waren nur so intelligent wie deren Programmierer. Und menschliche Intelligenz war nicht nur begrenzt, sondern auch kopierbar. Aus der Datenauswertung aller LionA-Mitarbeiter ergaben sich gleich mehrere Treffer. Personen, bei denen sich ein aktives Nachhaken durchaus lohnen konnte. Aber selten hatte er auf der Liste gleich leitende Mitarbeiter, die sich direkt im Zentrum der benötigten Zielinformationen bewegten. Kees Bakker war einer von ihnen. Das hatte Liang Zuko Wong sehr schnell begriffen. Denn das Internet offenbarte bekanntlich auch die Schwächen der Menschen. Und zwar gnadenlos und ohne Gedächtnislücken. Kees Bakker war ein Freund des Online Gamings. Sportwetten und Poker interessierten ihn manchmal scheinbar mehr als der Erfolg seiner Firmenprojekte. Die Protokolle zeigten, dass Kees Bakker an einigen Tagen schon morgens, zwar vom privaten Laptop und über eine Tethering-Verbindung, aber aus dem Büro heraus, Einsätze auf Sportwetten machte oder sich an Online-Poker-Partien beteiligte. Liang Zuko Wong fand das Online Gaming und überhaupt die Spielfreude der Menschen nicht weiter bedenklich. Allein in seinem Land brachten die Erlöse aus dem Glücksspiel dem Staat eine Menge Geld ein. Es war ein richtiger Wirtschaftsfaktor geworden. Die Chinesen selbst hatten erst 1998 wieder mit dem Glücksspiel angefangen. Und seine Landsleute verzockten jährlich allein in den staatlichen Lotterien weit mehr als 15 Milliarden Dollar.

Am schnellsten wuchs das Geschäft mit den Sportwetten im Internet. Fast alle Spieler liebten Fußball. Allerdings liefen diese Wetten meistens über den Schwarzmarkt, der in China ein echtes Zockerparadies für all diejenigen darstellte, die auf Risiko setzten. Bei den Internet-Spielportalen in China liefen die Fäden zusammen. Selbst für europäische Fußballspiele der dritten und vierten Liga interessierten sich chinesische Buchmacher. Und die Kunden kamen aus aller Welt. Genau wie Kees Bakker. Übers Telefon und per SMS tauschten sie ihre Informationen und Tipps aus und glaubten sich jedes Mal auf der Gewinnerspur. Wie schön für Liang Zuko Wong, dass er all diese verzweifelten Versuche von Kees Bakker, das große Los zu ziehen, live oder zumindest zeitversetzt von seinem Appartement im Boardinghouse mit Blick auf eine Landebahn des Flughafens Schiphol von seinem Rechner aus online verfolgen konnte. Und er konnte sehen, wie Kees Bakker von Tag zu Tag stärker dem Rausch des Spielens erlag. Wie ein Sog, der einen unaufhaltsam und surrend in die Tiefe zog. Und die Betroffenen sahen sich selbst dabei zu und schauten gleichzeitig weg.

Beste Voraussetzungen für eine baldige Kontaktaufnahme mit Kees Bakker. So weit war er bereits vier Wochen nach seiner Ankunft in Amsterdam im vergangenen Herbst. Liang hatte schon ein persönliches Verhältnis zu dem Mann aus Holland. So viel wusste er von ihm. Es war ein richtiger Kitzel, den er damals spürte, wenn er an die erste persönliche Begegnung dachte, bei der er sich zu erkennen gab. Aber dieses erste Treffen musste gut vorbereitet sein. Nichts sollte dem Zufall überlassen werden.

Neben der Internetrecherche führte Liang Zuko Wong die Beobachtungen wie gewohnt auf konventionelle Weise durch und heftete sich mehrere Wochen immer wieder an die Fersen von Kees Bakker. Er beobachtete ihn auf seinem Weg vom Büro nach Hause in das Viertel, in dem Kees Bakker sicher nicht wohnte, wenn er nicht sein ganzes Geld in Spielcasinos oder im Internet verzocken würde. Und genau dorthin führte ihn sein Weg immer und immer wieder, bevor er nach Hause zu seiner Frau fuhr. Eine arme Frau, dachte Liang Zuko Wong, der sich berufsbedingt selten persönliche Anteilnahme erlaubte. Das war in seinem Job nicht vorgesehen und konnte sehr gefährlich werden. Andere Frauen schienen Kees Bakker nicht zu interessieren. Zumindest hatte Liang Zuko Wong in all den Monaten weder E-Mail-, SMS- oder andere Nachrichten von Kees Bakker gelesen, die eine derartige Vermutung rechtfertigen würden. Eigentlich schade, der außereheliche Seitensprung war immer ein guter und überzeugender Grund, die beobachteten Personen mit kompromittierenden Bildern und Tondokumenten gefügig zu machen. Aber damit hatte Kees Bakker scheinbar nichts zu tun. Im Gegenteil. Er schien seine Frau zu lieben. Noch vor einigen Wochen war Liang Zuko Wong ihm abends gefolgt, als er seiner Frau völlig unkontrolliert in einem Restaurant, in dem sie mit einem anderen Mann saß, eine Szene machte. Dass die beiden nicht nur zusammen aßen, sondern auch eine intime Beziehung zueinander hatten, wusste Liang Zuko Wong schon lange vor Kees Bakker. Er hatte bereits überlegt, wie er diese Situation nutzen konnte, um Kees Bakker noch weiter in seinen Plan einspannen zu können. Aber das war gefährlich. Der Holländer war sehr emotional und gerade bei diesem Thema unberechenbar. Einen Fehler wollte er nicht riskieren. Zumindest zum damaligen Zeitpunkt noch nicht. Aber nachdem Kees Bakker das Verhältnis seiner Frau zu Simon Gerritsen selbst rausbekommen hatte, war ihm dieser Wind aus den Segeln genommen. Schade, dachte Liang Zuko Wong.

Als er vor fast einem halben Jahr den ersten Kontakt zu Kees Bakker aufbaute, entschied er sich zunächst für einen alten Agententrick, bei dem wenig schief gehen konnte. Dafür hatte er sich die „Battery + Storage“ in Stuttgart ausgesucht. Eine internationale Fachmesse für Batterie- und Energiespeicher-Technologien, auf der LionA einen Messestand gebucht hatte. Kees Bakker stand dort abwechselnd mit anderen Kollegen für zwei Tage als Gesprächspartner den Besuchern zur Verfügung. Telefonisch vereinbarte Liang Zuko Wong bei einer Stand-Hostess einen Besuchstermin und bat darum, mit Kees Bakker sprechen zu können.

Mit der Visitenkarte eines chinesischen Automobil-Zulieferers stellte er sich am letzten Messetag auf dem Stand von LionA vor und war auch gleich an Kees Bakker verwiesen worden. Der Mann aus Holland ließ sich in intensive Fachgespräche verwickeln. Schließlich hatte Liang Zuko Wong großes Interesse an den Technologien von LionA gezeigt und ebenso fachkundig wie realistisch aus der Produktion des chinesischen Unternehmens berichtet, für das er angeblich arbeitete. Auf der Visitenkarte stand eine Telefonnummer, die über chinesische Umwege wieder bei ihm in den Niederlanden landete und bei der er genau wusste, wie er sich zu melden hatte. Außerdem eine Handynummer. Für den Fall, dass Kees Bakker anbeißen sollte. Zum Schluss seines Besuches, bei dem er mit Kees Bakker in einer ruhigen Ecke des Messestandes bei Kaffee und Poffertjes Visitenkarten und Prospektmaterial austauschte, ließ er absichtlich einen präparierten Schlüsselbund mit Auto- und Hotelschlüsseln liegen.

An diesem Bund hing auch ein USB-Datenstick mit vielen Informationen zu den Produkten seiner angeblichen Firma. Das Material war in Peking zusammengestellt worden. Es waren auch Detailinformationen zu chinesischen Entwicklungen im Bereich der Lithium-Ionen-Akkutechnologie auf dem Stick gespeichert. Natürlich nur solche, die schon bekannt waren. Und es waren viele, so dass Kees Bakker, falls er sich dafür interessierte, sie nicht alle in Kürze hätte sichten können. Und auch nicht später im Hotelzimmer. Dafür hatte Liang Zuko Wong den letzten Tag der Messe gewählt. Da blieb keine Zeit für gründliche Recherchen, alle Messemitarbeiter waren dann mit Abschlussarbeiten beschäftigt.

Den Schlüsselbund hatte Liang auf dem Tisch zur Seite geschoben, dicht neben eine Pflanze, wo man ihn nicht sofort sah. Aber auch nicht zu versteckt, es sollte ja gefunden werden. Und zwar möglichst innerhalb von ein bis eineinhalb Stunden, denn so lange wollte er noch auf der Messe bleiben und andere Stände besuchen. Das hatte er beiläufig Kees Bakker gesagt. Und sein Plan war aufgegangen. Eine Standmitarbeiterin rief vierzig Minuten nach seinem Besuch auf dem Handy an und teilte mit, dass er wohl seinen Schlüsselbund am LionA-Stand liegen gelassen habe. Liang Zuko Wong holte sich den Schlüssel an der Standrezeption ab. Er bedankte sich überschwänglich und verabschiedete sich noch einmal. Kees Bakker hatte er allerdings nicht mehr gesehen. Jetzt hieß es abwarten. Die Zeit würde er für weitere Recherchen nutzen.

Zurück in Amsterdam wartete er auf die erhoffte Reaktion. Er bekam schon Zweifel, ob es klappte. Fast eine Woche musste er warten.

Erst dann wurde klar, dass Kees Bakker die Gelegenheit auf der Messe genutzt und die Daten des Schlüsselbundsticks auf seinen eigenen Rechner kopiert hatte. Genau so hatte Liang Zuko Wong es geplant. Auf dem Datenstick befand sich neben den Köder-Dateien auch eine ausgereifte Späh-Software, die von nun an den Weg zu sensiblen Daten bei LionA suchte und das digitale Material an Liang Zuko Wong weiterleitete. Gut gemacht, dachte er sich. Die Schwachstelle Mensch ist immer noch zuverlässig. Eine Kette ist so stark wie ihr schwächstes Glied, eine Weisheit, die ihm oft genug in seiner Ausbildung vermittelt wurde. Eines der schwächsten Glieder bei LionA hatte er gefunden.

Kees Bakker biss an und machte den ersten Fehler. An dem Tag, als Kees ihm die digitalen Tore zu LionA ein Stück öffnete, arbeitete Liang bis tief in die Nacht und kopierte alles an brauchbarem Material von Bakkers Rechner. Aber es gelang ihm nicht, im firmeninternen Netzwerk von LionA weiter vorzudringen. Um die Kennwörter zu knacken, hatte er alles an Zahlen und Buchstabenkombinationen, die er aus der mittlerweile lückenlosen Dokumentation über Kees Bakkers Leben recherchiert hatte, an die Zentrale in Peking weitergegeben. Dort liefen Tag und Nacht ganze Heere von verschalteten Computern, die alle möglichen Kombinationen von Kennwörtern aus den gelieferten Daten durchrechneten. Hier hieß es, geduldig zu warten. Auch, wenn die notwendigen Zugangscodes auf sich warten ließen, musste man konzentriert auf seinem Beobachtungsposten ausharren. Ein Unternehmen dieser Größe besaß immer nur einen offiziellen Gebäudeeingang mit Empfangscounter und aufmerksamen Menschen, die einen fragten, zu wem man wolle. Aber digitale Türen gab es in jedem Unternehmen zuhauf. Wenn sie sich öffneten, musste man schnell sein, einen Fuß über die Türschwelle stellen und schon war man drin. Keiner merkte etwas und man blieb, bis alles erledigt war.

Daneben durfte man natürlich nicht vergessen, wie man weiterkam, wenn der digitale Zugang versperrt war. Es blieben andere, unkonventionelle und zuverlässige Pfade zum Ziel. Zum Beispiel der traditionell beliebte Weg über das Bett eines wichtigen Mitarbeiters. Messen waren dafür immer eine hervorragende Gelegenheit. Aber hier waren solche Maßnahmen gar nicht erforderlich. Zumindest schien es so. Er hatte Kees Bakker überrumpelt. Das Firmennetz von LionA war allerdings schwer zu knacken. Das Unternehmen hatte seine Hausarbeiten gut gemacht und eine funktionierende Firewall errichtet. Und die Mitarbeiter waren scheinbar sehr diszipliniert bei der Einhaltung der Sicherheitsvorkehrungen. Den ersten kapitalen Fehler hatte Kees Bakker mit dem Messetrick von Liang Zuko Wong gemacht. Der dürfte ihm nicht nur peinlich werden, sondern auch reichlich Ärger bringen, wenn das Ganze bemerkt werden würde.

Aber in absehbarer Zeit musste wahrscheinlich ein Software-Update für Konstruktionssoftware oder ähnliche Programme aus dem Internet geladen werden und dann machten die Mitarbeiter von LionA vielleicht einen weiteren Fehler, bei dem eine digitale Tür offen stand und ihm, Liang Zuko Wong, den Weg zu den Kronjuwelen der Entwicklungsergebnisse ebnete. Oder das Unternehmen besaß noch ein zweites, völlig abgeschirmtes Netz für Entwicklungsdaten. Die LionA-Mitarbeiter hatten jedenfalls alle Lecks in den Entwicklungs- und Produktionsprozessen geortet und dicht gemacht. Es machte Liang Zuko Wong wahnsinnig. Er musste da rankommen. Zumindest waren die Entwicklungsergebnisse, die Liang Zuko Wong bislang gesehen hatte, noch nicht ausreichend für den Bericht nach Hause. Das Amsterdamer Hightech-Unternehmen LionA verfügte nach eigenen Angaben über Testergebnisse und Datenreihen, die Liang Zuko Wongs Auftraggeber gerne für ihre eigenen Entwicklungen genutzt hätten. Damit sparte man locker ein bis eineinhalb Jahre Entwicklungszeit und schaffte deutlich bessere Startbedingungen auf dem internationalen Markt. Waren die neuen Batteriezellen für die Akkus, die bei LionA entwickelt wurden, erst einmal serienreif, ließ sich mit der Produktionskapazität der chinesischen Industrie schnell mit Stückzahlen arbeiten, die die Preise auf dem Weltmarkt drastisch drückten und damit die Entwicklungen der Europäer überflüssig machten. Ein Geschäft, das sich für die europäischen Wettbewerbsmärkte nicht mehr lohnte war ein gutes Geschäft für die eigene Industrie in China. Die Solarzellen-Produktion war ein gutes Beispiel dafür.

Liang Zuko Wong war ein rational denkender Mensch. Emotionen erlaubte er sich bekanntlich nur bei Erinnerungen an Dim Sum-Mahlzeiten in der Heimat und bei dem Gedanken daran, seinem Auftraggeber die gewünschten Entwicklungsdaten auf einem goldenem Tablett zu servieren. Es würde Lob einbringen, vielleicht auch eine Beförderung und mehr Gehalt. Er könnte dann seine Familie von Peking aus noch besser unterstützen. Seine Eltern wurden langsam alt und brauchten in letzter Zeit immer häufiger teure Behandlungen und Medizin, die er aus dem Ausland bezog. Da konnte eine Gehaltserhöhung nicht schaden. Aber viel wichtiger waren Liang Zuko Wong der persönliche Erfolg und Stolz, seinem Land und seiner Familie zu zeigen, was in ihm steckte. China war seit kurzem nicht mehr so vom Wachstum verwöhnt wie in den Jahren zuvor. Es waren neue Impulse für die Wirtschaft notwendig, um zukünftig und langfristig im internationalen Wettbewerb in allen Branchen entweder ganz oben zu stehen oder zumindest ganz oben zu kämpfen. Das war seine Mission und gleichzeitig das Ziel der vielen Kollegen, die in Hongkong, Macao, Taiwan und an den vielen anderen Stützpunkten an internationalen Handelsplätzen aktiv an einem sozialistischen China als Erfolgsmodell arbeiteten.

Dieses Versprechen hatte er seinem Vater und auch seinem Land gegeben. Und er würde es schaffen. Er war mit Kees Bakker als Informant bei LionA schon dicht dran gewesen. Der war nicht vorbereitet auf einen Kampf gegen einen Unsichtbaren. Und Kees Bakker hatte auch nicht die Nerven dazu. Die erste Raketenstufe hatte er gezündet. Er war in seinen Rechner eingedrungen und hatte schon einiges erfahren, aber eben nicht alles. Nun musste er die nächste Raketenstufe zünden. Und die folgte gleich eine Woche nach der Messe. Er war Kees Bakker wie schon oft in ein Spielcasino gefolgt und hatte mitbekommen, wie man ihn dort nach Stunden vor die Tür setzte. Das letzte, was ihm die Glatzköpfe, die in dem Spielcasino für Ordnung sorgten, hinterherriefen, war die unmissverständliche Aufforderung, die ausstehenden Spielschulden von dreieinhalb Tausend Euro bis zum Wochenende zu beschaffen. Es war an einem Donnerstagabend. Also nicht viel Zeit, falls Kees Bakker das Geld nicht einfach aus dem Geldautomaten ziehen konnte. Und er konnte es nicht. Der spuckte schon lange nichts mehr aus.

Also hatte Liang Zuko Wong diese Chance genutzt und gleich am nächsten Morgen einen verschlossenen Umschlag in der Firmenzentrale von LionA an der Piet Heinkade abgegeben. Auf dem Umschlag standen der Vermerk „Persönlich", „Eilt" und der Name Kees Bakker. Im Umschlag befanden sich 3.500 Euro und eine Visitenkarte, die er Kees Bakker schon einmal auf der Messe gegeben hatte. Darauf schrieb er die Worte „Ein Freund wünscht viel Erfolg."

Nun wartete er auf eine Reaktion. Auf einen Anruf von Kees Bakker oder irgendwas, womit er den Mann immer tiefer in sein Spiel hinein ziehen konnte. Ein Anruf kam nicht, nicht bis zum Abend. So lange hatte er sich, mit einer Pause in einem Asia-Foodshop, in der Nähe des Firmengebäudes von LionA herumgetrieben. Und dann kam Kees Bakker heraus. Einen kurzen Moment hatte Liang Zuko Wong überlegt, Kees Bakker direkt anzusprechen und ihn in eine Bar einzuladen. Aber Kees Bakker war so entschlossen aus dem Firmengebäude gelaufen, dass Liang Zuko Wong es bevorzugte, ihm wie gewohnt zu folgen. Wollte er gleich seine Spielschulden bezahlen mit dem unerwarteten Geldsegen? Sollte er nur machen. Dafür war das Geld vorgesehen.

Aber Kees Bakker ging nicht in jenes Spielcasino, in dem er die Schulden zu begleichen hatte. Sein Weg führte ihn schnurstracks zum Casino am Zeedijk. Scheinbar wollte er seine Schulden gar nicht bezahlen, sondern hoffte, mit dem Geld weitere Gewinne einzuspielen. Vielleicht wollte er damit später seine Schulden bezahlen und die Chance nicht unversucht lassen, zusätzlich daraus noch etwas Einsatz für die nächsten Spiele zu generieren. Es war Liang Zuko Wong auch egal. Diese Entwicklung konnte für ihn nur positiv sein, solange Kees Bakker den Bogen nicht überzog und bei LionA nicht rausgeschmissen wurde. Dann müsste sich auch Liang Zuko Wong einen neuen Informanten auswählen und gefügig machen. Eine unnötige Zeitverschwendung. Zeit war kostbar. Das Spesenbudget hingegen großzügig. Da konnte er Kees Bakker besser mit Geldgeschenken ködern, als ihn direkt unter körperlichen oder psychischen Druck zu setzen. Falls es mit dem psychischen Druck überhaupt noch klappte, so wie der Bakker innerlich brodeln musste. Es kam wie es kommen musste. Kees Bakker verließ das Casino am Zeedijk um 3.500 Euro erleichtert. Er war wieder da, wo er damals am Morgen des gleichen Tages schon einmal stand, bevor der Brief von Liang Zuko Wong abgegeben wurde.

25

Klaas van den Broek hatte an diesem Donnerstag, dem dritten Tag ihrer Ermittlungen, noch keine Pause gemacht und zwischen unzähligen Telefonaten und der Koordination von Terminen nur ein Sandwich mit Käse gegessen. So sorgte er dafür, dass die gesamte Senioren-Radfahrtruppe, die sie in Edam befragt hatten, aus dem nordholländischen Städtchen Hoorn am Ijsselmeer angekarrt wurde. Dort, in Hoorn, waren die Radler mittlerweile angekommen. Außerdem das deutsche Ehepaar, dessen Schiff am Steg gegenüber von Kees Bakker lag. Sie hatten ihn am Dienstag mit einem Asiaten in der Nähe des Bootes gesehen. Und auch der Mitarbeiter des Segelmachers vor Ort, der den ganzen Vormittag auf einem Schiff in der Nähe des Liegeplatzes arbeitete, wurde für die Phantombilderstellung geladen. Der besagte Mitarbeiter hatte einen hochgewachsenen Mann mitteleuropäischer Herkunft direkt auf dem Schiff von Bakker gesehen. Außerdem konnte Klaas van den Broek nach langen Telefonaten entlang der Westküste des Ijsselmeeres den Bootsverleiher ausfindig machen, der am Dienstag gegen kurz vor fünf ein Motorboot an einen Asiaten verliehen hatte. Der Name war im Belegungsplan des Verleihers eingetragen und das Boot nach einer kurzen Einweisung übergeben worden. Als Pfand hatte der Mann eine Kopie seines Ausweises hinterlegt und wie üblich im Voraus bar bezahlt. Das einzige, was dem Verleiher auffiel, war, dass der Chinese - die Nationalität ging zumindest aus seinem Pass hervor - ganz allein eine Tour aufs Ijsselmeer machen wollte. Die meisten asiatischen Besucher kamen in Bussen und damit in Gruppen nach Volendam. Meistens hatte der Bootsverleiher das Problem, dass zu viele Menschen auf ein Boot wollten. Hier war es genau anders herum. Es war auch das Einzige, woran sich der Bootsverleiher erinnerte. Aber immerhin war er auch der Einzige, der überhaupt detailliertere Angaben über den Gesuchten machen konnte. Ein Mann mittleren Alters, dunkle Haare, eher zierlich als kräftig und mit einem ernsten und bestimmten Gesichtsausdruck. Irgendwie anders als die üblichen Touristen in Volendam. Außerdem verwunderte den Bootsverleiher, dass der Gast Niederländisch sprach. Sogar recht gut, aber es hörte sich irgendwie nach Lehrbuchwissen an. Sehr ungewöhnlich für asiatische Touristen, die hier auftauchten. Klaas van den Broek erhoffte sich aus der nochmaligen Befragung und dem Anfertigen von Phantombildern neue Erkenntnisse zu erhalten. Der Pass war wie vermutet gefälscht, einen Mann mit diesem Namen gab es nach Auskunft der chinesischen Botschaft nicht. Anfangs hatte es ein großes Durcheinander mit all den Leuten gegeben. Doch nachdem alle, die wirklich etwas gesehen hatten, nach mehrmaliger Ermahnung zur Konzentration mitarbeiteten, gab es für beide gesuchten Personen, den Asiaten und den Mitteleuropäer, recht einheitliche Profilzeichnungen, mit denen die Ermittler arbeiten konnten. Beim Asiaten war die Ausbeute eher schwach. Die Radler konnten bis auf allgemeine Hinweise wenig zur Aufklärung beitragen.

Die Aussagen des Bootsverleihers waren da schon sehr viel hilfreicher. Im Falle des Mannes, der vielleicht Niederländer, zumindest Mittel- oder Nordeuropäer war, konnte nur der Mitarbeiter des Segelmachers, der auf einem der benachbarten Boote arbeitete, etwas Aufklärendes beitragen. Er hatte den Gesuchten als einen etwa 45-jährigen, gut gekleideten Mann in Erinnerung. „Für einen Segler vielleicht etwas ungeschickt“, meinte der Mitarbeiter der Segelmacherei. Er habe weder segeltaugliche Schuhe noch sportliche Bekleidung getragen. „Er sah einfach nach Büro aus, zumindest was die Schuhe anging“, sagte der Zeuge und beschrieb den Gesuchten mit seiner Größe von etwa 1,85 bis 1,90 Meter als schlank und insgesamt durchaus sportlichen Typ. Seine Haare seien blond bis dunkelblond und kurz gewesen. „Ein freundlicher Mensch, eher schüchtern als aggressiv wirkend“, gab der befragte Segelmacherei-Mitarbeiter zu Protokoll. Er sei ihm unsicher vorgekommen und habe sich das Boot angesehen wie ein typischer Erstkäufer eines Gebrauchtbootes, der gerade mit dem Segelsport anfangen wollte, konnte sich der Zeuge noch erinnern.

„Nicht schlecht, Klaas“, sagte der Commissaris. „Wir kommen langsam ein Stück weiter. Wann kriegen wir die Phantombilder?“

„Die müssten fertig sein. Ich lass sie gleich holen. Der Zeichner wollte noch ein paar Details verbessern.“

Aber das war nicht alles, was Klaas van den Broek rausgefunden hatte.

„Ich habe auch noch die Bankkonten und Versicherungen gecheckt. Da gibt es ebenfalls interessante Entwicklungen“, sagte Klaas.

„Er hat eine Lebensversicherung auf den Namen seiner Frau ausgestellt“, sagte er triumphierend.

„Könnte es sein, dass er monatlich 480 Euro darauf bar eingezahlt hat?“, fragte Peeters.

„Woher weißt du das?“, sagte Klaas fast enttäuscht.

„Ich habe in Kees Bakkers Schreibtisch Bareinzahlungsbelege gefunden, die seit fast zwei Jahren pünktlich zum Anfang des Monats an eine Schweizer Versicherung gezahlt wurden.

„Ja, das ist eine Lebensversicherung über sage und schreibe 500.000 Euro, die er vor zwei Jahren abgeschlossen hat.“

„Auf welchen Namen?“, wollte Mieke wissen, die etwas später zur Besprechung dazu gekommen war.

„Wie sich das für einen liebenden Ehemann gehört, auf den Namen der Ehefrau als einzige Begünstigte im Todesfall, was sonst?“

„Und warum hat sie uns nichts davon erzählt bei unserem letzten Besuch?“, wollte der Commissaris wissen.

„Warum sollte sie?“, fragte Mieke. „Haben wir danach gefragt?“

„Nein“, sagte Peeters, „das wäre wohl auch etwas plump gewesen.“

„Das ist immer ein dankbares Motiv“, resümierte Klaas van den Broek, „aber wenn wir ehrlich sind, führt das meistens auch nur in Fernsehkrimis zum richtigen Mörder.“

„Egal, berücksichtigen müssen wir alle Hinweise und Überlegungen“, bemerkte Mieke. „Und sortieren können wir später noch. Hauptsache, es geht uns erst mal nichts verloren, was wir später nicht mehr ermitteln können.“

„Was hast du noch bei den Banken rausbekommen?“

„Wenig, mit Banken hatte Kees Bakker wohl nicht mehr viel am Hut. Oder vielleicht besser anders herum. Jedenfalls hat er keine nennenswerten Konten bei anderen Banken in Amsterdam und auch nicht im Rest der Niederlande. Mehr konnte ich in der kurzen Zeit nicht ermitteln. Aber ich glaube kaum, dass der Bakker Konten in der Schweiz oder sonst irgendwo unterhielt und hier mit seiner Frau am Existenzminimum lebte. Jedenfalls offiziell. Wegen der Pfändungen und so."

„Ja, wahrscheinlich", pflichtete ihm seine Kollegin Mieke Dekker zu. „Das glaube ich auch nicht."

„500.000 Euro sind eine Stange Geld", sagte Klaas mit einem nachdenklichen Blick. „Aber wem er das Geld bei einem Todesfall genau vererben wollte, das war ihm wohl in den letzten Lebenstagen nicht mehr ganz klar."

„Was erzählst du da?", bohrte Peeters nach.

„Sorry, ich wollte euch ein bisschen auf die Folter spannen", scherzte van den Broek.

„Ich habe natürlich bei der Versicherung angerufen und mit den Sachbearbeitern gesprochen, die Kees Bakker betreut haben."

„Ja und", sagte Mieke, „lass dir nicht alles aus der Nase ziehen, was haben sie gesagt?"

„Nichts besonderes, die Daten stimmen. 500.000 Euro für Bakker im natürlichem oder fremdverschuldetem Todesfall, aber kein Suizid, wohlgemerkt."

„Klar", sagte Peeters, „völlig normale Versicherungsbedingungen."

„Die Bedingungen stimmen wahrscheinlich auch", sagte Klaas, „aber das Timing scheint etwas durcheinander geraten zu sein."

„Was redest du, Mann. Werde mal konkreter", sagte Mieke Dekker leicht genervt.

„Okay, das Schönste behält man doch gerne bis zum Schluss zurück. Also, Kees Bakker hat noch wenige Tage vor seinem Tod bei der Versicherung angerufen, sagte mir der Mitarbeiter. Völlig aufgelöst und in dem unumstößlichem Entschluss, sofort und ohne weitere Erklärungen eine wissenschaftliche Stiftung anstelle seiner Ehefrau als alleinige Begünstigte für die Lebensversicherung einzusetzen."

„Das hört sich interessant an“, sagte Mieke aufmerksam.

„Und? Hat er es getan? Ist Dianne Bakker raus?“, wollte der Commissaris wissen.

„Nein“, sagte Klaas, „es bleibt wie es ist oder besser, es wird nicht mehr dazu gekommen, dass sich etwas ändert. Der vereinbarte Termin für die Änderung ist erst morgen früh um 10:30 Uhr im Büro der Versicherung. Den wird Kees Bakker wohl nicht mehr wahrnehmen.“

Es klopfte an der Tür. Eine junge Mitarbeiterin brachte die Phantombilder als Farbausdruck in mehrfacher Auflage, so dass jeder von ihnen ein Exemplar für die Ermittlungen nutzen konnte. Sie hängten die Bilder an einem Flipchart auf, das in dem Besprechungszimmer stand. Klaas van den Broek las dazu aus einer E-Mail vor, die eine Kollegin gesendet hatte. Sie hatte die beiden Portraits durch ihren Computer geschickt und mit der Gesichtserkennungssoftware einen Abgleich der vorhandenen Kartei machen lassen. Das Ergebnis war negativ. Keine der beiden Figuren stimmte mit irgendjemandem aus dieser Täterdatei überein. Nicht mal annähernd.

„Wie der fiese Ruud Visser sieht der hier leider nicht aus“, sagte Mieke und zeigte auf das Portrait des gesuchten Mannes. „Schade, das wäre schön gewesen.“

„Der hat doch seine Leute für die Drecksarbeit und wird sich selbst die Finger sicher nicht schmutzig machen“, kommentierte Klaas van den Broek.

„Damit ist wohl zu rechnen“, stimmte Mieke zu.

Sie gingen am Flipchart noch einmal gemeinsam die unterschiedlichen Beziehungskonstellationen der bislang bekannten Personen durch.

Trotz aller Konzentration konnten sie keinen Hinweis finden, der sie wirklich weiterbrachte. Da gab es ganz oben den Toten Kees Bakker. Von ihm wussten sie nur, dass er sich am Todestag mittags krank gemeldet hatte, ohne offensichtlich krank gewesen zu sein. Danach tauchte Kees Bakker nachweislich erst wieder als Leiche auf, in der Nähe seines Schiffes, das in dem Seegebiet vor Uitdam und Durgerdam auf Grund festgesessen hatte.

„Was ist zwischen seiner Krankmeldung und dem Auffinden der Leiche passiert?“, sinnierte der Commissaris.

Unter dem Bild von Kees Bakker brachte Mieke auf dem Flipchart die beiden Phantombilder an, verband sie jeweils mit Kees Bakker und machte unter die neuen Bilder ein Fragezeichen.

„Schön“, sagte Klaas, „jetzt ist das schon mal dokumentiert. Wir wissen, dass es noch keine gesicherten Erkenntnisse gibt. Aber jede Menge Fragezeichen. Und wir wissen nicht, wer die beiden Männer sind. Wir müssen damit an die Öffentlichkeit gehen.“

„Es bleibt uns wohl nichts anderes übrig“, überlegte Peeters. „Obwohl uns die Presse bislang völlig in Ruhe gelassen hat. Das war denen wohl zu unspektakulär.“

„Spätestens bei der Sache mit dem Motorboot, das den mutmaßlichen Mörder oder die Mörder an Bord genommen hat, hätten die Journalisten hellhörig werden müssen. So was lässt sich doch bestens in bunten Geschichten ausmalen“, meinte Klaas.

„Das wird wahrscheinlich nachgeholt, wenn wir die Bilder an die Medien rausgeben“, sagte der Commissaris.

„Dann mache ich das für die morgigen Zeitungsausgaben klar. Online können wir das noch heute Abend weitergeben. Hoffen wir mal, dass sich dadurch etwas ergibt“, erwiderte Klaas van den Broek.

„Morgen ist Freitag. Wir brauchen langsam etwas Stichhaltiges. Wenn wir damit an die Presse gehen, werden wir spätestens Samstag eine Pressekonferenz machen müssen.“ Jacob Peeters war unwohl bei dem Gedanken.

„Sorg bitte dafür, dass die Phantombilder auch im Volendamer Hafen und in den Kneipen im Ort verteilt werden. Und schick jemanden mit den Bildern bei den Evers in der Julianalaan vorbei. Die könnten vielleicht eine der beiden Personen schon mal gesehen haben“, bat der Commissaris Klaas van der Broek. „Ach ja, und im Supermarkt bei Leentje an der Kasse.“

„Bei wem?“, wollte Klaas wissen.

„Bei Leentje Dingsbums, ich hab den Namen vergessen. Die an

der Kasse im Supermarkt und gleichzeitig die Bedienung in dem Café De Uitkijk an der Uferpromenade."

„Nach wie vor gehe ich davon aus, dass wir den Täter im Spielhallen-Milieu suchen müssen. Kees Bakker hatte Schulden. 57.000 Euro, die irgendjemand nun von seiner Frau haben will", meldete sich Mieke.

Sie stand auf und heftete das Bild von Ruud Visser, das sie aus der Täterkartei hatte, an das Flipchart. Ruud Visser war nicht ganz unbekannt bei der Amsterdamer Polizei. Zumindest war sein Vorstrafenregister ähnlich spannend zu lesen wie eine Kriminalkurzgeschichte. Sie verband das Bild von Visser mit dem von Kess Bakker und auch mit den beiden unbekannten Männern. Schließlich konnten die beiden auch Handlanger von Visser sein. Der erste Spielhallenbetreiber, den Mieke besucht hatte, war entlastet. Sein Alibi mit dem Architekten war wasserdicht. Und angeblich hatte Kees Bakker da auch keine Schulden. Den hatten sie erst mal wieder aus der Liste gestrichen.

„Dieses Ekel", sagte Mieke. Bei Spielhallenbetreibern standen ihr per se die Nackenhaare hoch.

„Was haben wir noch?", fragte der Commissaris energisch. „Wir müssen noch mal das Alibi von Dianne Bakker überprüfen, auch wenn ich das für ziemlich überflüssig halte."

„Wieso noch mal?", fragte Mieke mit der Betonung auf „noch mal". „Meines Wissens haben wir das noch gar nicht getan. Es gab ja bislang auch keine begründete Notwendigkeit. Der Sache mit der Lebensversicherung müssen wir nachgehen, ein Motiv ist das allemal. Aber überbewerten sollten wir das im Moment nicht. Dafür scheint mir die Sache zu offensichtlich."

„Na ja, für den Betrag machen einige Menschen schon sehr ungewöhnliche Sachen", meinte Klaas.

Auch Dianne Bakker bekam nun auf dem Flipchart einen Platz. Ein Foto hatten sie nicht. Es reichte ihr Name und eine entsprechende Verbindungslinie zu ihrem Mann.

„Für mich ist immer noch völlig unklar, warum der Täter den Bakker auf dem Boot getötet hat. Das ist doch höchst ungeschickt.

Sein spektakulärer Umstieg auf ein Motorboot war gefährlich. Das konnte beobachtet werden. Und wurde es ja auch. Also können wir vermuten, dass der Mord auf dem Boot nicht geplant war, sondern im Affekt stattfand. Oder es war so gut geplant, dass der Abholer mit Motorboot die ganze Zeit in unmittelbarer Nähe war."

„Aber selbst, wenn es so wäre", warf Klaas ein, „gilt das, was du gerade gesagt hast. Dann wäre der Mörder bewusst das Risiko eingegangen, entdeckt zu werden. Auch wenn noch nicht viel los war auf dem Wasser und am Westufer auf den Wander- und Radwegen."

„Stimmt", sagte Peeters nachdenklich. „Dann hatte es einen Sinn, den wir noch nicht kennen. Wir müssen uns die Ergebnisse der Spurensicherung noch mal anschauen. Vielleicht haben wir etwas Wesentliches übersehen. Wir müssen alle Spuren miteinander in Beziehung setzen, so weit es irgendwie geht. Wie ein Puzzle. Vielleicht wird ein brauchbares Bild draus. Wir brauchen auf dem Flipchart noch einen Beziehungspunkt. Seine Firma oder besser den Kollegen Vincent Meijer, der mit ihm gemeinsam die Projektleitung hatte", sagte Peeters. „Ich halte ihn zwar nicht für den Täter, aber wir müssen diesen Teil des Lebens von Kees Bakker ebenfalls im Auge behalten. Vielleicht gab es da Eifersüchteleien, von denen wir noch nichts wissen. Es ging zumindest nicht spannungsfrei ab. Das heißt, wir machen auch bei LionA noch mal eine Befragung aller Mitarbeiter, die mit Kees Bakker zusammen gearbeitet haben."

„Ich krieg es nicht zusammen, verdammt", fluchte Mieke leise und mit konzentriertem Blick auf eines der beiden Phantombilder. „Ich schaue mir die ganze Zeit das Phantombild von dem Niederländer oder woher der kommt, an. Und ich bin mir sicher, dass ich den schon irgendwo gesehen habe. Und das ist noch nicht lange her."

„Dann hoffen wir auf die Rückkehr deiner Erinnerungen", kommentierte Klaas ungerührt.

„Wen wollen Sie sprechen?", fragte der Commissaris, der den Telefonhörer im Besprechungszimmer gleich nach dem ersten Klingeln abgenommen hatte. „Mijnheer van den Broek, ja, einen Moment."

Klaas hörte angestrengt zu, nachdem der Commissaris ihm den Hörer gab, bedankte sich und legte nach einem Moment den Hörer wieder auf. Er überlegte.

„Wer war das?", wollte Mieke wissen.

„Die Telefongesellschaft von Ruud Vissers Mobiltelefon. Sie haben auf meine Anforderung hin eine Funkzellenortung durchgeführt."

„Ja und?", fragte der Commissaris und schaute ihn mit neugierigen Blicken an.

„Anhand der kombinierten Daten zur Signalstärke an den verschiedenen Funkmasten sind sie sicher, dass das Mobiltelefon von Ruud Visser heute Morgen in der Nähe der Hofwijckstraat benutzt wurde."

„Das würde bedeuten, dass der fiese Visser oder einer seiner Helfer für den Einbruch bei Dianne Bakker verantwortlich ist", resümierte Mieke. „Dann schnappen wir uns den Kerl."

„Macht es Sinn, den Mann jetzt sofort einzusacken?", überlegte der Commissaris. „Wir sollten das gut vorbereiten und brauchen Leute dafür."

„Warum nicht? Was spricht dagegen?", fragte Klaas.

„Vielleicht ist das zu überstürzt", sagte Peeters. „Wir lassen ihn ab sofort beobachten und schlagen morgen früh zu. Dann holen wir Ruud Visser zum Verhör ins Präsidium und nehmen uns mit Verstärkung seinen ganzen Laden vor. Irgendwas werden wir finden, um ihn weich zu klopfen."

„Gut, dann geh ich mal an die Arbeit und organisiere den Ausflug für morgen früh. Ist dir sechs Uhr recht?"

Commissaris Jacob Peeters nickte zustimmend.

26

Es war schon kurz nach zwanzig Uhr, als Jacob Peeters auf den kleinen Parkplatz des Hafengeländes fuhr. Anstatt gleich aufs Boot zu gehen, entschied er sich dafür, irgendwo eine Kleinigkeit zu essen und noch ein gezapftes Bier zu trinken. Am Muiderberg, direkt am Strand des Ijsselmeeres ging er manchmal in die Zeemeeuw, um den Sonnenuntergang zu beobachten. Wenn er sich beeilte, könnte er auch an diesem Abend noch in den Genuss kommen. Trotz des wechselhaften Wetters war es tatsächlich schon wieder bis kurz vor neun hell. Und er schaffte es, zumindest den ersten Schluck seines Bieres noch mit einem Stück Restsonne zu genießen. Dazu bestellte er sich eine Portion Bitterballen mit Senf.

In Gedanken ging er noch einmal die Aktion für den morgigen Tag durch. Es würde nicht einfach sein, aus Visser etwas herauszubekommen. Er war ein Profi. Und dass man sein Telefon orten konnte, musste eigentlich so einem wie ihm auch klar sein. Vielleicht war ihm das egal. Aber warum?

In der Dämmerung sah er weit vor sich auf dem Wasser ein Segelschiff, das sich unter Motor Richtung Hafen bewegte. Sie wollten offensichtlich noch im Hafen ankommen, bevor es ganz dunkel wurde. Er kannte das Schiff. Es lag am gleichen Steg wie sein eigenes Boot. Am Vormittag hatte er noch eine nicht ganz verbindliche Einladung an Mieke ausgesprochen, sie zum Essen aufs Schiff einzuladen. Aber das war vorhin kein Thema mehr. Alle waren mit ihren Aufgaben für den nächsten Tag beschäftigt. Dass seine spontane Einladung zumindest an diesem Abend in Vergessenheit geriet, empfand er allerdings eher als Erleichterung. Für den nächsten Morgen waren eine Hausdurchsuchung und gleichzeitig mehrere Vernehmungen geplant und außerdem hatte er sich am Abend mit Manou zum Essen verabredet. Da war ein Abend mit seiner Mitarbeiterin auf dem Schiff auch nicht angebracht. Er wusste auch genau, dass er gar nicht in der Lage war, eine neue Beziehung eingehen zu können, egal, ob sich Mieke für ihn interessierte oder ob es eine andere Frau wäre.

Seine Beziehung mit Manou ließ sich nicht einfach mit einer frischen Liebschaft aus der Welt schaffen. Das war ihm klar. Man konnte die Gegenwart und den Glauben an die Zukunft vielleicht in Nebel verhüllen, aber die Vergangenheit hatte sich fest in die eigene Geschichte eingebrannt. Er hatte in den letzten Wochen wenig mit Manou telefoniert. Über Skype und Facebook war er regelmäßig vom Schiff aus mit seinen Kindern Constantijn und Laura in Kontakt. Glücklicherweise gab es wenige wichtige Dinge, die gemeinsam entschieden werden mussten. Da fiel sein Abtauchen nicht so auf. Aber er merkte auch, dass ein Leben auf Tauchstation nicht sein Ziel war. Vielleicht würde es in Zukunft auch einfach andere Voraussetzungen geben. Die Familienarbeit war von Manou organisiert worden. In dieser Phase ihres gemeinsamen Lebens hatte er versagt. Diese Einsicht gewann in seinen Gedanken einen immer größeren Raum. Und die Richtigkeit dieser Annahme war für Jacob Peeters mittlerweile unumstößlich. Zu jeder Beziehungskrise gehörten mindestens zwei Ansichten und zwei Akteure, doch bislang hatte er oft genug die Hauptrolle auf einer Bühne gespielt, die nicht nur für ihn allein geschaffen war. Wo war der Teamgedanke geblieben? In seinem Beruf musste er ständig Entscheidungen treffen, die auf gemeinsamen Erkenntnissen basierten, Pläne mit den Kollegen besprechen und das Team zusammenhalten. Wie sollte man sonst einen ähnlich anstrengenden Job wie den eines Polizisten unbeschadet überstehen?

Seine Familie war dabei auf der Strecke geblieben. Ausgepowert und immer die eigenen Gedanken umkreisend, hatte er sich in den Jahren mehr bei seinen Kollegen verstanden gefühlt als bei seiner eigenen Frau oder von seinen Kindern. Ein großer Fehler, wie er mittlerweile eingesehen hatte. Was blieb trotz Karriere und möglicher Erfolge seiner Arbeit, wenn die Lorbeeren verteilt und die Verbrecher eingesperrt waren? Wenn die politisch Verantwortlichen ihre Grüße und Danksagungen ausgesprochen hatten? Und wenn schon die nächsten Verbrecher in den Startlöchern standen, um ihn aufs Neue zu mehr als hundert Prozent zu fordern? Die Bilanz nach vielen Jahren dieser Arbeit war ernüchternd. Das Ergebnis schnell erkennbar. Er blieb allein mit dieser Karriere. Vielleicht nicht physisch, aber sein Seelenheil war auf diese Weise nicht zu erreichen. Außerdem wollte er den Kontakt zu seinen Kindern nicht verlieren. Gerade jetzt, wo sie sich immer mehr aus dem familiären Dunstkreis verselbstständigten. Aus den ehemals Schutzbefohlenen wurden gleichberechtigte junge Erwachsene, die längst begonnen hatten, ihre eigene Geschichte zu schreiben.

„Entschuldigung, möchten Sie noch etwas trinken?“, fragte die junge Frau mit der dunkelroten Schürze in der Zeemeeuw.

Jacob Peeters erschrak. Er war versunken in die Gedanken, die sein Treffen mit Manou am folgenden Abend vorbereiteten.

Er überlegte kurz. „Ja, ich möchte noch ein Bier und eine Portion Bitterballen. Und dann die Rechnung bitte.“

Er wollte früh schlafen gehen. Kein Treffen mit Anton und Huber mehr. Und keine Probleme mehr wälzen. Er wollte fit sein für seinen Job. Wie immer. Aber das gelang noch nicht. Seine Gedanken umkreisten die ungeklärte Zukunft seiner Ehe. Er hatte Manou oft enttäuscht. Bei geplanten Urlauben musste er nachkommen, weil er noch einen Fall abzuschließen hatte. Und dann war er häufig unausstehlich, weil er trotz schönster Urlaubsumgebungen gedanklich noch Tage lang an seinem Amsterdamer Schreibtisch saß. Sie hatte lange nichts gesagt, wollte bei seiner Karriereplanung nicht im Wege stehen und wusste genau, dass sein Job in dieser Zeit die Hauptfinanzierung ihrer kleinen Familie trug. Durch die reduzierten Stunden in ihrem Job waren sie zumindest eine Zeit lang stark auf die Einkünfte aus dem Polizeidienst angewiesen. Seine Eltern hätten sicher ausgeholfen. Finanzielle Probleme kannten die kaum. Aber das wollten Manou und er auf keinen Fall. Darin waren sie sich einig. All die Jahre. Immerhin.

Und ausgerechnet jetzt, wo es schon genügend Familienprobleme gab, hatte sich sein Vater angekündigt, um mit ihnen allen seinen Geburtstag zu feiern. War er altersmilde geworden? Vielleicht wollte er sich auch einfach nur von seiner besten Seite zeigen, um in den letzten Jahren seines Lebens nicht den Anschluss an die Familie zu verlieren. Schließlich ging er auf die achtzig zu. Pflegepersonal würde er sich schon leisten können, wenn er es tatsächlich einmal nötig hätte. Aber Unterhaltung konnte er sicher gut gebrauchen. Es wurde einsamer um ihn herum, nachdem er sich in den Ruhestand verabschiedet hatte. In den letzten Jahren seines Arbeitslebens war er noch einmal mächtig die Karriereleiter hinaufgestiegen. Als Europachef einer internationalen Anwalts- und Steuerberatungsgesellschaft hatte er viele Freunde und Menschen, mit denen er sich umgab und die ihm noch einen Gefallen schuldig waren oder auch andersherum. Aber solche Kontakte verblassten schnell, wenn deren Grundlage allein das Vorbereiten neuer Geschäfte war. Da blieb nicht viel übrig an echten Freunden oder Themen, bei denen man die Oberflächlichkeit der Fassade nicht verlassen musste. Vielleicht ein paar Leute aus seinem Hamburger Alster-Golfclub. Aber wahrscheinlich waren sie auch nur Blender. Das hatte Jacob Peeters Vater schmerzlich festgestellt, der nach außen hin immer gut gelaunt, gut gekleidet und mit der nötigen Portion Understatement durchs Leben zog. Zumindest hatte er es einmal angedeutet bei einem Telefonat. Immer Zeit für seine Klienten und dafür wenig Zeit für die Familie. So war es in Hamburg, als er noch der kleine Jacob war. Und so war es nach dem Umzug nach Amsterdam, als sein Vater die Leitung der niederländischen Vertretung des gleichen Konzerns übernahm. Es war der Wunsch seiner Mutter gewesen, wieder in die Niederlande zurückzukehren. Sie war in Hilversum geboren und zur Schule gegangen. Das Eindexamen und einen Großteil des Studiums hatte sie in Amsterdam absolviert. Nach Hamburg war sie gegangen, um internationalen Rechtsvergleich zu studieren. Dort hatten sich seine Eltern im Jurastudium kennengelernt und schon ein Jahr später geheiratet. Während sich sein Vater gleich nach dem Studium auf die Karriereleiter begab, hatte sich seine Mutter in den ersten Jahren nach seiner Geburt um ihn gekümmert und war dann halbtags am rechtswissenschaftlichen Institut der Universität in ein Forschungsprojekt eingestiegen. Das ging ein paar Jahre gut, und als sich seinem Vater die Möglichkeit eröffnete, in den Niederlanden als nationaler CEO der dortigen Niederlassungen neu zu starten, konnte er gleich zwei Fliegen mit einer Klappe schlagen: Er war mit diesem neuen Job wieder ein Stückchen höher gerutscht ins Board of Management seiner Firma und seine Frau drängte schon seit längerem darauf, dass sie gerne zurück nach Amsterdam wollte.

Aber die Karriere stand für seinen Vater auch weiterhin im Mittelpunkt. Als auch seine Mutter in Holland wieder beruflich aktiv wurde, gab es nur wenige Gelegenheiten, bei denen sie als Familie aufgetreten waren. Jacob Peeters erinnerte sich an ein paar Sonntage, an denen sie zu dritt ans Meer gefahren waren. Aber seine Eltern hatten sich nach und nach immer weniger zu sagen. Ihre Gemeinsamkeiten beschränkten sich auf Organisatorisches rund um seine Erziehung oder irgendwelche anderen Angelegenheiten, die einer Regelung bedurften. Er erinnerte sich an eine abgebrochene Regenrinne am Haus. Die hatte dafür gesorgt, dass bei einem ordentlichen Regenschauer, der sich über mehrere Tage hinzog, das Wasser durch die Wand ins Wohnzimmer eindrang. Und das am Wochenende, an dem man kaum Handwerker bekam. Dieses Desaster hatte dazu geführt, dass sein Vater unverhofft zuhause blieb, anstatt auf den Golfplatz zu fahren und sie gemeinsam zu dritt die Regenrinne notdürftig reparierten. Ein banales Ereignis, empfand Jacob Peeters, als er darüber nachdachte. Aber er hatte damals das glückliche Gefühl, dass sie eine richtige Familie waren. Zumindest für einen Augenblick.

Als er sechzehn Jahre alt war, bekam er von seinen Eltern das Angebot, auf ein Internat in Süddeutschland in der Nähe des Bodensees zu gehen. Er nahm es dankbar an. Als er nach dem Abitur, das er mit guten Noten absolvierte, nach Amsterdam zurückkehrte, war sein Vater längst ausgezogen. Vom CEO Niederlande seiner Firma war er zum Europachef befördert worden. Die Europaleitung wurde vom Hamburger Standort aus organisiert und so kehrte sein Vater zurück in die bekannte Umgebung.

Seine Mutter hatte der juristischen Arbeit den Rücken zugekehrt und war in Laren, etwa 25 Kilometer östlich von Amsterdam, in ein Immobilienkantoor eingestiegen, das eine Freundin betrieb. Das war Ende der siebziger Jahre. Sie waren erfolgreich und verfügten über die richtigen Kontakte. Im Speckgürtel von Amsterdam fand man Villenviertel, die scheinbar kaum enden wollten. Wer da einmal einen Fuß im Immobiliengeschäft hatte, wurde weitergereicht. Mit der Folge, dass auch der Kontakt zu seiner Mutter immer weniger und oberflächlicher wurde. Das Immobiliengeschäft nahm sie voll und ganz in Anspruch. Sie ging auf Partys und Empfänge, um Gesichtskosmetik zu betreiben. Sehen und gesehen werden. Das war die Devise ihres neuen Betätigungsfeldes.

Immerhin konnte er in dieser Zeit einiges ausprobieren, ohne dass ihm seine Eltern gleich reingeredet hätten. Es war ja selten jemand zuhause. So hatte er nach dem Schulabschluss zunächst ein Jahr an verschiedenen Orten in den Niederlanden gearbeitet, um das Berufsleben kennenzulernen. Am besten hatte ihm die Arbeit in einer kleinen Werft in Zeeland gefallen. Trotzdem hatte er im Winter 1985 in Amsterdam sein Jurastudium begonnen. Drei Semester lang hatte er sich durch den Stoff gequält, ohne eine klare Antwort für sich zu finden, warum er das eigentlich tat. Anwalt wollte er auf keinen Fall werden, diese Entscheidung war ihm schon bei der Immatrikulation klar. Er hatte sich von seinen Eltern in das Studium reindrängen lassen. Aber erst nach diesem zeitlichen Abstand von Zuhause war er in der Lage, Konsequenzen daraus zu ziehen, die er auch argumentativ vertreten konnte. Er wollte nicht einfach aufgeben oder etwas aus Trotz hinschmeißen. Er wollte eine Perspektive, eine von ihm selbst ausgewählte Perspektive. Es lag nicht am Thema „Recht“. Das interessierte ihn schon immer, aber er wollte es aus einer anderen Perspektive angehen. Er wollte daran mitarbeiten, die Rechte der Menschen zu schützen und diejenigen zur Rechenschaft zu ziehen, die die Rechte der Anderen missachteten. Er wollte Polizist werden. Und da Karriere machen. Das war tatsächlich seine eigene Entscheidung. Eine Entscheidung, die Jacob Peeters seinen Eltern damals nur vorsichtig beibringen konnte. Denn der Ärger war vorprogrammiert. Sein Vater sah ihn immer in seinen Fußspuren und seine Mutter bedauerte die unnützen Ausgaben, die sie in seine Ausbildung am Internat gesteckt hatten. Diese Investition war mit dem Gehalt eines Polizisten wohl nur schwer wieder einzufahren.

Aber das alles war längst Vergangenheit. Jacob Peeters hatte mittlerweile sein zweites Bier ausgetrunken und die Bitterballen hinterließen in seinem Magen ein wohliges Gefühl der Zufriedenheit. Er würde auf jeden Fall mit Manou beim Essen morgen Abend klären, wie sie sich verhalten wollten, wenn sein Vater und auch seine Mutter anrauschten. Eine Horrorvorstellung, fand Peeters und wurde plötzlich wieder hellwach, auch, wenn draußen schon das Mondlicht über dem Wasser seine Leuchtspuren hinterließ und diesen Abend mit einer frühlingshaft milden Stimmung überzog.

Er musste nur noch Han Molenaar anrufen, bevor er schlafen ging.

27

Piet de Boer war 78 Jahre alt und hätte sich die restlichen Jahre seines Lebens gerne etwas erträglicher vorgestellt. Doch seit seine gleichaltrige Frau an Demenz litt, wurde sein Leben noch einmal voll auf den Kopf gestellt. Ihr Zustand veränderte sich von Monat zu Monat und verlangte ihm immer mehr Achtsamkeit und Kräfte ab. Zu Beginn war es damit getan, das Vergessene wieder aufzufrischen und so für eine gemeinsame Konversation zu sorgen. Dann kamen die Aggressionen dazu und schließlich musste alles in Sicherheit gebracht werden, womit sie einen Brand auslösen konnte oder sonstige lebensbedrohliche Schäden hätte verursachen können. Bevor er den Herd mit einem Sicherheitsschloss ausrüsten ließ, hatte er bereits fünf Wasserkocher aus Kunststoff auf der Herdplatte schmelzen sehen. Er war jedes Mal im rechten Moment da gewesen, so dass nichts Schlimmeres passieren konnte. Natürlich war es nicht absichtlich passiert und kein böser Wille von ihr. Es war der Verlauf einer Krankheit, die von allen Angehörigen viel Verständnis und Energie forderte. Es war eine gemeine und heimtückische Krankheit. Seit ein paar Wochen hatte sie auch ihr Gefühl für den Wechsel von Tag und Nacht verloren. Sie stand mitten in der Nacht auf, zog sich an und wollte spazieren gehen oder einkaufen fahren. Für sie war es das Normalste der Welt. Für ihn aber ein strapaziöser Kraftakt. Doch er machte mit, weil es nur zwei Alternativen gab. Mitten in der Nacht einen Streit heraufzubeschwören, dessen Verlauf unabsehbar war oder sie in ein Pflegeheim zu geben. Das wollte er nicht und war auch kaum zu finanzieren. Wer sollte sich dort um sie kümmern? Demente Menschen brauchten viel zeitliche Zuwendung, die ihnen außer den Angehörigen kaum jemand geben konnte. Sie wurden mit Psychopharmaka ruhig gestellt. Davon hatte er schon oft gehört. Nein, so etwas wollte Piet de Boer auf keinen Fall.

Deshalb war er mit ihr auch in dieser Nacht fast eine halbe Stunde lang spazieren gegangen. Die Transvaalstraat im Osten der Stadt runter Richtung Krugerplein und dann langsam wieder zurück. So waren sie gut zwanzig Minuten unterwegs und anschließend legte sie sich wieder schlafen. Er stand, seitdem diese nächtlichen Wanderungen angefangen hatten, anschließend, wenn sie wieder schlief, noch oft am Fenster und schaute raus. Nicht lange, vielleicht eine Viertelstunde, bevor auch er sich hinlegte. Dann dachte er gerne an die guten Jahre, die sie hier verbracht hatten. Es war ihr gemeinsames Zuhause und er wollte es ihr nicht nehmen.

Piet de Boer schaute hinaus ins Dunkel der Straße und hinüber zum Haus der Nachbarn. Sie waren seit vielen Jahren mit der Familie, der das Haus auf der gegenüberliegenden Straßenseite gehörte, befreundet. Jetzt waren sie im Urlaub auf den Kanarischen Inseln. Beide waren noch rüstig genug, obwohl sie auch schon in ähnlichem Alter waren. Ihre Urlaubszeit, in der sie auf den Kanaren waren, wollten sie nutzen, um ihrem Haus einen neuen Anstrich und ein paar Fassadenausbesserungen zu gönnen. Sie hatten gute Handwerker und konnten sich darauf verlassen, nach ihrer Rückkehr alles so vorzufinden, wie sie es besprochen hatten.

Auf dem Gerüst, das für die Handwerksarbeiten vor dem Haus stand, etwa auf Höhe des dritten Stockwerkes, sah Piet de Boer ein kleines rotes Licht aufleuchten. Dann war es wieder weg. Und wieder war es da. Er konzentrierte sich auf diesen einen Punkt. Trotz seiner 78 Jahre und obwohl es vier Uhr nachts war, war er plötzlich hellwach. Irgendetwas stimmte nicht. Er fokussierte seine Augen weiterhin auf die Lichtquelle, die sich gelegentlich etwas bewegte, bis er sich sicher war, dort drüben auf dem Gerüst schemenhaft einen Menschen zu erkennen, mit einer Taschenlampe oder vielleicht einer glühenden Zigarette. Er beobachtete einen Einbruch bei seinen Nachbarn, die sich unter der spanischen Atlantiksonne sicher andere Gedanken machten als er in diesem Moment. Unten vor dem Haus hielt sich ein weiterer Mensch regungslos auf der Straße auf, und er glaubte auch einen schwachen Taschenlampen-Lichtstrahl im Inneren der Wohnung zu erkennen. Es gab kein Zweifel. Die Wohnung auf der gegenüberliegenden Seite wurde ausgeraubt. Hier passierte das, was er derzeit fast täglich in der Zeitung las. Er überlegte nicht mehr, er war sich sicher, ging leise zurück in den Flur und holte das Telefon. Er wählte die Nummer der Polizei und schilderte seine Beobachtungen. Präzise und völlig unaufgeregt. Er war ja in einer sicheren Position. Durch seinen Kopf gingen viele Gedanken. Wie würde die Polizei versuchen, die Einbrecher zu stellen?

Er brauchte nicht lange zu warten, bis er es selbst miterleben konnte. Fast zeitgleich kamen von beiden Seiten der Straße jeweils zwei Polizeifahrzeuge langsam ohne Sirenen und ohne Blaulichter angefahren. Erst im letzten Moment gaben sie noch einmal für kurze Zeit Gas, starteten die Sirenen und das Blaulicht auf den Autodächern und sprangen sofort aus den Fahrzeugen, nachdem sie abrupt vor dem Haus stoppten und mit ihren Wagen die Straße in beide Richtungen blockierten.

Piet de Boer war beeindruckt vom dem, was er da von seinem Wohnzimmerfenster aus sah. Diese Präzision und Geschwindigkeit hatte er der Amsterdamer Polizei gar nicht zugetraut. Man las doch immer, dass sie die Täter bei den Hauseinbrüchen und diesen Handtaschenüberfällen in der Innenstadt nie zu fassen bekamen. Das da unten vor seinem Haus sah anders aus. Der Mann, den er auf der Straße gesehen hatte, war scheinbar ohne Widerstand festgenommen worden. Aus dem Hauseingang waren gleich zwei Personen panikartig rausgelaufen. Mindestens einen davon hatten sie ebenfalls überwältigen können. Aber den Mann, der sich im Dunkeln auf dem Gerüst aufhielt, hatten sie übersehen. Während sich einige Polizisten durch das Treppenhaus in die Wohnung im dritten Stock vorarbeiteten und drüben Licht in der Wohnung anging, sah Piet de Boer, wie der Mann auf dem Gerüst unbemerkt seitlich hinunterkletterte und im Schutze der Dunkelheit verschwand. Er riss das Fenster auf und rief den Polizisten auf der Straße zu, wohin der Mann geflohen sei.

Piet de Boer hatte seine Frau mit dieser Aktion geweckt. Sie stand plötzlich im Nachthemd hinter ihm und wollte mit ihm zu Abend essen.

28

An diesem Morgen im April war auch Jacob Peeters schon sehr früh auf den Beinen. Viel zu früh für seine innere Uhr, von der er an Wochenenden oder im Urlaubsfall gewöhnlich erst deutlich nach acht etwas hörte. Von Urlaub oder Wochenende konnte trotz beginnendem Freitag auch nicht die Rede sein, denn dazu hatte er viel zu viel zu tun. Selbst das Segelwochenende, das er mit Han Molenaar verbringen wollte, war erst mal in weite Ferne gerückt. Diese Vorstellung erinnerte ihn augenblicklich daran, dass er es am Vorabend wieder vergessen hatte, sich bei seinem Segelkumpel zu melden. Er war einfach darüber eingeschlafen.

Es war gerade 5:25 Uhr, als Jacob Peeters auf den Parkplatz des Polizeipräsidiums fuhr. Noch bevor er ausstieg, klingelte sein Telefon. Die können unmöglich schon angefangen haben, dachte Jacob Peeters. Ruud Visser wollten sie erst ab 6 Uhr auf die Pelle rücken. An der Telefonnummer sah er, dass der Anruf von einem Anschluss aus dem Präsidium kam. Er drückte auf die grüne Schaltfläche seines Smartphones.

„Was gibt es so früh? Die Visser-Aktion ist doch erst für 6 Uhr geplant?", fragte Peeters.

Er erfuhr von seinen Kollegen der nächtlichen Schicht, dass sie bei einem Einbruch vor erst eineinhalb Stunden in der Transvaalstraat zwei Bulgaren festgenommen hatten. Und die gehörten offensichtlich zu seinem Prada-Fall.

„Klasse", sagte Peeters. „Aber leider etwas unpassend."

„Na ja, wir konnten mit denen nicht aushandeln, möglichst tagsüber einzubrechen", sagte der Kollege. Er hatte wohl eher auf ein Lob für den Ermittlungserfolg gesetzt.

„Sorry, das war gute Arbeit von euch. Ich hab nur in rund dreißig Minuten eine Hausdurchsuchung und anschließende Vernehmungen vor mir", sagte Peeters. „Zurzeit kann ich mit den beiden Männern nichts anfangen. Aber ich organisiere eine Vernehmung im Laufe des

Vormittags. Wahrscheinlich wird Klaas die durchführen. Dazu melde ich mich später. Ihr könnt die Jungs erst einmal ein bisschen schmoren lassen. Wird sicher nicht schaden."

Jacob Peeters war mit dem Mobiltelefon in der Hand bereits aus dem Wagen ausgestiegen und auf dem Weg in sein Büro im zweiten Stockwerk.

„Hallo Klaas, ich glaube, uns steht ein langer Tag bevor. Für dich habe ich noch eine Überraschung", sagte Peeters, als er ins Büro kam.

„Schön, dann erst mal guten Morgen, Chef. Was ist schöner, als gebraucht zu werden?"

Peeters brachte Klaas van den Broek erst einmal auf den aktuellen Stand in Sachen Prada-Gang und die bevorstehende Vernehmung der beiden Festgenommenen.

„Kein Problem. Die Jungs höre ich mir gerne an", sagte Klaas. „Wenn sie überhaupt den Mund aufmachen."

„Dann auf zu unserem Besuch bei Visser. Wann ist Mieke mit der Einsatzgruppe losgefahren?"

„Sie sind schon gegen kurz nach fünf gestartet, um sich vor Ort in Stellung zu bringen. Es läuft alles nach Plan. Ruud Visser wird ...", Klaas sah auf seine Uhr, „in genau siebzehn Minuten unsanft und ohne Snooze-Taste mit der Aussicht auf noch ein paar Minuten Schlummern aus seinen Zockerträumen gerissen."

„Hört sich an, als ob du ihn nicht magst."

„Stimmt."

„Kann ich verstehen. Aber wir werden ihm wohl eine Chance geben müssen", sagte Peeters.

„Parallel holen wir die anderen fünf Mitarbeiter des Casinos aus ihren Betten. Anschließend das Übliche an Durchsuchungen im Casino. Das volle Programm mit Spurensicherung. War gar nicht so leicht, einen Durchsuchungsbeschluss zu bekommen."

„Hoffen wir auf Erfolg, damit wir uns nicht blamieren."

Etwa zwei Stunden später war die Aktion abgeschlossen, zumindest was die Durchsuchungen bei den Mitarbeitern anging. Die

Spurensicherung war noch immer in den Geschäftsräumen des Spielcasinos, wo sie nach Hinweisen suchten, die sie zumindest mit dem Einbruch bei Dianne Bakker in Verbindung bringen konnten. Von den Mitarbeitern war bei der Befragung wenig Konkretes zu erfahren, was die Polizisten nicht schon wussten. Allein die mehrfache Bestätigung, dass Kees Bakker dort regelmäßig verkehrte und nicht nur an Automaten spielte, hatte man ihnen entlocken können. Anders war die Situation beim Verhör von Ruud Visser. Jacob Peeters hatte sich zusammen mit Mieke noch einmal die Fakten angesehen und war dann zu dem Raum gegangen, in dem Ruud Visser auf seine Vernehmung warten musste. Sie hatten die Vernehmung für 9:15 Uhr angesetzt. Visser hatte mehr als eine Stunde warten müssen.

„Das wird ihm wohl nicht gefallen, wenn wir ihn hier schmoren lassen", sagte Mieke, während sie beide durch das einseitig verspiegelte Fenster in den Raum schauten.

Visser wirkte ein wenig wie ein Raubtier im Käfig. Sie hatten es in der Hand, wann die Fütterung begann.

„Lass uns Kaffee besorgen, bevor wir da rein gehen. Wir machen erst mal auf Verständigung, bevor wir ihm auf die Pelle rücken."

Für Vernehmungen gab es im Präsidium mehrere Räume, die alle ähnlich eingerichtet waren. Es gab wenig Ablenkung. Keine Bilder, kein überflüssiges Mobiliar. Ein zentraler Tisch mit bequemen Stühlen und einer Beleuchtung, die von der Decke direkt auf den Tisch und mit dem Kegel des Lichts auch die darum platzierten Stühle ausleuchtete. Das Tageslicht konnte nur diffus durch die sandgestrahlten Scheiben in den Raum eindringen.

Mieke und Peeters beobachteten ihn noch ein paar Minuten, bevor sie mit den Kaffeebechern den Raum betraten.

„Endlich", fauchte Visser, „Sie stehlen mir die Zeit, verdammt noch mal. Was soll ich hier?"

„Ich grüße Sie, Mijnheer Visser", sagte Peeters in einem bewusst entspannten Tonfall. „Meine Kollegin Mevrouw Dekker kennen Sie ja bereits, wenn ich mich nicht irre."

„Ja, kenne ich. Lege ich aber keinen weiteren Wert drauf", raunzte der Spielhallenbetreiber.

„Mijnheer Visser", fuhr der Commissaris fort, „wir kennen uns ja kaum. Mevrouw Dekker und ich haben noch überlegt, was trinken Sie wohl gerne. Schließlich mussten Sie heute ein bisschen früher raus. Dafür wollten wir uns auch noch bei Ihnen entschuldigen. Es lassen sich leider nicht immer alle Interessen unter einen Hut bringen. Mevrouw Dekker vermutete, dass ein Kaffee sicher gut wäre. Wir haben Ihnen jedenfalls erst einmal einen mitgebracht. Mijnheer Visser", wurde der Commissaris ernster, „Sie wissen, warum Sie hier sind."

„Nein, leider nicht", unterbrach ihn Visser.

„Dann wollen wir Ihnen mal auf die Sprünge helfen", beteiligte sich Mieke an dem Gespräch. „Sie erinnern sich sicher noch an unser nettes Gespräch gestern. Wenn ich mich nicht irre, wollten Sie uns bis gestern Abend noch mitteilen, wo Sie am Todestag von Kees Bakker waren. Sie wissen schon, die Sache mit dem Alibi. Reine Routine natürlich. Wir haben hier gesessen und gewartet. Leider blieb das Telefon stumm. Da waren wir sehr enttäuscht, der Commissaris und ich."

„Wie rührend. Das ist allerdings noch lange kein Grund, mich gegen meinen Willen festzuhalten."

„Das stimmt. Dafür allein hätten wir den Aufwand sicher nicht betrieben. Aber wo Sie jetzt schon mal hier sind, möchten wir gern mit Ihnen über Kees Bakker und vor allem auch über Dianne Bakker reden. Sie kennen die Frau Ihres Freundes Kees Bakker doch sicherlich?"

„Ich kenne Kees Bakker ja kaum, woher sollte ich seine Frau kennen? Oder ist das so eine Sahneschnitte, dass ich was verpassen könnte?"

„Warum sind Sie bei Dianne Bakker eingebrochen?", fragte Mieke unverhofft.

„Ich bin nirgendwo eingebrochen. Da müssen Sie sich getäuscht haben", sagte Visser, ohne Mieke dabei anzusehen. „Ich bin im Spielautomatengeschäft tätig, nicht im Einbruchsgeschäft. Das sollten Sie doch sicher recherchiert haben, oder?"

„Unsere Recherchen haben da allerdings etwas anderes ergeben. Sie haben bei Mevrouw Bakker ein paar verräterische Jetons liegen lassen. Wirklich sehr cool Ihre Aktion. Dianne Bakker machen Sie sicher Angst damit. Aber uns können Sie nicht beeindrucken."

„Erzählen Sie mir keine Geschichten", konterte Visser wieder aggressiver. „Wenn Sie etwas haben, was Sie gegen mich vorbringen können, dann jetzt. Ich habe keine Zeit für Ihre Spielchen."

„Da werden Sie aber wohl noch so lange bleiben müssen, bis wir Ihre Spielchen verstanden haben", übernahm der Commissaris. „Wir verstehen die Sache mit den Jetons nämlich noch nicht ganz."

„Welche Jetons?", wollte Visser wissen.

„Mijnheer Visser, wir haben Sie vorläufig festgenommen, weil wir sicher sind, dass Sie für den Mord an Kees Bakker verantwortlich sind. Vielleicht haben Sie ihn selbst getötet, vielleicht haben Sie einen Ihrer Leute auf ihn gehetzt. Das ist der eine Grund, warum Sie hier sitzen. Und nun fangen Sie auch noch an, seine Frau zu bedrohen, beziehungsweise sie mit Ihrem Spielchen einschüchtern zu wollen."

Ruud Visser lachte leise vor sich hin. Er war ein harter Brocken und scheinbar kaum einzuschüchtern.

„Können Sie irgendetwas von dem, was Sie da behaupten, auch beweisen?", grinste er süffisant.

„Wir sind dabei. So viel Zeit muss sein", sagte der Commissaris, der selbst wusste, dass er sich auf glatten Eis bewegte.

„Die Zeit können Sie sich sonst wo hinschieben, Sie werden nichts finden", sage Visser. „Ich habe mit dem Mord an dem Dingsda oder wie der heißt, nichts zu tun. Und seine Frau kenne ich auch nicht."

Mieke Dekker und der Commissaris hatten befürchtet, dass sich Ruud Visser sicher nicht so leicht knacken ließe. Sie unterbrachen das Gespräch und verließen den Raum. Visser tobte. Er wolle zurück an seine Arbeit. Er werde den Verdienstausfall gerichtlich einklagen lassen. Eine Reihe von unflätigen Beschimpfungen folgte den beiden, als sie den Raum verließen. Sie hatten ihm gesagt, sie würden in einer halben Stunde wiederkommen. Wenn er mal zur Toilette müsse, solle er sich per Knopfdruck auf der Gegensprechanlage melden. Er tobte weiter.

„So kommen wir bei dem nicht weiter", sagte der Commissaris zu Mieke, nachdem sie sich einen frischen Kaffee geholt hatten und vor dem Raum stehen blieben, um Visser zu beobachten.

„Wir müssen uns überlegen, wie wir den jetzt festnageln können, sonst ist der spätestens heute Abend wieder auf freiem Fuß. Und wenn wir dann nichts haben, wird es umso schwieriger, ihm irgendetwas nachzuweisen", sagte Jacob Peeters und schaute Mieke dabei nachdenklich an.

Im Verhörraum gegenüber sahen sie durch die verglaste Scheibe, wie Klaas van den Broek einen der Mitarbeiter von Ruud Visser befragte. Klaas hatte ebenfalls ein strammes Programm. Ihm standen ja auch noch die Befragungen der Hauseinbrecher bevor, die angeblich zur Prada-Gang gehörten. Klaas verließ, nachdem Peeters kurz an der Tür klopfte, ebenfalls für eine kurze Pause den Raum und lächelte.

„Hast du was rausbekommen?", wollte Peeters wissen. Schließlich war der Casino-Mitarbeiter, den Klaas gerade befragte, asiatischer Abstammung und damit im engeren Täterkreis anzusiedeln.

„Ja, der Typ ist zu blöd", freute sich Klaas van den Broek. „Der fällt auf die ältesten Tricks rein. Ich habe ihn in die Zange genommen und gesagt, dass wir seine Fingerabdrücke bei Dianne Bakker in der Wohnung gefunden haben."

„Was ist daran so belustigend?", wollte Mieke wissen.

„Nichts, er hat sich nur verquatscht. Ich hab ihn zehn Minuten immer wieder beschuldigt, die Jetons in den Gewürzkasten gelegt zu haben. Und scheinbar habe ich ihn damit durcheinander gebracht. Er wurde immer unruhiger und wollte das Thema wechseln."

„Worüber hast du dann mit ihm gesprochen?", wollte Mieke wissen.

„Ich habe das Thema nur kurz gewechselt und ihn nach Bakkers Spielverhalten im Casino gefragt. Und dann hab ich ihn noch mal im gleichen Atemzuge nach dem Gewürzkasten gefragt. Dabei wurde er ganz ungehalten und sagte, dass er die verdammten Dinger nicht in den Brotkasten gelegt habe."

Klaas van den Broek machte eine kurze Sprechpause und schaute die beiden an.

„Vom Brotkasten habe ich nie geredet, der Mann hat freiwillig gesagt, wo die Jetons lagen, ohne dass er es von mir wusste. Er konnte es nur wissen, wenn er selbst daran beteiligt war. Ob es auch noch von ihm Spuren in der Wohnung gibt, weiß ich nicht. Die Auswertung ist noch nicht so weit. Aber es scheint ja wohl sicher zu sein, dass der Typ das Spielgeld bei Dianne Bakker abgelegt hat und damit auch der Einbrecher in dieser Wohnung war."

„Es bleibt trotzdem schwer zu beweisen, wenn nicht noch klare Hinweise von der Spurensicherung kommen", grübelte Peeters. „Wir haben nichts, was wirklich belastbar ist. Brotschrank hin oder her, das geht vor Gericht allein nicht durch. Aber es verbessert unsere Verhandlungsposition."

„Gut, dann gehen wir da jetzt wieder rein und machen genau das, was der feine Mijnheer Visser sein Leben lang schon macht", meinte Mieke Dekker entschlossen.

„Super, und was ist das?", wollte Klaas wissen.

„Pokern. Dabei kommt es entscheidend darauf an, zu bluffen. Das weiß doch jedes Kind", lächelte Mieke.

„Na, dann pass mal auf, dass dein Einsatz stimmt", erwiderte Klaas und ging zurück in den Raum, in dem der Casino-Mitarbeiter den ersten kapitalen Fehler gemacht hatte.

„Hast du eine Strategie?", fragte Mieke den Commissaris, bevor sie ebenfalls wieder in die Vernehmung gingen.

„Ja, das habe ich. Du wolltest doch pokern. Das machen wir jetzt. Du kannst anfangen, wenn du willst", lächelte Peeters und hielt ihr die Tür zu dem Raum auf, in dem der Casino-Besitzer Ruud Visser ungeduldig wartete.

„Mijnheer Visser", sagte Mieke, „wir können das Ganze hier abkürzen. Dann sind Sie zwar nicht schneller wieder in Ihrem Casino, aber wir kommen gemeinsam der Wahrheit ein Stück näher."

„Da bin ich gespannt", sagte Visser selbstbewusst.

„Ihr Mitarbeiter hat nebenan gerade freundlicherweise zugegeben, dass er bei Dianne Visser eingestiegen ist und die Jetons im Brotschrank versteckt hat."

Visser überlegte einen Moment. „Man kann noch so gute Personalgespräche bei den Einstellungen führen. Man weiß einfach nicht, wer einem da gegenüber sitzt und wie der sich verhält, wenn er erst einmal den Job hat", sagte Visser mit einem Gesicht, als hätte ihn das jetzt überrascht. „Ich bin menschlich tief enttäuscht", fuhr er fort. „Ich werde den Mann, wenn das wirklich so ist, sofort entlassen müssen."

Der Commissaris klatschte leise in die Hände.

„Bravo. Mijnheer Visser, an Ihnen ist ein Schauspieler verloren gegangen. Sie haben Talent. Alle Achtung."

Jacob Peeters sah dem Casino-Besitzer ganz ruhig in die Augen. Ohne etwas zu sagen. Er fixierte ihn stillschweigend und das schien Visser nicht zu gefallen. Damit konnte er nicht viel anfangen. Er war ein Mann der Worte. Möglichst laut und deftig. Das war seine Sprache, die man üblicherweise in seinem Umfeld auch bestens verstand. Dieser Commissaris aber versuchte, ihn nun in die Enge zu treiben. Natürlich war das eine Katastrophe, wenn sein Mitarbeiter tatsächlich so dumm war, etwas zuzugeben, noch bevor das stichhaltig nachgewiesen wurde. Das würde Konsequenzen haben, so oder so. Commissaris Jacob Peeters durchbrach die flüchtigen Gedankengänge seines Gegenübers. Nicht durch Worte und auch nicht durch Blicke. Peeters löste die bisherige Sitzordnung auf. Die beiden Polizisten saßen Visser bislang direkt gegenüber. Peeters stand auf, nahm seinen Stuhl und rückte deutlich dichter an Visser ran, so, als ob er ihm etwas zuflüstern wollte. Visser roch nach billigem Aftershave.

„Visser", sagte der Commissaris leise und ohne die übliche Höflichkeitsanrede. „Sie sind in einer richtig beschissenen Situation."

„Warum?", fragte Visser, als könne er ihm das nichts anhaben.

„Na ja, Sie haben wahrscheinlich den Mord an Kees Bakker zu verantworten. Das können wir Ihnen noch nicht nachweisen. Noch nicht."

„Und weiter?“, wollte Visser wissen.

„Ja, es geht weiter. Allerdings nicht so gut für Sie“, sagte Peeters. „Wissen Sie, was wir in den letzten Tagen, wenn wir in der Szene Ihren Namen ins Gespräch gebracht haben, oft zu hören bekommen haben?“, fragte ihn Peeters mit einem Gesichtsausdruck, als seien die beiden langjährige Vertraute.

„Nein. Sie werden es mir sagen“, antwortete der Casino-Besitzer.

„Der Visser, sagen die Leute, der arbeitet mit der Polizei zusammen.“

„Blödsinn“, widersprach Visser, „warum sollte ich das tun und wer sollte das glauben?“

„Das ist eine gute Frage, Mijnheer Visser. Das kann ich Ihnen auch nicht beantworten, aber glauben Sie mir eins ...“, Jacob Peeters verlangsamte seine Sprechgeschwindigkeit und senkte seine Stimme weiter, „es funktioniert.“

„Was funktioniert?“ Visser wurde nervös. „Wovon verdammt noch mal reden Sie?“

„Von der Wirkung von Gerüchten“, sagte Peeters mit einer Selbstverständlichkeit, die Visser scheinbar beunruhigte.

„Gerüchte, Gerüchte, was soll der Scheiß?“, wurde er lauter.

„Das ist ein seltsames Phänomen“, sagte Peeters. „Gerüchte verbreiten sich in Windeseile und niemand kann sie wirklich aufhalten. Es ist wie eine Feuersbrunst, wie ein Tsunami, wie ein Sturm, der alles mitreißt.“

„Und was hab ich damit zu tun?“

„Sie sind der Leidtragende dieser Entwicklung. Leider. Denn diese Gerüchte, die wir da hören und die immer lauter werden, wenn wir sie nicht stoppen, die sagen, das der gute Ruud Visser einfach nur geldgierig ist. Und wer seine Spielschulden nicht zahlen kann, der ist auch für Ruud Visser uninteressant. Und was der gute Visser dann mit diesen Leuten macht, die schon alles verspielt haben und weder bei der Bank noch beim Visser oder seinen Geldverleiher-Kollegen selbst Kredit bekommen, das interessiert bestimmt jede Menge Leute. Und die Gerüchte sagen: Der wird die armen Menschen, die bis dahin angeblich seine Freunde waren, durch seine Schlägertruppen verprügeln lassen oder sie still und heimlich der Polizei oder anderen Behörden überlassen, je nachdem wie der Visser es gerade will. Vielleicht auch beim Arbeitgeber oder der Familie des Betroffenen verpfeifen. Oder schlimmer noch, sie auf dem Grund des Ijsselmeeres versenken. Kees Bakker soll ja so ein Exempel gewesen sein." Jacob Peeters machte eine Pause. „Sicher alles nur Gerüchte, Mijnheer Visser, machen Sie sich keine Sorgen. Ihr Geschäft wird bestimmt auch laufen, wenn die gesamte Amsterdamer Szene darüber spricht. Oder was meinen Sie?"

„Wer sollte denn solche Gerüchte streuen?", fragte Visser etwas unsicher.

„Ach, Visser", sagte der Commissaris, „alles wissen wir auch nicht. Und dagegen tun können dann weder Sie etwas noch wir. Wir sind die Polizei. Was sollten wir dagegen tun können?", tat Peeters sichtlich betroffen. „Wir würden Ihnen gerne helfen. Das wird für Ihr Geschäft eine lange Durststrecke, wenn man das überhaupt wirtschaftlich überstehen kann", fuhr Peeters fort. Wer traut sich da noch in Ihren Laden bei solchen Gerüchten, die niemand wirklich widerlegen kann. Ein Jammer."

Ruud Visser schien langsam zu verstehen.

Er hatte die erste Runde in diesem Kampf verloren, obwohl er sich so sicher war, dass man im Ring seinen Gesetzen folgte.

„Wollen Sie mit mir verhandeln? Und wenn, worüber?", fragte er Peeters.

„Die Polizei verhandelt nur dann, wenn es unumgänglich ist, Kompromisse einzugehen, Mijnheer Visser. Diese Situation sehe ich hier nicht", sagte Peeters. „Es geht nicht um Kompromisse, es geht um die Wahrheit. Und zu der können Sie Entscheidendes beitragen."

Mieke Dekker war in den letzten Minuten sehr ruhig gewesen und hatte sich bewusst zurückgehalten. Sie selbst hatte solche Aversionen gegen den windigen Typen, der vor ihr saß, dass sie das weitere Verhör wahrscheinlich versaut, zumindest aber nicht zu einem solchen Einstieg gefunden hätte.

„Für den Einbruch bei Mevrouw Bakker haben Sie schon mal eine Anzeige sicher, ob Sie selbst da waren oder ob Sie nur dazu angestiftet haben. Und als Verdächtiger für den Mord an Kees Bakker stehen Sie ganz oben auf der Kandidatenliste. Die Luft wird dünner für Sie. Das wird sich so schnell auch nicht ändern", fuhr Peeters fort, ihn einzuschüchtern. „Das werden unruhige Zeiten. Nicht gut fürs Geschäft."

„Was wollen Sie wissen?", fragte Visser, scheinbar zur Kooperation bereit. „Und eines vorab, mit dem Mord hab ich nichts zu tun."

„Das werden wir sehen, noch ist selbst Ihr Alibi nur von Mitarbeitern bestätigt worden. Alles Menschen, die wirtschaftlich von Ihnen abhängig sind. Macht sicher keinen guten Eindruck vor Gericht. Weiter: Was wissen Sie über Kees Bakker? Wie oft ist er bei Ihnen gewesen? Mit welchen Einsätzen hat er gespielt? War er an seinem Todestag bei Ihnen? Und am Vorabend? Mit wem hat er bei Ihnen am Spieltisch gesessen? Nicht an Automaten, sondern in Ihrem Hinterzimmer. Wenn es um Geld ging. Wir wollen Namen aller Spieler, die regelmäßig mit ihm gezockt haben. Hatte er bei Mitspielern Schulden? Wie viele Schulden hatte er bei Ihnen? Reichen die Fragen, oder soll ich noch ein paar formulieren?", wollte Peeters wissen, nachdem er seine Fragenliste wie ein Automat abgespult hatte. „Ach, und eins noch. Erzählen Sie uns keine Geschichten. Wenn Sie uns nicht die Kontaktdaten von den Mitspielern geben, stellen wir jeden Abend Ihren Laden auf den Kopf. Spätestens dann wird es sehr einsam in Ihrer Spielhölle."

„Ja, der Bakker hatte Schulden bei mir. So um die fünfzig Riesen", gab Visser zu.

„50.000 Euro? Wie lange muss man da verlieren?"; wollte Mieke wissen.

„Na, bis es weg ist, blöde Frage", raunzte Visser die Kriminalassistentin an.

„Können es vielleicht auch 57.000 Euro sein?"

„Ja, mein Gott, Sie wissen es doch sowieso schon."

„Eben. Dann hätten Sie auch schon etwas eher kooperativ sein können. Das hilft uns allen", sagte Peeters. „Ich habe noch mehr Fragen gestellt. Ich warte auf Antworten."

„Der Bakker ist schon seit Jahren immer mal wieder bei mir im Royal aufgelaufen. Manchmal war er auch monatelang weg. Seit gut einem halben Jahr war er wieder regelmäßig da. Und er hatte wohl eine gute Geldquelle. Er hat an manchen Abenden Einsätze von zwei bis dreitausend Euro verspielt. Manchmal auch gewonnen."

„Woher hatte er das Geld?"

„Man, das ist mir doch egal. Ich frag doch die Gäste nicht, woher der Zaster kommt. Hauptsache, die können ihre Einsätze zahlen. Die sind alle erwachsen, da muss ich mich doch nicht drum kümmern, woher deren Geld stammt. Ist doch kein Kindergarten."

„Spielsucht ist eine Krankheit", sagte Mieke Dekker. „Stört Sie das gar nicht, kranke Menschen in ihrer Notsituation auszunehmen wie eine Weihnachtsgans?"

„Können Sie sich gerne drum kümmern, Mutter Teresa", sagte Visser provozierend.

„Und die anderen Spieler am Tisch. Wer sind die?"

„Es gibt bei uns keinen regelmäßigen Clubabend mit Canapes und alkoholfreien Frischgetränken. Mann, das sind immer andere Gäste, die da spielen. Ein paar kommen vielleicht regelmäßig, aber die meisten eher sporadisch."

„Dann wollen wir schon mal die Adressen der regelmäßigen Gäste überprüfen. Die anderen passen wir dann vor Ihrer Tür ab und nehmen sie mit ins Präsidium", erwiderte Peeters. „Wenn Ihnen das lieber ist." Peeters machte Druck.

„Ich gebe Ihnen alle Namen, die ich kenne. Und dann lassen Sie mein Geschäft in Ruhe!"

„Ruhe gibt es dann, wenn wir einen Mörder haben. Vorher ist nicht daran zu denken", kommentierte der Commissaris Vissers Bemerkung. „Mit Verhandeln ist in Ihrer Position im Moment nicht viel zu machen, Mijnheer Visser, gewöhnen Sie sich daran. Weiter jetzt, wir wollen hier nicht den ganzen Vormittag sitzen."

„Weiter, weiter, was wollen Sie denn noch wissen?"

„Zum Beispiel etwas über Ihr Verhältnis zu Kees Bakker", antwortete der Commissaris.

„Mein Verhältnis ..., na ja, wie man so mit Kunden umgeht. Der gehörte schon zu den Kunden, die einen gewissen Vertrauensbonus hatten. Sonst hätte er nicht auf Pump spielen dürfen. Das dürfen bei uns nur wenige. Und der Bakker hatte immer Geld, zumindest ein paar Tage später bekam ich die Kohle meistens. In letzter Zeit lief das allerdings etwas schleppend, sonst wären auch nicht solche Schulden aufgelaufen."

„Haben viele Leute bei Ihnen so hohe Schulden?", wollte Mieke wissen.

„Nein, das sind unsere Premium-Kunden, sozusagen."

„Mijnheer Visser, noch mal die Frage, wo waren Sie am vergangenen Dienstag zwischen mittags und ca. 17 Uhr? Gibt es auch noch seriösere Zeugen, als die, die Sie uns bisher präsentiert haben?"

„Nein, man, scheinbar nicht. Ich wollte der Bakker ein bisschen Druck machen, ist schließlich eine Menge Geld, die ihr Alter mir noch schuldet. Da bleib ich doch drauf sitzen. Ist doch klar, dass ich mal bei den Verwandten nachfrage, ob sie die Schulden übernehmen können. Ist doch auch wohl Ehrensache, dass man die Schulden seines Mannes bezahlt. Da haben wir ihr einen kleinen Besuch abgestattet. Nichts Besonders halt, nur eine kleine Erinnerung. Dass die gleich so einen Schiss kriegt, konnte ja keiner wissen, die verweichlichte Ziege."

„Haben Sie Kees Bakker auf seinem Boot am vergangenen Dienstag in Volendam besucht? Und sind Sie dann mit ihm auf dem Boot rausgefahren?", wollte Mieke wissen. „Waren Sie mit Ihrem Mitarbeiter da oder alleine?"

„Nein und noch mal nein!" Visser wurde verärgert. „Was ist das für eine blöde Beschuldigung? Warum soll ich den Bakker ermordet haben? So kriege ich mein Geld doch auch nicht wieder. Außerdem schlachtet man eine Kuh nicht, solange sie noch Milch gibt, haben Ihnen das nicht Ihre Eltern beigebracht? Mann, so ein Blödsinn."

„Nicht, solange sie noch Milch gibt ..., haben Sie gerade gesagt", bemerkte Peeters. „Aber Kees Bakker gab seit einiger Zeit keine Milch mehr. Er machte nur noch Kosten. War wohl doch Zeit für den Abdecker, oder?"

„Sie können mich mal. Wenn Sie mir sonst nichts nachweisen können, würde ich gern ins Büro gehen, die Scheißunordnung, die Sie da hinterlassen haben, wieder in Ordnung bringen. Wer zahlt mir den Ausfall eigentlich? Ich sollte damit an die Medien gehen, wie Sie ehrliche Bürger von der Arbeit abhalten. Ich zahle schließlich auch Steuern“, brachte sich Visser in Rage.

„Nur, dass an Ihren Steuern scheinbar Blut klebt“, kommentierte Mieke seinen Wutausbruch.

29

Inzwischen war es nach 12 Uhr mittags und Klaas noch damit beschäftigt, Vernehmungen bei den angeblichen Prada-Gangstern durchzuführen. Die hatten ein paar Stunden warten müssen, bevor sie an die Reihe kamen. Aber das würde nicht mehr lange dauern, hörte Peeters von den Kollegen. Für 13 Uhr war eine Besprechung mit Mieke und Klaas geplant. Bis dahin wollte Jacob Peeters etwas an die frische Luft gehen und einen Kaffee trinken. Das tat er, wie so oft, in der Villa Zeezicht am Singel. Es gab draußen noch einen freien Tisch. Er setzte sich mit der aktuellen Volkskrant-Ausgabe an die Frühlingsluft. Im Lokalteil der Zeitung las er den Aufruf zur Hilfe, den sie am Vortag abends noch an die Medien rausgegeben hatten. Die Phantombilder waren nicht schlecht. Er hoffte, dass endlich mal jemand daraufhin eine heiße Spur lieferte. Glücklicherweise waren die Berichte zum Mordfall Bakker nach wie vor äußerst dünn, und das wies darauf hin, dass Zeitungen und Rundfunk genug andere Themen hatten, an denen sie sich abarbeiten konnten. Der Fall erschien ihnen offensichtlich nicht spektakulär genug. Jacob Peeters freute das. Er konnte halbwegs in Ruhe weiter ermitteln, ohne den oft bei Mordfällen sehr starken öffentlichen Mediendruck mit voller Kraft abwenden zu müssen. Trotzdem würde er beim Hoofdcommissaris Wouter Janssen bald einen Zwischenbericht abgeben. Das sollte er besser von sich aus machen, bevor er dazu aufgefordert wurde.

Jacob Peeters trank einen Schluck Kaffee und stolperte über einen Artikel, der vor einiger Zeit auch noch weiter vorne im Blatt zu finden gewesen wäre. Man gewöhnte sich scheinbar an diese Meldungen. Schon wieder hatten sich einige Idioten die Mitarbeiter von Polizei und Hilfsdiensten ausgesucht, um ihren Frust loszuwerden. In Breda, las er in der Zeitung, war eine Fußgängerin von einem zu schnellen Auto angefahren worden. Sie schien laut Zeitungsbericht zum Glück jedoch nur leicht verletzt zu sein. Der Krankenwagen, der gerufen worden war, kam den Freunden der Frau nicht schnell genug, und sie verprügelten den Krankenwagenfahrer, noch bevor die Frau ärztlich versorgt werden konnte. Das war kein Einzelfall und passierte seit mindestens vier, fünf Jahren immer wieder. Auch Peeters hatte vor ein paar Wochen schon ein Streifenwagenteam einen Krankenwageneinsatz auf Bitten des Rettungsdienstes begleiten lassen. Nicht um dort, wo sie gebraucht wurden, für Ruhe und Ordnung zu sorgen, sondern um die Sanitäter und Rettungsärzte zu schützen. Tatsächlich hatte sich in den letzten Jahren eine völlig unbegründete Gewaltbereitschaft gegen alle möglichen Mitarbeiter von staatlichen oder karitativen Einrichtungen entwickelt. Niemand wusste, warum sich die Wut einiger ausgerechnet auf diejenigen konzentrierte, die zum Helfen gekommen waren. So, als sei das ein Sport geworden, Rettungskräfte und Hilfspersonal zu verprügeln. Aber viel stärker regte sich Peeters über diejenigen auf, die bei solchen Szenen einfach nur zuschauten und sich nicht einmischten. Zivilcourage war für viele Menschen ein Fremdwort geworden. Jeder war auf sich fixiert und war nicht mehr bereit, für andere etwas zu riskieren. Aber das war kein niederländisches Problem, sondern ein globales. Jacob Peeters blätterte weiter und sah dabei auf die Uhr. Es war schon Viertel vor eins und sie hatten sich zur Teambesprechung verabredet. Wenn er eines nicht mochte, dann als Vorgesetzter zu spät zu einer Besprechung zu kommen, die er selbst einberufen hatte. Jedenfalls nicht, wenn man als Entschuldigung nur Kaffeetrinken und Zeitunglesen vorzuweisen hatte.

„Nein danke, ich habe gerade einen Kaffee getrunken“, machte er Mieke mit einer Handbewegung deutlich, als sie ihm eine Tasse anbot.

„Willst du denn wenigstens einen?“, fragte sie Klaas. Immerhin hatte sie drei Tassen in ihrer Maschine vorbereitet.

Klaas wollte, und als Peeters der Geruch in die Nase stieg, konnte auch er nicht mehr widerstehen.

Mieke Dekker hatte während Peeters kurzer Mittagspause mit Commissaris Dick Mouthaan gesprochen. Er kannte den Spielhallenbetreiber Ruud Visser schon aus seinen Ermittlungen in den Walletjes. Da war er ihm bei einigen Einsätzen ins Visier geraten. Aber Dick Mouthaan war skeptisch, ob Visser tatsächlich so skrupellos und gleichzeitig dumm genug sein könnte, säumige Schuldner einfach beseitigen zu lassen. Es passte nicht zu dem bisherigen Bild, das Mouthaan von Visser hatte.

Sicherlich ein guter Hinweis, aber leider auch kein Garant dafür, dass sich Vissers Geschäftsgebaren nicht doch in letzter Zeit etwas rustikaler entwickelt hatten.

„Dann lasst es uns kurz machen“, bat der Commissaris seine Assistenten, nachdem Mieke von ihrem Gespräch mit Peeters Kollegen Dick Mouthaan berichtete.

„Ihr beiden fahrt gleich zu Mevrouw Bakker und klärt ab, ob sie von der Lebensversicherung wusste und warum ihr Mann kurz vor seinem Tod einen Termin bei der Versicherung hatte. Es muss ja einen Grund geben, warum er sie nicht mehr als Begünstigte wollte. So eine Lebensversicherung ist schon allein ein mögliches Tatmotiv und diese dubiosen Umstände mit dem Wunsch von Kees Bakker, den Begünstigten für die Lebensversicherung zu ändern, kommen noch dazu. Die gute Frau scheint uns etwas zu verheimlichen, auch wenn sie ein wasserdichtes Alibi durch ihre Kollegen im Büro hat. Nehmt sie in die Zange, nötigenfalls bestellt sie für heute Abend aufs Präsidium.

„Nächster Punkt“, fuhr Peeters fort: „Unsere Ermittlungen müssen derzeit in drei Richtungen gehen. Wir werden Mevrouw Bakker genauer unter die Lupe nehmen, dann haben wir zweitens Visser, der eindeutig Dreck am Stecken hat und der von Kees Bakker Geld bekam. Wir haben drittens ein ungewöhnliches Besucherpaar auf dem Boot. Wir suchen einen Asiaten und einen Nordeuropäer. Und einen Chinesen, der sich als solcher ausgewiesen hatte, um ein Boot zu chartern. Ein Boot, mit dem die Person oder die Personen später vom Boot abgeholt wurden, nachdem Kees Bakker tot war. Wo sind die? Von denen wissen wir so gut wie noch nichts. Aber sie waren auf dem Boot und sind damit dringend tatverdächtig. Was hat Ruud Visser damit zu tun? Sind das zwei Leute aus seinem Inkassoteam? Davon gehen wir bislang aus. Aber was ist, wenn Ruud Visser damit tatsächlich gar nichts zu tun hat? Dann ist die Bootsspur plötzlich wieder ziemlich kalt. Es sei denn, unsere Zeitungsaufrufe mit den Phantombildern bringen uns irgendwie weiter."

„Leider noch nicht", warf Klaas ein. „Eine Menge Anrufe, aber noch keine heißen Spuren dabei."

„Reden wir noch mal über Visser", sagte Mieke Dekker. „Den Einbruch bei Dianne Bakker können wir Ruud Visser nachweisen. Dafür haben wir die Aussage seines Gehilfen, der sich mit dem Brotschrank verplappert hat. Und Visser hat die Tat zugegeben. Wer auch immer in die Wohnung eingebrochen ist. Ergebnisse der Spurensicherung stehen noch aus. Das ist aber auch nur ein Einbruch, kein Mord. Und dafür brauchen wir die beiden Typen, die auf dem Boot waren."

„Wir müssen noch mal systematisch die Häfen durchgehen", ergänzte Klaas. „Busse, Taxen, Cafés, Parkplatzwächter – irgendwer hat sie gesehen. Die beiden, die auf dem Boot waren und der Typ, der das Motorboot gechartert hat. Die können nicht spurlos verschwunden sein. Ich werde die Kollegen vor Ort noch mal einspannen. Auch, wenn die nicht begeistert sein werden. Wir müssen Druck machen. Die Zeit läuft uns weg."

Jacob Peeters war beeindruckt vom Engagement seiner Mitarbeiter. „Ja, kümmert euch später darum, vielleicht müssen wir noch Verstärkung haben für die Ermittlungen. Was meint ihr?", wollte Peeters wissen.

„Wir können Dick Mouthaan fragen, ob er seine Leute abstellen kann. Den Drogenpanscher aus den Walletjes haben sie gestern bei einem Scheinkauf gepackt. Der sitzt erst mal und ist geständig, wie ich hörte. Ich spreche nachher mit Wouter Janssen. Ich glaube, es ist besser, ich bringe ihn auf den aktuellen Stand, dann hält er uns den Rücken frei", ergänzte er. „Ich werde das mit der Verstärkung ansprechen. Aber erst machen wir alleine weiter."

„Ich habe heute Nachmittag noch ein paar Gespräche auf meiner Liste", kündige Jacob Peeters an. „Woher hatte Kees Bakker zum Beispiel das viele Geld, das er über Monate verspielt hat? Ach ja, das müsst ihr auch Dianne Bakker fragen, ob sie eine Ahnung davon hat. Und deshalb werde ich bei LionA vorbei fahren und mit dem Geschäftsführer Willem van Basten reden. Außerdem treffe ich mich später mit einer alten Kollegin aus Ausbildungszeiten, die seit Jahren in Leiden als Psychologie-Professorin arbeitet."

„Wie? Mit Lara Rozendaal?"

Jacob Peeters nickte. „Kennst du sie?"

„Na ja, kennen wäre übertrieben, aber ich hab bei ihr das Modul Profiling bei den Fortbildungen gemacht", sagte Mieke. „Warst du nicht auch bei der Rozendaal?", wollte Mieke von Klaas wissen.

„Nein, ich war für dieses Modul vier Wochen in Groningen. Grauenhafte Zeit. Zu viele Studenten auf einem Haufen. Ich habe nicht mal ein Zimmer gefunden und die vier Wochen im Wohnwagen auf dem Campingplatz gehaust. Und mir jeden Morgen nasse Füße auf dem Weg zum Waschraum geholt. Die haben da einfach den Rasen nicht gemäht. Ekelig. Gelernt habe ich auch nicht viel. Nächstes Thema", nuschelte Klaas vor sich hin.

„Mach dir nichts draus", witzelte Mieke, „das bringe ich dir schon noch bei. Immer alles schön in Frage stellen und die Perspektive der Betrachtung regelmäßig wechseln. Wer ist das Opfer? Wer ist der Täter? Was treibt ihn zur Tat? Und warum genau dort, wo es geschah? Na ja, sehr vereinfacht, jedenfalls."

„Klasse", antwortete Klaas ironisch, „dann werde ich sicher mal ein ganz großer Ermittler. Mit deiner Unterstützung jedenfalls."

„Schön, dass euch der Job Spaß macht", fuhr Peeters dazwischen. „Aber solange wir nur zu dritt hinter Phantomen und Spielhallenbetreibern her sind, sollten wir uns besser etwas ranhalten. Bevor wir die Runde hier auflösen, müssen wir über die Prada-Verhaftungen sprechen. Was ist bei der Befragung der Einbrecher rausgekommen?", fragte er seinen Assistenten.

„Schwierig, wie zu erwarten war. Die schweigen sich aus. Und das scheint untereinander abgesprochen. Sie wollen weder zur ihrer eigenen Identität etwas sagen, noch wo sie wohnen und schon gar nicht, für wen sie arbeiten. Aber sie sprechen Bulgarisch, und das ist derzeit auch der einzige Hinweis auf ihre Herkunft. Das Wenige, was sie sagten, war, dass sie einen Anruf erhielten, sie sollten zu der Wohnung kommen, um dort einen Bekannten abzuholen. Dort seien sie auf offene Türen gestoßen und hätten nachgesehen, ob jemand Hilfe braucht. Und dann sei auch schon die Polizei gekommen. Da hätten sie natürlich Angst bekommen und seien geflohen, weil ihnen klar wurde, dass sie jetzt unter Einbruchsverdacht standen, was natürlich nicht der Fall gewesen sei. Niemand von ihnen hatte bei der Festnahme Diebesgut dabei. An den, der sie angeblich angerufen hatte, konnten sie sich nicht erinnern. Die wissen gut genug, dass sie hierfür höchstens eine Ausweisung riskieren. Und dann stehen sie in spätestens drei Wochen wieder illegal vor der Tür. Oder sie werden zu kurzen Haftstrafen verurteilt. Dabei geht es ihnen auch nicht viel schlechter als in ihrer Heimat oder unter den derzeitigen Bedingungen als Handlager irgendwelcher Gangs", sagte Klaas.

„Das bringt uns leider nicht weiter", erwiderte Peeters etwas resigniert. „Wir müssen rauskriegen, wo die Strippenzieher sitzen. Wir werden sie hier behalten. Fluchtgefahr besteht alle Male und einen festen Wohnsitz haben sie nicht. Das haben sie ja selbst angegeben."

„Ganz ohne Erfolg war die Aktion in der Transvaalstraat aber nicht", sagte Klaas. „Der Rentner, der den Einbruch meldete, sah auch, wie sich einer der Einbrecher vom Gerüst wegschlich und verschwand. Durchs Fenster konnte er einem Kollegen die Richtung zurufen und der hat dann vorsichtig die Verfolgung aufgenommen. Der Flüchtige war in ein Auto eingestiegen, das wohl als Transporter für das Diebesgut in der Nebenstraße geparkt war. Der junge Polizeiagent konnte das Fahrzeug zu Fuß zwar nicht verfolgen, aber das Kennzeichen ermitteln. Die anschließende Fahndung brachte keine Ergebnisse. Aber die Überprüfung des Kennzeichens."

„Und?", wollte Mieke Dekker wissen.

„Das Fahrzeug gehört zu einem landwirtschaftlichen Betrieb in der Nähe von Hilversum. Das zumindest habe ich vor einer halben Stunde erfahren. Und ratet mal, wer da wohnt?"

„Wer wohnt da? Sag es einfach!", insistierte Mieke.

„Der landwirtschaftliche Betrieb produziert Gemüse und braucht gerade jetzt zur Spargelzeit eine Menge Saisonarbeiter. Und die haben auf dem Hof mehrere Container als Wohnunterkünfte. Unter anderem wohnen dort einige Bulgaren. Der Wagen, mit dem der Mann heute Nacht abgehauen ist, ist dort mittlerweile auch angekommen. Die flüchtigen Einbrecher aus der Transvaalstraat waren sich scheinbar sicher, nicht verfolgt zu werden und sind in aller Ruhe nach Hause gefahren. Offensichtlich mit zwei Fahrzeugen. Wir müssen nur noch entscheiden, was wir jetzt tun."

„Die haben also nicht gemerkt, dass sie beobachtet wurden?", überlegte Peeters.

„Scheinbar nicht. Neben dem Mann, der mit dem Auto fliehen konnte, ist uns ja noch einer entwischt, der bei dem Einbruch gleich aus dem Haus rannte", meinte Klaas. „Sie wissen also Bescheid, dass wir zwei von ihnen einkassiert haben. Auf dem Hof ist es ruhig, keine panikartigen Reaktionen. Sie wissen, dass sie sich auf das Schweigen ihrer Kollegen verlassen können."

„Wir müssen den Hof überwachen", entschied der Commissaris.

„Der Hof wird schon seit zwei Stunden von den Kollegen aus Hilversum überwacht. Das habe ich veranlasst", entgegnete Klaas van den Broek. „Wir müssen entscheiden, ob und wann wir eine Razzia auf dem Hof machen."

„Die haben keine Beute nach Hause gebracht", überlegte Peeters. „Wenn es zutrifft, dass sie bestens organisiert sind und die Ware schnell wieder verteilt ist, müssen wir sie erwischen, wenn frische Ware auf dem Hof ankommt. So treffen wir nur ein paar unschuldige Saisonarbeiter an, die uns rassistische Vorurteile gegenüber ihren Landsleuten vorwerfen, sonst nichts. Das wird ein enges Zeitfenster sein. Wir müssen erst mal dranbleiben und das Geschehen auf dem Hof beobachten. Aber du kannst schon mal dem Hoofdcommissaris ankündigen, dass wir bald und dann ziemlich schnell die Hilfe eines Einsatzteams benötigen, um auf dem Hof eine Razzia durchführen zu können", sagte der Commissaris in Richtung Klaas.

„Dafür muss sich die Sache aber erst einmal etwas beruhigen und sie müssen das Gefühl bekommen, dass nichts passiert ist. Das jedenfalls ihre Landsleute nicht ihren Aufenthaltsort verraten haben", sagte Klaas.

„Um das zu beschleunigen und ihnen die Sicherheit zu geben, dass sie nicht verraten wurden, lassen wir die beiden Bulgaren wieder laufen. Die werden sich ihren Weg zurück zum Gemüsehof schon suchen. Und wir beobachten den Hof und haben zwei Möglichkeiten, nach denen wir unsere Strategie aufbauen können", erläuterte Peeters.

„Welche Möglichkeiten meinst du?", wollte Klaas wissen.

„Die Kollegen, die dort auf Beobachtungsstation sind, müssen jetzt gut aufpassen. Entweder werden die Leute auf dem Hof unruhig und packen ihre Sachen. Dann müssen wir zuschlagen, sonst haben wir gar nichts. Aber wahrscheinlicher ist, die Leute dort sind sauber und wir werden nichts finden. Dafür, dass ihre Kollegen Kleinkriminelle sind, können die auch nichts. Niemand kann sie dafür verantwortlich machen. Und schon gar nicht verhaften, verurteilen, ausweisen oder was auch immer."

„Unsere einzige Chance ist", fuhr Mieke den Gedanken fort, „die Bande zu beobachten und auf ihre nächste Aktion zu warten. Vielleicht machen sie gleich heute oder morgen Nacht weiter. Dann könnten wir sie auf frischer Tat samt Beute schnappen."

„Zurzeit unsere größte Chance", erwiderte der Commissaris etwas gedankenverloren. „Aber selbst, wenn wir damit Erfolg haben und die Truppe vorübergehend aus dem Verkehr ziehen können, werden wir es in zwei Wochen mit einer neuen Besetzung der Prada-Gang zu tun haben", ergänzte er. „Es ist wie in der Geschichte mit dem Hasen und dem Igel. Die werden unter derzeitigen Bedingungen leider immer die Schnelleren sein."

Bevor Peeters das Präsidium in Richtung des Bürogebäudes von LionA an der Piet Heinkade verließ, ging er noch schnell zum Hoofdcommissaris Wouter Janssen hinein, um sich für die weiteren Aktivitäten Rückendeckung zu holen. Er rechnete nicht mit großem Widerspruch. Und so war es. Wouter Janssen war milde gestimmt.

Der Fall Kees Bakker schien langsam Fahrt aufzunehmen und die Medien hatten glücklicherweise genügend andere Themen, mit denen sie sich beschäftigen konnten. Ruud Visser mussten sie allerdings erst einmal wieder abziehen lassen. Für einen belastbaren Haftbefehl reichten die Anschuldigungen nicht aus.

Viel wichtiger war dem Hoofdcommissaris, dass Peeters der Prada-Bande einen Dämpfer versetzte. Auch wenn es hier nicht um Mord ging, waren das öffentliche Interesse und vor allem die ständigen Nachfragen aus dem Rathaus Wouter Janssen ein Dorn im Auge. Jacob Peeters Bitte um Verstärkung in dieser Angelegenheit musste nicht großartig diskutiert werden. Janssen willigte gleich ein. Das Ermittlerteam von Dick Mouthaan sollte ab sofort wieder an dem Fall mitarbeiten.

30

In der Nähe der Piet Heinkade und in Sichtweite zum Gebäudeeingang von LionA befand sich ein kleines italienisches Café, in dem Liang Zuko Wong schon so etwas wie ein Stammgast war. Eigentlich sollte er solche Gewohnheiten vermeiden. Schließlich musste er die möglichen Angriffsflächen für Ermittlungen gering halten. Und das ging nur, wenn er nirgendwo einen persönlichen Eindruck hinterließ. Für ihn spielte das in diesem Fall aber keine große Rolle mehr. Seine Zeit war begrenzt. Seinen Auftrag, die Entwicklungs- und Testdokumentationen der LionA-Versuchsreihen zur Lithium-Ionen-Batterietechnologie möglichst geräuschlos zu besorgen, konnte er wegen des Todes von Kees Bakker nicht wie geplant ausführen. Das passte jetzt gar nicht. „Geräuschlos" bedeutete immer, eine ordentliche Vorlaufzeit zu haben, in der man die Strategie und alle geplanten Maßnahmen gründlich vorbereiten konnte. Die Zeit war nicht mehr vorhanden. Seine Vorgesetzten aus der Pekinger Zentrale mahnten ausstehende Ergebnisse an, die sie dem Ministerium präsentieren sollten. Es gab keine Verhandlungsmöglichkeiten, um Termine rauszuschieben. Da galt nur noch: Man konnte liefern oder eben nicht. Die Konsequenzen wollte er sich gar nicht ausdenken. Im Moment sah es für Liang Zuko Wong noch nach „oder eben nicht" aus. Das musste er dringend ändern bei der vielen Vorarbeit, die er geleistet hatte. Er brauchte einen neuen Verbindungsmann bei LionA.

Und er wusste auch schon, wer das sein würde. Nur noch nicht, wie er Vincent Meijer dazu bekommen würde, bei diesem Spiel mitzumachen. Wenn er, Liang Zuko Wong, auffliegen sollte, und die Wahrscheinlichkeit nahm allein wegen der unsäglichen Phantombildsuche in den Medien von Tag zu Tag zu, wäre das kein rühmlicher Ausstieg. Auffliegen und gleichzeitig ohne Ergebnisse nach Hause kommen wäre eine riesige Schmach, die er nicht auf sich sitzen lassen könnte. Schreckliche Gedanken, die er gleich wieder verdrängte. Das Image seines Landes würde noch stärker in Mitleidenschaft gezogen, wenn seine Mission ans Tageslicht geriet. Nur ein weiterer Beleg für die chinesischen Aufklärungstätigkeiten im Ausland. Zurzeit, dachte Liang Zuko Wong, ist es allerdings egal, ob der chinesische Geheimdienst in irgendeiner Weise an Aktionen beteiligt ist oder nicht. Die Amerikaner sind auch Profis und wegen der ständigen Enthüllungen in großer Erklärungsnot. Die schieben einfach möglichst alles auf die chinesischen Dienste. Die Amerikaner hinterlassen bei ihren Aktionen keine Spuren, und wenn, dann absichtlich falsche, die in Richtung China weisen. Ein billiges, aber effektives Spiel. Sie versuchen, uns alle Schuld in die Schuhe zu schieben. Liang Zuko Wong war für einen Moment hasserfüllt. Eine schlechte Voraussetzung für die richtigen Entscheidungen, dachte er und brachte sich mit ein paar kontrollierten Atemzügen wieder auf den emotional regungslosen Gemütszustand, mit dem er es gewohnt war, Entscheidungen zu treffen.

Mehr konnte er hier im Café auch nicht tun, ohne weiter aufzufallen. Aber die Amerikaner waren für ihn Wichtigtuer, die mit ihren Fähigkeiten prahlten. Damit bringt man doch nur Datenschützer gegen sich auf. Eine völlig überflüssige Aktion, fand Liang Zuko Wong. In seiner Branche war man verschwiegen, das gehörte quasi zum Ehrenkodex. Schließlich ernährte das Geschäft, in dem er tätig war, viele Menschen. Geheimdienste waren ja längst nicht mehr dazu da, um kriegerische Aktionen feindlicher Nationen auszuspähen. Sicher, das gehörte dazu, aber durch die Transparenz und Gutgläubigkeit der weltweiten Datentransaktionen öffnete sich für die Wirtschaft seines Landes ein Milliardengeschäft. Das wussten andere Nationen natürlich auch. Der Druck war deshalb entsprechend hoch. Und je mehr darüber öffentlich debattiert wurde, umso misstrauischer wurden die Konzerne und machten es ihm schwer, an benötigte Daten ranzukommen. Wie im Fall LionA. Seine Gedanken kreisten jetzt um Vincent Meijer, den mitverantwortlichen Entwicklungsleiter, der als Ersatz-Informant für Kees Bakker einspringen musste. Ob er wollte oder nicht. Bei Kees Bakker hatte er sich Zeit lassen können. Nach dem Briefumschlag mit dem Geldgeschenk damals war dem Chinesen schnell klar, dass er Kees Bakker bald auf Spur gebracht haben würde. Schließlich hatte sich der Mann keinerlei Widerspruch erlaubt, sondern war mit dem Geld in die nächste Spielhölle gelaufen, um sich noch tiefer in den Sumpf zu spielen. Das war ein klares Zeichen für die Notsituation des Mannes, der scheinbar nicht mehr in der Lage war, in seinem Leben die richtigen Entscheidungen zu treffen. Er war so weit, dass er für das nötige Geld zum Spielen zu Vielem bereit war. Gut für Liang Zuko Wong.

Die Rekrutierung von Kees Bakker war erfolgreich und es gab kaum Widerstand. Nachdem er Bakker mit weiteren Geldgeschenken beglückt hatte, konnte er nach und nach seine Forderungen durchsetzen. Trotz Spielsumpf und Suchtcharakter gab es auch für den Holländer noch immer eine Art Schamgrenze, die er nicht überschreiten wollte. Das machte ihn zusätzlich gefügig. Eine Bedingung, wenn man das so nennen konnte, war, dass Kees Bakkers Frau nichts von dieser Aktion erfahren durfte. Kees Bakker selbst hatte keine Skrupel mehr, die Daten weiterzugeben. Er wusste, dass auf diese Weise viele Wirtschaftsdaten abgegriffen wurden, und er sagte sich, wenn nicht durch ihn, dann eben durch einen anderen Mitarbeiter von LionA. Das war für Kees Bakker eine beruhigende Entschuldigung, um das benötigte Spielgeld für sein zerstörerisches Hobby anzunehmen. Und für Liang Zuko Wong eine willkommene Arbeitserleichterung. Alles hatte lange Zeit gut geklappt. Aber das Verhältnis zu Kees Bakker hatte sich für Liang Zuko Wong in den letzten Wochen immer schwieriger gestaltet. Bakker schien außer Kontrolle zu geraten. Er verlor den Rest an Bodenhaftung, der ihm noch geblieben war. Das musste mit seiner Frau und ihrer Affäre zu tun haben. Aber Bakker besorgte weiterhin, wenn auch widerwillig, die Informationen, die Liang Zuko Wong sich wünschte. Bis zu diesem Dienstagnachmittag auf dem Ijsselmeer. Leider hatte er dort seinen besten Informanden verloren.

Ersatz konnte er nur mit Vincent Meijers Hilfe bekommen. Zumindest jetzt. Wo es schnell gehen sollte. Allerdings würde er ihn nicht mit Sonntagsreden überzeugen können. Sondern mit Gewalt oder mit der Androhung von Gewalt. Das half meistens schon. Er hatte es hier nicht mit Profis zu tun, die eine entsprechende Ausbildung bei irgendeinem Dienst hinter sich hatten. Normalbürger knickten meistens sofort zitternd ein, wenn man ihnen und besser noch ihrer Familie ausführlich und präzise geschildertes Leid offerierte. Ein bisschen Vorbereitung genügte. Auch bei Vincent Meijer, dem glücklichen Familienvater und Ehemann. Was würde sein, wenn dieses Glück keinen Bestand hätte und schon bald in grenzenloses Unglück umschlagen könnte? Ein wichtige Frage, mit der er Vincent Meijer konfrontieren wollte.

31

Jacob Peeters fluchte leise vor sich hin. Wieder kämpfte er an der Piet Heinkade um einen Parkplatz. Es war Freitagnachmittag. Die Stadt wurde immer voller und die freien Parkplätze seltener. Es war nichts zu machen, er kurvte nun schon gefühlte zehn Minuten durch die umliegenden Straßen, ohne Aussicht auf einen freien Platz. Das hätte er sich denken können. Er entschied sich dafür, den LionA-Geschäftsführer Willem van Basten telefonisch zu befragen. Und zwar vom Parkplatz des neuen Filmmuseums „Eye" an der gegenüberliegenden IJpromenade. Hier gab es wenigstens Parkplätze und im lichtdurchfluteten Museumscafé hatte er sich in einer dreiviertel Stunde mit der Psychologie-Professorin Lara Rozendaal verabredet. Mit ihr wollte er unter anderem über Kees Bakker und seine Spielsucht reden.

Van Basten nahm gleich nach dem zweiten Klingeln ab. Jacob Peeters hatte sich morgens seine Durchwahl geben lassen, für den Fall, dass er nicht pünktlich zu dem verabredeten Termin kommen konnte.

„Nein", antwortete van Basten auf Peeters Frage nach der Geldquelle für Bakkers Casinoabende. „Woher Kees so viel Geld hatte, wie Sie sagen, ist mir völlig schleierhaft."

„Haben Sie nichts davon gewusst?", fragte der Commissaris noch einmal.

„Nein, wirklich nicht. Das wundert mich auch sehr. Sein Gehalt wurde ja teilweise gepfändet, wir mussten direkt an die Gläubiger überweisen."

„Kann es sein, dass Kees Bakker heimlich Nebenjobs annahm, um sich damit ein lukratives Zubrot zu verdienen?"

„Wie meinen Sie das? Denken Sie, er hat hier vom Büro aus Geschäfte betrieben? Womit?"

Van Basten wurde ganz nervös, während er das sagte.

„Glauben Sie, Commissaris, dass Kees Bakker uns in irgendeiner Form hintergangen hat?"

„Ich weiß es nicht", sagte Peeters, „gäbe es denn eine Möglichkeit, hinter Ihrem Rücken Geschäfte zu betreiben? Immerhin ist Ihre Technologie am Markt doch heiß begehrt, wenn ich Vincent Meijer richtig verstanden habe."

„Sicher gibt es die. An unserer Forschung sind viele interessiert. Aber ich kann mir das von Kees nicht vorstellen. Auch nicht vor dem Hintergrund seiner Spielsucht. Der war immer loyal und ich habe ihm vertraut."

„Hatte Kees Bakker denn Zugang zu so sensiblen Forschungsdaten, an denen andere Firmen oder Institute interessiert sein könnten?"

„Selbstverständlich! Er selbst war eine der wichtigsten Personen in unserem Team."

Willem van Basten klang sichtlich betroffen.

„Mijnheer von Basten, können Sie irgendwie herausbekommen, ob Kees Bakker sensible Daten an Fremde verkauft hat?"

„Das ist technisch fast unmöglich. Und wenn es so wäre, wäre ich persönlich sehr enttäuscht. Wir hatten sogar eine private Lösung gefunden, mit deren Hilfe Kees wegen der Pfändungen finanziell nicht so eingeengt war."

„Und was war das für eine Lösung?"

„Sicher nicht ganz legal, aber wir wollten Kees natürlich im Unternehmen behalten und ihm helfen. Er hatte neben seinem offiziellen Gehalt ein monatliches Spesenkonto, das er bis zu 2.000 Euro belasten konnte. Offiziell für Geschäftsessen, Fahrtkosten und so weiter. Aber niemand hat ihn danach gefragt, wofür er das Geld ausgab. Er hat mir mal gesagt, dass er damit eine Lebensversicherung für seine Frau finanziert."

„Das stimmte auch", sagte der Commissaris. „Diese Versicherung gibt es wirklich. Wissen Sie vielleicht, warum Kees Bakker noch kurz vor seinem Tod seine Frau als Begünstigte streichen wollte?"

„Nein, das ist mir neu", sagte van Basten. „Ich weiß nur, dass seine Frau für ihn eine wichtige Stütze war."

„Steht Kees Bakkers Computer noch auf seinem Schreibtisch?", wollte der Commissaris wissen.

„Ja, Vincent Meijer wird in den nächsten Tagen die Daten von Bakkers Computer kopieren und auswerten, bevor wir die Festplatte löschen."

„Bitte lassen Sie den Computer so wie er ist. Ich schicke heute noch jemanden, der ihn abholt. Unsere Spezialisten können ihn auf mögliche Schadsoftware überprüfen. Zumindest ist das ein Versuch."

Van Basten war einverstanden.

Peeters sah von weitem seine nächste Verabredung auf sich zukommen. Er bedankte sich bei van Basten und legte auf.

„Hallo Lara", rief Peeters, um auf sich aufmerksam zu machen. Sie hatte ihn in der Menschenmenge vor dem Museum noch nicht ausfindig gemacht.

„Hallo Jacob, schön, dich wieder mal zu sehen. Ich glaube, das ist bestimmt ein Jahr her, oder?"

„Mindestens. Eher noch länger. Wenn ich mich recht erinnere, haben wir damals auch über einen Fall gesprochen. Das war ..., warte mal", kramte Peeters in seinen Erinnerungen, „sicher, das war der Mord an dem Immobilienhändler, der von so einer durchgedrehten Frau umgebracht wurde, die sich von ihm verfolgt fühlte."

Jacob Peeters und Lara Rozendaal kannten sich seit ihrer gemeinsamen Polizeiausbildung. Danach hatten sich ihre Wege einige Zeit getrennt. Während Peeters im Polizeidienst Karriere machte, hatte sich Lara Rozendaal für ein anschließendes Psychologiestudium entschlossen. Die Wissenschaft lag ihr und sie promovierte im Bereich Kriminalpsychologie. Nach diversen Auslandsaufenthalten erhielt sie eine Professur für Rechtspsychologie in Leiden. Dank ihrer polizeilichen Ausbildung und ihrem Forschungsschwerpunkt an der Uni konnte sie sich schnell einen Namen machen. Sie unterrichtete neben ihren grundständigen Studiengängen als gemeinsames Projekt mit der Polizeiakademie angehende Kommissare in der Psychologie der Entstehung und Aufdeckung von Kriminalität. Außerdem erstellte sie forensische Gutachten bei Gerichtsverfahren und galt auch hier als angesehene Instanz. Die Bezeichnung „Profiler" mochte sie gar nicht. Das war für Lara Rozendaal eine Fantasiegestalt für Kriminalromane oder Filme, die mit der Realität nicht viel zu tun hatte. Obschon sie und ihre Kollegen für die Erstellung von Täterprofilen oder die Entwicklung von Verhandlungstaktiken bei Geiselnahmen eine wichtige Rolle spielen konnten. Aber im normalen Polizeialltag war für aufwändige psychologische Ermittlungsteams weder die Zeit noch das Personal verfügbar. Überhaupt fand sie die Alltagsarbeit bei der Polizei deutlich unspektakulärer, als sie in der Öffentlichkeit gerne dargestellt wurde. Mit dieser These konfrontierte sie immer auch zu Beginn ihrer Fortbildungsseminare für angehende Kommissare alle Teilnehmer, die bis dahin glaubten, ihr zukünftiger Beruf werde ihnen täglich Superlative der düstersten Kriminalgeschichte präsentieren. Peeters konnte sich noch gut an eine Veranstaltung erinnern, die er als Gasthörer in einem ihrer Seminare verbracht hatte.

Nachdem Peeters sie auf den neuesten Stand seiner privaten Beziehungsachterbahn gebracht hatte, schilderte er ihr die aktuellen Ermittlungsergebnisse in Fall Kees Bakker.

„Aber der Visser“, sagte Lara Rozendaal, „weist vom Täterprofil her viele Ungereimtheiten auf. Sein Verhalten ist komplett inkonsequent. Und auch unbedacht. Der bringt sich doch mit dieser Einbruchsnummer bei der Frau des Toten völlig überflüssig selbst in den Ermittlungsfokus.“

„Kann sein, vielleicht auch nicht. Vielleicht ist das kalkuliert durchdacht und geplant von ihm. Wir sollen ihn für so blöd halten.“

„Nein, ich glaube, den könnt ihr von eurer Liste streichen oder zumindest weiter nach unten schieben“, meinte Lara Rozendaal. „Was ist denn mit den beiden Personen, die auf dem Boot waren? Haben die mittlerweile eine Identität?“

„Nein, leider noch nicht. Aber wir haben ganz aktuell eine neue Spur. Vielleicht führt die uns zu diesen Männern. Es könnte sein, dass sich der Tod von Kees Bakker nicht in erster Linie um seine Spielsucht drehte, sondern dass vielleicht die Spielsucht nur ein Türöffner für jemanden war, der gezielte Informationen aus dem Unternehmen, in dem Bakker arbeitete, abgreifen wollte."

„Industriespionage?", fragte Lara Rozendaal.

„Zumindest gibt es Vermutungen, die darauf schließen lassen. Wir können uns nicht erklären, woher Bakker so viel Geld hatte, dass er regelmäßig Beträge von mehreren tausend Euro verspielen konnte. Aus der Firma kam es jedenfalls nicht, das scheint glaubwürdig zu sein. Wir checken gerade seinen Computer auf mögliche Viren oder andere Anzeichen von Datenklau, was auch immer wir damit beweisen können."

„Menschen, die der Spielsucht verfallen sind, handeln eigentlich alle nach dem gleichen Muster", erklärte die Kriminalpsychologin. „Es geht zwar beim menschlichen Verhalten immer um ein sehr komplexes Thema, das man nie über einen Kamm scheren kann, aber wir können einigermaßen sicher drei Stufen der Suchtentwicklung beschreiben. Für alle trifft zu, dass sie irgendwelche Probleme kompensieren wollen: Langeweile, Depression, Ängste, Schuldgefühle, was auch immer. Sie sind auf der Flucht vor sich selbst, vor ihren Problemen und ihrer geringen Selbstachtung, die sie mit dem Spielen ausblenden wollen."

„Merkt man denn nicht, wann Schluss ist? Macht man sich da nicht selbst was vor, wenn man einfach immer weitermacht?", wollte Peeters wissen.

„Nein, leider nur selten. Man spielt ja gewissermaßen gegen sich selbst. Da gehört es auch dazu, dass eigene Wahrnehmungen verdrängt werden. Stattdessen konzentriert sich der Spieler auf das Gewinnen. Schon kleine Beträge werden als Indiz für die richtige Strategie gedeutet. Später werden immer größere Beträge gesetzt und die Verluste als überschaubar bagatellisiert. Typisch ist auch die Prahlerei mit Gewinnen, wenn es denn welche gibt."

„Ich schätze, dann steckt man ganz schön tief drin im Sumpf, oder?", fragte Peeters nachdenklich.

„Ja, dann fängt langsam alles an, egal zu werden. Familie, Beruf, Freunde, alle verstehen einen nicht mehr. Die Betroffenen fangen an, sich schon während der Arbeitszeit mit dem Spiel zu beschäftigen, Strategien für den Abend zu entwickeln. Und so geht es immer tiefer in die Suchtfalle. Ohne eine Chance, da jemals wieder rauszukommen, wenn nicht wirklich gute und professionelle Hilfe in Aussicht ist."

„Die hatte Kees Bakker scheinbar nicht", sagte der Commissaris. „Ich habe mit seinem früheren Therapeuten gesprochen, der ihn fast zwei Jahre begleitet hat. Aber der bescheinigte Kees Bakker gleich ein großes Talent darin, rückfällig zu werden. Außerdem schien er sich auch nicht sonderlich für seinen Patienten interessiert zu haben. Der Therapeut machte zumindest am Telefon den Eindruck, als sei ihm Kees Bakker schon damals ziemlich egal gewesen."

„Zu deiner neuen Spur in Richtung Wirtschaftsspionage passt die dritte und letzte Stufe der Suchtentwicklung. Wir nennen sie die Verzweiflungsphase. Und das ist für die Betroffenen auch eine Zeit, in der sie sich sehr allein fühlen. Von der Welt nicht mehr verstanden. Höchstens noch echten Kontakt mit ganz eng verbundenen Menschen, Freunden, vielleicht Ehepartnern. Aber der Rest der Welt bleibt draußen. In dieser Phase ist für niemanden mehr Platz."

„Ein Verrat seiner Firma und die Weitergabe wichtiger Daten, nur, um an Geld ranzukommen, hältst du also nicht für unwahrscheinlich?", fragte Peeters.

„Nein, im Gegenteil. Es passt sogar sehr gut. Die Persönlichkeitsstruktur verändert sich zunehmend. Die Leute werden reizbar, ruhelos, cholerisch sogar. Sie halten jede Form der Geldbeschaffung für gerechtfertigt, um an ihr Ziel zu gelangen. Aber sie durchleben ein absolutes Gefühlschaos zwischen Euphorie, Gewissensbisse, Panik, Hass und Selbstmordgedanken."

„Keine harmlose Krankheit", sinnierte Peeters. „Es muss unvorstellbar belastend sein."

„Ich glaube, eure Spur zu den Menschen auf dem Boot in Verbindung mit der Frage, ob Kees Bakker vielleicht ein leichtes Opfer von Spionageangriffen geworden ist, würde euch schneller zum Erfolg bringen", sagte die Kriminalpsychologin. „Das scheint derzeit die heißere Spur zu sein."

„Wir sind auch noch nicht so weit, dass wir alle Spuren ausgewertet und abgeglichen haben", sagte Peeters. „Uns fehlen noch die Ergebnisse aus Dianne Bakkers Wohnung. Dann könnten wir zumindest den Einbruch beweisen, auch, wenn Ruud Visser nicht direkt daran beteiligt war."

„Schön, das entlastet den Spielhöllentyp, aber damit seid ihr eurem neuen Verdacht kein Stück näher gekommen. Und darauf solltet ihr eure Ermittlungen konzentrieren", sagte die Professorin. „Was ist denn mit seiner Ehefrau? Ist die wirklich raus aus dem möglichen Täterkreis?"

„Bislang", sagte Peeters, „hat sie bei uns zwar einen etwas, wie soll ich sagen, seltsam distanziert oder seltsam betroffenen Eindruck hinterlassen. Ihr waren keine klaren Emotionen anzumerken. Weder in die eine noch in die andere Richtung. Aber sie hat ein Alibi. Und für die Tat wird sie nicht verantwortlich sein. Da müsste ich mich schwer täuschen", sagte Peeters. „Meine beiden Assistenten sind gerade bei Dianne Bakker, um noch mal mit ihr über die seltsamen Umstände der Lebensversicherung zu sprechen. Vielleicht weiß ich gleich mehr. „Sag mal, „wenn ich dir jetzt noch ein Stück Appeltaart und einen Kaffee besorge, versprichst du mir dann, dass wir nicht wieder ein Jahr oder einen konkreten Fall brauchen, bevor wir uns wiedersehen?"

„Darüber lässt sich reden", lachte Lara Rozendaal und nahm das Angebot dankend an, obwohl sie dieser süßen Versuchung eigentlich Stand halten wollte.

32

Jacob Peeters und Lara Rozendaal hatten noch lange im Museumscafé gesessen und sich über alte Geschichten unterhalten. Es gab wenig Menschen, mit denen Jacob so unbeschwert und vertraut reden konnte. Umso erfreulicher fand Peeters diese nun schon seit rund zwanzig Jahren bestehende Beziehung, die völlig unabhängig von Erwartungen funktionierte. Er hatte bei ihrem Gespräch über Gott und die Welt die Zeit aus den Augen verloren und sah, als er in seinen Ford Ranger stieg, erschrocken auf die Uhr. Es war kurz vor sechs und er war schon eine Stunde später in Muiden mit Manou verabredet. Das bedeutete, dass er möglichst direkt in den Hafen zurückfuhr, um zu duschen, sich umzuziehen und danach zur Muidener Schleuse ins Restaurant zu fahren.

Für den Rest des Freitags war auch nur ein kurzes Meeting mit Klaas und Mieke und den neuen Kollegen geplant, die aus dem Team von Dick Mouthaan dazu gekommen waren. Sie sollten auf den laufenden Ermittlungsstand zum Prada-Fall und auch in Sachen Kees Bakker gebracht werden. Peeters konnte ihre Unterstützung gut gebrauchen. Die nötige Unterweisung sollten seine Assistenten allein übernehmen. Dazu war es nicht nötig, dass er ins Präsidium zurückfuhr.

Außerdem wollte er wissen, was sie bei Dianne Bakker herausbekommen hatten. Während er mit hoch konzentrierten Blicken die leicht verschwommenen Ziffern auf seinem Mobiltelefon fixierte, um die Nummer von Klaas zu wählen, klingelte das Telefon und unterbrach selbstständig die Anwahl, die er gerade gestartet hatte. Er musste sich unbedingt einen Termin bei einem Optiker geben lassen. Oder sich zumindest so eine Zwei-Euro-fünfzig-Lesebrille besorgen. Er würde den Kampf gegen die schwindende Elastizität seiner Augenlinsen so oder so verlieren.

„Gut, dass du anrufst, Klaas. Wir müssen den Zeitplan für heute Abend kurzfristig ändern. Ich werde nicht mehr ins Büro kommen. Ich habe noch eine wichtige Verabredung."

Noch, bevor Peeters ihm den Auftrag zur Einweisung der neuen Kollegen geben konnte, unterbrach ihn sein Assistent.

„Mieke überlegt doch seit gestern verzweifelt, woher sie den Mann von dem Phantombild kennt. Den Europäer, meine ich. Sie weiß es jetzt." Klaas legte wie so oft eine kurze Sprechpause ein.

„Du musst einen nicht immer so auf die Folter spannen, Junge."

„Dann gebe ich dir jetzt Mieke selbst", sagte Klaas van den Broek.

„Jacob? Ja, pass auf. Wir sind vorhin zu Dianne Bakker gefahren. Der Fahrstuhl ist immer noch kaputt."

„Hört sich wichtig an", sagte Peeters scherzhaft.

„Als ich gestern mit Klaas hier war, war der auch kaputt. Wir sind die Treppe hoch gelaufen. Und während wir nach oben gingen, kam uns ein Mann entgegen, der uns grüßte. Ich hab das jetzt wieder ganz klar vor Augen."

Peeters merkte, das Mieke Dekker hörbar aufgeregt war. „Was hast du vor Augen? Wer war dieser Mann?"

„Der Mann auf dem Phantombild natürlich. Hier hatte ich den gesehen. Auf dem Weg im Treppenhaus. Er kam von oben. Das kann doch wohl kein Zufall sein."

Der Commissaris hatte den Motor seines Wagens wieder ausgeschaltet. Er stand noch immer auf dem Parkplatz des Museums.

„Mieke", sagte er konzentriert, „jetzt mal der Reihe nach. Erzähl mir, was passiert ist. Habt ihr mit Dianne Bakker gesprochen?"

„Ja, sie macht auf Unschuldslamm und weiß von nichts."

„Was hat sie gesagt?", fragte der Commissaris.

„Also zunächst mal zum Geld: Sie weiß auch nicht, woher das viele Geld zum Spielen kam. Sie hat angeblich nichts davon gemerkt. Kann durchaus auch möglich sein, wenn es immer schon wieder verloren war, bevor Kees Bakker abends nach Hause kam. In dem Punkt konnte sie uns auch nicht weiterhelfen. Aber dann habe ich ihr die Phantombilder gezeigt. Wir hatten die Bilder ja gestern noch nicht, als wir bei ihr waren. Und sie erkannte ganz erschrocken ihren neuen Partner auf dem Bild."

„Ihren neuen Partner?", wiederholte Peeters. „Seit wann hat die einen Liebhaber?"

„Scheinbar schon seit Monaten."

„Warum hat sie uns das nicht erzählt?"

„Es hätte sie niemand danach gefragt. Und das hätte auch nichts mit dem Tod ihres Mannes zu tun. Das sei ihre Privatsache", gab Mieke Dianne Bakkers Aussage wieder.

„Tolle Privatsache. Führt die uns an der Nase rum?"

„Schwer zu sagen. Sie wirkt glaubhaft. Aber das alles scheint doch mehr als Zufall zu sein."

„Erst dachte ich", sagte Mieke, „der Mann aus dem Treppenhaus sei hier, um Dianne Bakker für irgendetwas zur Rechenschaft zu ziehen. Schulden ihres Mannes oder so. Aber dann sah plötzlich alles ganz anders aus."

„Wo ist sie jetzt? Seid ihr noch bei ihr?"

„Nein, wir haben einen Polizeiwagen kommen lassen und sie ist jetzt auf dem Weg ins Präsidium zur Vernehmung."

„Gut, ich bin schon unterwegs", sagte Peeters. Er schaute auf die Uhr. In seinen Gedanken startete gerade eine Mischung aus emotionaler Achterbahn und Riesenrad. Und er war der Letzte, der dafür eine Eintrittskarte haben wollte. Er spürte den Druck im Magen, der langsam, aber sicher in ihm Nervosität aufkeimen ließ. Was sollte er machen?

„Nein", sagte er, „ich bin nicht unterwegs, jedenfalls nicht auf dem Weg zum Präsidium. Ich habe ein wichtiges privates Treffen. Und wenn ich da jetzt nicht erscheine, habe ich alles versaut."

„Mit deiner Frau?", wollte Mieke wissen, die seinen Stress zwischen den Zeilen heraushören konnte.

„Ja, aber das muss niemanden interessieren. Lasst uns jetzt am Telefon durchgehen, was zu tun ist, Schritt für Schritt, und ihr übernehmt für heute Abend das Ruder."

„Kein Problem", sagte Mieke. „Wird schon nicht so schlimm werden. Wir müssen jetzt nur herausfinden, wo der Typ zu finden ist."

„Hat sie dazu nichts gesagt?", fragte Peeters.

„Doch, aber das war ein bisschen konfus. Wir müssen das überprüfen."

„Wer ist der Mann denn überhaupt?", frage Peeters.

„Dianne Bakker hat vor etwa sechs Monaten nach Jahren des Leidens die Liebe ihres Lebens kennengelernt. Er heißt Simon Gerritsen und hat wie sie irgendwas mit Tourismus zu tun. Bislang völlig unauffällig, keine Vorstrafen."

„Was sagt sie zur Lebensversicherung?"

„Sie hat davon gewusst und gibt auch unumwunden zu, dass sie sich gestern Morgen bei der Versicherung erkundigt hat, ob sie noch die Begünstigte der Lebensversicherung sei."

„Und da hat sie ihr Mann gestört, oder was?", kommentierte der Commissaris.

„Das habe ich sie auch gefragt", sagte Mieke. „Dianne Bakker hat uns erzählt, wie ihr Mann erst vor ein paar Wochen die Beziehung zu diesem Simon Gerritsen rausbekommen habe und dass er ausgerastet, ihr sogar in ein Restaurant gefolgt sei und ihnen dort eine Szene gemacht habe."

„Dann wird das wohl der Grund für den dringenden Termin bei der Lebensversicherung gewesen sein, den Kees Bakker aber nicht mehr wahrnehmen konnte", meinte Peeters. Und wenn das stimmt, dass das Phantombild der Person, die mehrere Zeugen auf dem Boot gesehen haben, mit diesem Simon Gerritsen übereinstimmt, haben wir wahrscheinlich den Mörder von Kees Bakker gefunden", überlegte der Commissaris. „Habt ihr Dianne Bakker diese Schlussfolgerung klargemacht? Weiß sie, dass sie da voll mit drinhängt, egal, ob sie dabei war oder nicht? Sie wird sich wegen Anstiftung zum Mord vor Gericht rechtfertigen müssen."

„Dianne Bakker", warf Mieke ein, „spielt entweder super Theater oder sie ist wirklich nicht ganz auf dem Laufenden."

„Wieso?"

„Als sie das Bild gesehen hat, war sie völlig aus dem Häuschen und konnte sich überhaupt nicht vorstellen, warum ihr Liebster in Volendam auf dem Boot gewesen sein könnte. Erst als wir ihr den möglichen Tathergang klargemacht haben, hat sie kapiert, in was für einer üblen Situation sie sich befindet. Und vor allem ihr Lover, dieser Gerritsen."

„Wo ist der Mann?"

„Angeblich von Schiphol aus auf dem Weg nach London. Zu einem Tourismuskongress europäischer Hauptstädte, der morgen beginnt und bis Montag läuft."

„Ist er schon da oder haben wir eine Chance, ihn noch am Flughafen aufzuhalten?"

„Klaas checkt das gerade. Ich gebe dir später Bescheid."

„Das würde uns einen ordentlichen Schritt weiterbringen", sagte Peeters. „Aber welche Verbindung gibt es zu dem Asiaten auf dem Boot?"

„Ein Auftragskiller vielleicht?", meine Mieke.

„Das wäre schon sehr ungewöhnlich, dass der Auftraggeber dann mitkommt, um den erfolgreichen Vollzug des Auftrages zu überwachen. Wenn ich einen Mord in Auftrag gebe, dann doch, weil ich selbst damit nicht in Verbindung gebracht werden will. Räumlich und zeitlich. Und dann brauchen wir immer noch eine gute Erklärung dafür, woher das Geld für Kees Bakkers Spielabende stammt. Wenn Dianne Bakker und Simon Gerritsen dahinter stecken, muss das Geld trotzdem irgendwo herkommen. Die Lebensversicherung ist noch nicht ausgezahlt. Von Dianne Bakker wissen wir, dass von ihren Konten in den letzten Monaten sicher nicht solche großzügigen Bargeldspenden an ihren Mann kommen konnten. Habt ihr schon die Konten von Gerritsen gecheckt?"

„Nein, so viel Zeit war nun wirklich noch nicht", wehrte sich Mieke Dekker.

„Dann macht das, so bald wie möglich. Und schaut zu, ob ihr Gerritsen noch am Flughafen abfangen könnt, sonst müsst ihr Interpol in London einschalten", sagte Peeters.

„Einen internationalen Haftbefehl werden wir so schnell wohl nicht kriegen. Aber vielleicht können wir mit den Londoner Kollegen arrangieren, dass die Gerritsen erst einmal vorläufig einkassieren und zurückschicken, sobald wir den Haftbefehl haben. Er ist dringend tatverdächtig."

„Fluchtgefahr besteht allerdings nicht mehr", scherzte Klaas van den Broek im Hintergrund, „er ist ja schon abgehauen."

„Vielleicht ist das Teil seines Planes. Und Dianne Bakker soll ihm folgen", meinte Mieke.

„Zu spektakulär. Nicht für 500.000 Euro, die die Versicherung unter diesen Umständen so oder so nicht auszahlt. Warum sollten sie das so geplant haben? Die würden mit einem leeren Konto fliehen", überlegte der Commissaris. „Egal, seht zu, dass ihr ihn findet."

Jacob Peeters überlegte einen Moment. „Mieke, hört Klaas mich auch?"

„Ja", rief van den Broek. Soll ich das nicht?"

„Doch, darum geht 's. Ich wollte, dass ihr beide zuhört. Also, ich setze auf euch und ihr kriegt das hin, klar? Ich habe gleich ein wichtiges Treffen mit Manou. Wenn ich sie sitzen lasse, dann war 's das. Ich werde in den nächsten zwei, drei Stunden nicht ans Telefon gehen. Nur im absoluten Notfall. Wenn ihr Hilfe braucht, schreibt mir eine SMS. Sobald ich kann, melde ich mich. Wenn Wouters nach mir fragt, sagt ihm, ihr könnt mich nicht erreichen, Handy kaputt oder was auch immer."

„Hört sich nach abenteuerlicher Verschwörung an", kommentierte Mieke trocken. „Wir sind dabei!"

33

Die Zeit war knapp, aber er hatte es geschafft. Auf der Fahrt zum Hafen hatte er gleich zwei rote Ampeln überfahren und hoffte, dass dies sein Geheimnis bleiben würde. Dann duschen, umziehen. Jetzt saß er auf seinem Fahrrad, den Deich entlang Richtung Muidener Schleuse. Gedanklich bereitete er noch einmal sein Treffen mit der Frau vor, mit der er schon seit mehr als zwanzig Jahren verheiratet war. und er hatte das Gefühl, als ob sie sich das erste Mal zum Rendezvous trafen. Leichte Nervosität stieg in ihm auf. Er wollte, dass nichts schiefging. Es sollte unbelastet sein und keine gegenseitige Schuldzuweisung werden. Das war ihm das Wichtigste an diesem Abend. Das Zifferblatt seiner Armbanduhr zeigte ihm, dass es zehn Minuten vor sieben war. Er war pünktlich und hielt die Verabredung ein. Das war schon mal ein Anfang.

Die Luft am Deich entlang des Ijsselmeeres füllte sich langsam mit Frühlingsdüften und mehrte die Hoffnung auf entspannte Abende. Auch er selbst fühlte sich jetzt entspannt. Trotz Ermittlungsstress und Zeitdruck. Er war angekommen. Und konzentrierte sich auf den Augenblick, was ihm scheinbar gelang. Er stellte sein Fahrrad an der Schleuse ab, die im Sommer immer wieder zur spektakulären Bühne kleinerer und größerer Familien- und Beziehungsdramen avancierte. Wer hier an einem Tisch bei gutem Wetter einen Platz fand, brauchte kein Buch, keine Zeitung und eigentlich nicht einmal Gesellschaft. Aber zu zweit schmunzelte es sich angenehmer, wenn die Bootsbesatzungen mit gespielter Leichtigkeit die Leinen beim Schleusen warfen, die Bootsführer beim engen Manövrieren der Boote vor Anspannung vergaßen, die Fender auszulegen oder zu schnell waren und nicht mehr rechtzeitig aufstoppen konnten. Dabei gab es in dieser Schleuse nicht einmal einen nennenswerten Hub. Man brauchte also nur reinzufahren und wieder rauszufahren. Ohne großartiges Vertäuen an den Schleusenwänden oder Pollern. Dieses Manöver war für viele Freizeitkapitäne dennoch keine tägliche Routine. Außerdem wurden bei der sonntäglichen Ausfahrt mit dem Boot oft Freunde, Bekannte und Familienmitglieder als Helfer eingeteilt, die mit den Arbeiten an Leinen und Festmachern nicht vertraut waren. Eine gewisse Anspannung herrschte auf fast jedem Schiff in der Schleuse. Wer wollte sich schon gerne vor einem Publikum blamieren, das mit Kaffee und Kuchen bewaffnet und durch coole Sonnenbrillen blinzelnd, nur darauf wartete, dass etwas schiefging? Die besten Voraussetzungen also, dass das eine oder andere Manöver in der Schleuse erst recht scheiterte. Manchmal fühlte man sich dort eher wie beim Besuch einer Freilichtbühne als an einer Schleuse.

Er schaute durchs Fenster hinein ins Restaurant. Da saß Manou bereits und lächelte ihm zu. Na dann, dachte er. Hoffentlich ist dieser Platz mit den vielen Bootsdramen kein schlechtes Omen für unseren Abend.

Sie sah gut aus und trug ein attraktives, neues Kleid. Ein Kleid, das er zumindest noch nicht kannte oder das ihm bislang nicht aufgefallen war. Was sollte er sagen? „Dein neues Kleid steht dir gut". Und wenn es doch nicht neu war, war dies schon der erste Fehler. Aber Jacob Peeters wollte entspannt in diese Begegnung starten und begrüßte Manou mit einer herzlichen Umarmung.

„Du siehst gut aus", sagte er und war zumindest in der Kleidungsfrage aus dem Schneider. Außerdem roch sie gut. Ein vertrauter, sehr vertrauter Geruch.

„Du machst auch einen ganz ordentlichen Eindruck", sagte Manou lächelnd. „Wie geht es dir?"

„Gut, ja mir geht es gut. Wie immer viel zu tun. Du kennst das ja." Vielleicht das falsche Thema zum Auftakt. Er kontrollierte seine Gedanken, etwas, was er früher nie getan hatte und hoffte, dass sich das schnell wieder geben würde.

„Hast du schon in die Speisekarte geschaut?", wollte er wissen.

„Mich lächeln die Ziegenkäse-Kroketten mit dem Rucola-Salat an", sagte Manou, „oder wollen wir keine Vorspeise nehmen?"

„Doch, klar wollen wir das. Und dass du dir den Ziegenkäse ausgesucht hast, dafür hätte ich eine Wette abgeschlossen."

Manou war eine ausgesprochene Käseliebhaberin und besonders Ziegenkäse in allen möglichen Variationen mochte sie.

„Bei zwanzig gemeinsamen Jahren bleiben nicht mehr viele Überraschungsmomente", sagte sie und sah ihn nachdenklich, aber freundlich an.

„Sag mal", wollte sie wissen, „hat dich Constantijn erreicht? Der wollte wissen, wie er die Waschmaschine anschließen muss. Ich glaube, er wollte die Abwasserleitung in die Regenrinne umleiten oder so in der Art. Das hörte sich nicht gut an."

„Ich habe gestern kurz mit ihm geskypt und ihm den Quatsch ausgeredet", sagte Peeters. „Die Waschmaschine sollte in eine andere Ecke am Fenster, aber da gibt es kein Rohr für das Abwasser. Die Schnapsidee mit einem Plastikrohr durchs Fenster in die Regenrinne ist den Jungs wohl nach der dritten Flasche Grolsch gekommen. Die meinten das tatsächlich ernst", schmunzelte Peeters. „Es gibt aber Entwarnung. Das Ding bleibt wo es ist. Ich werde in den nächsten Tagen mal bei ihm vorbeifahren und mir das anschauen."

„Dann kannst du schon mal Kleingeld für die Parkuhr sammeln", kommentierte Manou.

In der Innenstadt von Utrecht war kaum ein Parkplatz zu finden und wenn, dann musste man stündlich mehr als vier Euro dafür investieren. Die Abschleppregeln und Kontrollen waren noch strenger als in Amsterdam, so kam es ihnen jedenfalls immer vor, wenn sie Constantijn besuchten. Ihr mittlerweile zwanzigjähriger Sohn war im letzten Herbst von Zuhause weg in eine WG im Zentrum von Utrecht gezogen und hatte mit einem International-Business-Management-Studium begonnen. Was genau er damit mal machen würde, war ihm noch nicht klar, aber es schien ihm zu gefallen. Wie es aussah, lernte er viel. Aber wie man Schmutzwasser richtig ableitet, dachte Peeters, lernte man scheinbar auch dort nicht.

Sie hatten mittlerweile die Vorspeise serviert bekommen, Peeters hatte sich der Bestellung seiner Frau angeschlossen.

Beim Hauptgang mit Jakobsmuscheln und Trüffel-Mascarpone wich nach und nach die Anspannung, die beide bei dieser ersten Begegnung seit seinem Auszug anfangs spürten. Jetzt kam es ihm plötzlich vor, als wäre gar nichts gewesen, als stünde nicht die mögliche Trennung zwischen ihnen. Sie redeten über ihre Kinder, über Constantijn und Laura, die zwei Jahre jüngere Tochter, die im August nach der Schule eine Ausbildung zur Krankenschwester beginnen wollte. Sie wohnte weiterhin in der Tuinstraat. Lauras Zukunftspläne waren bereits ungewöhnlich gefestigt. Erst die Ausbildung und danach Medizin studieren, das waren ihre Pläne und die vertrat sie so selbstbewusst, dass man ihr das unbesehen glauben konnte.

Sie lachten über alte Geschichten, über Laura, die als kleines Mädchen bei einem Skiurlaub in Österreich nachts immer zu Manou und Jacob ins Bett gekrochen kam, weil ihr das Hirschgeweih an der Wohnzimmerwand der Ferienwohnung Angst machte. Es gab dort keine Jalousien und das Straßenlicht warf einen Schatten des Hirschgeweihs auf den Parkettboden, den Laura von ihrem Bett aus sehen konnte. Damals wollte sie nicht mehr Skifahren. Sie wollte lieber anderen Urlaub machen, ohne tote Kühe an der Wand, wie sie sagte. Das war seitdem ein Running Gag, den Laura immer wieder zu hören bekam. Was sie bis heute aber nicht störte. Eine andere Geschichte fiel ihnen ein, über die sie herzhaft lachen mussten. Laura war vielleicht ein oder zwei Jahre älter und hatte sich in eine leicht übergewichtige Katze namens Douwe verliebt. Sie gehörte einem Nachbarn, der nicht unbedingt zu Manous und Jacobs Lieblingsnachbarn zählte. Allabendlich zur gleichen Zeit gegen sieben rief er seine Katze zur Fütterung. Aber sie kam nicht, wenn er rief. Denn zur gleichen Zeit stellte Laura auf ihrem Balkon eine kleine Portion Katzenfutter bereit, das sie über mehrere Wochen immer wieder von ihrem Taschengeld gekauft hatte. Douwe war es recht. Die Katze sah Lauras Fütterung wahrscheinlich als so eine Art Aperitif an und liebte es, beim Essen auch noch gekrault zu werden. Diesen Service kannte sie von zuhause wahrscheinlich nicht, so wie Manou und Jacob ihren grimmigen Nachbarn einschätzten. Aber der hatte eins und eins zusammengezählt und war Laura eines Tages auf die Schliche gekommen. Er konnte sich nicht erklären, warum das Tier bei ihm zuhause einen so schlechten Appetit hatte und trotzdem immer runder wurde. Da gab es Hausverbot für die Katze und für Laura die Aufforderung, den zusätzlichen Versorgungsdienst einzustellen. Offiziell zumindest.

Wo war diese Zeit geblieben, fragte sich Peeters. Unzählige Erinnerungen an die Jahre, als die Kinder noch klein und sie eine Familie waren, auch wenn sein Beitrag dazu schon immer recht spärlich ausfiel. Aber die Erinnerungen waren ihm wichtig und er hatte Angst davor, dass ihm bei einer endgültigen Trennung diese Erinnerungen nicht mehr zustanden. Zumindest nicht mehr mit der gleichen Leichtigkeit.

Es gab viele dieser Geschichten, die sie sich gemeinsam hätten erzählen können und sie beschränkten ihr Gespräch an diesem Abend auch ausschließlich auf Erinnerungen an schöne Dinge und Erlebnisse. Manou könnte sicher ähnlich viele Geschichten erzählen, in denen er eine der Hauptrollen hätte spielen sollen, aber bei den meisten Aufführungen auf der Bühne des Alltags durch Abwesenheit glänzte. Dann musste Manou auch seine Rolle übernehmen. Ohne Souffleuse und ohne doppelte Gage.

Manchmal, dachte Peeters, wirkt so eine Beziehungspause wie ein Kaltstart am Computer, wenn scheinbar nichts anderes mehr hilft. Man sah wieder klarer. Das Leben schien aufgeräumter zu sein und man erkannte kostbare Dinge, die vorher als selbstverständlich wahrgenommen wurden oder in der Menge der Ereignisse einfach untergingen. Diesen technischen Kaltstartvergleich würde er aber besser für sich behalten, das könnte Manou vielleicht missverstehen. Sie bestellten zwei Portionen Crème brûlée mit Beerensorbet und Schokolade zum Nachtisch.

Die Lautlosstellung seines Telefons sorgte zum wiederholten Mal für Vibrationsalarm. Außerdem war mindestens eine SMS eingegangen.

34

Bei der Vernehmung von Dianne Bakker im Polizeipräsidium konnten Klaas van den Broek und Mieke Dekker keine wesentlich neuen Erkenntnisse gewinnen. Dianne Bakker brach mehrfach in herzzerreißendes Weinen aus, als man ihr vorwarf, den Mord an ihrem Mann gemeinsam mit Simon Gerritsen geplant zu haben.

Still und nachdenklich hingegen wurde sie bei der Frage, warum Simon Gerritsen auf dem Boot war und ob er ihr nichts von seinen Plänen erzählt hatte. Dianne Bakkers Augen waren leer. Sie schien antriebslos und machte keinerlei Anstalten, ihre Unschuld weiter zu verteidigen. Es schien, als sei für sie ein weiteres Mal eine Welt zusammengebrochen. Dieses Mal war nicht ihr Mann, zu dem sie Jahr für Jahr gestanden und mit ihm gelitten hatte, dafür verantwortlich, sondern der Mann, mit dem sie glaubte, endlich aus diesem Jammertal in ein neues Leben aufbrechen zu können. Brachte Simon ihren Mann aus Liebe für sie um? Damit er ihnen nicht mehr im Wege stand? Aber warum? Wollte er Geld aus der Lebensversicherung? Das konnte doch keine Lösung für einen Neubeginn sein? Dianne Bakker wurde nicht schlau aus dem, was sie bei der Polizei erfuhr. Sie musste sich in Simon Gerritsen gehörig geirrt haben. Dieser Umstand wiederum war für sie die größte Enttäuschung. Das, was ihre gemeinsame Zukunft werden sollte, brach gerade wie ein fragiles Kartenhaus in sich zusammen.

„Die Frau kann einem leid tun", sagte Klaas zu Mieke, als sie aus dem Vernehmungszimmer hinausgingen. Sie konnten Dianne Bakker aber nicht gehen lassen, nicht in dieser Situation. Immerhin konnte ihr Verhalten auch eine Finte sein und vielleicht wartete sie nur darauf, Simon Gerritsen ins Ausland folgen zu können.

Während Klaas den Haftbefehl für Mevrouw Bakker beantragte, wählte Mieke zum wiederholten Mal die Telefonnummer des Crowne Plaza in London Shoreditch. Da war für Simon Gerritsen ein Zimmer gebucht. Das fand sie nach langem Telefonieren mit dem Büro der Amsterdamer Tourismuszentrale, für die Simon Gerritsen arbeitete, heraus. Am Flughafen war nichts mehr zu machen, die Maschine war nicht nur gestartet, sie war auch längst in London gelandet. Sie konnten also nur die Londoner Polizei bitten, den Mann zu verhaften und ihn in die nächste Maschine zurück in Richtung Amsterdam zu setzen. Doch Simon Gerritsen war im Crowne Plaza im angesagten Londoner Stadtteil Shoreditch nicht angekommen. Schlimmer noch, die Frau an der Hotelrezeption, die sie mittlerweile erreicht hatte, konnte ihr nur mitteilen, dass der Gast namens Simon Gerritsen das Zimmer kurzfristig storniert hatte.

Peeters hatte ein Telefonat gut bei Manou. Das hatte er gleich zu Anfang des gemeinsamen Abends erbeten und dies mit der Dringlichkeit seiner Ermittlungen begründet. Es war zwar wie immer, so schien es zumindest, aber er war innerlich ungewöhnlich entspannt und es machte ihm nichts, die Ermittlungen gewissermaßen aus der Ferne zu koordinieren.

Jacob Peeters war zur Toilette gegangen und hatte Manou gesagt, dass er draußen ein kurzes Telefongespräch mit seinen Mitarbeitern führen müsse. Manou war damit einverstanden.

„Schmeckt´s?", fragte Mieke Dekker den Commissaris gleich nachdem sie den Hörer ihres Telefons im Präsidium abnahm, anstatt sich mit ihrem Namen zu melden. Sie hatte die Mobilnummer sofort erkannt.

„Danke, ich hab euch allerdings wenig übrig gelassen. Ihr müsst euch wohl einen Döner besorgen", antwortete Peeters. „Was ist passiert in der Zwischenzeit? Habt ihr Simon Gerritsen gefunden?"

„Nein, er ist im Hotel weder angekommen noch wissen wir seinen Aufenthaltsort. Er hat telefonisch im gebuchten Hotel storniert", berichtete Mieke.

„Habt ihr Interpol eingeschaltet? Die sollen ihn festnehmen und wieder rüberschicken."

„Ja, läuft alles längst. Sobald der irgendwo auftaucht, wird er vorläufig festgenommen und ausgeliefert. Heute Abend wird sich da sicher nichts mehr tun. Und wenn, bekommen wir früh genug Nachricht", gab Mieke Dekker zurück. „Der wird uns einiges zu erklären haben."

„Haben wir uns da so verrannt?", fragte Peeters mehr sich selbst als seine Mitarbeiterin. „Dieser blöde Spielhallenonkel scheint wirklich nichts damit zu tun zu haben. Der hat wohl kaum den Freund von Dianne Bakker losgeschickt, um ihren Mann umzubringen. Und das vermutlich im Beisein von irgendeinem Chinesen, wenn er denn einer ist. Der Mann, der das Motorboot gechartert hat, war zumindest einer."

„Wenn Visser nichts damit zu tun hat, bin ich persönlich tief enttäuscht", witzelte Mieke. „War ein Scherz", fügte sie vorsichtshalber hinzu.

„Es bleibt die Frage nach dem zweiten Mann auf dem Boot und nach dem Geld, das Kees Bakker seit Monaten zum Spielen hatte", ergänzte der Commissaris. „Übrigens, ich habe mit Willem van Basten in der LionA-Zentrale telefoniert. Der weiß angeblich auch nichts von dem plötzlichen Reichtum für das Glücksspiel und macht dabei einen glaubwürdigen Eindruck."

„Welche Verbindung gibt es zwischen Simon Gerritsen und dem Asiaten auf dem Boot?", fragte Peeters. „Das macht für mich überhaupt noch keinen Sinn."

„Egal", sagte Mieke, „das kann er uns selbst erzählen, wenn wir ihn erst mal haben. Wir haben jedenfalls die Spurensicherung in seine Wohnung und sein Büro geschickt, den Computer sichergestellt und werden sobald möglich, seine Konten checken."

„Ich glaube nicht an eine einfache Beziehungstat. Plötzlich deuten gleich mehrere Spuren in Richtung Industriespionage. Aber ich kann mir noch keinen richtigen Reim draus machen", sagte der Commissaris, der noch immer draußen an der Schleuse mit seinem Telefon in der Hand stand. „Dann könnt ihr für heute Schluss machen. Wir sehen uns morgen Mittag im Präsidium. Grüß Klaas von mir."

„Der ist vor fünfzehn Minuten gegangen und will morgen früh ab sieben wieder hier sein. Ein echter Held", sagte Mieke. „Sag mal

Jacob", fragte Mieke, obwohl sie die Antwort längst kannte, „kann das sein, dass man Polizeiarbeit und Privatleben schwer unter einen Hut bekommt?"

„Es ist auf jeden Fall eine Herausforderung", erwiderte er und machte sich auf den Weg zurück ins Restaurant.

Noch bevor er wieder am Tisch ankam, hörte er das leise Signal einer eigehender SMS. „Sorry, vergessen zu sagen: Bei Prada auf dem Bauernhof herrscht Stille. Die beiden vom Einbruch sind dort auch eingetroffen. Kollegen bleiben dran. Mieke."

Manou sah noch, wie er sein Mobiltelefon wieder in die Jackentasche steckte und lächelte vielsagend.

Die Crème brûlée begossen sie mit einem Espresso. Eigentlich wollten sie zahlen, aber sie bestellten stattdessen noch ein Glas spanischen Rotwein. Dieser Abend war zu wertvoll, um ihn hier und noch vor zehn einfach zu beenden. Das schien für beide unausgesprochen klar zu sein.

„Sag mal", fing Manou an, „was ist denn jetzt mit deinen Eltern und dem Geburtstag von deinem Vater?"

„Was meinst du?", fragte Peeters. „Soll ich ihn anrufen und ihm sagen, dass es bei uns zeitlich nicht klappt und dass er nicht herkommen soll?"

„Nein, das ist feige", fand Manou. „Constantijn und Laura freuen sich auch, wenn sie ihren Opa sehen."

„Sollen wir die Party auf dem Boot feiern? Ich kann das arrangieren. Inklusive Catering", sagte Jacob Peeters. „Willst du überhaupt dabei sein? Es ist mein Vater."

„Warum sollte ich nicht dabei sein?", fragte Manou überrascht. „Ich hab doch keine Probleme mit deinen Eltern, sondern mit ihrem Sohn. Nein, das ist okay. Wir können nächsten Samstag in der Tuinstraat feiern. Die Kinder haben schon zugesagt und ich kümmere mich ums Essen. Vielleicht kannst du mir ein bisschen helfen. Wir machen nicht so einen Auftrieb. Antipasti, eine Frühlingssuppe und ein, zwei Salate. Du besorgst den Wein", sagte sie und das Thema schien vom Tisch.

„Dein Vater kommt aber schon am Dienstag nach Amsterdam. Wo soll der wohnen?“

„Ich weiß nicht, vielleicht fährt er zu Mutter nach Laren oder er sucht sich ein Hotelzimmer. Das soll er auch selbst klären oder wenigstens sagen, wenn wir das für ihn buchen sollen. Der ist ja nicht senil, im Gegenteil“, befand Jacob Peeters.

„Gut, dann ruf du ihn an oder auch nicht, das musst du selbst wissen. Aber wenn er am Dienstagabend schon hier ist und nicht in Laren bei deiner Mutter bleibt, dann solltest du dich vielleicht mal bei ihm melden. Du weißt doch, dass er viel zu stolz dazu ist, sich selbst zu melden“, sagte Manou und spürte, dass sie schon wieder in eine ungewollte Organisiererinnen-Rolle schlüpfte.

„Na ja, der Herr CEO Peeters scheint gerade einen leichten Wandel durchzumachen, sonst würde ihm nicht plötzlich seine Familie wieder einfallen“, sagte Peeters etwas sarkastisch. „Aber gut, ich rufe ihn an und kläre das. Die Geburtstagsparty findet jedenfalls nächsten Samstag zuhause in der Tuinstraat statt.“

„Ich habe dich übrigens genau vor einer Woche, am letzten Freitag, mit Beert Hofker in der Villa Zeezicht gesehen“, sagte Peeters unvermittelt. Es lag ihm auf der Seele, herauszubekommen, ob Manou zu ihrem Chef mehr als ein dienstliches Verhältnis hatte.

„Spionierst du mir nach?“, fragte sie scherzhaft.

„Nein, ich bin zufällig mit dem Auto entlang gefahren und hab euch da sitzen sehen. Sah nach intensiven Gesprächen aus.“

„Es war auch ein intensives Gespräch, wir planen gerade ein neues Museumsprojekt. Viel Arbeit, aber es macht großen Spaß. Sag mal“, sagte sie etwas zögerlich, und schaute Jacob dabei zwinkernd in die Augen, „du bist doch nicht etwas eifersüchtig, oder?“ Dabei hatte sie kurz seine Hand berührt und einen Moment festgehalten. Es war ein kurzer Moment der Berührung, der Jacob Peeters für einen ebenso kurzen Moment in Erinnerung rief, wie privilegiert eine Berührung war. Zumindest für den, der selbstverständlich Gebrauch davon machen konnte. Er konnte es nicht mehr, das wurde ihm nach zwanzig Jahren Ehe schmerzlich klar.

Manou hatte Jacobs Einladung, noch mit aufs Schiff zu kommen, für ihn völlig unverhofft angenommen und sie fuhren mit einem Taxi in den Hafen. Sein Fahrrad ließ er an der Schleuse stehen. Im Hafen angekommen, waren sie gleich Anton und Huber in die Arme gelaufen, die sie überschwänglich begrüßten und auf einen Schluck Whisky einluden, den sie unbedingt probieren sollten. Huber hatte bei eBay einen Lagavulin Singel Malt von 1995 für 72 Euro ersteigert und die Flasche am Morgen heile und unbeschadet im Hafen angeliefert bekommen. Ein guter Grund, um das feiern, fanden sie. Manou und Jacob ließen sich auf einen Schluck überreden. Der Whisky schmeckte lecker. Den „Geschmack von Torf und Vanille, Rosinensüße und in der Mitte etwas Kaffee und Vanille mit einem Schimmer von Frucht", wie es in der Beschreibung zur Flasche stand, konnte Peeters diesmal immerhin teilweise nachvollziehen. Anders, als bei dem Wein neulich, da schmeckte er keine der versprochenen Aromen heraus. Gemeinsam und mit einem guten Stück schwarzer Schokolade tranken sie auch noch ein zweites Glas.

35

Am Samstagmorgen stand Jacob Peeters schon um acht Uhr auf, um im Supermarkt gegenüber dem Hafen frisches Brot und Croissants zu kaufen. Er deckte im Salon den Frühstückstisch mit allem, was verfügbar war. Marmelade, Pindakaas, Stroop, ein bisschen Ziegenkäse und was der Kühlschrank des Schiffes noch so zum Vorschein brachte. Der Kaffee dampfte und er weckte Manou, die am Freitagabend nicht mehr nach Hause hatte fahren wollen. Er hatte ihr die große Kabine im Vorschiff überlassen und war selbst in die Achterkabine umgezogen. Während Manou sich räkelte und im Bad zurecht machte, saß er draußen im Cockpit, windgeschützt und von der noch kühlen Morgensonne beschienen. Die Wärme der Sonnenstrahlen war erst sehr zaghaft zu spüren. Mit einem dicken Pullover und einer ersten Tasse heißem, dampfenden Kaffees ausgerüstet, saß er dort und genoss den Blick übers Wasser, das Glitzern der Masten umliegender Schiffe in der noch tief stehenden Aprilsonne. Und mindestens genauso entspannend wie ein Klarinettenkonzert von Mozart fand er in diesem Moment die Mischung aus dem Kreischen der Silbermöwen, die auf der Suche nach Nahrung über dem Hafen kreisten und dem leisen Klimpern der Wanten und Fallen, die sich im leichten Südwestwind zu einer Melodie vereinten, deren Entspannungs- und Glücksfaktor kaum zu übertreffen war. Der Duft des Kaffees, gepaart mit den immerwährenden Schiffsgerüchen nach Diesel, Metall und Öl taten ihr Übriges.

Nach dem Frühstück gingen Jacob und Manou zu Fuß am Wasser entlang zur Muidener Schleuse zurück, wo er am Abend zuvor sein Fahrrad hatte stehen lassen. Er begleitete Manou noch zur Busstation, von dort aus wollte sie zurück in die Stadt fahren. Es waren ein schöner Abend und ein schöner Morgen, die sie miteinander verbrachten. Sie waren sich wieder näher gekommen und hatten die Zeit nur für sich selbst genutzt. Ein Fortschritt war das allemal, aber Manou bat ihn, diese Nähe nicht falsch zu verstehen. Was sie genau wollte, wusste sie noch nicht, aber es war ihr wichtig, die räumliche Distanz vorerst weiter aufrecht zu halten, um für sich selbst einen roten Faden durchs Leben zu finden.

Vom Schiff aus führte Jacob Peeters zunächst noch einige Telefonate, bevor er sich dann auf den Weg ins Polizeipräsidium machte. Klaas und Mieke und auch die neuen Kollegen, die zur Verstärkung dazu gekommen waren, machten einen geschäftigen Eindruck. Für einen kurzen Moment begann er darüber nachzudenken, ob er ein schlechtes Gewissen haben sollte. Schließlich war er den Vormittag über noch äußerst privaten Angelegenheiten nachgegangen. So schnell wie diese Gedanken kamen, waren sie auch schon wieder verdrängt. Peeters hatte lediglich das Recht für sich in Anspruch genommen, Privates nicht immer dem Job unterzuordnen. Ihm wurde langsam klarer, dass er diese Erkenntnis und wichtiger noch, die sich daraus verändernden Verhaltensmuster, in nächster Zeit konsequenter anzuwenden hatte. Er musste eine vernünftige Balance finden zwischen den Anforderungen seines Berufes und der Verantwortung gegenüber seiner Noch-Ehe. Eine anspruchsvolle Aufgabe, dachte Peeters, wenn man so viele Jahre in festgefahrenen Verhaltensstrukturen lebt. Aber es würde sich lohnen, auch das wurde ihm deutlicher.

Commissaris Jacob Peeters bat alle Mitarbeiter zur Teambesprechung in den Konferenzraum. Hier hatten Klaas und Mieke am Flipchart die Beziehungsgeflechte der bislang bekannten Personen weiter miteinander verbunden, ergänzt, geändert, gestrichen oder wieder in Frage gestellt. Wie bei Ruud Visser, von dem im Moment keiner mehr so richtig glaubte, dass er der Anstifter für den Mord an Kees Bakker war. Aber es blieben Fragen, ohne deren Antworten ein klares Bild des Puzzles nicht entstehen wollte.

„Ich habe heute mehrfach mit den Kollegen von Simon Gerritsen in der Amsterdamer Tourismuszentrale telefoniert“, begann Mieke Dekker der Runde zu berichten. Mieke war, entgegen ihrer Gewohnheit, Jeans und Shirt im Dienst zu tragen, an diesem Morgen in einem eleganten, dunkelblauen Kostüm erschienen. Peeters überlegte, ob das wohl ihr Wochenend-Outfit war. Vielleicht wollte sie vom Büro aus später direkt auf eine Party gehen.

„Wir haben Wochenende", referierte die Polizeiassistentin weiter, „die Frau, die den Flug für Simon Gerritsen gebucht hat, musste ich von ihrer Wohnung aus zum Büro bringen lassen. Klaas und ich haben uns dort mit ihr getroffen. Die Durchsuchungen seines Büros und seiner Wohnung haben nichts ergeben. Zumindest nichts, was das Motiv für den Mord hätte erklären könnte. Eines allerdings steht jetzt fest, dazu sagt euch Klaas was."

„Die Auswertung der DNA und der Fingerabdrücke hat ergeben, dass dieser Simon Gerritsen im wahrsten Sinne des Wortes überall seine Finger im Spiel hatte. Die Fingerabdrücke aus seinem Büro und seiner Privatwohnung stimmen mit Dutzenden von Fingerabdrücken in der Wohnung von Dianne Bakker überein, was ja auch kein Wunder ist, wenn die beiden ein Paar sind."

Klaas versuchte, mit seinen berüchtigten Gedankenpausen wieder die Spannung zu steigern. „Wir haben ihn aber auch ganz klar und ohne Zweifel auf dem Boot von Kees Bakker mit seinen Fingerabdrücken identifiziert."

„Es scheint sich langsam das Finale anzukündigen", murmelte der Commissaris. „Aber mit so einem schwachen Motiv? Die Lebensversicherung kann es nicht sein. In dieser Konstellation bleibt eigentlich nur das klassische Eifersuchtsdrama. Freund und Noch-Ehemann geraten in Streit darüber, wer denn nun der Richtige für Dianne Bakker ist. Ein Hahnenkampf."

„Ein Mann, vermutlich ein Chinese, ist nach dem Mord von Bord des Segelbootes abgeholt worden. Und der, der ihn abholte, war sicher asiatischer Herkunft, der hatte sich beim Bootsverleiher als Chinese ausgewiesen und war dort auch klar beschrieben worden", resümierte Klaas van den Broek. „Wo ist denn bei dieser Aktion Simon Gerritsen einzuordnen? Das passt doch nicht zu deiner Hahnenkampf-Theorie."

„Auf die Antwort werden wir wohl noch warten müssen, bis wir ihn hier haben", entgegnete der Commissaris. „Habt ihr mittlerweile eine Spur von Simon Gerritsen in London?", wollte Peeters wissen.

„Haben wir", berichtete Mieke Dekker. „Die Mitarbeiterin aus der Tourismuszentrale, die mir gestern die Hoteldaten von Gerritsen gegeben hat, hat heute Morgen bei unserem Treffen in ihrem Faxgerät eine Umbuchungsbestätigung für ein Hotel im gleichen Stadtteil gefunden, allerdings in einer niedrigeren Kategorie mit nur drei Sternen. Er hat sich selbst ein billigeres Zimmer gesucht. Das Fax war erst eingetroffen, nachdem sie Freitag schon weg war."

„Und in diesem billigeren Hotel hat er tatsächlich eingecheckt?"

„Ja, unter seinem Namen und ohne irgendeine Geheimnistuerei. Er muss sich seiner Sache ziemlich sicher sein", meinte Mieke. „Auf jeden Fall ist die Londoner Polizei jetzt unterwegs, um ihn zu verhaften. Sie wollen uns benachrichtigen, sobald sie ihn haben."

„Ist bei der Befragung der Busfahrer, Taxen, Cafés, Parkplatzwächter und Hafenmeister in Durgerdam, Uitdam, Volendam und so weiter etwas herausgekommen?" Der Commissaris sah in die Runde.

Will Reinders, einer der neuen Kollegen aus dem Dick Mouthaan-Ermittlerteam hatte das übernommen. Die Befragungen liefen noch und die Auswertungen der Anrufe auf die veröffentlichten Phantombilder von mittlerweile drei Personen ebenfalls. Zwei Asiaten und der Holländer. Wobei sie ja jetzt mit Simon Gerritsen eine der gesuchten Personen erst einmal streichen konnten. Es war eine Heidenarbeit, all den Hinweisen nachzugehen.

Aber es gab eine heiße Spur.

Der Hafenmeister von Durgerdam berichtete, dass am besagten Dienstagnachmittag ein Motorboot in Durgerdam in den Hafen einlief. Darauf zwei Männer, beide asiatischer Herkunft. Der Hafenmeister war ihnen auf dem Meldesteg entgegen gegangen, um den beiden Männern einen Liegeplatz zuzuweisen. Das war üblicherweise der Wunsch aller Bootsbesatzungen, wenn sie einen Hafen ansteuerten. Aber die beiden wollten keinen Liegeplatz. Der Hafenmeister konnte sich erinnern, dass einer der beiden Männer vom Boot gestiegen war und der andere den Hafen wieder auf dem Wasserweg verließ.

Er erinnerte sich auch noch schwach, dass es sich um ein Motorboot mit Werbeaufschrift handelte, also wahrscheinlich ein Charterboot, das man irgendwo mieten konnte. Die Boote der Volendamer Charterstation kannte er, aber er konnte sich nicht genau erinnern, ob es eines von denen war.

„Habt ihr überprüft, wohin der Mann gegangen oder gefahren ist, der in Durgerdam ausgestiegen ist?", wollte der Commissaris wissen.

„Ein Fluchtfahrzeug scheint er dort nicht deponiert zu haben", sagte Will Reinders. „Wir haben die ganze Straße abgeklappert, alle befragt und sie mit dem Phantombild konfrontiert. In dem kleinen Hotel De blauwe Piraat direkt am Wasser hatte er sich ein Taxi bestellt."

„Wissen wir wohin?", fragte Peeters.

„Ja, in etwa jedenfalls. Von dem Wirt wissen wir aber stattdessen sehr präzise, dass der Mann am Hals auf der rechten Seite eine Narbe hatte. Keine gewöhnliche Narbe, wie bei einem Schmiss von Verbindungsstudenten, also einem geraden und schmalen Narbenverlauf, sondern eine Narbe, die zu den Seiten hin unregelmäßig auslief. Ihn erinnerte das an eine Brandnarbe.

„Sicher nichts Ungewöhnliches", fügte Klaas van den Broek hinzu, „aber es hilft uns, dem Mann langsam eine Identität zu geben."

„Wir kommen diesem Ziel jedenfalls ein Stück näher", sagte Will Reinders.

„Und das heißt?", hakte Peeters nach.

„Wir haben den Taxifahrer gefunden, der ihn gefahren hat. Der konnte sich gut erinnern, weil er im Hotel De blauwe Piraat vor acht Jahren seine Hochzeit gefeiert hat. In dem Hotel würde immer ein buntes Publikum absteigen, meinte er. Deshalb hatte es ihn auch nicht gewundert, einen Chinesen als Fahrgast zu haben."

„In Amsterdam ist das auch kaum eine Besonderheit", meinte Peeters. „Da fällt doch eher auf, wer einfach nur niederländisch aussieht, falls das überhaupt geht", schränkte der Commissaris ein. „Und warum kann er sich nun erinnern?"

„Er konnte das nicht genau festmachen. Aber der Mann mit der Narbe - die hatte er übrigens auch gesehen - machte einen ungewöhnlichen Eindruck. Er sprach fast perfekt Niederländisch, aber irgendwie auch zu perfekt. Wenn er sprach, hörte es sich an wie aus einem Lehrbuch, hölzern eben, meinte der Taxifahrer. So, als ob er hier nicht wirklich zuhause sei. Und sprechen wollte der Mann nur sehr widerwillig, meinte der Taxifahrer. Sie hätten eine lange Zeit schweigend nebeneinander im Taxi verbracht. Wie ein Tourist kam er ihm aber auch nicht vor."

„Wo hat er ihn hingebracht?"

„Es ist nicht ganz klar, wohin er wollte. Wir wissen, wo er ihn abgesetzt hat, aber da gibt es keine konkrete Adresse. Das wird er aus Vorsichtsgründen gemacht haben."

„Und wo ist das?"

„In der Nähe des Flughafens. Da, wo die Hotels sind. Aber er hat sich nicht vor irgendeinem Hotel absetzen lassen, sondern an einer Bushaltestelle."

„Das wusste der Taxifahrer noch so genau?"

„Ja, das wusste er. Der Mann war ihm in Erinnerung geblieben. Eben, weil er ihn nicht einordnen konnte wegen seiner ungewöhnlich geformten Formulierungen und weil der Taxifahrer ein Hotel oder den Abflugs- oder Ankunftsterminal erwartet hätte, aber eben keine Bushaltestelle."

„Welche Hotels sind in der Nähe? Habt ihr schon was unternommen?", fragte Peeters, der langsam etwas nervös wurde.

„Klaas und ich waren gerade dabei, alle Hotels abzutelefonieren. Wir machen gleich weiter."

„Gut, das scheint tatsächlich eine Spur zu sein", betonte der Commissaris.

„Was gibt es noch?", wollte er wissen.

„Dass wir die DNA von Simon Gerritsen auf dem Boot gefunden haben, hat uns ein Stück weiter gebracht", meinte Mieke. „Bei dem können wir sicher sein, dass der irgendwas mit dem Mord zu tun hat."

„Können wir das wirklich?", fragte Peeters und sah so nachdenklich aus, dass er vermutlich keine Antwort darauf erwartete.

„Was ist mit Bakkers Computer aus seinem Büro? Gibt es Hinweise auf Fremdeinwirkung oder richtiger formuliert, Datenmanipulation?“

„Gibt es“, sagte Klaas, „was die Sache für uns immer undurchsichtiger macht. Beziehungsdrama wegen Spielsucht scheint immer weiter in den Hintergrund zu rücken. Wir kommen im Moment zwar näher an die Wahrheit ran, so scheint es jedenfalls, aber wir müssen uns von unseren Denkgewohnheiten lösen. Das kann eine Beziehungstat gewesen sein, muss aber nicht. Und das kann was mit Wirtschaftsspionage zu tun haben, ist aber auch nicht sicher. Wir müssen bei unseren Entscheidungen flexibel bleiben und in alle Richtungen schauen. Im besten Fall können wir die bisherigen Erkenntnisse miteinander verknüpfen und finden damit den Schlüssel zum Motiv. Und zum Mörder.“

„Hört sich gut an“, sagte Peeters, „was ist denn jetzt mit dem Rechner von Kees Bakker?“

„Der Computer von Kees Bakker müsste ihm eigentlich Kopfschmerzen bereitet haben. Der steckt voller Spionagesoftware. Das zumindest haben unsere Spezialisten entdeckt. Was nun genau von diesem Computer an Daten geklaut wurde, lässt sich nicht nachvollziehen, aber dass dieser Trojaner schon seit gut einem halben Jahr unbemerkt arbeitete, scheint sicher zu sein.

„Konnten die Kollegen herausfinden, woher die Software stammt?“

„Nein, nicht präzise, aber aufgrund einiger Software-Parameter in der Programmierung, würden sie die Angriffsattacken eher asiatischen Auftraggebern als etwa dem russischen Geheimdienst zuordnen.“

„Dann scheint sich die Vermutung in Richtung Industriespionage zu konkretisieren“, meinte Peeters. „Das macht die Sache nicht einfacher. Wir könnten besser einen eifersüchtigen Ehemann oder Liebhaber jagen.“

„Noch tun wir beides“, meinte Mieke. „Wir suchen einen Liebhaber in London und einen Wirtschaftsspion in Amsterdam. Vielleicht können wir die beiden bald zusammenbringen, dann wissen wir, wie die Zusammenhänge sind. Vielleicht hat der eine dem anderen bei der Arbeit geholfen. Eine Hand wäscht die andere - oder so ähnlich."

„Ich werde jetzt mal van Basten bei LionA anrufen", entschied Peeters. „Der sollte wissen, dass er seine Forschungserkenntnisse in Sachen Lithium-Ionen-Batterietechnologie seit Monaten mit asiatischen Schnüffeltrupps teilt. Das wird ihm sicher nicht viel Freude machen."

Jacob Peeters hatte die Runde längst wieder aufgelöst, alle hatten ihre Aufgaben zu erledigen. Sie waren zwei Verdächtigen ganz dicht auf den Fersen und er hoffte, dass sie noch am gleichen Tag ein ganzes Stück weiter kamen. Es dauerte auch keine weitere halbe Stunde, bis sie aus London die Nachricht per E-Mail erhielten, den über Interpol gesuchten Simon Gerritsen verhaftet zu haben.

„Das ist doch mal eine gute Nachricht", meinte der Commissaris, als Mieke damit zu ihm ins Büro kam.

„Wo haben sie ihn denn erwischt?", fragte der Commissaris.

„Sie haben ihn im Hotel verpasst, da war er schon früh morgens in Richtung Kongress gefahren. Sein Gepäck hatte er im Zimmer gelassen, also wollte er auch dorthin zurückkommen. Verhaftet haben sie ihn schließlich auf dem Kongress, wo er gegen 13:30 Uhr bei einer Podiumsdiskussion dabei war. Die Londoner Kollegen haben noch einen Moment gewartet, bis die Veranstaltung vorbei war und haben ihn dann in aller Seelenruhe einkassiert."

„Hört sich nicht nach gut vorbereiteten Fluchtplänen an", resümierte Peeters.

„Nein, das tut es wirklich nicht", sagte Mieke. „Ich habe gerade mit den Kollegen in London telefoniert. Die haben gesagt, wenn alle unsere Tatverdächtigen sich so handzahm einfangen ließen, dürften wir gern häufiger mal um Amtshilfe bitten. Gerritsen sei völlig überrascht gewesen von der Aktion. Zumindest hätte es so ausgesehen."

„Na, dann haben wir wenigstens einen guten Eindruck hinterlassen", scherzte Peeters. „Wann haben wir Gerritsen zur Vernehmung hier?"

„Sie wollen ihn morgen früh in eine der ersten Maschinen Richtung Amsterdam setzen. In Begleitung natürlich."

„Dann können wir gespannt sein, was er uns morgen zu berichten hat."

Auch die zweite Erfolgsmeldung an diesem Tag ließ nicht lange auf sich warten. Klaas van den Broek und sein Kollege Will Reinders hatten systematisch alle Hotels im fußläufigen Umfeld der Bushaltestelle angerufen, an der sich der Chinese von dem Taxifahrer absetzen ließ. Sie hatten überall nach einem Gast asiatischer Herkunft mit einer markanten Narbe am Hals gefragt. Aber bei allen Telefonaten gab es eine Fehlanzeige. Warum sollte der Mann dort auch in ein Hotel gegangen sein? Nur weil es im Umkreis viele davon gab? Klang nicht sehr einleuchtend und wer so gut Niederländisch sprach und Richtung Flughafen unterwegs war, musste auch nicht unbedingt im Hotel wohnen. Und er war vielleicht auch kein Tourist, sondern Mieter einer ganz normalen Wohnung in der Nähe. Die Ermittler nahmen zunächst an, dass der Mann tatsächlich mit dem Bus weitergefahren war. Dann würden sie seine Spur hier verlieren. Im schlimmsten Fall war er von der Bushaltestelle zum Abflugs-Terminal weitergefahren oder gelaufen und von dort aus konnte er bekanntlich in alle Himmelsrichtungen auf und davon geflogen sein. Aber so schnell wollten Klaas van den Broek und Will Reinders nicht aufgeben. Bei einem zweiten Telefonversuch hatten sie auch die Apartment- und Boardinghäuser der Region in ihre Telefonrecherche einbezogen und tatsächlich am Sloterweg in der Nähe der N 232 nordöstlich vom Flughafengelände Erfolg gehabt. Das bedeutete, dass das Absetzen an der Bushaltestelle wahrscheinlich eine Vorsichtsmaßnahme gewesen war, um seine Spur zu verwischen. Denn zwischen diesem Punkt und dem Boardinghouse lag ein längerer Fußweg. Als Klaas van den Broek und Will Reinders diese Informationen an den Commissaris weiterleiteten, wussten sie, dass jetzt schnelles Handeln gefordert war.

„Die Mitarbeiterin an der Rezeption des Boardinghouses sagt, dass bei ihr mehrere Gäste aus Asien wohnen. Und einen mit einer

Narbe am Hals kennt sie auch. Der wohnt laut ihrer Auskunft schon seit rund einem halben Jahr dort", berichtete Klaas van den Broek.

„Dann haben wir trotzdem nicht viel Zeit. Wenn der merkt, dass wir an ihm dran sind, wird er sich vom Acker machen", entgegnete Peeters und griff zum Telefon. Er ließ sich vom Polizeichef Wouter Janssen den sofortigen Einsatz eines Arrestatieteams genehmigen, um den Chinesen dingfest zu machen. Arrestatieteams waren kleine Sondereinsatzteams, die in Kampftechniken und Überraschungsangriffen bestens geschult waren.

„Wissen wir, ob der Mann im Boardinghouse ist? Habt ihr der Frau gesagt, dass sie sich nichts anmerken lassen soll?"

„Natürlich haben wir das. Wir haben unseren Anruf mit einer Routinebefragung begründet, damit keine Unruhe aufkommt. Sie sagt, dass er in seinem Zimmer ist. Wir sollten also losfahren." Während Klaas noch sprach, hatte Jacob Peeters bereits seine Jacke angezogen und war auf dem Sprung, das Büro zu verlassen.

„Wo ist Mieke?"

„Die hat heute Nachmittag frei, beziehungsweise Bereitschaft. Soll ich sie anrufen, damit sie kommt?"

„Nein, das dauert viel zu lange. Außerdem reicht es, wenn wir hinfahren und die Jungs vom Arrestatieteam dabei sind."

Per Funk verständigten sie sich unterwegs mit dem Leiter des Sondereinsatzteams darüber, wie sie sich möglichst unbeobachtet in Position brachten, um zunächst einmal die Lage zu sondieren, bevor der Zugriff erfolgte.

Vor Ort angekommen, formierten sich drei der sieben Kollegen der Sondereinheit am hinteren Eingang des vierstöckigen Gebäudes. Peeters betrat mit seinen Assistenten das Gebäude durch den Vordereingang und ging auf die Rezeption zu.

„Polizei", sagte er leise. „Wir haben Sie vorhin angerufen und nach einem asiatischen Gast mit einer Narbe am Hals befragt. Auf welchem Zimmer finden wir ihn?", fragte der Commissaris die Frau an der Rezeption.

Die Hotelmitarbeiterin blickte überrascht auf die Dienstausweise. „Apartment 302", antwortete sie, „also im dritten Stock, vom Fahrstuhl aus gleich rechts durch die Etagentür."

„Wissen Sie, wie viele Menschen zurzeit auf der Etage sind?"

„Vielleicht fünfzehn. Aber genau weiß ich das nicht. Heute ist Samstag. Da sind wahrscheinlich viele hier. Was ist denn eigentlich passiert?" „Ist der Hinterausgang verschlossen oder offen?", wollte der Commissaris wissen, ohne auf ihre Frage zu antworten.

„Offen."

„Danke", sagte er mit Blick auf die Frau. „Verlassen Sie bitte jetzt den Eingangsbereich. Gibt es einen geschützteren Raum, wo Sie sich aufhalten können?"

„Ja, die Küche. Aber was ist hier los? Ich darf doch nicht einfach die Rezeption verlassen", protestierte sie.

„Doch, dürfen Sie. Müssen Sie sogar, wenn Sie unsere Ermittlungen nicht behindern wollen. Machen Sie bitte, was Ihnen der Commissaris gesagt hat", bat Klaas van den Broek die erschrockene Frau.

Im gleichen Moment gab Jacob Peeters per Funk und über sein Headset die Informationen an beide Gruppen weiter, die sich am Vordereingang und am Hintereingang postiert hatten. Während sie mit den vier Kollegen vom Haupteingang den Fahrstuhl und die Haupttreppe als mögliche Fluchtwege aufteilten, arbeitete sich die Gruppe vom Hintereingang durch das Versorgungstreppenhaus bis in den dritten Stock vor. Dort formierten sich die Männer des Einsatzkommandos mit entsicherten Waffen. Die Anspannung in ihren Gesichtern sorgte dafür, dass sie für einen Moment lang wie versteinert wirkten, so sehr waren sie auf das bevorstehende Kommando konzentriert.

„Zugriff", schrie der Einsatzleiter, und noch bevor Jacob Peeters realisieren konnte, nach welcher Strategie der Zugriff erfolgte, war mit einem einzigen Knall die Zimmertür aus der Verriegelung gesprungen und die Männer waren in Sekundenschnelle in jeweils einer Zweierformation in das Innere des Apartments vorgedrungen. Dann gaben sie dem Commissaris ein Zeichen.

36

Liang Zuko Wong war mit einer Plastiktüte voll Hühnchenfleischwürfel nach Kung Pao-Art aus dem Asia-Foodshop in der Nähe des Flughafens unterwegs zum Boardinghouse. Das Angebot hatte ihn überrascht, so etwas bekam man selten in solchen Läden, vor allem nicht im Ausland. Ein Rezept aus der Küche von Guizhou mit einer leichten Schärfe, gewürfeltem Hühnchenfleisch und knackigen Erdnüssen. Ein Gedicht, fand Liang Zuko Wong, wenn es richtig zubereitet wurde. Er war gespannt und würde es sich gleich im Boardinghouse in der Mikrowelle seines Apartments aufwärmen. Allerdings erstaunte ihn, während er fast das Hotel wieder erreicht hatte, mehr noch die Menschenansammlung, die vor dem Hintereingang des Boardinghouses stand und mit Waffen und schwarzen Schutzanzügen bewaffnet, nicht nach dem üblicherweise am Samstag auftauchendem Reinigungsteam aussah. Hier war er noch vor weniger als einer halben Stunde völlig unspektakulär hinausgegangen, weil es der kürzeste Weg war, wenn man Richtung Flughafen und Einkaufsmöglichkeiten zu Fuß gehen wollte.

Die Männer in Schwarz waren seine Besucher, dass war sicher. Gut, dass er gerade nicht zu Hause war, es wäre wohl nicht sehr harmonisch zugegangen bei dem Aufeinandertreffen im Apartment 302. Er war auf einen schnellen Auszug immer vorbereitet, das hatte man ihm während seiner Ausbildung genau beigebracht. Er hatte daher am Hauptbahnhof während seines gesamten Aufenthaltes ein Gepäckfach angemietet, das er mit den nötigsten Dingen für einen unauffälligen Rückzug immer aktuell hielt. Im Apartment gab es nichts mehr, was ihn verraten konnte oder was er unbedingt mitnehmen musste. Geld, Kleidung, Papiere und die wichtigsten Daten, die er im Laufe der Zeit von Kees Bakker erhalten hatte, waren in diesem Gepäckfach deponiert. Er brauchte nicht mehr zurück ins Boardinghouse, obwohl es ihm leid tat, dort so plötzlich ausziehen zu müssen. Jetzt würde es ungemütlich werden.

In solchen Fällen war es gut, wenn man sich an Richtlinien und klare Anweisungen halten konnte. Das gab einem Halt auch in brenzligen Situationen. Und während er da am Straßenrand stand und zusah, wie die Männer durch den Hintereingang im Boardinghouse verschwanden, verschwand auch er. Auf dem Weg zurück Richtung Flughafen holte er sein Telefon aus der Jackentasche und wählte die Nummer seines Kollegen, der das Apartment neben ihm bewohnte und ebenfalls zurzeit nicht zuhause war. Auch er musste wissen, dass er nicht zurückkehren konnte in sein Apartment mit der Nummer 303 und dass sie nun Plan B umsetzen mussten. Sie würden sich später, wenn der Abend gekommen war, in Chinatown im Dim Sum Court am Zeedijk treffen, einem All-you-can-eat-Restaurant, das gerne von Touristen besucht wurde. Ein guter Ort, um nicht aufzufallen. Bis dahin hatte er noch einiges vorzubereiten. Und es musste jetzt alles klappen, nichts durfte mehr schiefgehen. Er war ins Visier dieser holländischen Ermittler geraten, und dass er vor ihnen auf der Hut sein musste, hatte er gerade mit eigenen Augen gesehen. Er musste nun genau planen, wo er in den nächsten Tagen übernachten konnte, wo er möglicherweise ein Versteck fand, das nicht gleich wieder entdeckt wurde und er musste den nächsten Kontakt zu Vincent Meijer vorbereiten. Es blieb ihm keine Zeit mehr für Höflichkeiten. Das Essen in der Plastiktüte war mittlerweile kalt geworden.

37

Ein Tag mit Höhen und Tiefen, dachte Jacob Peeters, als er abends auf seinem Schiff langsam zur Ruhe kam. Er öffnete einen Norton Barrel Select der Sorte Cabernet Sauvignon von 2011, den er stets bei Albert Heijn kaufte und mit dem er bestens zufrieden war. Es gab noch getrocknete Steinpilze in seinen Vorratsschränken und das lud geradezu zu einem schnellen Steinpilz-Risotto ein.

Trotz allem, dachte Jacob Peters, war es ein erfolgreicher Tag und das in jeder Hinsicht. Der Morgen mit Manou war ihm wichtiger als er sich das früher hätte vorstellen können. Er wollte an seinem Vorsatz festhalten, die Dinge zukünftig entspannter und unter anderen Blickwinkeln zu sehen. Es ist alles eine Frage der inneren Einstellung zu den äußeren Dingen, hatte ihm einmal jemand beiläufig im Gespräch gesagt. Eine Plattitüde, wie er damals fand, war das für ihn heute nicht mehr. Es lag an ihm, sein Leben nicht allein von äußeren Einflüssen steuern zu lassen. Als verantwortlicher Commissaris der Amsterdamer Kriminalpolizei war das vielleicht manchmal leichter gesagt als getan, aber es war möglich. Es war eine Chance für einen Neustart. Das waren die schönen Momente an diesem Tag. Vielleicht waren sie auch erfolgreich, aber es musste sich noch herausstellen, ob der vermeintliche Kaltstart Kraft genug hatte, die Beziehung zwischen ihm und Manou wieder mit Leben zu füllen. Es lag nicht allein in seiner Hand.

Erfolgreich war auf jeden Fall auch die Verhaftung von Simon Gerritsen, den sie am nächsten Tag vernehmen wollten. Und selbst bei dem etwas peinlichen Einmarsch ins Apartment 302 war letztendlich ein Erfolg herausgekommen. Der Mann war zwar flüchtig, sie konnten ihn in seinem Apartment nicht festnehmen. Aber er war jetzt in die Enge getrieben, und das war immer eine gute Chance für Ermittler, deren Position sich entspannte, während die Getriebenen dazu neigten, früher oder später kapitale Fehler zu begehen. So hoffte er auch in diesem Fall. Immerhin kannten sie nun den Aufenthaltsort des Mannes, der dort als chinesischer Staatsbürger mit dem Namen Liang Zuko

Wong eingetragen war. Wie sich schnell herausstellte, gab es keinen Chinesen mit diesem Namen, der offiziell in den Niederlanden lebte, wie das chinesische Konsulat mitteilen ließ. Aber es gab diesen Mann, der dort im Boardinghouse ein gutes halbes Jahr ein und aus gegangen war. Es war kein Phantom, wie etwa die Zeichnung, die mithalf, ihn zu finden, auch wenn letztendlich der Hinweis auf die Narbe der entscheidende Punkt war, der sie zu ihm geführt hatte. Er war überrascht worden, das Land hatte er nach Ansicht von Jacob Peeters aber nicht verlassen. So überstürzt hätte er das sicher nicht getan. Auch wenn in dem Apartment nichts gefunden wurde, was auf das Motiv hinweisen konnte. Aber sie fanden eine Menge Fingerabdrücke, Spuren jeder Art und die DNA-Analyse würde wohl schon am Sonntag zeigen, ob Wong ihr Mann war. Sie lösten eine landesweite Fahndung aus und auch das Nachbarapartment durchsuchten sie, nachdem bekannt wurde, dass die beiden Männer und Boardinghouse-Nachbarn nach Auskunft des Personals häufiger zusammen gesehen worden waren und der Nachbar bis zum späten Nachmittag ebenfalls nicht in sein Apartment zurückkam. Mit ihm könnten sie jetzt auch die Spur des zweiten Chinesen haben, der das Motorboot steuerte. Alles in allem ein paar profunde Treffer, die dieser Tag hervorbrachte.

Bevor Jacob Peeters sich den Rest des Abends mit einem zweiten Glas Wein und einer DVD vom Robert Redford-Film „All is Lost“ versüßen wollte, stand ihm noch eine Aufgabe bevor, zu der er nur wenig Lust verspürte. Er hatte Manou mehr oder weniger versprochen, sich bei seinem Vater in Hamburg zu melden. Eigentlich ist das schon traurig genug, dachte Peeters, seiner Frau zu versprechen, den eigenen Vater anzurufen. Solche Konstellationen verrieten doch wohl viel über die komplizierte Beziehung. Er wählte die Nummer seines Vaters und spürte an dem Knacken in der Leitung, dass die Festnetznummer auf ein Mobiltelefon umgeleitet wurde. Sein Vater nahm ab.

„Hallo Papa“, sagte Jacob Peeters verhalten, „störe ich dich?“

„Ja, im Moment schon. Ich bin mit einem Golffreund im Louis Jacob zum Essen. Entschuldige bitte, wir sind mitten im Hauptgang, kann ich dich gleich in zehn bis zwanzig Minuten zurückrufen?“

„Kein Problem“, antwortete Peeters. „Mach das, ich bin zuhause, beziehungsweise auf dem Schiff. Nimm meine Handynummer.“

„Bis gleich, ich melde mich bei dir“, sagte sein Vater und legte auf.

Im Louis C. Jacob saß er also, der alte Herr, mit einem Golffreund, dachte Peeters. Das Louis C. Jacob war ein nobles Fünf-Sterne-Hotel an der Elbchaussee in Hamburg-Nienstedten mit einem schicken Restaurant. Das ist seine Welt und genau das war auch der Punkt, der ihm immer wieder deutlich machte, dass sie aus zwei verschiedenen Lagern stammten. Die Oberflächlichkeit, die sein Vater perfekt beherrschte, war ihm immer schon fremd gewesen. Aber er war der Sohn seines Vaters. Und gelegentlich konnte er diese Eigenschaft auch an sich selbst erkennen. Das ärgerte ihn umso mehr und es war ihm klar, dass trotz seiner annähernd fünfzig Lebensjahre noch immer ungeklärte Dinge zwischen ihm und seinem Vater lebendig waren, von denen er lange glaubte, es gäbe sie nicht mehr. Aber je älter sein Vater und letztlich auch er selbst wurde, desto mehr Gewicht bekam diese unrunde Vater-Sohn-Beziehung. Und es wuchs in ihm das Bedürfnis, bislang Unausgesprochenes endlich auszusprechen oder ein für alle Male getrennte Lebenswege einzuschlagen. Gerade jetzt, wo Jacob Peeters das Gefühl hatte, der Alte wolle sich nur aufgrund beginnender Einsamkeitsgefühle wieder auf die Familie besinnen. Sie befanden sich am Scheidepunkt ihrer Beziehung, zumindest aus Jacobs Sicht.

Das Telefon klingelte, es waren tatsächlich noch keine zehn Minuten vergangen. Das war nicht selbstverständlich bei seinem Vater. Wenn andere Dinge wichtiger waren, dann konnte man auf einen Rückruf lange warten.

„Ja, hallo? Bist du es, Papa?“ Trotz der Lebensjahre und der angespannten Beziehung konnte er es sich nie abgewöhnen, seinen Vater „Papa“ zu nennen. Eine Anrede, die sich viel vertrauter anhörte als „Vater“. Das war so tief in ihm verwurzelt, dass er das nur ändern konnte, wenn er sich beim Sprechen kontrollierte. Aber genau das wollte er nicht. Also würde es wohl bei „Papa“ bleiben.

„Jacob, ich bin schon am Dienstagnachmittag in Amsterdam.

Hast du dann Zeit auf einen Kaffee oder passt das nicht in deinen Dienstplan?", fragte sein Vater.

„Das hängt davon ab, wie sich die Amsterdamer Gangster verhalten", sagte Jacob. „Wolltest du nicht zu Mama nach Laren fahren?"

„Nein, ich hab mir ein Zimmer im Pulitzer an der Prinsengracht gebucht. Margaretha hat nicht den Eindruck gemacht, als würde sie sich darüber freuen, mich bei ihr zu beherbergen. Da hab ich erst mal das Zimmer gebucht", meinte sein Vater. „Nach Laren kann ich dann immer noch."

„Wird wohl besser so sein", meinte Jacob, „zumindest erhöht das aller Voraussicht nach den Harmonielevel für ein paar Tage. Und Samstag soll es deine Geburtstagsfeier bei uns in der Tuinstraat geben. Da müssen wir schon ein paar Tage miteinander aushalten."

„Vielleicht ist es besser so", sagte sein Vater leicht angefressen, „ich würde mich jedenfalls freuen, wenn wir zusammen mal wieder in Ruhe einen Kaffee trinken können."

„Nichts dagegen, können wir gerne machen, aber ich stecke im Moment in einem Mordfall und die Ereignisse überschlagen sich. Zumindest scheinen wir langsam aufs Finale zuzusteuern. Da kann ich auf keinen Fall etwas Verbindliches zusagen. Wenn es klappt, können wir uns im Festungscafé in Naarden treffen. So gegen fünf Uhr nachmittags. Kennst du das noch?"

„Na klar", sagte sein Vater mit einem hörbaren Lächeln, „da haben wir doch früher etliche Sonntage verbracht, weil du immer auf dem Gelände rumklettern wolltest."

„Genau da", sagte Jacob, „ich bin mit Mutter noch jahrelang sonntags dort hingefahren, auch als ich längst nicht mehr klettern wollte, weil ich zu alt dazu war. Aber ich war da. Und du warst in der Welt unterwegs, um deine Firma noch erfolgreicher zu machen", fuhr es Jacob Peeters ungewollt heraus. Das war ihm schon im gleichen Moment, in dem er es gesagt hatte, unangenehm. Das wollte er gar nicht sagen. Bei Gesprächen mit seinem Vater passierte ihm das immer wieder, dass er sich fühlte wie damals, als er sich in jugendlichem Alter ständig für alles rechtfertigen musste und er immer auf der Hut war, ob er auch das Richtige machte, damit sein Vater nichts zu meckern hatte. Aus dieser Nummer kam er scheinbar bis heute nicht raus. Psychologen hätten die reinste Freude an ihren Gesprächen.

„Sag mal, wieso bist du auf dem Boot? Machst du einen Segeltörn? Musst du morgen nicht arbeiten?"

„Doch, ich muss morgen arbeiten." Das war klar, dass diese Nachfrage kommen würde. Entweder er hörte gar nicht zu oder er hörte genau zu.

„Ich wohne seit ein paar Wochen auf dem Boot. Manou und ich machen gerade eine kleine Beziehungspause."

„Was?", entfuhr es seinem Vater, der Manou sehr schätzte. „Was ist los bei euch? Lasst ihr euch scheiden?"

„Nein", antwortete Peeters genervt.

„Hat sie einen anderen?", wollte er wissen. „Das könnte ich ehrlich gesagt verstehen, bei deinen unregelmäßigen Diensten."

Er begann, sich langsam in Rage zu reden, ohne abzuwarten, was Jacob überhaupt darauf zu sagen hatte.

„Aber du", erwiderte Jacob Peeters, „du bist der Spezialist in harmonischen, langjährigen Beziehungen oder was willst du mir damit sagen? Nein, es gibt keinen anderen und keine andere, es gibt nur eine Pause. Aber das muss dich auch nicht weiter kümmern. Das Familienleben funktioniert auch weiter und für deine Geburtstagsfeier am Samstag wird in der Tuinstraat alles arrangiert. Dafür werden Manou und ich schon sorgen."

„Entschuldige bitte", sagte sein Vater „ich wollte mich nicht einmischen. Ich freue mich darauf, dich am Dienstag zu sehen, wenn es klappt. Ich rufe dich an, wenn ich im Hotel eingecheckt habe. Wir können dann noch entscheiden, wo, wann und ob wir uns treffen."

„Ist in Ordnung", sagte Jacob, „du meldest dich Dienstag und dann sehen wir weiter. Gute Nacht."

38

„Was für ein Spektakel“, posaunte Mieke Dekker, als sie am nächsten Vormittag ins Büro des Commissaris kam, „da habe ich mal einem Nachmittag frei und schon spaziert ihr mit zehn bewaffneten Leuten in ein leeres Hotelzimmer. Was war das denn für ein Ausflug?“, fügte sie scherzend hinzu.

„Eine Glanzleistung war das sicher nicht, da hast du recht“, pflichtete der Commissaris bei. „Wir wollten nur mal nach dem Rechten sehen.“

„Das scheint euch gelungen zu sein. Nein, im Ernst, ist das wirklich unser Chinese, den wir suchen? Gibt es schon Ergebnisse aus der Spurensicherung?“

„Noch nicht, aber sie arbeiten mit Hochdruck dran. Immerhin ist Sonntag“, gab Peeters zurück.

„Ja und, wir sind doch auch hier“, konterte Mieke.

„Krieg du erst mal Familie, dann freust du dich über jeden geregelten Arbeitstag und deine Bereitschaft für ständige Überstunden wird sich dann schon von allein reduzieren.“

„Okay, war ein Spaß. Vor der Sache mit dem Familienleben graut mir auch langsam.“

„Wir können uns schon mal auf Simon Gerritsen vorbereiten“, sagte Klaas, der gerade in den Raum gekommen war. „Er ist vor etwa fünfzig Minuten gelandet und jetzt auf dem Weg ins Polizeipräsidium. Sie bringen ihn direkt hierher.“

„Gut, dann bleibt ja noch Zeit für einen Kaffee“, schlug Peeters vor.

„Warum hat der Gerritsen sich in London einfach so einfangen lassen?“, grübelte Klaas van den Broek. „Entweder ist der völlig cool oder völlig dämlich.“

„Kannst du ihn gleich selbst fragen“, mischte sich Mieke ein. Der Mann ist hier und wartet im Vernehmungszimmer. Auf geht´s.“

„Aber nicht zu dritt. Das ist doch kein Betriebsausflug“, maßregelte der Commissaris. „Sammelt ihr mal eure Erfahrungen“, entschied Peeters. „Ich schau mir das Verhör von draußen an und ihr befragt den Mann. Nach zwanzig Minuten kommt ihr raus und wir sprechen darüber, ob ihr eure Strategie ändern müsst."

"Oh, großes Vorschussvertrauen in die Hilfssheriffs?", witzelte Mieke. „Das Angebot nehmen wir an, was, Klaas?"

„Mijnheer Gerritsen", begann Klaas die Vernehmung, „wir haben Sie zurück nach Amsterdam geholt, weil es schwerwiegende Anschuldigungen gegen Sie gibt. Können Sie sich denken, worum es sich handelt?"

„Nein, offen gestanden, kann ich das nicht", antwortete Simon Gerritsen mit einer Mischung aus Ängstlichkeit und Wut. „Aber ich hoffe, Sie haben einen Grund. Peinlicher konnte es nämlich kaum kommen, auf einem internationalen Kongress von Londoner Polizei verhaftet zu werden."

„Wir wollten Ihnen keine Unannehmlichkeiten bereiten. Aber es war Gefahr im Verzug, wir mussten so handeln."

„Das wird mir meine Reputation in der Tourismuswirtschaft aber nicht zurückbringen", betonte Simon Gerritsen mit einer bitteren Schärfe.

„Simon Gerritsen", sagte Mieke betont sachlich, „lassen Sie uns nicht lange drum herum reden. Sie haben am vergangenen Dienstag Kees Bakker auf seinem Schiff getötet oder ihn von Gehilfen ermorden lassen. Geben Sie das zu?"

„Was soll ich getan haben?", antwortete Gerritsen sichtlich angespannt, „ich soll Kees Bakker ermordet haben? Warum?"

„Um das rauszubekommen, sitzen wir hier", antwortete Klaas und begann, sich mit Mieke bei den Fragen abzuwechseln.

„Deshalb haben Sie mich aus London hier hin geschleppt?"

„Wir haben dringende Verdachtsmomente gegen Sie, die eine schnelle Verhaftung erforderlich machten. Dass Sie ausgerechnet in London davon erwischt wurden, war nicht geplant. So eine Aktion kostet den Steuerzahler im Übrigen viel Geld", sagte Klaas, „das machen wir nicht zum Spaß."

„Ach, da meinen Sie, wenn Sie den Steuerzahler schon mal zur Kasse bitten, dann muss sich das auch lohnen", antwortete Simon Gerritsen, „da ist dann von Anfang an klar: Es war teuer, den Mann aus London herzubringen, dem müssen wir jetzt auch was anhängen."

Jacob Peeters schaute sich die Befragung durch die verspiegelte Glaswand an und merkte, wie Simon Gerritsen mehr und mehr Selbstvertrauen zurückgewann und klare Punktsiege für sich verbuchte.

„Wir lassen Sie gerne wieder gehen und entschuldigen uns auch noch dazu, wenn Sie uns glaubhaft belegen, dass Sie Kees Bakker nicht umgebracht haben", antwortete Mieke. „Fangen wir von vorne an. Haben Sie mit Dianne Bakker ein Verhältnis?"

„Ein Verhältnis? Was ist das für eine Formulierung! Wir lieben uns und sind zusammen, ja. Und das schon seit einigen Monaten. Das stimmt. Was gibt es dagegen zu sagen? Ist das verboten? Reicht das, um mich in London verhaften zu lassen?"

„Mijnheer Gerritsen", sagte Mieke und holte einen Ausdruck des Phantombildes aus ihren Unterlagen. „Man braucht gar nicht so viel Phantasie, um zu erkennen, dass Sie der Mann hier auf dem Phantombild sind. Als solcher sind Sie in den letzten zwei Tagen in den Medien schon zu einer Berühmtheit geworden.

„Klasse, dann kann ich mir sicher bald einen neuen Job besorgen. Gibt es eigentlich keinen Rechtsschutz für Menschen, die zu Unrecht für irgendwas verantwortlich gemacht werden?", erboste er sich.

„Zu Unrecht für irgendwas?", wiederholte Klaas, „ein Mord gilt zum Glück in den Niederlanden noch nicht als ‚irgendwas', sondern als eines der schwerwiegendsten Delikte des Strafrechts. Und da sind sich Strafrechtler international übrigens einigermaßen einig, auch wenn es keine internationale Definition für Mord gibt." Klaas machte einen Moment Pause und setzte wieder an. „Also, wo waren Sie am Dienstag vergangener Woche gegen zirka 14 Uhr bis 16 Uhr, als Kees Bakker ermordet wurde?", wollte Klaas wissen.

„Als Kees Bakker ermordet wurde", antwortete Simon Gerritsen, „war ich entweder auf dem Weg zurück nach Amsterdam oder ich war bereits wieder in der Stadt. Genau kann ich das nicht sagen, weil ich nicht weiß, wann Kees Bakker ermordet wurde. Ich saß in einem Café in der Innenstadt und habe über einiges nachgedacht. Für diesen Nachmittag hatte ich mir freigenommen, um ein privates Anliegen zu klären. Und bevor Sie weiterfragen, das private Anliegen war Kees Bakker und ja, ich war auf seinem Schiff, aber nein, ich habe ihn bestimmt nicht umgebracht. Das hätten wir übrigens schon in London klären können", fügte er hinzu.

„Sie geben zu, dass Sie auf dem Boot waren?"

„Ja, verdammt, warum sollte ich das nicht zugeben? Ich war da und scheinbar bin ich auch gesehen worden, sonst wäre ihr Phantombild nicht so schön geworden."

„Und was wollten Sie da, wenn Sie Kees Bakker nicht umgebracht haben?", wollte Klaas wissen.

„Ich wollte ihn zur Rede stellen. Der Mann war dabei, mein Leben völlig durcheinander zu bringen."

„Ihr Leben durcheinander zu bringen?", wiederholte Mieke die Aussage. „Haben nicht Sie vielleicht im Gegenteil sein Leben durcheinander gebracht, in dem Sie ein Verhältnis mit Dianne Bakker begannen?"

„Was wird das hier? Ist das die versteckte Kamera des katholischen Moralfernsehens, Bibel TV oder so etwas? Wissen Sie, wie das ist für Dianne, mit einem Mann zusammen zu leben, der eine reichlich anstrengende Vergangenheit, aber leider überhaupt keine Zukunft hat? Und die Gegenwart zur Hölle werden lässt? Nein, das wissen Sie nicht. Sonst würden Sie nicht so unbeteiligt glotzen", kam es aus Gerritsen heraus. „Ich wollte einen Schlussstrich ziehen. Bakker hatte das mit Dianne und mir rausbekommen. Wir haben unsere Beziehung lange genug verheimlicht. Wir sind keine Teenager mehr. Ich habe mich zurückgehalten wegen Dianne. Aber so konnte es nicht weitergehen."

„Was heißt das?", unterbrach ihn Klaas, „was war die logische Schlussfolgerung für Sie, damit es so nicht weiterging?"

„Ich wollte mit ihm sprechen. Deshalb bin ich morgens nach Volendam in den Yachthafen gefahren, an diesem Dienstag. Dass Kees

Bakker dort hinfahren wollte, erfuhr ich zufällig. Ich wusste, dass er sich dienstags dort manchmal mit seinem Freund Maarten Evers traf. Das hatte mir Dianne mal beiläufig gesagt. Es war ein Versuch. Ich bin dort hingefahren, um ihn zur Rede zu stellen. Ich habe den Wagen auf dem Parkplatz abgestellt und bin durch den Hafen gelaufen, bis ich das Boot gefunden hatte. „Dianne II", das wusste ich von Dianne, so hieß sein Boot."

„Sie waren also auf dem Boot?", fragte Mieke.

„Ja, ich bin auf seinem Boot gewesen. Habe ich doch schon gesagt. Es war kleiner als ich mir das vorgestellt habe. Ich interessiere mich nicht sonderlich fürs Segeln, aber wer am Wasser aufwächst, so wie ich, kommt kaum drum herum, sich ein bisschen damit zu beschäftigen."

„Was haben Sie gemacht? War Kees Bakker da?"

„Nein, ich fand das Boot und niemand war da. Ich wollte schon wieder gehen, mein Mut verließ mich, die Wut legte sich für kurze Zeit. Vielleicht können Sie sich das vorstellen. Man befindet sich in einer Ausnahmesituation. Es geht um die eigene Zukunft. Und es geht um Schicksale. Der Mann war zum Scheitern verurteilt. Aber dann habe ich mir klar gemacht, dass es so nicht weitergehen kann, in dieser Dreiecksbeziehung, über die man mit ihm nicht reden konnte. Der drehte ja gleich durch, wenn Dianne von mir erzählte. Seitdem er davon wusste, war der nicht mehr berechenbar."

„Was haben Sie dann gemacht im Hafen?", fragte Mieke ihn.

„Ich habe mich auf das Boot gesetzt und gewartet. Zuerst ins Cockpit, dann aufs Deck oben. Und habe gewartet, ziemlich lange."

„Wie lange?"

„Lange. Erst eine knappe Stunde. Dann bin ich im Hafencafé gegenüber einen Kaffee trinken gegangen, ohne das Boot aus den Augen zu lassen."

„Und dann?" Mieke wollte die Befragung beschleunigen. Simon Gerritsen sollte nicht das Gefühl bekommen, dass er hier vor lauter Leuten saß, die ihn mitleidig verstanden. Das hier war ein Verhör und keine Kuschelstunde.

„Ist Kees Bakker dann erschienen und haben Sie ihn zur Rede gestellt, wie Sie vorhin sagten?“

„Nein, habe ich nicht.“

„Warum nicht?“

„Weil mir meine Mission immer unwirklicher vorkam und ich das Gefühl hatte, ich würde hier eine Wildwest-Nummer abziehen und das Ganze könnte vielleicht in die falsche Richtung losgehen. Ich wusste ehrlich gesagt nicht, was ich machen sollte. Konnte ich mit einem Mann, der am Abgrund stand, auf einigermaßen sachlicher Basis darüber reden, dass der letzte Halt seines Lebens, seine Frau, sich entschieden hatte, den Rest ihres Lebens lieber nicht mehr mit ihm zu verbringen, sondern mit mir, der ich vor ihm stand und vor frischem Liebesglück strahlte? Nein, das würde wohl nicht gut gehen.“

„Warum sind Sie dann überhaupt nach Volendam gefahren?“

„Das versuche ich gerade klar zu machen, was da in mir vorging.“

„Und warum haben Sie nicht mit Kees Bakker gesprochen?“

„Ich hab noch mindestens eine weitere Stunde gewartet. Ich wollte schon gehen. Inzwischen saß ich wieder eine Weile im Cockpit seines Bootes und schaute einfach aufs Wasser raus. Aber ich hatte das Gefühl, von den Leuten auf den umliegenden Booten immer mehr beobachtet zu werden. Ich hatte da auch nichts zu suchen, also bin ich wieder vom Boot runter auf den Steg und der ist lang in Volendam. Wenn Sie sich dort auskennen, wissen Sie das“, sagte Gerritsen mit Blick auf Klaas van den Broek und Mieke Dekker.

„Verdammt lang. Fast wie ein Duellierplatz, auf dem es nur noch vor oder zurück gibt, aber kein Ausweichen zu den Seiten mehr, kein Verstecken, nur noch Konfrontation.“

„Was reden Sie da?“

„Ich war gerade vom Boot wieder runter, um im Café weiter auf ihn zu warten, da kam er mir entgegen. Auf dem Steg, auf dem es kein Entweichen gab. Ich musste ihn passieren. Ich war so ambivalent. Ich wusste nicht, was ich machen sollte. Ich wollte ihn zur Rede stellen. Aber er war nicht allein. Er hatte einen Gast, Besuch oder was auch immer, mit dem er auf dem Steg an mir vorbei zu seinem Boot ging. Er bemerkte mich nicht .Er wusste auch nicht, abgesehen von der kurzen Begegnung im Restaurant vor ein paar Wochen, wie ich aussah. Aber mir war tatsächlich in dem Moment der Mut abhanden gekommen. Ich konnte ihn nicht vor Dritten auf unsere private Beziehungsfehde ansprechen. Da bin ich völlig unbeteiligt und still an ihm vorbei gegangen und saß schon wenige Minuten später wieder in meinem Auto. Ende einer Ausflugsfahrt. Mit mäßigem Erfolg."

„Das war's? Sie haben also nicht mit Kees Bakker gesprochen und sich auch nicht zu erkennen gegeben?"

„Nein."

„Wer war der Mann, mit dem Kees Bakker Ihnen auf dem Steg entgegen gekommen ist?", fragte Klaas van den Broek.

„Weiß ich nicht. Ein kleinerer, dunkelhaariger Mann. Ein Asiat. Vielleicht ein Chinese."

„Was für einen Eindruck machten die beiden auf Sie, als Sie Ihnen entgegen kamen auf dem Steg?"

„Angespannt. Die waren nicht zum Vergnügen unterwegs. Sie sprachen angeregt miteinander und nahmen auch nur wenig um sich herum wahr. Das war jedenfalls mein Eindruck. Dann gingen sie aufs Boot."

„Und dann? Sind die beiden alleine losgesegelt oder sind noch andere Menschen aufs Boot gegangen?"

„Keine Ahnung. Das hat mich wirklich nicht mehr interessiert. Ich bin gegangen. Mit mir unzufrieden und mit der Situation insgesamt sowieso. Ich war über mich selbst richtig enttäuscht. Aber gleichzeitig konnte ich mein Verhalten paradoxerweise auch verstehen."

„Mijnheer Gerritsen, das hört sich alles nachvollziehbar und plausibel an, was Sie uns da erzählen. Menschlich auf jeden Fall. Aber es ist nicht unsere Aufgabe, Sie und die Beweggründe für Ihre Entscheidungen zu verstehen. Wir sind reine Faktensucher. Nichts als gerichtlich verwertbares Material. Das ist unsere Mission", sagte Mieke.

„Tatsache ist, dass wir ihre Fingerabdrücke an vielen Stellen auf dem Boot von Kees Bakker gefunden haben. Wir konnten zunächst nichts damit anfangen. Erst, als wir wussten, dass die massenweise gefundenen Fingerabdrücke und DNA-Spuren in Dianne Bakkers Wohnung von Ihnen stammten, konnten wir uns einen Reim aus diesen Zusammenhängen machen. Das, was Sie uns da erzählen, können wir glauben oder nicht. Beweise dafür, dass Sie nicht mit Kees Bakker hinausgesegelt sind und dass Sie stattdessen zurück nach Amsterdam gefahren sind, haben wir nicht. Oder können Sie uns da noch einen entscheidenden Tipp geben?", fasste Mieke die Befragungsergebnisse zusammen.

„Nein", sagte Simon Gerritsen leicht resigniert, „scheinbar nicht."

„Warum haben Sie das Hotel in London gewechselt?", wollte Klaas van den Broek noch wissen.

„Das Hotel gewechselt? Ja, habe ich. Das war eher aus sentimentaler Erinnerung an einen Besuch vor etwa zwei Jahren mit meiner damaligen Freundin, mit der ich dort war. Da kannte ich Dianne noch nicht."

39

„Wir haben eine männliche DNA im Hotelzimmer von Liang Zuko Wong gefunden, die wir als Täter-DNA einstufen können", erklärte die Gerichtsmedizinerin Tineke Huisman dem Commissaris am Telefon.

„Was macht dich da so sicher?", wollte der Commissaris wissen.

„Die Spuren auf dem Boot und die im Boardinghouse sind identisch. Das heißt", sagte Tineke Huisman, „der Mann, der mit dem Taxi von Durgerdam aus zum Hotel gefahren ist, ist auch der Mann, der auf dem Boot von Kees Bakker an vielen Stellen seine Spuren hinterlassen hat."

„Spuren ja, aber warum Täter-DNA?"

„Ganz einfach. Die zwei kräftigen Handabdrücke am vorderen Teil des Baumes stammen von ihm. Da waren keine weiteren Spuren zu finden, die so deutlich auf eine Person hinweisen. Und die Stellung der Finger, beziehungsweise der ganzen Handflächen auf dem Baum deutet darauf hin, dass mit dem kräftigen Druck der Baum in seiner horizontalen Drehrichtung in hoher Geschwindigkeit auf den Kopf von Kees Bakker, der im Cockpit stand, zusteuerte. Dieser Schlag hat ihn förmlich vom Schiff gehauen. Die Hauptverletzung ist an der Schläfe, also seitlich. Der Chinese muss einen Moment abgewartet haben, wo Kees Bakker zur Seite schaute. Und dann hat er mit dem Baum sozusagen zugeschlagen."

„Volltreffer", sagte Peeters. „Erst für den Chinesen und jetzt für uns. Danke, Tineke. Ich schulde dir einen Kaffee."

Liang Zuko Wong war abgetaucht. Nachdem er spontan aus dem Boardinghouse am Flughafen ausziehen musste, hieß es für ihn, eine neue Bleibe zu finden. Seine Tarnung und die seines Kollegen aus dem Boardinghouse waren aufgeflogen. Sie mussten zurück nach China, hier konnten sie nicht mehr bleiben. Aber Liang Zuko Wong hatte noch eine Aufgabe zu erledigen, bevor er die Rückreise antreten konnte. Er brauchte die letzten Informationen, die Ergebnisse der Testreihen. Er wollte mit vollen Händen nach Hause kommen, wenn auch nicht gefeiert, aber immerhin gelobt werden für die Beschaffung von Informationen, die seiner Nation schneller helfen würden, die eigene Industrie zu fördern und gleichzeitig im eigenen Land dafür zu sorgen, dass die Menschen wieder besser und gesünder lebten. Der ganze industrielle Fortschritt seines Landes war teuer erkauft. Darüber wurde zuhause zwar selten offen gesprochen, aber es war nicht zu übersehen, wie Peking und andere Städte immer tiefer im Smog versanken. In einigen Regionen hatte man statt eines erträglichen Tageshöchstwertes von zehn Mikrogramm je Kubikmeter eine Smogbelastung von eintausend Mikrogramm festgestellt. Auch wenn er diese Meldungen in niederländischen Zeitungen las, musste er davon ausgehen, dass es wahrscheinlich stimmte. Nur zögerlich fing man zuhause mit der Veröffentlichung solcher Zahlen an. Er wusste, dass jedes Jahr weit mehr als eine halbe Million Menschen durch die Luftverschmutzung ums Leben kamen und dass gerade Kinder davon betroffen waren. Es war bitter, denn schließlich durften er und seine Landsleute lange Zeit nicht mehr als ein Kind pro Familie großziehen.

Und mit der Beschaffung der LionA-Daten, die einen Teil dieser neuen Batterie-Technologien darstellten, würde er seinem Volk einen guten Dienst erweisen. Solange die Elektroautos aber schon nach kurzer Zeit wieder aufgeladen werden mussten, würde sich diese Technik nicht durchsetzen. Und Vincent Meijer hielt einen Schlüssel dafür in der Hand, das ändern zu können, zumindest einen Teil zum Ganzen zu liefern. Ein Hoffnungsschimmer für bessere Luft in seiner Heimat. Und ohne diesen Schlüssel in Form von nutzbaren Daten würde Liang Zuko Wong nicht gehen.

Mit Kees Bakker, dachte der Chinese, hätte er sein Ziel erreichen können. Monatelang hatte er dessen Spielsucht finanziert und sich als Gegenleistung die Entwicklungsschritte seiner Forschungen dokumentieren lassen. Alles war gut gelaufen. Regelmäßig konnte er die Daten nach Hause weiterleiten. Dort lief im Hintergrund längst eine

Parallelwelt mit den gleichen Forschungsschritten wie bei LionA in Amsterdam. Es wäre sicher auch weiterhin gut gegangen, wenn Kees Bakker nicht wegen seiner Eheprobleme vollends aus der Bahn geraten wäre. Er hatte aussteigen wollen, alles schien ihm egal geworden zu sein. Ein paar Wochen konnte er ihn bei Laune halten, indem er sein „Taschengeld" für die Spielabende erhöhte. Aber Kees Bakker wurde immer unzuverlässiger. Er versetzte Liang Zuko Wong bei verabredeten Treffen oder wollte nicht, wie ausgemacht, die gewünschten Informationen beschaffen, an die Liang Zuko Wong wegen der bislang unüberwindbaren Firewall für den wichtigsten Teil der Forschungsdaten nicht gelangen konnte. Es war eine schwierige Zeit. Was sollte er mit Kees Bakker machen? Er konnte ihn nicht aus seiner Pflicht entlassen wie einen Mitarbeiter, der fristgerecht kündigte, um sich beruflich zu verändern.

Liang Zuko Wong hatte gehofft, dass er den Mann bis zum Ende der Forschungsreihe bei Laune halten könnte. Dass es nicht leicht werden würde, war ihm klar. Er sprach auch mit seinem Führungspersonal in der Pekinger Zentrale über einen möglichen Plan B. Aber sie waren sich einig. Kees Bakker sollte bis zum Ende liefern. Danach konnte man über konsequentere Lösungsstrategien nachdenken. Bis dahin galt: Nur wenn die Tarnung Liang Zuko Wongs wirklich in Gefahr war aufzufliegen, sollte das Problem Kees Bakker gelöst werden, aber eben nur dann. Und so hatte Liang Zuko Wong Kees Bakker an diesem Dienstag wieder einmal gut zugeredet und ihm Geldversprechungen gemacht. Mit dem Geld, hatte Wong ihm gesagt, sei er in der Lage, eine Therapie zu machen und anschließend seiner Frau endlich das bieten zu können, was er ihr immer schon versprochen hatte. Aber Kees Bakker geriet immer mehr in Rage. Er habe überhaupt keine Chance mehr, seiner Frau klar zu machen, dass er es ernst meinen könne, sagte er. Seit Simon Gerritsen in sein Leben geplatzt sei, gebe es für ihn keine Perspektive mehr in der Beziehung zu Dianne.

Während Liang Zuko Wong sich wegen seiner leichten Seeempfindlichkeit oben an Deck in der Mitte des Schiffes aufhielt und damit dicht am Mast, fuchtelte Kees Bakker im Cockpit immer aufgeregter mit beiden Armen gestikulierend herum und schimpfte Liang Zuko Wong einen elenden Schmarotzer und schlitzäugigen Nichtsnutz. Er war sehr erregt und es gab scheinbar kein Halten mehr. Wong hatte einen Teil der versprochenen Daten von Kees Bakker erhalten, aber das war laut Bakkers aggressiver Ansage definitiv die letzte Lieferung. Schluss, aus, Ende. Bakker wollte nichts mehr mit diesem perfiden Spiel zu tun haben, wie er es bezeichnete. Schlimmer noch. Er drohte, die Sache publik zu machen, auch wenn er selbst dabei vor die Hunde ging. Seine Drohungen schienen bitterernst gemeint zu sein. Und so kam, was nicht kommen sollte, zumindest noch nicht in diesem Moment.

Bakker beugte sich im Cockpit nach seinem Handy, das unten in einer Ablage lag. Wutentbrannt und gedanklich wahrscheinlich mehr auf sich selbst und seinen Nebenbuhler fixiert, wollte er seinen Chef bei LionA, Willem van Basten, anrufen, um ihm von seinen Fehltritten und seinem Verrat der letzten Monate zu berichten. Dies war nun gar nicht im Interesse von Liang Zuko Wong, und er musste in kürzester Zeit zu einer Entscheidung finden, die er auch später noch plausibel gegenüber seinen Führungsoffizieren argumentieren konnte.

Ihm blieb kaum Zeit, Alternativen zu durchdenken, wenn er verhindern wollte, dass Kees Bakker in diesem Moment seine Tarnung auffliegen ließ. Sollte er ihm das Handy aus den Händen reißen? Das war nur ein Aufschub. Er hatte ihn einfach nicht mehr im Griff. Sein Entschluss kam spontan und wenig überdacht. Die Konsequenzen waren ihm noch nicht klar. Eine Situation, die er hasste.

Es gab für Liang Zuko Wong kaum etwas Schlimmeres, als Entscheidungen treffen zu müssen, deren Für und Wider nicht genau durchdacht war. Die Zeit blieb ihm nicht. Während Kees Bakker im Cockpit weiter nach seinem Handy suchte und nicht sah, was um ihn herum geschah, packte Liang Zuko Wong den Baum, der aufgrund des fehlenden Windes überhaupt nicht unter Spannung stand, mit beiden Händen, zog ihn ein Stück zurück, um ihn dann mit voller Wucht in die Richtung zu befördern, in der Kees Bakker gerade wieder aus der

Beuge zurück in eine aufrechte Haltung wechseln wollte, um seine Androhung wahr zu machen. Alles fügte sich plötzlich in das spontane Handeln des Chinesen. Er erwischte einen optimalen Winkel für seine Tat. Für Bakker kam es unverhofft. Er war von dem Aluminiumrohr mit voller Wucht getroffen worden und taumelte kurz, bis er mit einem Fuß auf den Cockpitsitzflächen abrutschte, das Gleichgewicht verlor und mit vollem Körpergewicht seitlich auf die Relingsstütze fiel, die ihn noch einmal in der Seite böse erwischte. Und Liang Zuko Wong sah, nachdem Kees Bakker über die Reling ins Wasser fiel, dass er mit dieser Entwicklung gar nicht so unzufrieden sein konnte. Auch, wenn es ihm anders lieber gewesen wäre. Nur gab es keine Wahlmöglichkeiten. Entweder er wäre aufgeflogen oder nicht. So einfach war das. Diese Wendung musste er jetzt allerdings erst einmal seiner Zentrale in Peking klarmachen. Aber es war geschehen und fast wie durch einem Zufall sah alles so aus, als wäre es nichts weiter als ein tragischer Segelunfall, wie sie Jahr für Jahr immer wieder passierten. Deshalb war Wong auch davon ausgegangen, dass der Tod von Kees Bakker schon ein paar Tage später als Segelunfall zu den Akten gelegt würde. Trotz der spontanen Entscheidung sah alles nach einem echten Segelunfall aus. Geistesgegenwärtig rief er sofort seinen Kollegen an, der in Volendam kurze Zeit später ein Motorboot charterte, um ihn auf dem Wasser aufzunehmen und dann etwa fünfzehn Kilometer entfernt im Hafen von Durgerdam wieder abzusetzen. Bis dahin hatte wohl niemand Notiz vom Boot genommen. Er bemerkte jedenfalls nichts. Und im Hafen war immer viel los. Hätte er allerdings gewusst, welchen Ausgang diese Reise für Kees Bakker nehmen würde, hätte er sich nicht tagsüber auf dem Steg im Hafen von Volendam gezeigt. Aber das war nun nicht mehr zu verhindern. Und wie sich rausstellte, unterschätzte er tatsächlich die ermittelnde Polizei. Jetzt konnte er nur noch Schadensbegrenzung betreiben und den Rest der Unterlagen von Vincent Meijer eintreiben. Das war das letzte Stück des Puzzles, das ihm fehlte.

Er stand kurz davor, dieses Puzzle zu lösen. Die Vorbereitungen liefen auf Hochtouren. Nach dem Schock vom Boardinghouse traf sich Wong mit seinem Kollegen im Dim Sum Court am Zeedijk.

Später machten sie sich im Schutz der Dunkelheit auf die Suche nach einer neuen Unterkunft. Es wurde nach ihnen gefahndet, es gab Phantombilder, und das machte die Sache nicht einfacher. Die beiden Männer brauchten ein Versteck, wo sie sich erstens nicht namentlich und mit Ausweis anmelden mussten und wo zweitens auch genügend Platz war, um gegebenenfalls einen Gast zu beherbergen, den man unter Zwang für einige Zeit als Geisel unterbringen konnte. Die Auswahl solcher Verstecke war nicht sehr groß und Liang Zuko Wong hatte gleich einen Ort vor Augen, bei dem diese Bedingungen erfüllt waren.

Der neue Yachthafen, die Amsterdam Marina, am nördlichen Ende der Ij auf dem ehemaligen Werftgelände, war ein solcher Ort. Der Hafen war groß genug, um nicht gleich aufzufallen. Hier lagen große und kleine Schiffe, Segel- und Motorboote. Und es war noch früh in der Saison, eigentlich war sie noch gar nicht angefangen. Sie hatten sich am Vorabend das Gelände angesehen und ein größeres Motorboot von rund vierzehn Metern Länge gefunden, dessen Türen trotz massiver Bauweise des Rumpfes schnell zu öffnen waren. Das Schiff war noch im Winterschlaf, die Polster teilweise ausgeräumt und die Vorratsfächer leer. Alles deutete darauf hin, dass die Eigner in den nächsten Tagen sicher noch nicht daran dachten, das Schiff wieder für die Saison klarzumachen. Eine ideale Lösung. Sie nutzten die Dunkelheit, um Lebensmittel, Decken und andere Dinge aufs Boot zu bringen, die sie für einen Aufenthalt von zwei bis drei Tagen benötigten. Dazu gehörte auch eine große Rolle Isolierband, um im Bedarfsfall Gästen, die zu laut wurden, den Mund zuzukleben. Aus dem Dim Sum Court am Zeedijk nahmen sie ein paar Fertiggerichte als Vorrat mit und kauften Getränke im Supermarkt. Die Fenster des Schiffes verklebten sie fachkundig von innen, so dass kein Licht nach außen dringen konnte. Für die nächsten Tage würde es reichen, wenn man sie hier in Ruhe ließe.

Jacob Peeters lehnte sich zufrieden in seinem Bürostuhl zurück und berichtete seinem Team, was die Gerichtsmedizinerin Tineke Huisman ihm gerade erzählt hatte. Liang Zuko Wong, zumindest suchten sie den Mann unter diesem Namen, war nachweislich der Mörder von Kees Bakker. Aber sie mussten ihn erst einmal zu fassen bekommen. Und das dürfte nicht leicht werden bei einem Flüchtigen, der offensichtlich auf Wirtschaftsspionage spezialisiert war und auch sonst nicht unbedingt den Eindruck eines Amateurs hinterließ. Woher, fragten sie sich in der Runde, hatte er zum Beispiel so schnell mitbekommen, dass man ihm im Boardinghotel auf die Schliche gekommen war?

„Der Mann hat über Kees Bakker Forschungsdaten von LionA abgegriffen", sagte Peeters. „Auch, wenn es dafür noch keine hundertprozentigen Beweise gibt, spricht alles dafür, dass Kees Bakker ihn mit diesen Informationen versorgt hat und dafür das Geld zum Spielen bekam." Peeters überlegte einen Moment: „Was macht er jetzt? Kees Bakker ist tot. Er hat ihn selbst umgebracht. Warum?"

„Er hatte alles, was er wollte", meinte Klaas van den Broek. „Der Auftrag war erledigt, er hat die Daten kopiert oder was auch immer und den einzigen Zeugen, der gleichzeitig sein Informant war, aus dem Weg geräumt."

„Das wissen wir nicht."

„Was?", wollte Klaas wissen.

„Ob er wirklich alle Daten hat, die er haben wollte", sagte der Commissaris und griff zum Telefonhörer.

„Hallo Mijnheer van Basten", begrüßte Jacob Peeters den Chef von LionA am Telefon. „Wie weit sind Sie mit Ihren Forschungen, mit denen Kees Bakker beschäftigt war? Ich meine, kann Kees Bakkers Mörder sich über ihn alle erforderlichen Daten beschafft haben, um aus Ihren Erkenntnissen eigene Schlüsse zu ziehen?"

„Eigene Schlüsse ziehen kann man mit bisherigen Zwischenergebnissen natürlich permanent. Jeder Schritt, den wir erforscht und industrietauglich gemacht haben, kürzt die eigene Entwicklungszeit ungemein ab. Aber das Projekt war noch nicht abgeschlossen, als Kees letzten Dienstag starb", sagte van Basten.

„Und wann wird es abgeschlossen sein?"

„Na ja, Vincent Meijer wertet gerade die letzten Ergebnisse aus. Dann sind wir schon wieder ein ganzes Stück weiter. Die Forschung wird fortgesetzt. Und wir werden noch mehr Effizienz in die Sache bekommen. Aber mit den Ergebnissen von Vincent Meijer werden wir auf jeden Fall in der Lage sein, schon bald mit einem deutlich verbesserten Produkt in den Markt gehen zu können."

„Wo befinden sich diese Daten, wenn sie aufbereitet sind?", wollte der Commissaris von van Basten wissen.

„Wir sind dabei, unsere Sicherheitssysteme zu verstärken, damit nicht noch mal passiert, was mit Bakkers Computer passiert ist", sagte van Basten leicht resigniert. „Hundertprozentige Sicherheit gibt es nicht. Die Daten werden jedenfalls hier auf internen Platten gespeichert, die keinen externen Zugriff aus dem Internet erlauben. Sie sind also für Angriffe aus dem Internet sicher."

„Wo ist Vincent Meijer jetzt?", fragte Peeters den LionA-Chef.

„Ich weiß es nicht, es ist Sonntag. Mich haben Sie jetzt auch nur über eine Weiterleitung auf mein Handy erwischt. Aber ich vermute, dass er im Büro ist. Er will die Auswertung fertig bekommen, damit es weitergehen kann."

„Ist er allein in seinem Büro?"

„Wenn er da ist, wahrscheinlich schon. Meinen Sie, es stimmt etwas nicht?"

„Ich weiß es nicht, ich hoffe nicht. Aber ich frage mich, ob es so gut ist, wenn Meijer allein in seinem Büro an der Auswertung arbeitet."

„Meinen Sie, wir können Vincent Meijer auch nicht mehr trauen?", fragte van Basten entrüstet.

„Das ist nicht das Problem", sagte der Commissaris etwas nachdenklich. „Wir rufen Vincent Meijer gleich mal an. Er sollte nur etwas aufmerksam sein. Vielleicht ist der Chinese ja noch immer an den Daten interessiert."

Im dem Bewusstsein, dass er van Basten jetzt vielleicht unnötig unruhig gemacht hatte, verabschiedete er sich und legte auf.

„Warum bringt Wong den Bakker um, bevor er von ihm alle Daten hat? So, wie es aussieht, hätte er nur noch eine oder zwei

Wochen zu warten brauchen und er hätte alles gehabt“, überlegte Peeters laut.

„Es muss Streit gegeben haben oder sonst irgendetwas zwischen ihnen vorgefallen sein. Der Chinese hätte sich doch nicht absichtlich in Gefahr gebracht.“

„Wenn Liang Zuko Wong das Land nicht verlassen hat, wird er seine Tage jetzt bestimmt auch nicht am Nordseestrand verbringen“, meinte Mieke Dekkers. „Der ist hier. Und wartet auf seine Chance.“

„Ja, vielleicht. Wir müssen mit Vincent Meijer sprechen“, entschied der Commissaris. Er bat Klaas und Mieke, Meijer ausfindig zu machen und ihm die Brisanz der Situation zu verdeutlichen. Wohlmöglich war er im Visier des Chinesen der nächste Informant und sollte nun das entstandene Informationsdefizit ausgleichen, das durch den Tod Bakkers entstanden war.

Peeters veranlasste, dass Vincent Meijer in den nächsten Tagen Personenschutz erhielt, zumindest, dass die Nacht über ein Fahrzeug vor seiner Privatwohnung postiert würde und ihn zur Arbeit eskortierte. Es war eine Möglichkeit, dass Liang Zuko Wong derlei Pläne hatte. Sie mussten aber genauso damit rechnen, dass er und vielleicht auch sein Zimmernachbar versuchen würden, das Land zu verlassen. Dazu brauchten sie neue Papiere. Ihre Namen waren bekannt und lagen am Flughafen an jeder Ausweiskontrolle inklusive Phantombildern vor. Trotzdem konnten ihnen die beiden Männer dort entwischen.

„Für Profis, die einigermaßen gut vernetzt sind, dürfte es kein Problem sein, schnell an neue Papiere ranzukommen“, meinte Mieke.

„Wir müssen auch in Chinatown die Augen aufhalten“, sagte Peeters. „Die beiden können sich da bestens verstecken. Es müssen ein paar Kollegen aus den anderen Stationen helfen, die Straßen in Chinatown zu durchkämmen und die Phantombilder zu verteilen. Selbst wenn wir sie da nicht kriegen, werden sie mitbekommen, dass wir hinter ihnen her sind. Vielleicht machen wir sie damit etwas nervös. Es kann jedenfalls nicht schaden.“

Der Commissaris bat Will Reinders, die notwendigen Überprüfungen mit seinem Team zu organisieren. Außerdem hatte er beim

Hoofdcommissaris Wouter Janssen erreicht, dass auf den Amsterdamer Ausfallstraßen Autokontrollen durchgeführt wurden. Auch die Medien wurden noch mal mit frischen Phantombildern beider Asiaten versorgt. Schließlich hatten sie im Personal des Boardinghouses neue Zeugen gefunden, die beide Männer über mehrere Monate gekannt hatten. Viel mehr konnten sie im Moment nicht machen. Sie mussten versuchen, das Netz um die beiden Chinesen Schritt für Schritt engmaschiger zu machen.

Ein Stück weiter gekommen waren sie auch bei der Verfolgung der Prada-Gang, die sich in der vergangenen Nacht wieder sicher genug gefühlt hatte, um ihre Streifzüge in der Innenstadt mit Einbrüchen in Wohnungen und Handtaschenraubüberfällen fortzusetzen. So richtig Freude kam bei Commissaris Jacob Peeters allerdings nicht auf, als am Vormittag auf dem Bauernhof bei Hilversum der Zugriff erfolgte. Bei der Razzia hatten sie reichlich Diebesgut aus den Wohnungseinbrüchen und auch ein paar Handtaschen sichergestellt, die in der Innenstadt erbeutet wurden. Der Zugriff war erst früh am Morgen erfolgt, weil noch lange nicht alle, die am Abend oder in der Nacht das „Basislager" verlassen hatten, zurückgekehrt waren. Vielleicht waren die noch immer auf Beutezug oder sie hatten das Diebesgut gleich an irgendeinem Umschlagplatz an andere Mitglieder der Bande weitergegeben. Deshalb hatte das Arrestatieteam in Hilversum gewartet, bis die Dämmerung begann, und als ein kleiner Lieferwagen auf den Hof fuhr, schlug das mobile Einsatzteam zu. Ansonsten wäre ihnen ein Teil der Beute wieder als Beweismittel abhanden gekommen. Ihre Strategie war voll aufgegangen. Dadurch, dass sie die beiden Bulgaren nach dem Wohnungseinbruch in der Transvaalstraat, der von dem älteren Herrn nachts beobachtet und gemeldet wurde, schnell wieder freiließen, konnten sie der Prada-Gang eine gewisse Sicherheit suggerieren. Die Bandenanführer gönnten ihren Leuten keine große Auszeit, damit sich alles wieder beruhigte. Nach zwei Tagen mussten sie wieder losziehen.

Die Razzia war für die Polizei ein voller Erfolg. Es waren einfache Leute, die sich wahrscheinlich aus bloßer Not oder dem Mangel an wirklichen Alternativen mit Zukunftsaussicht den Banden angeschlossen hatten. Von den insgesamt zwölf Menschen, die sie auf dem Bauernhof festgenommen hatten, war aller Voraussicht keiner dabei, der zu den Verantwortlichen der Bande gehörte. Die waren nicht hier zu finden, sondern in sehr viel bequemeren Unterkünften in der Innenstadt. Schmuck, Geld, Elektronik, Porzellan, Kunstwerke, das alles fanden sie an frischem Diebesgut auf dem Bauernhof. Und hätten sie nicht eingegriffen, wäre kurze Zeit später wieder alles weg gewesen. Von anderen Bandenmitgliedern für den Verkauf oder die Weiterbearbeitung außer Landes geschafft. Das Timing der Razzia war also genau richtig angesetzt. Und die Beute, die sie beschlagnahmt hatten, sah nicht nach der Wunschliste der an diesem Morgen verhafteten Menschen aus, die sich aus all diesen Dingen wahrscheinlich weniger machten als aus einem festen Job in ihrer Heimat, von dem sie mit ihren Familien leben könnten. Nein, das hier sah nach einem bandenmäßigen Einkaufszettel aus, der von Personen gemacht wurde, die nur schwer zu finden waren und bei denen es obendrein noch besonders schwer sein würde, ihnen die Verantwortung nachzuweisen.

Das Kapitel Prada-Gang würde noch lange nicht beendet sein, auch wenn sie jetzt den Festgenommenen bandenmäßigen Handel mit Diebesgut, die dazugehörigen Einbrüche und vielleicht noch Widerstand gegen die Polizei vorwerfen konnten. Haftstrafen, die überschaubar waren und für viele eher zur Erholung als zur Läuterung genutzt würden. Die Stadtväter Amsterdams würden vor die Presse treten und ihre Ermittlungserfolge verkünden. Dieser Erfolg, der medienmäßig sicher gut auszuschlachten war, würde nur ein kleiner Erfolg bleiben, solange die Lebensverhältnisse innerhalb der EU-Länder so unterschiedlich blieben und zu wenig für Bildung und Chancengleichheit getan wurde.

40

Die Nacht blieb ruhig vor dem Wohnhaus, in dem Vincent Meijer mit seiner Frau Susan und Sohn Marc wohnte. Der Junge war das einzige Kind der Meijers. Susan und Vincent waren beide berufstätig und in verantwortlichen Positionen. Sie als Ärztin in einer Gemeinschaftspraxis nur wenige Meter neben ihrem Wohnhaus und Vincent bei LionA. Da gab es nie den richtigen Zeitpunkt für ein zweites Kind. In den ersten Jahren nach Marcs Geburt erschien es ihnen wegen der beruflichen Doppelbelastung, von der sich beide jeweils nur durch Stundenreduzierung, eine Haushaltshilfe und eine Tagesmutter entlastet hatten, zu früh und nachdem Marc bereits sieben Jahre alt war, war ihnen der Abstand zu einem zweiten Kind, wenn es erst mal da wäre, zu groß. Sie mussten ja auch keine typische niederländische Durchschnittsfamilie sein. Marc war ihr ganzer Stolz und so konnten sie die wenige Zeit und Energie, die ihnen ihr Berufsalltag ließ, voll und ganz dem mittlerweile zwölfjährigen Sohn widmen. Der war nicht immer davon begeistert, die Liebe beider Eltern auf einmal abzubekommen, aber er hatte sich arrangiert. Das Dasein als Einzelkind brachte eindeutig auch Vorteile. Ein kleinerer Bruder oder eine kleinere Schwester wäre ihm aber trotzdem lieber gewesen. Zumindest, als er noch ein kleiner Junge war. Jetzt sah es schon ganz anders aus. Marc hatte viele Freunde in der Schule und im Sportverein. Er gehörte zu den besten seiner Klasse und die Schule war für ihn keine Belastung, sondern meistens ein Vergnügen. Vor allem dann, wenn er mit seinen Freunden zusammen sein konnte. Und in seiner Handballmannschaft, in der er seit der letzten Saison Kapitän war, konnte er sich richtig austoben. Für sein Alter hatte er einen außergewöhnlich kraftvollen und zielsicheren Wurfarm. Er würde jedenfalls einen großen Anteil daran haben, dass seine Mannschaft am Ende der Saison die besten Aussichten auf einen Aufstieg hatte. Aber daran dachte der zwölfjährige Marc Meijer an diesem Abend nicht. Während das Haus nach und nach von der Polizei und auch von Liang Zuko Wong beobachtet wurde, brannte in Marcs Zimmer zur Straße hin Licht. Es war ein indirektes Licht, das nicht von der Decke kam, sondern von einer Stehlampe, die er zu Weihnachten geschenkt bekam. Und schon bald sollte es neue Geschenke geben, denn Marc hatte in der kommenden Woche seinen dreizehnten Geburtstag und plante eine große Party. Seine Eltern waren davon noch nicht so recht begeistert, denn sie sollten dafür ihr Wohnzimmer räumen. Schließlich musste ja irgendwo getanzt werden. Er durfte dreizehn Gäste einladen, das hatte er schon frühzeitig mit seiner Mutter ausgehandelt. Und wo dreizehn Gäste Platz fanden, da würde er sicher auch noch eine weitere Person kurzfristig auf die Gästeliste setzen können. Diese Person war ihm wichtiger als alle Geschenke, die er bekommen würde. Er hatte sich unsterblich in die gleichaltrige Zoe aus seiner Parallelklasse verliebt. Sie hatte Spaß am Sport, war nicht so zickig wie die anderen Mädchen aus seinem Jahrgang und sie war schön. Lange, blonde Haare, meistens zu einem Pferdeschwanz zusammengebunden und ein Lächeln, das ihn verzauberte. Sicher, die permanent befestigte Zahnspange, die noch mindestens ein ganzes Jahre für die Korrektur ihrer Zähne sorgte, trübte das Gesamtbild ein bisschen. Aber eben nur ein bisschen, für Marc war sie seine Prinzessin und am nächsten Wochenende, wenn die Geburtstagsparty stieg, sollte sie auf jeden Fall dabei sein. Noch lange nachdem Marc das Licht in seinem Zimmer ausgeschaltet hatte und ins Bett gegangen war, dachte er an Zoe und die bevorstehende Party. Mit diesen Glücksgefühlen schlief er ein. Das wurde auch Zeit, denn am nächsten Morgen stand in den ersten beiden Stunden eine Mathearbeit an.

Die zwei Polizisten, die sich vor dem Haus in der Prins Hendriklaan in ihrem zivilen Dienstwagen mit der Beobachtung abgewechselt hatten, waren wieder abgezogen, als Vincent Meijer am Montagmorgen zur Piet Heinkade in die LionA-Zentrale fuhr. Dort sollte ein anderer Kollege die Bewachung vor dem Firmengebäude übernehmen. So war es mit dem Commissaris abgesprochen. Seit dem Vorabend liefen alle angeschobenen Maßnahmen auf Hochtouren. Es war eine

Fahndung rausgegangen, die Flughäfen des Landes waren informiert, die anderen Gäste des Boardinghotels wurden nach Auffälligkeiten der beiden Chinesen befragt und seit diesem Morgen waren vier Polizisten in Chinatown von Haus zu Haus unterwegs, um die Bewohner und Händler in den Läden zu befragen, beziehungsweise um ihre Mithilfe zu bitten, falls sie eine der beiden Personen erkennen würden.

„Habt ihr schon was gehört?", rief Peeters von seinem Büro aus über den Flur in Richtung Mieke und Klaas.

„Ein Mann aus Haarlem hat angerufen und behauptet, die beiden in einem Restaurant in der Stadt erkannt zu haben."

Peeters stand von seinem Schreibtischstuhl auf und ging zu Klaas und Mieke rüber. „Wann?"

„Jetzt gerade vor fünfzehn Minuten. Die Haarlemer Kollegen sind unterwegs. Allerdings hat eine Frau die beiden auch vor einer knappen Stunde in einem Maastrichter Innenstadt-Hotel beim Einchecken erkannt. Glaubt sie jedenfalls, nachdem sie das Bild in den Zeitungen sah."

„Dann fangen die jetzt an, sich zu klonen, oder was?", kommentierte Peeters. Denn an zwei Orten, die so weit auseinander lagen, konnten sie in Zeitabständen von nicht einmal einer Stunde schlecht aufgetaucht sein.

„Warten wir mal ab, was der Hinweis in Haarlem bringt, die Überprüfung in Maastricht hat jedenfalls schon eine Fehlanzeige ergeben", sagte Klaas.

„Dafür habe ich aber einen Tipp, der sich etwas realistischer anhört", meinte Mieke Dekker. „Eine Supermarktkassiererin hat beide Personen gestern Abend angeblich an der Kasse gehabt."

„Wo war das?", wollte der Commissaris wissen.

„In der Nähe des Hauptbahnhofs, hier in Amsterdam", erwiderte Mieke. „Wenn das stimmt, sind sie noch hier. Was dafür spräche, dass sie ihren Job noch zu Ende bringen wollen."

„Wir haben gestern in der Nähe einen Autodiebstahl aufgenommen."

„Aber warum sollten sie ein Auto klauen, wenn sie vorher auch keins hatten?"

„Wissen wir das? Vielleicht haben sie bislang immer Autos gemietet, wenn sie eins brauchten. Das geht im Moment nicht mehr, weil sie gesucht werden. Ich werde das bei den Autovermietern abklären", nahm sich Mieke gleich vor.

„Auffällig an dem Autoklau war auch nur, dass es sich um eine alte Gurke handelt. Kein Audi, Porsche oder Mercedes, der gleich über die Grenze geht. Ein sieben Jahre alter Toyota Corolla in Blaumetallic. Den konnte jemand gut gebrauchen, der ist nicht für den Export bestimmt."

„Dann nehmt den Wagen mit in die Fahndung auf", bat Peeters seine Mitarbeiterin. „Vielleicht hilft es uns."

Das Telefon klingelte wieder, diesmal war es kein Hinweis aus der Bevölkerung, sondern der aufgeregte Vincent Meijer, der von seinem Büro aus anrief und leicht panisch wirkte.

„Was steht in der SMS?", fragte Mieke ihn, die ihre Stirn konzentriert kräuselte, um die Wortfetzen, die Vincent Meijer von sich gab, zu ganzen Sätzen zusammenzudenken.

„Was ist mit Ihrem Sohn, Mijnheer Meijer?"

„Er ist nach der dritten Stunde nicht beim Schulsport angekommen. Die Sporthalle ist nicht direkt bei der Schule, sondern ein paar Straßen weiter. Da fährt er bei gutem Wetter mit dem Rad hin."

„Mijnheer Meijer, noch mal, was steht in der SMS, von der sie geredet haben?"

„Sie sollten besser auf ihren Sohn aufpassen", sagte Meijer mit zittriger Stimme. „Und zwei Minuten später kam noch eine SMS: ‚Jetzt passe ich auf.'"

„Haben Sie in der Schule angerufen? Haben Sie die Handynummern von seinen Freunden? Ist er vielleicht zuhause angekommen? Haben Sie schon Ihre Frau angerufen?" Jacob Peeters gab Mieke ein Zeichen, dass dies wohl genügend Fragen für den armen Meijer waren und bat sie, ihm den Hörer zu geben.

„Mijnheer Meijer", sagte der Commissaris bestimmt und in einem ruhigen Ton, „bitte rufen Sie zuhause an, ob er da angekommen ist und bleiben Sie in ihrem Büro. Wir kommen jetzt sofort zu Ihnen an die Piet Heinkade. Alles Weitere besprechen wir dort." Peeters legte den Hörer auf.

„Einer bleibt hier und einer kommt mit", sagte Peeters, kurz in die Runde blickend, bevor er den Flur zu seinem Büro überquerte, um Jacke, Schlüssel und Handy zu holen. Mieke hatte sich ebenfalls eine Jacke übergezogen. Klaas machte das, was er am liebsten tat, er recherchierte und koordinierte vom Schreibtisch aus.

Natürlich hatte Liang Zuko Wong auch darüber nachgedacht, Meijer in seinem Büro oder in seiner Privatwohnung zu besuchen und ihn zur Herausgabe der fehlenden Informationen zu zwingen. Aber erstens hätte Meijer keinen Grund gehabt, ihm zu helfen und zweitens hätte Liang Zuko Wong vielleicht Probleme beim Rückzug bekommen, ohne etwas erreicht zu haben.

Meijer musste Angst bekommen. Erst dann würde er bereit sein, ihm zu helfen. Er würde nicht das Leben seines Sohnes gegen ein paar digitale Informationen aufs Spiel setzen. Funktioniert immer, dachte Liang Zuko Wong. Allerdings war er auch nicht so naiv zu glauben, dass Vincent Meijer in der Lage war, diese Situation nervlich alleine durchzustehen, ohne die Polizei einzuschalten. Schließlich hatte die Polizei mittlerweile auch verstanden, worum es ihm ging. Vincent Meijer hielt den Schlüssel zum erfolgreichen Abschluss seiner Holland-Mission in den Händen.

Liang Zuko Wong war in der vergangenen Nacht lange aufgeblieben, um sicherzugehen, dass er in der Prins Hendriklaan keine Chance vergab, direkt an Vincent Meijer und die Daten zu gelangen. Er hatte die zivilen Polizisten schnell ausfindig gemacht. In dieser Nacht würde er nichts unternehmen können. Und trotzdem musste es jetzt schnell gehen. Deshalb hatte er sich dazu entschieden, Meijer die Sache zu vereinfachen. Ist der Sohn weg, dachte Liang Zuko Wong, ist der Vater zu allem bereit.

Wenn die Amsterdamer Polizei nicht schlau genug war, auch Familienangehörige in ihre Überwachung einzubeziehen, dann konnte ihm wohl kaum jemand verübeln, das nicht an passender Stelle auszunutzen. Es war mehr als einfach. Der Junge verließ am nächsten Morgen fast zeitgleich mit Vincent Meijer das Haus und fuhr mit seinem Rad zur Schule. Für Amsterdamer Verhältnisse, fand Liang Zuko Wong, fuhr der Junge sogar ziemlich gesittet.

Nach drei Unterrichtsstunden bot sich die Gelegenheit. Die Kinder verließen die Schule. Aber da alle Kinder in die gleiche Richtung fuhren, merkte er, dass sich der weitere Unterricht wahrscheinlich an einem anderen Ort abspielte. Es war nicht einfach, den Jungen auf dem Fahrrad im Auge zu behalten, schließlich waren um die zwanzig Kinder auf dem Fahrradweg. Aber sie hatten Glück. Ihre Gelegenheit bot sich schneller als sie vermuteten. Vincent Meijers Sohn Marc war ein Jugendlicher mit den Schwächen, die viele Kinder in diesem Alter hatten. Sie wollten als erwachsen gelten, und dazu gehörten Rituale wie der Konsum von Alkohol und Zigaretten. Das war selbst zuhause in China ein Problem geworden.

Marc Meijer hatte sich von der Gruppe abgesetzt und war mit dem Fahrrad vor einem Zeitungs- und Tabakwarenfachgeschäft stehen geblieben. Er sah sich kurz um und ging hinein. Liang Zuko Wong überlegte nicht lange, bat seinen Kollegen, den Wagen, den sie am Vorabend in der Nähe des Hauptbahnhofs gestohlen hatten, zu stoppen. Er sprang heraus, ging zum Zeitungsladen und packte den überraschten Jungen, als er aus dem Geschäft zurückkam, direkt am Handgelenk, so dass ihm die Zigaretten, die er gerade in die Tasche stecken wollte, aus der Hand fielen. Liang Zuko Wong nahm ihn in seinem fast perfekten Niederländisch derart ins Gebet, dass der Junge nichts anders glauben konnte, als von der Polizei wegen des Kaufes von Zigaretten als Minderjähriger erwischt worden zu sein. Er folgte ihm zum metallicblauen Toyota Corolla. Alles ging so schnell, der Junge hatte sich überrumpeln lassen, in gutem Glauben an die lauteren Absichten und die eingeübte Autorität gegenüber Erwachsenen, dass er sich ohne Widerstand zu leisten und im festen Griff des Mannes neben ihm schon nach wenigen Sekunden auf dem Rücksitz dieses Autos befand. Statt eine Polizeimarke zu sehen oder eine sonstige Erklärung zu erhalten, sah er in diesem Moment in den Lauf einer 5,8mm QSZ-92er Pistole aus bester chinesischer Waffenproduktion. Selbst der Junge verstand schnell, dass dies kein Scherz war, den ihm seine Klassenkameraden beschert hatten. Er wurde still und gehorsam.

Als Jacob Peeters und Mieke Dekker im Büro von Vincent Meijer eintrafen, saß vor ihnen ein Häufchen Elend.

„Das ist das Schlimmste, was geschehen konnte", sagte Vincent Meijer mit gebrochener Stimme.

„Hat sich Ihr Sohn zuhause gemeldet?", fragte Mieke gleich, nachdem sie das Zimmer betraten.

„Nein", sagte Meijer mit ausdruckslosem Gesicht.

„Wir haben mittlerweile selbst mit der Schulleitung gesprochen. Ihr Sohn Marc ist nach der dritten Stunde mit den anderen Schülern zur Sporthalle gefahren. Mit dem Fahrrad, das konnte zumindest schon ein Mitschüler bestätigen", erklärte Mieke.

„Mijnheer Meijer, wir müssen jetzt konzentriert arbeiten und überlegen, wie es weitergeht. Wir haben psychologisch geschulte Kollegen, die im Hintergrund in die nächsten Schritte einbezogen werden. Wir müssen jetzt ausschließen, dass wir etwas übersehen haben."

„Was soll das sein?", fragte Meijer.

„Haben Sie eine Ahnung, wer Ihnen die SMS geschrieben hat?"

„Nicht die geringste", gab Meijer zurück.

„Wir versuchen, die Absender der SMS zu orten. Es läuft über das Telefonnetz, da haben wir gute Chancen, den Ort einzugrenzen, von wo die Nachrichten abgeschickt werden", sagte Mieke. „Mijnheer Meijer, wir brauchen die Handynummern von Marcs Mitschülern, um darüber vielleicht etwas mehr zu erfahren. Wir haben Kollegen zu Ihrer Frau geschickt, die das übernehmen."

„Es scheint sich zu bewahrheiten, was wir vermutet haben", erklärte Peeters. „Der Chinese, der Ihren Kollegen Bakker getötet hat, will seinen Job beenden. Er will das Ergebnis Ihrer Entwicklungen für die neue Akkutechnologie."

Die Tür zu Vincent Meijers Büro ging ruckartig auf, ohne, dass jemand geklopft hätte. LionA-Chef van Basten kam aufgeregt dazu.

„Was sollen wir jetzt machen?", fragte van Basten den Commissaris, zwischen Meijer und Peeters hin- und her blickend.

„Was können wir ihm anbieten, wenn er sich wieder meldet?", fragte der Commissaris.

„Alles, sie können alles haben. Ich will, dass Marc freikommt", sagte Vincent Meijer jetzt mit fester Stimme, als sei er gerade aus einem Albtraum aufgewacht.

„Versteh mich bitte nicht falsch, Vincent", sagte van Basten. „Aber müssen wir die kompletten Daten rausrücken, um deinen Sohn zu retten? Können wir nicht die wesentlichen Parameter so verändern, dass sie mit den Ergebnissen nichts anfangen können? Zumindest später, wenn sie es umsetzen wollen. Wir haben Jahre daran gearbeitet. Unsere Zukunft hängt davon ab, ob wir diese Technologie in gute Produkte umsetzen können. Erst dann verdienen wir das Geld, das bislang Investoren in unsere Projekte reingesteckt haben. Vincent", appellierte van Basten an seinen Mitarbeiter, „wir haben auch Verpflichtungen gegenüber allen, die hiervon leben müssen."

„Aber was ist", wollte Meijer wissen, „wenn sie es merken? Die werden ja nicht blöd sein. Nein", sagte Vincent Meijer energisch, „ich will, dass mein Sohn freikommt."

„Erst mal müssen wir wissen, was der oder die Entführer...", Mieke unterbrach, weil ihr Telefon klingelte. „Okay, sucht die Strecke weiter bis zur Halle ab", sagte sie ins Telefon und wendete sich wieder dem Gespräch im Büro von Vincent Meijer zu. „Entschuldigung, das Fahrrad von Ihrem Sohn ist vor einem Kiosk auf dem Weg zur Sporthalle gefunden worden. Der Junge hat drinnen etwas gekauft und ist wieder rausgegangen. Es gibt noch weitere Zeugen, die gesehen haben, wie er mit einem Asiaten in ein blaues Auto gestiegen ist." Und mit leicht besorgtem Blick in Richtung des Commissaris sagte sie: „Alles deutet auf unseren Mann hin."

Die Techniker im Polizeipräsidium waren fieberhaft damit beschäftigt, mit Hilfe von so genannten stillen SMS eine Verbindung zu dem Handy der Entführer herzustellen. Diese SMS klingeln nicht und tauchen auch auf dem Display nicht auf, aber sie hinterlassen beim Mobilfunkanbieter Datenspuren, die für ein Bewegungsprofil und damit auch für eine Ortung genutzt werden können. Aber der Kontakt kam nicht zustande, vielleicht hatten die Entführer das Handy gleich nach dem Versenden der Kurznachrichten wieder komplett ausgeschaltet. Sie warteten also nicht auf eine Antwort-SMS.

Das wäre auch zu schön gewesen, dachte der Commissaris.

Die Frage danach, ob die richtigen oder die gefälschte Daten ausgehändigt werden sollten, konnte Peeters nicht klären. Das war Sache der beiden LionA-Leute. Sie mussten sich einigen und das möglichst schnell, um auf weitere Kontaktaufnahmen vorbereitet zu sein. Und noch immer hatten sie keine weitere Nachricht.

Im Hintergrund lief die Polizeimaschinerie in erprobtem und routiniertem Tempo fast wie automatisch ab. Mit dieser Entführung gewann der Mordfall Kees Bakker noch einmal mehr an Brisanz, die auch der Hoofdcommissaris Wouter Janssen mit allen Möglichkeiten zu unterstützen bereit war. Es warf ein deutlich schlechteres Bild auf die Stadt, wenn hier Kinder entführt wurden als wenn Diebe Touristinnen um ihre Handtaschen erleichterten. Beides war ein Dilemma für den Tourismus und er hoffte, dass Peeters mit seinem Team, das jetzt noch einmal deutlich aufgestockt wurde, die Männer aus China bald zu fassen bekam.

Auch, wenn es mittlerweile schon fast nicht mehr entscheidend war, hatte Simon Gerritsen, der Freund von Dianne Bakker, eine klare Entlastung erhalten, wie der Commissaris von Klaas van den Broek erfuhr, der ebenfalls mit seinem Anruf in das Gespräch an der Piet Heinkade bei LionA platzte.

„Und das ist sicher?“, fragte Peeters seinen Mitarbeiter.

„Davon können wir ausgehen. Es gibt keinen Grund, warum jemand an dieser Kamera manipulieren sollte und wir haben auch keinen Anhaltspunkt dafür.“

„Dann könnt ihr ihn wieder auf freien Fuß setzen. Ich fürchte, da wird noch eine Entschuldigung von uns fällig sein", sagte der Commissaris in den Hörer.

Klaas hatte ihm gerade mitgeteilt, dass an dem Gebäude einer Werft in Volendam ebenfalls eine Webcam befestigt war, die in unterschiedlichen Bildeinstellungen das Geschehen im Hafen live auf einer Webseite übertrug. Von der Existenz dieser Kamera hatten die Ermittler erst am Vormittag durch Werftmitarbeiter erfahren. Und diese Kamera zeichnete aus Sicherheitsgründen alle Bilder auf, die dann für vierzehn Tage archiviert wurden. Auf diese Weise konnten sie das Geschehen vom Todestag am Steg nachvollziehen. Die Bilder zeigten, wenn auch unscharf und mit Störungen, den gesamten Hafen. In einer der Einstellungen, die sich alle neunzig Sekunden änderten, sah man die „Dianne II", das Boot von Kees Bakker, auf dem lange Zeit Simon Gerritsen an verschiedenen Positionen saß. Man konnte auch erkennen, wie Gerritsen den Steg verließ, als Kees Bakker mit einem Asiaten gemeinsam das Boot bestieg und nach weiteren rund zehn Minuten den Hafen unter Motor verließ. Es waren eindeutig nur zwei Personen auf dem Boot. Simon Gerritsen, mit seiner Körpergröße war das nicht, denn der zweite Mann neben Kees Bakker war kleiner. Und damit deckten sich weitgehend die Beobachtungen der Zeugen aus dem Hafen.

„Mijnheer Meijer, meine Kollegin Mieke Dekker wird hier bei Ihnen bleiben, um alle weiteren Schritte gemeinsam zu überlegen. Ich fahre zurück ins Polizeipräsidium, um von dort aus die Aktivitäten zu steuern. Bitte machen Sie sich nicht so große Sorgen. Für den Chinesen ist Ihr Sohn im Moment besonders wichtig. Ohne ihn läuft nichts. Deshalb wird ihm auch nichts passieren", versuchte Peeters den Mann zu beruhigen. „Und wenn wir Näheres wissen, werden wir alles in Bewegung setzen, um den Jungen gesund nach Hause zu bringen." Das hörte sich überzeugend an, dachte Peeters und hoffte, dass er seine großen Worte auch in die Tat umsetzen konnte. Er ließ sich von einem Polizeifahrzeug zurück ins Büro bringen.

„Dann werden wir uns bei Ruud Visser wohl auch entschuldigen müssen", meinte Polizeiassistent Klaas van den Broek, als der Commissaris wieder am Schreibtisch saß. „So weit kommt das noch", murmelte Peeters. „Erstens haben wir noch nichts endgültig geklärt und zweitens hat der sicherlich keine Entschuldigung verdient. Freiwillig bekommt er die von mir sicher nicht. Auch wenn er mit dem Mord nichts zu tun hat, für den Einbruch bei Dianne Bakker kriegen wir ihn ran."

„Was machen die Befragungen in Chinatown? Gab es da brauchbare Hinweise?", wollte der Commissaris wissen.

„Die sind noch dabei. Alle verfügbaren Leute sind im Einsatz. Entweder bei Befragungen oder in Autokontrollen und seit die aktuellen Phantombilder in den Medien verbreitet wurden, gibt es Anrufe ohne Ende. Leider aber auch jede Menge Hinweise, die nur unsere Zeit binden. Der Hinweis aus Haarlem in dem Restaurant hat auch nichts erbracht. Wir müssen weitermachen und hoffen, dass wir mit dem richtigen Tipp näher an ihn rankommen oder besser gesagt, an die beiden Chinesen und den Meijer-Sohn. Bei den Autovermietern haben wir auch angerufen. Da ist Liang Zuko Wong unbekannt, aber das würde uns jetzt so oder so nichts helfen, wenn er dort vorher Autos gemietet hat."

„Dann bleibt uns im Moment nur eine Alternative. Wir müssen abwarten, bis er sich meldet oder einen Fehler macht."

Liang Zuko Wong hatte das mit dem Aufpassen natürlich nur bedingt ernst gemeint, denn er war durchaus gewillt, das junge Leben von Marc Meijer ebenso jäh wie frühzeitig zu beenden, falls es der Sache dienlich war. Aber da er noch nicht einmal offiziell mitgeteilt hatte, was er wollte, machte er sich darüber noch keine Gedanken. Obschon der Junge ziemlich nervte. Er war so nervös, dass er dauernd zur Toilette musste. Das ging aber nicht und auf das Schiffsversteck in der Amsterdam Marina konnten sie erst am späten Nachmittag. Es war einfach zu viel los im Hafen und es wäre zu gefährlich geworden für Liang Zuko Wongs Mission. Ein weitgehend unsinniger Tag, dachte Liang Zuko Wong genervt. Aus Mangel an freiem Zutritt zum

Versteck schlugen sie sich die Zeit in Parkbuchten wenig frequentierter Straßen in der Nähe des Hafens um die Ohren und wären fast noch in eine Polizeisperre geraten, was sie aber durch ein geschicktes Wendemanöver unbemerkt verhindern konnten.

Er wollte an diesem Tag nur noch in das Schiffsversteck im Hafen zurück, um die Strategie für den nächsten Tag zu planen. Für diesen Montag hatte er keine weiteren Aktionen oder eine erneute Kontaktaufnahme geplant. Meijer und die Polizei sollten mürbe und unkonzentriert werden. Sie würden die ganze Nacht über in Alarmbereitschaft bleiben müssen, falls er sich melden würde. Aber das hatte Liang Zuko Wong gar nicht vor. Sobald sie auf das Schiff konnten, würden sie den Jungen erst mal versorgen und ihn dann für die Nacht sicher in einer Kabine anketten und das Klebeband über dem Mund würde notfalls für einen geruhsamen Nachtschlaf sorgen. Die Handschellen hatte er extra aus seinem Schließfach am Hauptbahnhof mitgebracht. Aber auch da wurde es trotz der vielen Menschen immer gefährlicher, unerkannt zu bleiben. Zumindest hatte er das Gefühl, dass ihn die Leute aufmerksamer anschauten als sonst. Er hoffe, dass das nur eine überempfindliche Wahrnehmung war.

Für die Versendung der nötigen SMS an Meijer, die für den Dienstag geplant waren, hatte er gleich mehrere, billige Handys mit Prepaid-Karten besorgt, die er sofort nach einmaligem Gebrauch ausschaltete und wegwarf. Für die zwei SMS, nachdem sie Meijers Sohn Marc einfingen, hatte er nur ein Handy benutzt. Beide Nachrichten lagen zeitlich so dicht beieinander, dass es unsinnig gewesen wäre, das Handy zu wechseln. Außerdem war er auch ein sparsamer Typ. Diese Art der Handynutzung war ihm unangenehm. Mit seinem Kollegen ging er alle möglichen Schritte für den nächsten Tag durch. Wie sie sich verhalten wollten, was sie zu erwarten hatten und ob es für jede Entscheidung eine plausible Reaktion in Form von Forderungen oder Drohungen gab, die sie durchsetzen konnten. Mehr ging nicht. Trotz aller Vorbereitung war ihm klar, dass es sich um eine riskante Aktion handelte. Sie mussten vorsichtig sein und durften keinen Fehler machen.

41

Nach reiflicher Überlegung entschied sich Liang Zuko Wong dazu, die Übergabe der Daten für den frühen Nachmittag zu planen. Zu der Zeit würde auf den Straßen und in den Parks reichlich los sein. Das war gut, um im Gewimmel der Autos und Menschen besser abtauchen zu können. Sie verbrachten die Morgenstunden in ihrem Versteck auf dem Boot in der Amsterdam Marina. Nur Wongs Kollege hatte für den Vormittag einen Auftrag erhalten. Er sollte ein weiteres, möglichst kleines Auto beschaffen und in der Nähe des geplanten Übergabeortes abstellen. Damit konnten sie dann die Fluchtfahrzeuge wechseln und unerkannt bleiben.

Gegen kurz vor elf am Dienstvormittag erhielt Commissaris Jacob Peeters von der Verkehrsüberwachung den Hinweis, dass ein blauer Toyota Corolla mit dem gesuchten Kennzeichen wegen überhöhter Geschwindigkeit soeben auf der Weesperstraat geblitzt worden sei.

„Okay, dann nichts wie los", rief Peeters Mieke und Klaas zu, die in ihrem Büro saßen. „Es sind mehrere Streifenwagen in der Gegend unterwegs, die ihn suchen."

Auch Wongs Kollege hatte bemerkt, dass er in eine Radarfalle getappt war. Er war nicht einmal besonders schnell gefahren, aber es hatte scheinbar gereicht. Er war von der Marina aus durch den Ijtunnel in die Innenstadt gefahren und wollte über den Rhijnspoorplein in Richtung Süden. Aber jetzt musste er handeln und bog kurzerhand nach rechts ab. Dort lief er aber Gefahr, sich über die Gracht nicht schnell genug absetzen zu können. Er konnte nur nach rechts oder links weiterfahren und hörte bereits Polizeisirenen in nicht mehr allzu großem Abstand. Er musste sofort eine Entscheidung treffen, sonst würde er von beiden Seiten eingekesselt werden. Noch während er das dachte, sah er eine freie Parklücke auf der rechten Straßenseite, parkte ein und verließ sofort den blauen Toyota Corolla. Er ging, ohne sich umzuschauen, über die Magere Brug durch die Kerkstraat zur Utrechtsestraat und stieg dort an der Ecke Keizersgracht in die Tram. Das war knapp. Während er einstieg, sah und hörte er mehrere Polizeiwagen in Richtung des geparkten Toyotas fahren. Sie waren schnell. Das imponierte ihm. Und sie waren erst einmal beschäftigt, das beruhigte ihn. Aber er würde Liang Zuko Wong seinen Fehler mit der Blitzanlage beichten müssen, das war viel unangenehmer. Mit einem alten 850er Volvo, den er eine gute halbe Stunde später auf einem Firmenparkplatz entwendete, verließ er die Innenstadt wieder in Richtung Marina Amsterdam auf dem gleichen Weg, auf dem er gekommen war. Besonders klein war der Wagen natürlich nicht. Und sie hatten jetzt kein zweites Fahrzeug zum Wechseln. Wenn sie Glück hatten, würde der Diebstahl des Volvos auch erst abends bemerkt, wenn der oder die Besitzerin Büroschluss hatte. Da die Polizei dieses Fahrzeug nicht kannte, war ein Wechselfahrzeug auch nicht mehr so wichtig.

Liang Zuko Wong war nach ersten Verstimmungen gegenüber seinem Kollegen eigentlich gut zufrieden mit dieser Entwicklung. Sie hatten die Polizei beschäftigt und in eine Gegend gelockt, die für ihre Übergabepläne völlig uninteressant war. Dort würden die Arrestatieteams jetzt sicher noch Haus für Haus abklappern, um nach ihnen zu suchen. Aber loben wollte er seinen Kollegen dafür nicht. Schließlich war er unvorsichtig gewesen. In ihrem Job meistens unverzeihbar.

Es schien Liang Zuko Wong eine gute Zeit zu sein, um in dieser ersten Aufregung und einem leichten Durcheinander die Übergabe zu starten. Er schrieb eine SMS an Vincent Meijer mit der kurzen Nachricht: „14 Uhr Amsterdam Science Park mit dem Stopbus."

„Wir brechen die Suche hier ab", entschied der Commissaris, der mit Mieke und Klaas in der Nähe des geparkten Toyotas an der Magere Brug den Einsatz leitete. Er hatte soeben mitgeteilt bekommen, was in der SMS an Meijer stand. Sie stiegen in den Polizeiwagen und setzten sich in Richtung Science Park in Bewegung.

„Meijer soll wie abgesprochen die Festplatten mit den Daten in der Laptoptasche transportieren", gab Peeters Anweisungen an den Kollegen Will Reinders, der bei Vincent Meijer im Büro wartete. „Ihr fahrt mit dem Bus. Und du hältst dich im Hintergrund. Wir können davon ausgehen, dass die Entführer Meijer auf seinem Weg beobachten. Und sei vorsichtig, die Chinesen werden bewaffnet sein", fügte er noch hinzu.

Meijer hatte sich tatsächlich bei seinem Chef durchsetzen können. Es waren die Originaldaten der letzten Testergebnisse, die er auf zwei transportable Festplatten kopiert hatte und nun in der Laptoptasche über seiner Schulter hängend bei sich trug. Als sie die Zentrale von LionA verließen, wirkte Meijer, als würden in der Tasche noch ein paar Betonsteine verstaut sein. Seine Haltung verriet jedenfalls, welche Belastung diese Aktion für ihn bedeutete. Er fürchtete dabei nicht um sein eigenes Leben, sondern um das seines Sohnes. Er hatte seiner Frau fest versprochen, ihn gesund nach Hause zu bringen.

Vincent Meijer sah sich suchend um, als er bei der verabredeten Station am Science Park ausgestiegen war. Auch Will Reinders hielt sich in der Nähe auf und beobachtete das Geschehen um Vincent Meijer. Zwei Polizeiwagen und ein weiteres Zivilfahrzeug mit Spezialisten aus den Arrestatieteams waren in der Nähe der Station in Bereitschaft, um jederzeit eingreifen zu können. Genau wie der Commissaris mit seinen Assistenten Mieke Dekker und Klaas van den Broek.

Aber es geschah nichts. Jedenfalls nicht in der nächsten halben Stunde. Erst dann kam eine weitere SMS, für die Liang Zuko Wong ein neues Handy opferte: „Leidseplein, dann Weteringschans, 15.30 Uhr" stand dort kurz und knapp.

Mit Sprinter und Tram würde er ungefähr vierzig Minuten für die Strecke brauchen. Das bedeutete, dass er sich ranhalten musste. Er suchte vorsichtig den Blick von Will Reinders, damit auch der bemerkte, dass es weiterging.

„Verdammt noch mal, was machen die beiden jetzt? Sie sind in den Zug gestiegen", raunzte Klaas van den Broek. „Die können doch nicht einfach weiterfahren, ohne uns eine Info zu geben."

Fast zeitgleich erhielten sie von Will Reinders über Handy die nächste Anlaufstelle mitgeteilt. Er hatte im Zug im Vorbeigehen kurz mit Vincent Meijer gesprochen.

Klaas van den Broek, der ausgestiegen war, um das Ganze besser verfolgen zu können, kehrte schnell wieder ins Auto zurück. Auch die Polizeifahrzeuge mussten sich nun neu in Position bringen. Sie würden zwar keine vierzig Minuten brauchen, wenn die Straßen einigermaßen frei waren, aber sicher konnte man sich da leider nicht sein.

„Vielleicht ist das ja der Plan von Wong", meinte Mieke Dekker.

„Ich glaube, der will uns so lange an der Nase rumführen, bis wir irgendwo im Stau feststecken", meinte Peeters. „Wir werden vorsichtshalber noch ein oder zwei Motorrad-Polizisten zur Verstärkung anfordern. Am Leidseplein ist jedenfalls um diese Uhrzeit die Hölle los. Völlig unübersichtlich. Da werden wir die Sicherheit der Passanten überhaupt nicht garantieren können."

Vom Leidseplein aus ging Vincent Meijer Richtung Weteringschans, unauffällig gefolgt von Will Reinders, was bei der Menschenmenge hier nicht allzu schwer war. Eine weitere SMS kündigte sich mit dem Handyton an: „Weteringschans 2, MacBike. Mieten Sie ein Rad!"

Peeters und auch die anderen Einsatzfahrzeuge konnten nur bedingt folgen, ohne aufzufallen. Sie mussten sich jetzt hauptsächlich auf die Beobachtungen von Will Reinders verlassen. Lediglich das Ortungssignal des wenige Zentimeter großen Senders, der in der Laptoptasche untergebracht war, zeigte ihnen den genauen Aufenthaltsort von Vincent Meijer, der gerade dabei war, die Tagesgebühr von neun Euro für das Rad zu zahlen, das man ihm aushändigte. Will Reinders wusste zunächst nicht, was er machen sollte und wartete auf weitere Instruktionen von Peeters.

„Dann geh jetzt rein und lass dir auch ein Rad geben", bekam er vom Commissaris Anweisungen. Vincent Meijers Handy spuckte die nächste SMS aus, die diesmal etwas länger ausfiel: „Ab hier ohne Polizei, wenn Sie Ihren Sohn lebendig wiedersehen wollen. Sender vom Körper oder Kleidung entfernen. Geben Sie das Ding dem Mann, der Sie anspricht. Losfahren Richtung Vondelpark, in den Park rein, rechts halten."

Vincent Meijer hatte nur noch das Leben seines Sohnes vor Augen. Er nahm die Festplatten aus der Tasche und steckte sie sich in die

Jackentaschen. Direkt vor der Ladentür wurde er von einem jungen Mann angesprochen.

„Sind Sie Mijnheer Meijer? Ich soll hier etwas von Ihnen abholen", sagte der junge Mann ebenso freundlich wie misstrauisch.

Liang Zuko Wong wäre sehr verwundert gewesen, wenn die Polizei nicht mit Hilfe eines Senders die Verfolgung organisiert hätte. Im Gewimmel der Straßen ist es anders kaum möglich. Also hatte er vorgesorgt und in der Nähe des Radverleihers etwa eine Stunde zuvor einen Studenten angesprochen und ihm 250 Euro für einen Kurzzeitjob angeboten. Er sollte lediglich ein elektronisches Gerät, näher bezeichnet hatte er es nicht, in Empfang nehmen und mit seinem Fahrrad gemeinsam mit dem Mann, von dem er es bekommen würde, in den Vondelpark fahren. Nur: Während Vincent Meijer direkt zum Übergabeort radeln musste, bekam der junge Mann die Instruktion, mit dem „Gerät" auf der entgegengesetzten Seite des Parks zu fahren und das Ding mitten im Vondelpark in einen Mülleimer an der Freilichtbühne zu werfen. Der junge Mann, ein Student der niederländischen Geschichte, war an dem schnellen Verdienst sehr interessiert und stellte auch keine weiteren Fragen. Schon gar nicht, nachdem Liang Zuko Wong seinen Studentenausweis als Pfand verlangte. Den sollte er nach erfolgreicher Arbeit per Post zurückbekommen. Er beschrieb ihm Vincent Meijer und verabschiedete sich freundlich. Wies allerdings deutlich darauf hin, dass er sehr ungemütlich werden könnte, wenn man seine Wünsche nicht respektierte. Der junge Mann nickte und freute sich über den Verdienst, von dem er sofort als Vorauszahlung 150 Euro in bar erhielt. Der Rest sollte mit dem Ausweis folgen.

Vincent Meijer übergab die Laptoptasche mit dem Sender an den Geschichtsstudenten, der ihm auf seinem eigenen Fahrrad gleich in den Park folgte. Will Reinders war dabei, das ebenfalls geliehene Rad Richtung Straße zu bewegen, hatte aber vom Taschentausch an den jungen Studenten nichts mitbekommen. Und sie waren bereits in den Park eingebogen, was auch für ihn die Verfolgung schwer machte.

Von nun an kämpfte Vincent Meijer nicht nur gegen gefährliche Datendiebe, sondern auch gegen die Überwachung durch die Polizei. Er wollte sichergehen, dass nichts mehr schief ging. Was sollten diese Chinesen auch machen? Sie wollten die Daten und die sollten sie bekommen. Hauptsache er bekam seinen Sohn dafür unversehrt zurück. Beim Rest war die Polizei jetzt nur ein Risiko.

„So ein Mist", murmelte Peeters, als er Meijer auf der anderen Straßenseite mit dem Fahrrad und sichtlich hohem Tempo an ihnen in Richtung Park vorbeifahren sah. Auch sie hatten in der Hektik nicht bemerkt, dass die Laptoptasche den Besitzer gewechselt hatte.

„So werden wir ihn kaum verfolgen können", murmelte der Commissaris. Mieke, die am Steuer war, wendete den Wagen und versuchte, dem Radfahrer zu folgen, so weit die Verkehrswege das ermöglichten. Aber in den Park konnten sie nicht hineinfahren, ohne aufzufallen.

Das Signal des Senders bewegte sich in südwestliche Richtung. Der Commissaris delegierte alle verfügbaren Einsatzkräfte auf die Seite des Parks mit der Anweisung, sich dem Geschehen in sicherem Abstand zu nähern und nicht das Leben von Marc Meijer zu gefährden.

„Wir sind ganz dicht dran", meldete die Besatzung eines Polizeiwagens, der über die Van Eeghenstraat an eine Weg-Gabelung des Parks rangefahren war. Ungefähr auf Höhe der Freilichtbühne im Park. An ihnen fuhr gerade ein junger Mann auf einem Fahrrad vorbei, der aus dem Park kam.

„Was sollen wir machen?", wollte der Kollege aus dem Polizeiwagen wissen. „Das Signal bewegt sich nicht mehr."

„Wie weit entfernt seid ihr?", wollte Peeters wissen.

„Schwer zu sagen, vielleicht 200 Meter. Aber es sieht aus, als ob das Signal von der Open-Air-Bühne kommt. Da können wir nur zu Fuß über die Brücke hin oder mit dem Wagen durch den Park. Dann werden wir gesehen."

„Egal, da stimmt was nicht. Die planen doch keine Übergabe mitten im Park, wo wir von allen Seiten zugreifen können. Fahrt vorsichtig ran und schaut, was da los ist. Keine unvorsichtigen Aktionen und macht Meldung, sobald ihr was seht."

Peeters kommandierte einen zweiten Polizeiwagen ab, der von einer anderen Einfahrt in den Park in Richtung Freilichtbühne fahren sollte. Auf diese Weise konnten sie noch einen weiteren Fluchtweg versperren.

Es dauerte nur wenige Minuten, bis beide Polizeiwagen an der Freilichtbühne meldeten, niemanden außer dem Sender dort vorgefunden zu haben. Eine Finte also. Und das schaffte Vorsprung für Liang Zuko Wong. Genau wie er geplant hatte.

„So ein Mist. Meijer will das jetzt auf eigene Faust machen.

„Sollen wir einen Hubschrauber einsetzen?", schlug Klaas vor.

„Was .. Hubschrauber, nein ...", antwortete Peeters, dessen Handy klingelte. „Dann sind wir doch aufgeflogen und die Kidnapper wissen sofort Bescheid", sagte er zu Klaas, während er sich gleichzeitig am Handy meldete.

„Peeters", meldete er sich und sah auf dem Display, dass es ein Anruf von Manou war. Ohne abzuwarten sagte er: „Manou, ich kann gerade nicht. Ich bin mitten im Einsatz" und wollte schon wieder auflegen, als er sie sagen hörte „Du musst im Krankenhaus in Deventer anrufen. Dein Vater ist schwer verletzt und liegt im Koma. Er hatte auf dem Weg nach Amsterdam einen Unfall auf der Autobahn."

Peeters wurde leichenblass und spürte, wie ihm ein kalter Schauer den Rücken hinunterlief.

„Was sagst du?", sprach er langsam in den Hörer.

„Es wurde gerade vom Krankenhaus angerufen. Das ist schon vor einer Stunde passiert. Auf der Autobahn. Er wollte sich doch heute mit dir treffen, oder? Wahrscheinlich hat er unterwegs einen Herzinfarkt bekommen und ist in die Leitplanken gerast. Es ist jedenfalls kein anderer an dem Unfall beteiligt gewesen."

Peeters gab Mieke mit der Hand Anweisungen, in welche Richtung sie weiterfahren sollte.

„Ich werde gleich in Deventer anrufen, wenn das hier vorbei ist", versprach er Manou. „Wir sind kurz davor. Ich melde mich bei dir, wenn ich Näheres weiß", sagte er noch, legte für einen kurzen Moment seine Hände vors Gesicht, um sich dann wieder auf den Augenblick zu konzentrieren.

„Was Schlimmes?", wollte Mieke wissen.

„Ja, mein Vater hatte einen schweren Autounfall, wahrscheinlich wegen eines Herzinfarktes. Es soll sehr schlecht aussehen."

„Das tut mir leid", sagte Mieke. „Wirst du weitermachen können?"

„Jetzt, hier?", fragte Peeters. „Natürlich mache ich weiter. Was soll ich denn sonst tun? Ich werde mich später im Krankenhaus melden. Wir müssen jetzt aufpassen, dass wir Vincent Meijer wiederfinden. Ich vermute, die Übergabe soll am Rande des Parks stattfinden", überlegte er dann. „Von da aus können sie besser entkommen."

Per Funk teilte Peeters die an der Fahndung beteiligten Einsatzwagen und die Motorradpolizisten so auf, dass sie in etwa mit gleicher Stärke in südliche und nördliche Richtung um den Park weiter fahren konnten. Dabei sollten sie nach und nach alle Ausgänge kontrollieren, beziehungsweise überwachen bis es Entwarnung gab. Alle in der Nähe verfügbaren Streifenwagen wurden von der Funkzentrale an die möglichen Ausgänge beordert.

„Ausgang Amstelveenseweg" lautete der Inhalt der nächsten SMS, die Meijer mit einer Hand auf dem Display entzifferte, während er mit fast unverminderter Geschwindigkeit weiter radelte.

Schon von Weitem sah Meijer zwei Personen eng beieinander an der Stelle stehen, wo der Park sich in Richtung Amstelveenseweg, Ecke Zocherstraat öffnete. Sein Herz, das vom ungewohnten Radfahren schon schnell genug schlug, machte Anstalten, noch einmal die Schlagfrequenz deutlich zu erhöhen. Es war sein Sohn Marc. Der Mann hinter ihm war der Chinese. Jetzt musste er sich unter Kontrolle behalten, damit nichts schief ging.

Das Gleiche dachte Liang Zuko Wong auch, nur sah man ihm das nicht so deutlich an wie Vincent Meijer. Sein Manöver war riskant, aber machbar. Die einzig kritische Stelle war hier erreicht. Wenn er die Daten hätte, würde er es schaffen. Durch das Ablenkungsmanöver mit dem Funksender von Meijer hatte er wertvolle Zeit gewonnen. Er konnte notfalls zu Fuß in den Straßen verschwinden und brauchte sich nur bis Chinatown durchzuschlagen. Dort würde er eine neue Existenz auf Papieren erhalten und ab da hätte er alles wieder fest im Griff.

Die Fahrradbremse quietschte. Vincent Meijer hatte die beiden erreicht. Jetzt sah Meijer zum ersten Mal dem Mann in die Augen, der das Leben seines Sohnes in den Händen hielt. Und in den gleichen Händen hatte er vor allem auch eine Waffe, von der die weitere Existenz dieses Lebens abhing. Nur wenige Meter hinter den beiden parkte ein Volvo, in dem ein zweiter Mann saß. Der Wagen war bereits gewendet worden, so dass er gleich in Richtung Straße losfahren konnte. Zwischen ihnen lagen nur wenige Meter Grünfläche und der Radweg, über den Vincent Meijer hierher gefunden hatte.

„Lassen Sie den Jungen frei, er hat mit all dem nichts zu tun", flehte Meijer Liang Zuko Wong an. „Ich hab hier alles, was Sie brauchen", sagte er und holte aus beiden Jackentaschen die Festplatten, die er ihm geben wollte.

Wong machte ihm klar, dass er die Datenträger seinem Sohn geben sollte, ohne Vincent Meijer dabei aus den Augen zu lassen und ohne Marc Meijer aus seiner Umklammerung zu lösen. Für einen kurzen Moment gingen sie direkt aufeinander zu. Der Junge war sein persönlicher Schutzschild. Er war mit seinen zwölf Jahren schon relativ groß, so dass sich Liang Zuko Wong fast gänzlich hinter ihm verstecken konnte. Er hätte den Jungen lieber im Auto gelassen, aber dann wäre er völlig ungeschützt gewesen. Außerdem waren da noch die Festplatten, die Marc von seinem Vater annahm und in seinen Händen hielt, die er ängstlich vor der Brust verschränkte.

„Was geschieht jetzt mit Marc? Lassen Sie ihn gehen“, schrie Vincent Meijer Marcs Peiniger an.

Aber Liang Zuko Wong antwortete nicht.

Er ging langsam mit dem Jungen im festen Griff und der Pistole an seiner Stirn rückwärts weiter in Richtung des wartenden Volvos.

Ein Polizeiwagen war von Süden her über die Oranje Nassaulaan und Amstelveenseweg langsam in die Nähe des Übergabeortes gefahren. Sie hatten mit mehreren Polizeiwagen nach und nach alle in Frage kommenden Eingänge besetzt und die verlorene Zeit aufgrund des relativ ruhigen Straßenverkehrs wieder etwas aufholen können. Der Ring um Liang Zuko Wong und seinen Helfer zog sich, für ihn selbst unbemerkt, zu. Von dem Motorrad-Polizisten wussten sie mittlerweile, dass die Übergabe direkt in der Nähe stattfand. Die Polizisten hatten den Wagen etwa hundert Meter entfernt geparkt, waren ausgestiegen, um nicht bemerkt zu werden, während andere Fahrzeuge sich so positionierten, dass mögliche Fluchtwege versperrt werden konnten.

„Sollen wir schießen?“, hörte Peeters über sein Funk-Headset den Teamchef der Männer vom Arrestatieteam fragen. Die waren mittlerweile von der Südseite aus hinter dichtem Gebüsch weit genug an Wong und die Meijers ran gerückt, um ihrer Meinung nach Wong sicher treffen zu können. Nur den zweiten Mann im Volvo konnten sie nicht sehen. Und der war sicher auch bewaffnet.

„Zu gefährlich. Das können wir nicht wagen“, entschied Peeters.

Liang Zuko Wong hatte noch niemanden entdeckt. Er musste sich auf die Situation konzentrieren und konnte nicht gleichzeitig alle Seiten im Blick haben. Aber die plötzliche Ruhe schien ihn zu irritieren. Es waren keine Polizeisirenen mehr zu hören. Das bedeutete im schlimmsten Fall, dass alle wussten, wo sie sich befanden. Mit einer so schnellen Reaktion hatte er nicht gerechnet und geglaubt, dass die Polizeiwagen in dem dichten Verkehr länger gebraucht hätten.

Liang Zuko Wong musste sich beeilen, um hier unbeschadet raus zu kommen und rief seinem Kollegen im Volvo etwas auf Chinesisch zu, was er offenbar trotz laufendem Motor, aber bei offenem Seitenfenster verstanden hatte. Sofort darauf fuhr der Volvo mit einem Ruck mehrere Meter rückwärts, um Wong und Marc Meijer einsteigen zu lassen.

Doch der Volvo-Fahrer hatte für einen Moment vergessen, dass man in Amsterdam überall mit Radfahrern rechnen musste und vor allem in Parks, in denen man verbotenerweise rückwärts mitten auf einem Fahrradweg hielt. Ein lauter, metallisch scheppernder Knall erfüllte die Luft rund um diese surreal wirkende Szene, die für Unbeteiligte nach bester Krimiqualität aussehen musste. Aber es war ein Krimi, der bitterernst war und jeden Moment für die Beteiligten zwischen Leben und Tod entscheiden konnte. Das Scheppern wurde durch eine junge Frau ausgelöst, die mit ihrem Fahrrad aus nördlicher Richtung kommend den Park genau dort verlassen wollte, wo der Volvo für sie völlig unverhofft und ohne eine Chance, ausweichen zu können, rückwärts auf den Fahrradweg fuhr. Ihr Fahrrad knallte frontal gegen den Motorraum des Volvos, was ihr Pech und Glück zugleich war. Während das Fahrrad seine Geschwindigkeit abrupt verlor, flog sie vorn über die Motorhaube und landete im vergleichsweise weichen Gras neben dem Volvo. Sie schien sich nicht bewegen zu können.

Für einen kurzen Moment war Liang Zuko Wong von dem Aufprall und den kreischenden Geräuschen, die von der jungen Frau während ihres Fluges über die Motorhaube ausgingen, so überrascht, dass er sich erschrocken umsah. Er hatte die Szene hinter sich schließlich nicht verfolgen können und sich stattdessen auf Vincent Meijer und die Umgebung konzentriert. Doch dieser eine kleine Moment der Unaufmerksamkeit reichte, um die ganze Situation eskalieren zu lassen. Marc Meijer hatte sich genauso erschrocken umgedreht und das Zittern, das ihm schlagartig durch den ganzen Körper ging, reflexartig genutzt, um die plötzliche Bewegung in einen ungewollten Befreiungsschlag umzuwandeln. Der Schreck ließ ihn seine vor der Brust verschränkten Hände auseinander schnellen und die Festplatte, die er in der rechten Hand hielt, landete in Liang Zuko Wongs Gesicht, der nun vollends aus dem Gleichgewicht gebracht war.

Das war der Moment, in dem Jacob Peeters den Befehl zum Zugriff gab. Während Marc Meijer sich seitlich auf die andere Seite des Volvos flüchten konnte und die junge Frau noch immer vor Schmerzen stöhnend im Gras lag, versuchte Wong, seine Benommenheit zu überwinden und zielte mit seiner 5,8mm-Pistole auf Vincent Meijer, der wie angewurzelt nur wenige Meter vor ihm stand.

Liang Zuko Wong kam mit seinem Finger nicht einmal mehr an den Abzug seiner Waffe. Eine Gewehrkugel, von der man nicht sehen konnte, woher sie kam, traf den 42jährigen am Hals und eine zweite Kugel in die Brust. Der Volvo-Fahrer, der nach dieser unerwarteten Entwicklung die Flucht nach vorne ergreifen wollte, wurde vom Arrestatieteam mit einem Schuss in die Schulter gestoppt. Weitere Schüsse in die Reifen des Fahrzeuges machten auch ihm schnell deutlich, dass die Reise hier beendet war. Während der Fahrer aus dem Wagen gezerrt, auf dem Boden gerissen und mit Handschellen auf dem Rücken gleichermaßen unschädlich wie transportfähig gemacht wurde, lag Liang Zuko Wong mit weit geöffneten Augen und einem blutüberströmten Hals im frischen Gras des Vondelparks. Die Frau, die nur gut einen Meter von ihm entfernt im selben Gras lag, kam langsam wieder zu sich, öffnete die geschwollenen Augen und blickt voller Entsetzen in Wongs blutverschmiertes Gesicht. Sie schrie zum zweiten Mal. Während Liang Zuko Wong langsam, aber sicher sein Leben aushauchte. Um sich herum nahm er eine plötzlich einsetzende Hektik wahr. Alle liefen durcheinander. Die Waffe hatte man ihm aus der Hand gerissen, ein Mann stand mit gezogener Pistole breitbeinig vor seinem Gesicht und zielte auf ihn und eine Frau lag neben ihm, die schrie. Er hörte wieder Polizeisirenen, vielleicht auch die Sirenen von Krankenwagen. Brauchte er einen Krankenwagen? Er konnte es nicht beurteilen. Aber das Denken wurde schwieriger, es schmerzte ihn und die Bilder vor seinen Augen verschwammen zunehmend. Aber eines sah er noch genau. Nur wenige Schritte weiter hatte man im Gras beim Rasenmähen eine kleine Insel ausgespart, weil dort Tulpen wuchsen. Es sind schöne Blumen, typisch für Holland, dachte Liang Zuko Wong, der Tulpen aus dieser Perspektive noch nie bewusst wahrgenommen hatte. Sie hatten selbst aus der Froschperspektive etwas Schönes. Die leuchtend roten, gelben und violetten Blüten dieser Pflanzen waren von solcher Schönheit, dass sie Liang Zuko Wong sicher ein Lächeln abgerungen hätten, wäre er in der Lage gewesen, seine Gesichtsmimik zu steuern. Er hätte gerne einen frischen Strauß davon mit nach Hause genommen. Zu einem Dim Sum-Essen bei seiner Mutter. Wie früher als er noch ein Kind war. Da hatte er seiner Mutter auch Blumen gepflückt.

Aber seine letzte Fahrkarte sollte ihn ganz woanders hinführen. Die Sirenen des Krankenwagens, von dessen Besatzung die junge Frau medizinisch erstversorgt wurde, hörte Liang Zuko Wong nicht mehr. Der Notarzt stellte wenig später seinen Tod fest.

Als für Jacob Peeters klar wurde, dass die Situation unter Kontrolle war, ging er ein paar hundert Meter in den Park hinein. Er hatte die ganze Zeit die Nachricht von Manou vor Augen wie einen Albtraum, den er nicht mehr abschütteln konnte. Er wählte die Telefonnummer des Krankenhauses in Deventer und ließ sich mit dem behandelnden Arzt verbinden.

„Hallo“, sagte Jacob Peeters mit leiser Stimme, mein Vater ist bei Ihnen eingeliefert worden. Wie steht es um ihn?“

„Gut, dass Sie anrufen“, sagte der Arzt. „Es wäre schön für Ihren Vater, wenn bald jemand aus Ihrer Familie bei ihm ist. Er hatte einen Herzinfarkt und wurde durch den Unfall, den er danach selbst auslöste, obendrein schwer verletzt.“

„Können Sie sagen, ob er ...“, er zögerte einen Moment, weil er es kaum aussprechen konnte, „ob er sterben wird?“

„Wir tun alles, um das zu verhindern. Aber es sieht schlecht aus mit ihm. Wir sind froh, wenn er diese Nacht überlebt. Dann werden wir weitersehen.“

„Ich bin in etwa einer Stunde bei Ihnen“, sagte Jacob Peeters und legte auf, während er das Geschehen am Tatort aus der Ferne beobachtete, als hätte er damit nichts zu tun. So fühlte er sich auch, alles um ihn herum war plötzlich sehr nebensächlich geworden. Erst jetzt merkte er, dass in ihm Gefühle und Ängste aufkamen, die er gegenüber seinem Vater nicht für möglich gehalten hatte. Er rief Manou an, um ihr mitzuteilen, dass er direkt nach Deventer fahren und sie von dort aus wieder anrufen würde.

Auf seinem Weg zum Auto klingelte noch einmal sein Handy und er erschrak in der Erwartung weiterer Hiobsbotschaften aus dem Krankenhaus. Es war sein Freund Han Molenaar, dem er schon wieder absagen musste. Aber bald, versprach Jacob Peeters mit müder Stimme, werden wir zum Segeln kommen und an Bord gemeinsam kochen.

Er setzte sich ins Auto und fuhr auf dem kürzesten Weg stadtauswärts und östlich in Richtung Deventer.

Die Sonne schien mit aller Kraft durch die Fensterscheiben des Fahrzeuges, in dem Jacob Peeters saß.

Aber ihm war kalt. Bitterkalt.